Der Autor
Helmut Krausser, geboren 1964 in Esslingen, lebt in München. Er war u. a. Spieler, Nachtwächter, Zeitungswerber, Opernstatist, Sänger in einer Rock-'n'-Roll-Band und Journalist. (Halb) freiwillig verbrachte er ein Jahr als Berber. Nebenbei studierte er provinzialrömische Archäologie. 1989 erschien sein erster Roman «Könige über dem Ozean», danach «Fette Welt». Es folgten mehrere Erzählungsbände, Theaterstücke, Tagebücher, ein Opernlibretto und die Romane «Melodien» und «Thanatos». 1997 erschien im Rowohlt Verlag der Roman «Der große Bagarozy», der 1998 von Bernd Eichinger mit Til Schweiger und Corinna Harfouch in den Hauptrollen verfilmt wurde.

Im Rowohlt Taschenbuch Verlag liegen außerdem vor: «Könige über den Ozean» (Nr. 13425), «Spielgeld. Erzählungen & andere Prosa» (Nr. 13526), Die Tagebücher «Mai. Juni.» (Nr. 13716) und «Juli. August. September» (Nr. 22335)

Helmut Krausser **FETTE WELT**

Roman

Rowohlt

«Fette Welt» ist der dritte Teil der
Hagen-Trinker-Trilogie,
geschrieben Juni '89 bis März '90.
Die Taschenbuchausgabe erschien
erstmalig im Dezember 1993 unter
der Nr. 13344.

Veröffentlicht im Rowohlt Taschenbuch Verlag GmbH,
Reinbek bei Hamburg, Februar 1999
«Fette Welt» Copyright © 1992 by Paul List Verlag
in der Südwest Verlag GmbH & Co. KG München
Alle Reche vorbehalten
Umschlaggestaltung: Stefan Claußen
Copyright © 1998 Polygram Filmed Entertainment
Gesamtherstellung Clausen & Bosse, Leck
Printed in Germany
ISBN 3 499 22425 9

Für B.

ERSTES BUCH

Welchen Gewinn bringt es uns im Grund, rein praktisch gesprochen, aller Poesie, allen Träumen, aller schönen Mystik, allen Lügen das Leben zu rauben? Was ist die Wahrheit, wissen Sie das? Wir bewegen uns doch nur durch Symbole vorwärts...

Hamsun, Mysterien

KAPITEL 1 *in dem Hagen seine letzte*
Verbindung zur bürgerlichen
Welt verliert, eine Wohnungs-
einrichtung zertrümmert
und über die Ästhetik des
Drecks sinniert.

Die Kampfmöse

Tengelmanntüte auf dem Arm, klopfe ich.
Es gibt eine Klingel, aber die macht ^{bing} bang ^{bing} bong!
Diese Tür müßte man eintreten. In zwei Hälften schräg aus den
Angeln hängend, klaffender Bruch und blätternder Lack. Würde
ihr gut stehn.
LASS SIE NICHT ZU HAUS SEIN! LASS SIE GESTORBEN SEIN!
LIEBES SCHICKSAL! NIMM IHN VON MIR – DIESEN KELCH
BÖSARTIGKEIT ON THE ROCKS!
Angela öffnet.
So sehr hab ich gebetet. Umsonst. Es kann keine Telekinese ge-
ben. Sonst wär ihr – bei all meiner Inbrunst – mindestens ein
Arm abgefallen.
Es ist jetzt Mittag. Ich habe noch keine Kraft, dem Tierchen
etwas entgegenzusetzen. Ui – wie das aus dieser sinnlichen
Fresse faucht!
«Du – SCHON WIEDER?»
«Ja», stammle ich. «Laß mich bitte den Wolfgang besuchen,
meinen guten alten Freund!»
Ihre Augen verengen sich zornig, ihr Mund wird eine weiße Fur-
che. Wie sie mich verachtet! Sie bleibt in der Tür stehn und
streicht mich an mit ihrem Blick. Von oben nach unten und re-
tour. Bis ich abgeglotzt bin wie ein Zoovieh.

Das zehrt an mir.

«Wolfgang!» rufe ich laut an ihr vorbei. «WOLFGANG!»

Dröhnt durchs ganze Mietshaus. Angela quittiert's mit Hohn. Ich bin am Boden vor soviel Weltlichkeit. Zum Staubfressen verdammt. Oh, Angela ist schön, gewiß. Die Titelbilder der Zeitschriften lehren, daß so was schön ist. Schlank, blond, glattgehobelt, kantenlos. Ein Langhalsedeltier. Da bricht der Mob in Jubel aus. Tolltittig! Engmösig! Juchhuh!

Sie ist aber auch 'ne Eisfrau. Bei der wird mir höchstens vor Kälte was steif. Jetzt zischt sie: «Findest du nicht, daß du ein bißchen OFT hier auftauchst?»

Ah – mit jedem Satz begeht die ein Unrecht. War gar nicht mehr oft hier, das letzte Mal vor zwei Wochen und nur so kurz wie ungern.

Ich wage keine Antwort, senke den Kopf, finde einfach nie die richtigen Sätze, um mit ihr angemessen zu kommunizieren.

Jemand stellt in der Wohnung den Plattenspieler ab. Langsam trottet Wolfgang durch den dunklen Flur. Er ist zu Hause! Und mein Anblick scheint ihm Freude zu bereiten. Das tröstet.

«Hagen! Du bist's! Komm doch rein!»

Angela, seine Frau, schwenkt den Kopf über die Schulter. Wolfi zuckt zusammen. Schreckliches muß er in ihrem Gesicht gesehen haben.

Mit allem Mut bahne ich mir den Weg, schiebe das Weib sanft zur Seite. Da schnauft sie und rauscht ab, beleidigt, ins Schlafzimmer, knallt die Tür zu. Immer diese heuchlerisch netten Gesten... Weiß ich doch, sie wird gleich wiederkommen und ihren Ausrottungskampf fortsetzen. Vernichtet soll ich werden – getilgt vom Antlitz der Erde. Ausgedrückt wie ein Pickel. Daß es nur so spritzt! Mir «lebensunfähigem Pack», wie sie das nennt, wird kein Raum gegönnt, kein halber Quadratzentimeter.

Etwas Lebensunfähiges ausrotten zu wollen erscheint mir ziemlich paradox. Nun ja.

Wolfgang gibt mir die Hand.

«Wie geht's?»

«Man lebt.»

Sehr farblos, diese Wohnung. Schwarzer Teppich, schwarze Möbel. Weiße Wände ohne Bilder. Viel tontechnischer Kram liegt rum, mit dem Wolfgang ambitionierte Vier-Spur-Spielereien zu Band bringt. Angela hat ihren Claim mit fürchterlichen Blumenvasen abgesteckt; in jeder Nische lungern die und lassen ihren toten Inhalt raushängen.

«Post für mich da?»

Er verneint, fügt sarkastisch hinzu, es werde auch keine mehr kommen, von Werbeprospekten abgesehn.

Weiß er, wie weh mir diese Wahrheit tut?

Vier Monate seit dem letzten Mal. So schade.

Post hab ich gern bekommen. Ein Morgen, an dem zwei Briefe im Kasten lagen, wurde automatisch zum guten Morgen.

Alle Verbindungen sind abgebrochen. Ich habe mich schon dran gewöhnt. Das war ein anderes Land, ein anderes Zeitalter, weit entfernt, mit einer anderen Sprache. Vorbei.

Ich deute auf meine Tüte.

«Ist wieder Zeit fürs Festmahl!»

«Schon klar.»

Seit einigen Wochen bringe ich die Zutaten selber mit, um Angela die Luft aus den Lungen zu nehmen. Genutzt hat es nichts. Sie keift nur um so lauter.

Wir gehen in die Küche, die sehr schmal ist und durch das große Fenster, die weißen Regale und den dicken Eisschrank gleißend hell wirkt.

Ich setze Wasser für die Bandnudeln auf und öffne die Gulaschdose. Wolfi grinst und reicht mir ein Bier aus dem Träger, nimmt sich selbst aber keins. So kenn ich ihn nicht.

Fast entschuldigend winkt er ab, brabbelt was von er wär eh zu fett, und es sei ja noch früh am Tag...

Beunruhigend.

Angela mischt sich in die Szene, schaut über Wolfgangs Schulter. Sieht mir beim Kochen zu. Wolfgang lehnt im Türbogen, wirkt klein und geduckt, als erwarte er einen Schlag. Das alles kann einfach nicht wahr sein...

Angela drückt mit einem lauten «Bäh!» ihr Entsetzen aus. Sie versteht nicht, wie man sich auf dieses Essen freuen kann. Nun – es ist billigstes Gulasch, ja – nur eine Mark die Dose – im Supermarkt gleich neben dem Hundefutter –, doch wenn man mit dem Würzkram sorgfältig umgeht, kann man manches daraus basteln. Kochbuch für Müllmänner, Seite 13.

Konzentriert stiere ich in den Topf, schweige, werfe neue Gewürze rein, und als ich wieder aufschau, ist Angela weg. Uff...

Wolfi ist ein guter Mensch. Ein gütiger Mensch. Das gibt's. Sieht wie ein Teddybär aus. Die typischen Wangen und das weiche, runde Gesicht. Er schmiert sich öliges Zeug in die schwarzen Haare, was ihn flippig und seicht scheinen läßt. In Wahrheit ist er sehr still und gibt mit überhaupt nichts an.

Fällt ihm zur Zeit kaum schwer.

Belastet ihn, daß seine schlechtere Hälfte mich so behandelt, mich, seinen alten Freund. Weit mehr belastet ihn, daß er dabei so pantofflig aussieht. Richtig schämen mag er sich jedoch für nichts, außer den kleinen Bierbauch, den er unter einem weiten schwarzen T-Shirt zu verbergen sucht. Wirklich kein nennenswerter Bauch. Diese Scham ist mehr Zeitvertreib. Verschwendung. Eins der Amüsements der Light-Zeit.

Er lächelt meistens. Jetzt wirkt es wie Verlegenheit.

Sehr gern bin ich wirklich nicht mehr hier.

Die Nornen haben einen Kreis aus Straßen um mich gebaut. Ob's ein Schutzkreis ist oder eine Fessel, sei dahingestellt. Jedenfalls bringt es durchweg Trubel, wenn ich ein Haus betrete.

Es war einmal, da habe ich in dieser Küche gekocht, zweimal am Tag. Feinere Sachen. Gaumenfreuden und Zungenlust. Echte Magengeiler. Vier Monate lang. Das war eine Zeit! Die hab ich nicht genug gewürdigt.

Am Ende war ich gewesen, am Südende des Lebens, wo der Ozean aus Scheiße – um in einem mittelalterlichen Schifferalptraum zu reden – in den gigantischen Wasserfall mündet, ins leere Chaos hinabstürzt.

Es ist viel passiert, weiß Gott. Erfordert zuviel Aufwand und Schmerzen, das wiederzukäuen. Eine verknotete Geschichte. Wie so oft liegen die Ursachen tief im Embryoschleim. Kennt man. Zuletzt bin ich ein Spieler gewesen. Und das Spiel artete in stinkende Arbeit aus. Ich ließ es schleifen. Bald darauf war kein Geld mehr da. Wundersamerweise kam von nirgendsher neues. Eine Frechheit!

Zugegeben, ich war acht Wochen auf meinem Bett gesessen und hatte die blauen Stoffelefanten beobachtet, die auf der Heizung einander umschlungen hielten, Geschenke einer vergangenen Liebe. Wenn einem deswegen die Bude gekündigt wird, ist es einfach zu lächerlich. Soviel Geld muß doch zusammenzubringen sein! In solchen Fällen hatte ich immer den Fernseher oder die Anlage versetzt oder mir von Freunden was geliehen.

Jahrelang war das so gegangen. Ohne Problem. Man hätte hin und wieder zurückzahlen sollen, gut. Plötzlich ging nichts mehr. Wertvolles war im Hausstand nicht übriggeblieben – bis auf ein paar alte Bücher. An denen hing mein Herz, die umklammerte ich, und der Rest war mir egal.

Jeder Nachschub blieb aus, aber ich lachte. Und zog bei Wolfgang ein. Der freundliche Mensch nahm mich in seine Zweieinhalbzimmerwohnung auf, und ich postierte die blauen Stoffelefanten auf der Heizung, setzte mich ins Bett und starrte sie an, nippte dann und wann am Bier.

Ich fühlte mich recht unbelastet. Es war in Ordnung. Die zwei

Meter zwischen mir und den Elefanten waren Raum genug. Bald beschloß ich, für meinen Wirt zu kochen. Das war fair. Er aß es gern. Es gab Platz und wenig Streit.

Wolfi hatte damals keine Frau und wurde unsagbar traurig. Es mußte eine her. Gleich um die Ecke ist ein Strich. Doch Wolfi wollte auf Teufel komm raus verliebt sein. Er hat's geschafft. Ja. Angela...
Sie eroberte die Wohnung mit dem Ehrgeiz einer Termiten-horde. Keine Prophetenkunst, Unheil vorauszusehn.
Das goldene Kreuzchen an ihrem Hals deutete ein Niveau an, das weit unter meiner Akzeptanzgrenze liegt.
Anfangs redete ich ihr gut zu, probierte sogar, sie zu verführen, nach dem Motto «die Frauen unserer Freunde sind auch unsre Frauen» und so. Als sie immer quengeliger meine Apathie monierte, log ich ihr sogar was von Arbeitssuche vor und Neuanfang. Ich kann ganz gut lügen.
Half alles nichts.
Sie schmiß mich raus. Mit Tritten und Beschimpfungen. Furios wie die brutalste Hure, die eine Konkurrentin vom Terrain vertreibt.
Tagelang hat sie auf Wolfgang eingequatscht. Dann – als ich besoffen war – hat sie mich vor die Tür gekullert. Trüb erkannte ich meinen alten Freund, der achselzuckend danebenstand.
Nichts zu machen. Der hockte auf den Wolken, verliebt und verloren.

Ich mußte mich mit der Straße anfreunden – ausgerechnet im Oktober. Hopplahopp auf die Rolle. Angela hat meine Elefanten umgebracht. Mit einem Küchenmesser zerfetzt. Ich schwor, sie dafür ebenfalls zu töten.
Seither weiß ich, daß man sich bei jedem Gelübde einen Zeitraum setzen soll, um nicht zu versagen. Na ja – sind alles nur

Phantasmagorien der Rache – ich könnte niemanden killen, schon gar nicht lustvoll. Inzwischen bin ich mit Leuten zusammen, die das eher als Charakterschwäche betrachten.

Diese leidigen Geschichten im Imperfekt! Genug davon!

Im Moment sitz ich hier. Idyllisches Licht fällt ins Bierglas, und Wolfi lächelt. Ihm hüpft seit damals ein kleiner Schuldkomplex neckisch durchs Gesicht. Grausig anzusehn. Essen ist fertig.

Gut, schmeckt ungefährlich. Ich ziehe es vor, in der Küche zu spachteln, Teller auf der Herdplatte. Zuviel Angst, DAS WEIB könnte mich im Wohnzimmer erwarten.

Sie behauptet, mein Anblick mache sie krank.

Unmöglich, so was verstehn zu wollen. Ich meine, man versteht es schon, aber unwillig.

Sie nennt mich einen Schmarotzer. Na gut – wer ist das nicht? Heutzutage arbeiten die Menschen doch nur noch aus Unvermögen oder Gewissensbissen oder dem Wunsch nach vorgetäuschter Sicherheit.

Jeder darf mich einen Schnorrer nennen. Bitte sehr. Eins der Schimpfworte ohne Bedeutung.

Angela arbeitet auch nichts.

Sobald ich von ihr rede, glühen Wolfis Augen selig.

Sicher habe ich versucht, Intrigen zu spinnen. Sinnlos.

Angela hat eine Fut, und die benützt sie. Gnadenlos. Zweimal, wenn's kritisch wird. Wolfi liebt sie so sehr. Angela liebt ihn ein bißchen zurück.

Wolfi verdient jetzt ganz nett. Bald werden die beiden umziehen, in ein besseres Viertel.

Ich schau hinaus.

Es ist jetzt etwas ganz anderes, aus einem FENSTER die Straße zu sehn. Das Fenster ist eine unsichtbar getönte Brille, versperrt den Blick fürs Wesentliche.

Man meint, ein Fenster sei nur ein Stück Glas und – sauber geputzt – kaum existent. Ha! Ganz falsch. Fenster sind Front.

Gib jemandem einen Ziegelstein, und er hat einen Ziegelstein. Gib ihm ein quadratisches Stück Glas mit Rahmen drum rum, und er hat beinah ein Haus. Fenster sind Filter der Schau.

Wolfi lebt in keiner «guten» Gegend. Billiger Norden, und der schon teuer genug.

München gilt in weiten Teilen als sauber und tot, aber von hier aus gibt's wenigstens ein bißchen Dreck zu sehn. Er wartet da draußen auf mich. Du darfst hier nicht herein!

Angela ist eine saubere Hausfrau. Die Wohnung glänzt katzengeleckt. Eine Zeitlang hab ich das Bad benutzt. Das hat sie verboten, denn es ist ihr Heiligtum.

Sie strahlt vor Gesundheit, wird diese Erde achtzig Jahre lang verpesten. Oder länger. Jeder Autofahrer wird lieber an den Baum rasen, als diesen Körper zu zermantschen.

Sie haßt mich, weil ich der Dreck bin.

Über den Dreck weiß ich etwas, ja. Darüber kann ich sprechen. Mit vollen Backen kauend starr ich ihn an. Dieses simple Fenster hat einen Graben zwischen uns geworfen. Müll. Dreck. Schmutz – diese Wörter haben keinen bösewichtigen Klang mehr für mich. Ich liebe ihn. Den Dreck.

Er ist mein Reich – dort bin ich König und geduldet, dort bleib ich und wühl in der Flora des Abfalls. Mein komisches, grausames Reich.

Ich will mich nicht beschweren. Nur das nicht.

Wenn ich mich beschweren wollte, würde ich vom Winter erzählen. Im Winter ändert sich mein Charakter, und meine Philosophie trägt härtere Züge. Jede Klage gewönne an Wirkung.

Jetzt strotzt es vor Juni. Solche Einzelheiten sind von eminenter Bedeutung. Der Januar kommt im Januar.

Der Dreck ist meine Sage. Der Dreck ist zum Todfeind erklärt. Man versucht ihn aus der Welt zu pusten. Die Bürgerschaft hat

Angst bekommen. Es ist wahr, der Dreck ist gierig. Doch ich bin sein Fürsprecher. Der Verteidiger des Mülls. Der Anwalt alles Verfaulenden.

Nehmen wir diesen kleinen Ausschnitt. Jene Straße vor dem Fenster, deren Gehsteig in einen klobigen Neubau mündet. Scherben glitzern auf dem Asphalt wie quarzdurchwachsener Strand. Auf den Rasenflächen nehmen Zigarettenkippen die Plätze der Pilze ein. Rote Fetzen eines Flugblatts wehen über die Szene. Von einer Litfaßsäule hängt halb abgerissene Reklame. In den Pfützen darunter treiben chemische Regenbögen. Daneben durchwühlen Kinder einen Container voll Bauschutt. Das ist nicht häßlich.

Wenn ich mir hier so eine Landschaft von 1400 denke: Bäume, Bäume, Bäume, ein Fluß, ein Galgenberg, ein klappriges Gehöft, ein Trampelpfad, dann wieder Bäume, Bäume, Bäume, dann ein paar Menschen, zehntausend Dumpfe und ein Weiser und dann wieder zehntausend bis zum nächsten Feuerkopf, eine Stadt mit hoher Mauer und weißem Dom, dann wieder Bäume, Bäume, dazwischen Felder und Wald, kreuchende und fleuchende Tiere, ein klarer See und Bäume, Bäume, Bäume...

Hat das den Menschen damals gefallen? Kaum – sonst hätten sie's gelassen, wie es war.

Die meisten meiner Zeitgenossen trauern, nörgeln, winseln. Uralte Menschen, hilflose Überbleibsel, verpaßte Anschlüsse, leben irgendwo im Bereich der dreistelligen Jahreszahlen.

Ich bin erst siebenundzwanzig, bin ein Poet und seh mir die Dinge gern von unten an. Das mag so was wie Demut sein. Die läßt mich Dinge sehn. Halluzinationen. Ich weiß darum. Die Schönheit ist eine Halluzination. Sie tut gut.

Ich lehne ab, irgend etwas ungeschehn machen zu wollen. Keine Umkehr! Und wenn der Himmel staubbraun wogt, rote Sonne und grünen Mond trägt, werden die Kinder aus bleiernen Kellerfernrohren gucken und begeistert sein.

Das Verkommende und dessen Grazie. Das Pathos der Zerstörung, die Melancholie des Zerfalls. Oper.

Man legt ja bereits Regeln fest, wie ein überquellendes Klo, ein abgebauter Fischmarkt, ein schimmelbesprungener Apfel auszusehen hat, um nicht althergebracht zu scheinen. Wirklich – ist das Gegenteil vom DRECK nicht schon der KITSCH?

Ich habe den Dreck akzeptiert, wie Bäume und Steine und Ratten und Wale und Menschenaffen und Affenmenschen.
Seine Ästhetik ist mir die einzig noch interessante. Sie ist unsimuliert, von Tünchaufgaben befreit. Ich habe an Griechenland nie die Tempel geliebt – nur deren Ruinen.

Die Sage einer Müllkippe ist reicher, bunter und spannender als die des Waldes nebenan. Es ist unsere Sage, unser Hohelied. Ich sage ja zum Kaffeesatz, zum leeren Joghurtbecher und zum Schwarzen unter den Fingernägeln.
Ich sage ja zum Kaffee, zum Joghurt und zum Roten auf den Fingernägeln. Mein Ding ist die Insel der Seligen nicht. Am Morgen, wenn ich aufstehe, verlange ich in der Ferne ein Hochhaus zu sehen, um zu wissen, warum ich nicht drin wohne, und dem Dreck neben mir zu danken, daß er mir einen Begriff von Schönheit gab. Ein großartiges Jahrhundert, dieses zwanzigste.

Ich weiß schon, was ihr entgegnet – o ja – das Übel zum Glück deklarieren, Niederlagen in Siege zu verwandeln, stimmt, darin waren wir schon immer groß. Die Wissenschaft der Propaganda. Der körpereigene Goebbels. Das kleine PR-Stübchen im Hirn, das sich zum Organ auswächst.
Bis die Tragik nur eine modische Form des Glücks ist.
Das könnte so sein. Und warum nicht?

Wolfi startet ein Lamento.
Sein neuer Job: im engen Studio sitzen und die Nächte über

Stampfmusik abmischen. Er bekommt dafür viel Geld, aber er
haßt das Bummbadabumm noch mehr als ich. 'ne ganze Woche
Aufnahme nur für Drums und Percussion EINER SINGLE! Viele
Menschen werden sich dazu seltsam bewegen. Rhythmus,
Rhythmus, Placebo. Tam-Tam. Nicht mehr zu ertragen. Über-
reizt.
Eine akustische Sonderform des Drecks, die ich durchaus gern
aus der Welt hauen möchte, weil sie mir gar zu nahe kommt auf
den Straßen, aus tausend billigen Stereos ein Netz um mich
dröhnt. House. Funk. Hip-Hop. Rap. Shit.
Da wird etwas verletzt, das sehr empfindlich ist: die Musik in
meinem Kopf, welche alles Geschehende begleitet wie ein
Stummfilmklavier. Und die Melodie im Hirn wird gezwungen,
sich aufzubäumen, in wildem Forte um sich zu schlagen. Genau
das sind meine Lieblingsstellen.
Wolfi jammert ziemlich lang und erzählt von koksenden Musi-
kern, die ihre Groupies gleich über dem Mischpult bumsen.

Ich seh mir derweil die Reste meines allerletzten Hausstands an –
Bücher und Platten, die im untersten Regal der Wohnzimmer-
schrankwand stehn. Schnelles Umschauen. Angela nicht zu ent-
decken.
Ich lauf zu den kläglichen Fragmenten meiner Bibliothek, hol
etwas heraus und zeig es ihm, zieh ihn tiefer in die Küche rein.
«Schau – das ist was Feines! Sehr teuer, aber gut. Erstausgabe
von Oscar Wilde. 1881. Verkauf ich dir – für 'nen schlappen
Fuffi!»
Er grinst mich an.
«Das Zeug steht doch sowieso hier rum!»
«Na schön, zugegeben – du bist der Besitzer – nicht aber der
Eigentümer. Das ist doch kein befriedigender Zustand!»
«Hagen, wenn ich mich recht erinnere, hast du mir genau dieses
Buch bereits verkauft...»

«Ja? Hab ich? Kann sein. Möglich. Es ist ersetzbar. Das hier aber –»

Ich spurte zum Regal und zurück, mit einem uralten Swift, der mir schon mehr bedeutet. Wolfi unterbricht mich.

«Ich hab genug Bücher. Brauch keine mehr. Ich HASSE lesen!»

So was Furchtbares hat er noch nie gesagt. Man muß drüber hinwegsehn. Er ist bestimmt krank im Kopf von der Stampfmusik. Ich brauche Geld.

«Mann – mit diesem Buch kannst du ANGEBEN! Zum Lesen ist das gar nicht gedacht. Es ist 'ne ANLAGE. Du kriegst es für zweihundert! Geschenkt! Mindestens das Vierfache wert. Und mein Herz hängt dran. Ich behalt mir auch das Rückkaufrecht vor!»

«Meine Güte...»

«Also – von mir aus – für einen Hunnen kannst du es dein Eigen nennen. Dann versprichst du aber, es nicht weiterzuverscherbeln, ja?»

Genervt klappt er sein Portemonnaie auf, zieht einen Fünfziger raus, wirft ihn mir hin.

«Behalt das gottverdammte Buch!»

Na gut. Das ist sicher eine nette Lösung. Gerührt klopf ich ihm auf die Schulter. Verlegen schaut er drein, mit seinem Teddymund. Plötzlich steht Angela in der Tür, Hände in der Hüfte.

«Hast du ihm Geld gegeben?»

Wolfi schweigt. Schon immer war er unfähig, jemandem etwas vorzumachen.

«DU HAST IHM GELD GEGEBEN, DIESEM ABSCHAUM?»

«Reg dich nicht auf, Angie. Laß uns allein...»

«SO WIRST DU IHN NIE LOS!»

Angela wirft ihren Kopf herum, fixiert mich scharf.

Amazonenkampffresse. Ihr Maul wird zur kastagnierenden Streitmöse. Zornrote Schamlippen synchronisieren eine Hitlerrede.

«Ja – du! ICH sag's dir, wenn ER sich nicht traut! Er hat dich nämlich SATT. Er ist nur ein zu feiner Mensch, um dir das selbst zu sagen!»

«Ja?» Ich seh Wolfgang an, der schüttelt den Kopf, aber nur sehr langsam, so als stimme der Kern, und der Rest sei nur ungenau zitiert. Ich will ihn zum Dementi zwingen. «Wolfi, hast du gehört, was deine Angetraute da gesagt hat?»

Wolfgang schweigt, blickt starr zum Fenster hinaus. Fein oder feig? Meine Schultern fallen auf Hüfthöhe. Das alles kann nicht wahr sein . . .

«Jeden zweiten Tag klagt er mir, daß er dich nicht mehr ERTRA-GEN kann. Du solltest uns endlich IN RUHE LASSEN!» schimpft seine große Liebe, groß in Form. «Du gehörst einfach nicht hierher, du dreckiger Parasit! Schleichst dich hier rein und beschwatzt ihn, beschwörst alte Freundschaft, um ein paar Mark rauszuschinden, und versaust meine Küche, bringst alles durcheinander, störst unsre Privatsphäre . . .»

Und und und.

Ich will einmal deinen Leichnam schänden, denk ich mir. Deinen Sarg aufbrechen und dir die grüngewordenen Brüste vom Leib reißen, mit meinen Krallen zerfetzen und die Friedhofsraben füttern, die Würmer, die Ratten, die Geier, alle Fauna des Todes. Dir weiche Erde in den Mund stopfen, bis deine Backen platzen. Ich will mit meinem Mittelfinger in deinen zerlaufenen Augen rühren! Will deinen Kadaver so zurichten, daß sie mich wegen Mordes anklagen!

Aber ich halt das Maul. Kein Mäusefurz kommt über meine Lippen. Sie schimpft und flucht und quäkt, und mir fällt auf, daß ich mit dieser Frau nicht verkehren könnte, so schön sie zu sein behauptet. Bin gar nicht so verderbt, wie ich dachte.

Wolfgang schiebt sie jetzt von der Tür weg, mit beruhigenden, zärtlichen Worten. Zehn Minuten streichelt er auf sie ein, ohne daß ich verstehen kann, was die beiden sagen. Im Schlafzimmer tuscheln sie miteinander.

Ich öffne die Küchenschränke und stopfe mir ein paar Sachen in die Hose. Eine Dose Spargel. Thunfisch, Zwiebelwurst. Butterkekse.

Wolfgang kehrt anhanglos zurück, schweißglänzend, pocht verschwörerisch mit dem Zeigefinger gegen meinen Arm.

«Hör mal – du siehst es ja selber – ich meine – vielleicht ist es besser, wenn du nicht mehr herkommst. Ruf mich an, und wir treffen uns irgendwo und monstern ein bißchen rum! Wenn Angie dran ist, legst du einfach auf, he?»

Wie leise er das flüstert. Wie beschämend und banal das alles ist, karikiert und verstümmelt. Grausam. Unerträglich. Mich schüttelt's.

«So verkommen bist du schon?»

«Bitte, Hagen – mach mir keine Vorwürfe! Sie hat schließlich auch nicht ganz unrecht...»

«So?»

«Bitte – nicht diesen Ton! BITTE NICHT!»

«Was für 'nen Ton?»

«Ach ja. Jaaaa, du kommst dir mordstoll vor, klar. Kannst ja auf mich herabsehn, nicht wahr? Du hältst dich ja für einen FREIEN Mann!»

«Nun, im Vergleich zu dir...»

«ACH JAAAA!» Jetzt wird er lauter. Und sieht mich nicht mal an dabei. «Ein FREIER MANN, der mich ANBETTELT! Wirklich TOLL!»

Ich bin sicher, Angela lauscht und reibt sich einen ab.

«Vielleicht denkst du auch mal an mich!» schimpft er. «Ich muß mir schließlich jedesmal ihre Vorwürfe anhören!»

«Warum haust du ihr nicht einfach aufs Maul?»

«Sei STILL!»

Mir wird das alles zu öde. Ein Schnitt muß her. Mein Sinn für Dramatik fordert das.

«Mit dir bin ich fertig!» sag ich.

«Gut. Gut, dann hau doch ab!»

«Mach ich... mach ich...»

«Und nimm deine VERDAMMTEN BÜCHER MIT!»

«Weißt du was? Die schenk ich dir! Für deine langjährige Freundschaft.»

«DIE NEHMEN HIER NUR PLATZ WEG!»

«Ach? Aber meine Platten – die hörst du dir an, ja?»

Er dreht sich um, geht ins Wohnzimmer. Mir ist schlecht.

Ich hol eine Flasche Wein aus dem Eisschrank.

Wolfgang kommt zurück, mit einem Paar Blauen in der Hand.

«Da – ich kauf sie dir ab!»

Zwei alberne Hunnen sind ganz schön wenig für dreihundert Platten, alles ausgewählte Aufnahmen. Aber ich nehme das Geld. Besser komm ich hier nicht raus. Und jetzt geht's los. Nun wird abreagiert. Das muß einfach sein, ausnahmsweise. Ich vergesse mich und hau meinem Freund Wolfgang eins auf die Schnauze, daß er schreit. Es ist furchtbar. Es würgt mich. Kein Nachschlag. Besser die Blumenvasen, mit denen Angela die Wohnung gefüllt hat. Es splittert, es klingt... so schön... das hehre Weib stürzt aus dem Schlafzimmer, rauft sich die Haare vor Entsetzen. Aaah... Die Schrankwand umgelegt. Wumm. Angela greift zum Telefon. Bin schneller. Raus mit dem Kabel. Putz bröckelt. Mir fällt die Krönung ein: ihr heiliges Bad. Ihr Glanz und ihre Glorie. Wolfgang liegt auf dem Boden und hält sich das Gesicht. Wahrscheinlich will er von alldem nur nichts sehn. Ich spring über ihn weg, stell mich auf die orangenen Kacheln und pisse meinen Namen. Angela rennt, mit stumpfem Eßgeschirr bewaffnet, auf meinen Rücken zu. Zum Glück gibt's Spiegel, und zum Glück ist sie nicht besonders stark. Das Messerchen fällt klirrend. Ich ringe sie zu Boden, tret ihr in den Arsch. Es ist genug. Angela weint. Um Himmels willen. Sie meint all ihren Haß ernst. Das ist das Erschütterndste.

Zeit, daß diese Zeit vorübergeht.

Alle Seilbrücken zur alten Welt vernichtet, zerschnitten. Meine letzte Adresse. Noch eine sentimentale Sekunde und dann den Wein gepackt und raus und gerannt, bis die Luft stockt.
Pause.
Verstecken. Setzen. Ausruhn. Ich muß kotzen. 'nen ganzen Liter würg ich raus. Uah!
Schreckliche Dinge hab ich getan. Meinen Freund geschlagen. Ich mach den Wein auf, drück den Korken mit dem Finger rein.
Brennende Wachspuppen seid ihr, mit dem Kerzendocht im Kopf. Glaubt ihr's warm und behaglich zu haben hinter der Stirn? Ihr lodert und schmelzt; ich könnte in eure Augenhöhlen pissen, ohne den Boden naßzumachen!

Ziemlich viel für einen Tag. Sehr viel Zerstörung, und es ist noch nicht vorbei. Gut so.
Es war immer gut gewesen, wenn der Teufel auf der Sau gen Morgengrauen ritt. Huuuahahaha! Ist mir schlecht.
Wo bin ich hier eigentlich?
Fehlspekulierter Boden. Grasüberwachsener Abriß. Gut.
Ich bin reich! 250 Mark, Chablis und Essen für zwei Tage. Es geht weiter. Da drüben steht 'ne Schrottkarre voll Scherben. Ich setze mich vorsichtig rein. Vielleicht ruft Angela die Bullen. Besser eine Stunde abwarten und tauchen. Rot und gelb hängen die Kabel aus dem Armaturenbrett. Das Altern und Rosten, Wanken, Stürzen. Toll.
Ein Auto ist ein schönes Ding. Viele Autos sind langweilige Dinger. Ein Autowrack ist herrlich. Wir nehmen und kraulen und integrieren den Dreck seit Jahrtausenden, die Gewalt, das Gift, und immer raffinierter.
Die Zahl der Koprophagen steigt.
Ob wir uns nun mit Leder, Peitsche und spitzem Schuhabsatz befriedigen oder auf die Friedhöfe gehn und mit den Toten ficken oder uns zahm mit Horrorfilmen begnügen – der TRASH ist

Kunstform, und in den Salven der Trommel ist unser Gesang ein kultivierter Schrei...

Als das Plankton sich erfand, die Klippen hochkroch und Wurzeln trieb, lachten Lava und Feuer bestimmt lauthals, beschwerten sich dann, zweifelten, verzweifelten, jaulten: «Wir erstarren, versteinern, kalte Asche überall, das LEBEN stirbt! Hehe.» Der SIEG. Auch so eine Halluzination – genau wie der KAMPF. Heute gibt es, passend zur Verlorenheitskoketterie, eine Ästhetik des VERLIERENS, einen Knigge der Bankrotteure... Wer gibt den Löffel stilvoll ab, und wer geht plump über den Jordan? Das ist die jüngste Sportart, recht lustig, aber nur billigste Hypochondermode, das ist mir egal, das führt nicht weiter.

Ich mag den Kitsch durchaus. Die Zeit der Olivenbäume, Weißdornbüsche und Rosenbeete ist vorbei, die werben kümmerlich in Reiseprospekten, und der neue Topos ist das verfilzte Haarbüschel im Aluminiumaschenbecher; doch der Kitsch, diese zähe Hetäre, kämpft bis zum Umfallen um unsre Gunst, diese Schminke mit Kern. Ich mag das.

Der Dreck erzählt schließlich von nichts anderem, zeigt ununterbrochen mit seinen fauligen Fingern darauf.

Noch hält sich Dreck und Kitsch so ungefähr die Waage. Magische Mischung des Flitterkrams. Früher wollte ich in die Zukunft reisen, weil ich ein Optimist war. Heute will ich hier bleiben, weil ich ein Optimist BIN. Hier gehöre ich her. Hier ist mein Spielzeug. Der Schlamm, aus dem ich Figuren forme, vom Morgendunst zum Neonbunt. Ich kämpfe auch. Für den SIEG. Na klar. Wofür sonst? Der Kampf ist eine viel zu heilige Sache, um ihn in eine Fahne zu wickeln.

Und wenn sich da ein Naiver aus dem Fenster lehnt und schreit, die Erde sei gräßlich, das Leben sinnlos, weil die Flüsse vergiftet, die Seen voll Pisse sind und die Bäume kurzen Haarschnitt tragen, so mag der Kerl notwendig sein wie alles andere, doch ich erlaube mir ein Hohngelächter und geile mich recht auf, denn der hat doch überhaupt gar nichts verstanden. Jetzt ist die Stunde um. Kein Streifenwagen kam vorbei.

Ab, Richtung Südwest.

Ein guter Weißwein! Ich schütte mir dieses so schwach konzentrierte Gift voll Genuß in die Kehle und werfe die leere Flasche brav in den Abfalleimer.

Obwohl meine Beziehung zum Dreck innig und harmonisch ist, erzeuge ich doch viel weniger davon als die meisten anderen.

Niemals nämlich soll aus meinem Sperma ein Kind erwachsen!

Bis die Erde einigermaßen leer ist!

Für DIESEN Schwur habe ich mir eine Zeit gesetzt.

O ja...

KAPITEL 2   *in dem Hagen seine Familie
vorstellt, über den Mörder
Herodes geredet wird, eine
Ausreißerin auftaucht und
Lilly sich fünfundzwanzig
Mark verdient.*

Lilly. Putana.

Glühende Wunden. Striemen, vom Salz geleckt. Gehen wird
Qual. Sackschweiß verbrennt mir die Eier, frißt sich tief in die
Haut. Jeder Schritt ein Schmerz. Meine Unterhose – zwei Num-
mern zu klein – scheuert mich blutig, zerreibt das Schenkel-
fleisch.
Ich versuche zu dehnen, zu lüften. Es geht nicht. Die enge Jeans
tut ihren Teil dazu, verwehrt der Hand den helfenden Griff,
schneidet mich ab von meiner Unterwelt, wo subtropisches
Klima herrscht – dampfend, brodelnd, kondensierend, feucht.
Also spreiz ich die Beine und stapfe durch die Gegend, einem
liebeskranken Cowboy gleich. Das sieht vielleicht peinlich aus!
Als wär man Opfer einer grauenvollen Mutation – verurteilt,
einen geblähten, prallhybriden Hodensack mit sich zu schleppen
– der jeden Moment zu platzen, seinen Samen durch die Stadt zu
schleudern droht.
Einige alternativ gekleidete Frauen mit selbstbewußten Frisuren
lassen im Vorbeigehn Blicke der Verachtung fallen, erbost von
soviel schaugestelltem Mannestum.
Wenn die wüßten, wie falsch sie mich deuten!
Ich könnte ja hinken, den linken Fuß ein wenig nachziehn, auf-
zeigen, daß ich krank bin, geschunden, gefesselt, aufgerieben. So

weit laß ich mich doch nicht herab. Lieber Verachtung als Mitleid. Nächstens – das ist geschworen – wird sorgfältiger ausgesucht. Nur noch weite, bequeme Hosen werd ich des Stehlens würdig erachten.

Eine blaue Trambahn quietscht um die Kurve. Alle Insassen sehen mich an. Meine im Fastspagat gewinkelten Beine umspannen schon drei Viertel des Gehsteigs – Entgegenkommende pressen sich ausweichend an die Häuserwände aus gelbem Klinker. So was Lächerliches. So geht das nicht weiter.

Hinein in den Luitpoldpark, ins nächste Gebüsch, Unterhose runter und umgestülpt wieder angezogen. Hilft für halbe Stunden.

Ein kleines Mädchen kichert und rennt weg, bleibt mit ihren langen Haaren im Strauchwerk hängen, reißt sich los, wagt nicht, sich noch mal umzuschaun.

Eine dünne blonde Strähne weht im Haselnußgestrüpp.

Das Gör hab ich einfach übersehen. Bloß fort von hier – so was kann übel enden – die buchten mich glatt wegen Exhibitionismus ein. Oder ist das in meinem Fall nur Erregung öffentlichen Ärgernisses? Richtig – was seh ich da auf dem Gipfel des Schuttbergs? Das Mädelchen hält sich den Kopf und weint auf Papa ein, zeigt mit dem Finger auf mich herab. Papa schüttelt die Faust, ein bebrillter Zeus mit prächtigem Bart. Glücklicherweise liegen zweihundert Meter zwischen uns. Aber er brüllt mir laut nach: «Sittenstrolch! Schweinehund!» Man muß sehr vorsichtig sein.

Den Schuttberg mag ich. Hier habe ich gespielt und Drachen steigen lassen, bin gerodelt im Winter und habe das Afrikakorps in den Entscheidungskampf um Stalingrad geführt.

Mein Vater hat mal behauptet, hier seien Trümmer zerbombter Häuser gehäuft und mit Grassamen bestreut worden – so lange, bis ein kleiner grüner Berg draus wurde.

Seufzend habe ich meinem Vater erklärt, daß das eine Sage sei, ein Märchen – daß es so was nicht in Wirklichkeit gebe. Doch mein Schulfreund Marc bestätigte mir die Geschichte. Dem Marc vertraute ich damals blind. Fortan grub ich mit der Plastikschaufel viele Löcher in den Berg, um Aufregendes zu finden, kam aber nie über Erde und Würmer hinaus. Aufregend genug blieb die Tatsache, daß man aus Häusern Berge machen kann. Um so interessanter, wenn man den Glauben an Häuser verloren hat.

Ich bin ein Renegat in vielen Dingen. An Häuser habe ich noch bis vor drei Monaten geglaubt. Als Winter herrschte, die Entschuldigung für vieles.

Dies ist ein nostalgischer Weg – am Scheidplatz vorbei – durch die Düsseldorfer Straße mit ihren braunen, achtstöckigen Hochhäusern. Meine Kindheit liegt dort irgendwo begraben, heruntergefault bis auf die blanken Knochen.

Ich latsche zwischen den breiten, weißen Wohnkomplexen einer Schwesternschule durch – ein halber Quadratkilometer, der vor zwanzig Jahren der letzte Urwald Schwabings war, voller Hekkenrosen, Apfel- und Birnbäume, Steppengras und glitzernder Autowracks.

Wildbestrauchte, schwer zugängliche, freie, ungenutzte Fläche. Baumhäuser. Glasscherben. Öllachen. Kriegsspiele. Kindersex. Bandenfehden. Brennende Reifen, deren Rauch pumpend, schwarz pulsierend in den Himmel quoll. Rote Ameisen. Im Feuer zerschmolzene Spielzeugsoldaten. Asche. All das.

Weiter.

Diese Konditorei da, am Bonner Platz – da gab's mal den besten Mohnkuchen der Stadt. Eines Tages fraß ich zehn Stück davon – im Glauben, ich könne high werden vom Opium, laut Marc Bestandteil des Mohns. Seither mag ich keinen Kuchen. Dort hörte

ich auch mein allererstes Lieblingslied, «Seasons in the Sun». Da
war ich so fünf. Oder schon sieben? Damals malte ich haufen-
weise Guillotinen. Niemals abgeschlagene Köpfe und nie ver-
wendete ich die Farbe Rot, aber Guillotinen malte ich in allen
Abarten und Subformen. Ich war der beste siebenjährige Guillo-
tinenmaler aller Zeiten. Meine Lehrerin irritierte das; sie wußte
nicht, wie sie sich so einem Ausnahmetalent gegenüber verhal-
ten sollte. Von den schulischen Malwettbewerben gewann ich
keinen einzigen. Eine Gemeinheit war das; mein Guillotinen-
design finde ich heute noch ungewöhnlich ausgereift. Immerhin
mußte man mir in Geschichte eine Eins geben; besonders was die
Köpfe der Französischen Revolution betraf, war mein Detailwis-
sen stupend. Später wurden mir die Guillotinen langweilig; ich
spielte dann die Nürnberger Prozesse nach, erhängte Nazipup-
pen auf dem Schrottplatz und schenkte alle meine Guillotinen-
bilder einem jüdischen Mitschüler. Es kommt dann auch die
Zeit, wo man solches Zeug nicht mehr sehen mag; gerade, was
mit Französischer Revolution zusammenhängt – es wird einem
richtig ekelhaft. Schreckliche Epoche. Reihenweise hing man
junge hübsche Adelsfräulein an die Laterne – und ich hatte keine
Freundin.

Wenn ich diesen Weg entlanggeh, mime ich meinen eigenen
Touristenführer. Hier hat Hagen seine Comics gekauft. Hier hat
er die erste Zigarette geraucht und dort die erste Möse gesehn
und dort die zweite... Blöd. Vergessen wir das.
Vorbei am Oskar-von-Miller-Gymnasium, dem wuchtigen alten Bau. Aus dem düsteren Hauptportal strömt eine Horde Un-
terstufenschüler, rempelt mich an, stößt mich beinah um.
Ein paar von ihnen lassen freche Sprüche fallen. Dazu machen
sie negroide Tanzschritte.
Lust keimt, mir ein Exemplar zu schnappen und auf die Härte der
Welt vorzubereiten, aber dann erinnere ich mich, daß meine

Schulzeit eine Hölle war, gegen die die «Welt» noch recht vernünftig scheint. Also laß ich meine Faust schmelzen und verfluche die Schwüle des Nachmittags im Schatten einer Kastanie. An den Schulterteilen des T-Shirts zupfend, riech ich herbe Dünstung steigen.

Meine Schuhe machen mir Sorgen. Jetzt bin ich gezwungen, gerade und aufrecht zu gehn, die Füße langsam abrollen zu lassen, damit sich die Sohlen nicht noch weiter vom Überbau lösen. Bei jedem Schritt klafft ein ledernes Maul. Schuhe klauen ist problematisch. Bei der Wohlfahrt gibt's nur Scheiße. Die Umkleiden der Turnhallen sind recht gut – aber da fall ich leicht auf. Bestohlene Sportler... ein rabiates Pack, die zeigen's einem sofort...

Mit der Hand zur Arschtasche zuckend, fällt mir mein Reichtum ein. Sehr gut. Gleich einen Umweg gemacht und Turnschuhe gekauft, im Sonderangebot. Ich mag Turnschuhe nicht besonders – aber schnell laufen können ist wichtig.

Die dicke Luft umarmt mich. Klammert. Gefühl eines Boxers in der fünfzehnten Runde. Hängen und Würgen, Schläge ins Leere, Rumhampeln in den Seilen.

Ich hab's nicht mehr weit. Drei Straßen noch, zwei Winzlinge und die Leopold. Dann kann man die Münchner Freiheit sehn. Netter Name für einen Platz – richtig humorvoll.

Schwarzer Scherz. Junge, wenn du die Freiheit suchst, sie ist klar und deutlich auf dem Stadtplan verzeichnet.

Meine Familie wohnt da tagsüber.

Du kannst jeden einzelnen von ihnen fragen, was immer du willst. Sie werden um Bier betteln. Das ist so ihre orientalische Art, in Gleichnissen zu reden. Welterfahrene, weit heruntergekommene Leute.

Ich winke über die vierspurige Straße und warte auf die passende Verkehrslücke. Fred winkt zurück.

Seine Augen sind scharf. Lässig lehnt er an der U-Bahn-Brüstung mit dem Rest der Bruder- und Schwesternschaft, zwischen den Gartenschachanlagen und dem Katarakt.

Ich seh sie immer wieder gern, meine Familie. Ein märchenhafter Anblick. Das ist 'ne Sammlung – die gesamte Zoologie rauf und runter, Kaleidoskop der sonderbarsten Gene.

Zuerst fällt Fred ins Auge, der hünenhafte Hamburger Exmatrose mit den tätowierten Armen. Er hat noch ein paar wenige Haare an der hinteren Schädelhälfte, der Rest ist kahl und kantig und die Haut an jeder sichtbaren Stelle bis zum äußersten gespannt. Hohe Stirn, klobige Nase. Säuft eineinhalb Liter Schnaps am Tag. Ein jähzorniger, selbstbewußter Kerl, der schon all seine Brüder und viele der Schwestern zusammengedroschen hat. Nur ich bin davongekommen. Vor mir hegt er unbegründeten Respekt. Er behauptet, ich sei verrückt, und es bringe Unglück, mich zu schlagen.

Ich bin nicht verrückt, aber unter diesen Umständen unterlasse ich die Beweisführung. Fred ist ein guter Kerl, der Mitglieder seiner Familie verteidigt, wenn's drauf ankommt. So einen kann man brauchen.

Die Ampeln schalten um. Ich schaffe es bis zum Mittelstreifen. Rund um die Freiheit gibt's immer viel Verkehr. Einige der Wagen scheinen mich aufschaufeln zu wollen, so wie Ralph, den es vor drei Wochen erwischt hat und der jetzt im Krankenhaus faulenzt.

Die Sonne glänzt im «schwarzen Riesen», dem Hertie-Hochhaus, dessen Fassade aus geschwärzten Glasplatten besteht. Angeblich soll es bald abgerissen werden. Schade.

Es hat mich immer schon fasziniert, dieses Gebäude, und das Licht, das sich darin suhlt. Ein Licht, wie es im Kaffee schwimmt oder im Ozean bei Dämmerung.

Die Straße ist geschafft, und mein Blick wandert von Fred zur Pelzmantelanna, einer Frau von fünfundsechzig Jahren, die

Glück hat, wenn man sie für achtzig hält. Zur Begrüßung läßt sie ihren schlappen, ausgeleierten Kehlsack hin und her schwingen.

'ne einzige Falte, dieser Mensch.

Seit angeblich zwanzig Jahren, bei jedem Wetter, jeder Tageszeit und Schicksalslaune trägt sie ihren Pelzmantel – irgendwas Billiges – schwarzes Schaf oder so – völlig enthaart, ausgefranst – räudige Katzen hab ich so rumlaufen sehn, bis aufs Leder entkleidet.

Die Sage der Anna ist am Telefon erzählt.

Man erträgt sie nur kurz oder als Dekoration zu einer Untergangsstimmung. Nach dem dritten Bier läuft ihr die gelbe Soße an den löchrigen Strümpfen runter, das stinkt, und man rückt ab von ihr.

Wenigstens redet sie kaum, beschränkt sich aufs Kichern.

Wenn es ans Schnorren geht, spricht sie prinzipiell nur gutsituierte Männer mittleren Alters an. Das ist ihre Marotte. «Gnädiger Herr, hätten Sie nicht eine Mark für mich?» Ihr Sprachschatz beschränkt sich auf diesen Satz. Den heult sie grell und langgezogen. Der Rest ist Grunzen.

Es bleibt ein Rätsel, wie sie den Winter überstanden hat mit ewig nassen Beinen.

Schokoladenbraun, aber Schnurrbart, steht Mischling daneben. Sein bayrischer Akzent macht ihn zur grotesken Figur, wie sie oft in Filmklamotten verwendet wird. Deshalb nur das Wesentlichste. Jeder nennt ihn kurz Mischling. Seine früheren Namen hat er wohl selbst vergessen. Er ist stolz darauf, Mischling zu sein.

«Ich bin stolz, ein Mischling zu sein!»

Er hält das für so wichtig, daß er es fünfzigmal am Tag wiederholt. Jedem Kommentar – selbst zur banalsten Sache – wird dieses Bekenntnis vorangestellt.

Die fette Lilly – der voluminöseste Blickfang.

Opfer fröhlicher Drüsen, sitzt sie auf der Brüstung und massiert sich die Beine. Teigkneten in der Großküche. Klebriges Stroh wächst auf ihrem Kopf. Die Armmuskeln der ehemaligen Hofbräuhaus-Kellnerin sind zu herabhängenden Wulsten verkommen. Der unscharf geschminkte Mund schließt sich um den Flaschenhals des Weins – Rot mischt sich mit Rot, spritzt über die blasse Haut von Kinn und Hals. Sie trägt ein weißes, bis auf Trunkflecken sauberes Kleid. Auffallend genug, erwähnt zu werden.

Zuletzt Edgar und Liane.

Edgar mit dem schiefen Grinsen und den graumelierten schulterlangen Haaren – Edgar, noch keine mir bekannte Minute nüchtern – Edgar, dessen abgezehrter Körper das Wunder des labilen Gleichgewichts in Dauerbewegung darstellt. Edgar ist 'ne Schau! Ein witziges Taumeln und Drehen und Armschlenkern, manchmal nur auf einem Fußball rotierend. Nicht schlaksig, nein – eher gelenklos, gummipuppenartig, marionettenmäßig, an zu lockere Fäden gespannt.

Wenn er mit jemandem redet, hält er sich an dessen Schulter fest und flüstert feucht ins Ohr, in einem einzigartigen Akzent. Ein stolzer Mensch. Nieder sinkt er nur vor Liane, seiner Angebeteten. Seit Monaten schleicht er um sie rum und bleibt ihr egal. Bei untergehender Sonne faßt er regelmäßig Mut, küßt eine ihrer Kniescheiben, worauf sie ihn beiläufig abschüttelt. Dann füllen sich seine Augen mit trauriger Sehnsucht und sehen uns an, fragend, warum geschehen kann, was geschieht, und seine gegeneinander verschobenen Lippen zittern.

Man kann Liane kitschästhetischen Gewissens hübsch nennen. Sie zählt dreißig Lenze, ebenso viele Verehrer, und sieht nicht mal viel älter aus. Wegen sich häufender Vergewaltigungen trägt sie nur noch Hosen – sie hat zu gute Beine, vor allem im schwachen Laternenlicht der Nacht, wenn Schrammen und Kratzer verschwinden und allein die Silhouette Eros in die

Augen sprüht. Auch die Figur ist im Leim geblieben. Ihr schmales Gesicht, worin Nase und Mund nur unbedeutende Vorsprünge bilden, leuchtet verträumt durch die Dunkelheit der plumpen Witze.

Niemals habe ich sie lachen sehn, noch in ihren braunen Augen ein Flackern entdeckt.

Im Zustand schnapsduseligster Verlorenheit hat sie mich mal rangelassen. Das hat keinen Spaß gemacht. Ich zog den Schwanz wieder raus und streichelte statt dessen ihr glattes, kurzes Haar, befriedigte meine poetische Seele und holte mir erst Stunden später einen runter.

Seither beachtet sie mich nicht mehr. Meistens sitzt sie geistesabwesend auf einem Stuhl, die Zigarette wie ein Hörrohr an der Stirn, und wenn man den Zeitrafferblick aufsetzt, entdeckt man, daß sie sehr, sehr langsam mit dem Oberkörper schaukelt.

Meine Familie.

Sie ist noch größer.

Tatsächlich habe ich manche von ihnen schon lang nicht mehr getroffen – die füttern vielleicht bereits die Würmer, wer weiß? Im Juni kann man klar absehn, wer den Winter nicht überlebt hat von den Alten – und wem man nur zufällig nicht begegnet ist. Die Runde ist ziemlich stier. Billiger Rotwein wird getrunken, zwei Liter für vier Mark. Das ist harter Stoff. Ich könnte ja Bier ausgeben, doch man muß sehr vorsichtig sein. Meine Familie ist recht nett. Nur in Gelddingen ist sie eigen. Und Rotwein paßt schließlich gut zum Spätnachmittag, der verschwommen glühenden Zeit zwischen Flamme und Rauch. Kohlensäure würde da zuviel aufwirbeln.

Ein kühler Wind schwebt vorbei, probiert mehrere Richtungen, bleibt stehn, weiß nicht weiter.

Ich nehme die Flasche. Der warme Wein hinterläßt einen seifigen Geschmack in den Backen.

«ZAHL 'NE MARK, WENNSTE DICH BETEILIGST!»

Fred hält die Hand hin. Gequollene Finger, wie nach drei Stunden Badewanne. Monströse, braungebrannte Larven, mit einem Kokon aus winzigen Krusten. Da leg ich gern ein Stück Silber hinein, das sieht wundervoll aus.

Fred meint, wir sollten noch was tun, bevor es dunkel wird. Meine Sache ist das zwar heute nicht – bin schließlich reich! Doch das muß man niemandem auf die Nase binden. Also setz ich mich in die Reihe. Es würde schlechten Eindruck machen, sich abseits zu halten, das wird nicht gern gesehn. Hier herrscht Planwirtschaft.

Das Ritual des Passantenanschnorrens. Kommt ein Typ vorbei, der nach Opfer ausschaut, geht der Vorderste hin, bittet um Kleingeld und setzt sich ans Ende der Schlange. Auf diese Weise fällt keiner zu sehr auf, und die Sache artet nicht fabrikmäßig aus.

Meine Quote ist ziemlich schlecht. Fred ist unser Großverdiener.

Er macht die Leute zittern vor Angst. Liane liegt auch gut im Geld. Edgar bringt das Maul kaum auseinander und am Tag keine zwei Mark zusammen. Wir mußten das Schnorren so organisieren aufgrund dieser Scheiß-Punks, dieser nicht sterbenwollenden Relikte aus den Spätsiebzigern, die so rein gar nichts mehr draufhaben. Die stehn direkt an der U-Bahn, um anzuzapfen – wo wir uns nicht hintrauen wegen der U-Bahn-Wache, den schwarzen Sheriffs, die uns immer zu Manöverzwecken benutzen. Die Punks sahnen ab. Fred packt oft der Zorn, und er mischt ein paar von denen auf, aber die kommen wieder wie die Fliegen.

Außerdem beschimpfen sie uns. Gestern erst hat sich wieder einer vor mich hingestellt und geschrien: «Ich bin die Revolution! Ich bin die Provokation! Und du bist ein Nichts!»

Irgend so einer muß es gewesen sein, der Buddha dazu brachte, das Nichts allem andern vorzuziehen.

Jetzt bin ich dran.

Aufgestanden, demütig den Kopf gesenkt und mit leiser, aber artikulierter Stimme um eine Mark gebeten. Ist mir mehr Zeitvertreib als Betteln. Die Studententypen geben am häufigsten. Ich bekomme 37 Pfennig und setz mich wieder hin. Die Anna kommt dran, kriegt nichts und dann Liane... Die hat es voll drauf. Einsame Spitze. Mit ihrem Blick zwischen Früh- und Spätromantik nimmt sie die jungen Männer in die Mangel. Diese sehnsüchtigen Augen sind fast soviel wert wie Freds Brutalfresse.

Heute macht dieses Spiel keinen Spaß.

Lilly beugt sich hinter den veilchengespickten Blumenkasten und kramt eine Zeitung vor.

Die heutige.

Spontan wird die Tagesordnung umgekrempelt. Jetzt geht's wieder um das Thema, das große Thema der letzten Tage und Wochen. Mir bereitet das wenig Spaß. Die andern können wild werden darüber. Sogar Liane öffnet zum Zeichen psychischer Beteiligung den Mund einen Spaltbreit. Anna hält ihre Ohrfalte an Lillys Rotmaul, das laut Neuestes vorliest. Aber es gibt ja nichts Neues! Nur wiedergekäutes Faktenmaterial! Bloße Satzumstellungen. Labbrige Nacherzählung vergangener Taten. Perspektivenwechsel in der Kreisbahn.

Immer noch geht es um jenen Babymörder, der München unsicher macht.

Das ist einer... beugt sich über die Kinderwägen, tarnt sich mit Kosephrasen à la Duziduuziduu, KILLE KILLE, und ratschzack, schneidet er dem Säugling die Kehle durch... geht langsam davon... ohne sich aufzuregen. Die Mütter, die danebensitzen, im Park oder sonstwo, und stricken oder lesen oder wasweißichwas tun, merken die Sauerei meist erst, wenn's rot durch die Polster weicht und auf den Boden tropft. Das ist 'n Ding! Und so was in München! In New York würde das nicht weiter auffallen, aber hier...

Die Zeitungen knien vor dem Mörder, spornen ihn mit Ruhm, in der Hoffnung, das drohende Sommerloch zu überbrücken. Fünf Babys in zwei Monaten – kaum nennenswerte Spuren.

Man weiß so gut wie nichts. Angeblich – aber hier widersprechen sich schon die spärlichen Zeugen – trägt er ein ungepflegtes Äußeres. Die Polente krebst hysterisch durch die Planquadrate. Des Killers Pennerimage macht uns zu schaffen.

Mehrere von uns sind wiederholt an die Wand gestellt und nach Rasiermessern durchsucht worden.

Anfangs war mir der Kerl ja beinah sympathisch. Selbstverständlich habe ich überhaupt nichts gegen Kinder, die schon mal da sind. Aber Morde geschehen eben, werden publizistisch verbraten – und in der Langeweile seh auch ich mir die Charts an und geb meine Stimme für das Blutbad des Monats.

Auf der Titelseite hat man heut, weil sonst so gar nichts passiert ist, noch mal im Fotoalbum der Kleinstopfer gekramt. Diese süßen Dinger! Wie niedlich! So goldig! Entzückend! Fred, Mischling und die Frauen stehn um die Bilder rum und kriegen sich nicht mehr ein vor Rührung.

Mich läßt das kalt. Geht mich nichts an. Idi Amin hat so was gegessen und behauptet, es schmecke eher salzig denn süß. Wolfi hat mal gesagt, eines Tages müßten wir es eh alle wie Idi machen und unsre Kinder fressen, weil nichts anderes mehr da ist; da wär's doch gar nicht schlecht, wenn die Menschheit sich noch 'nen kleinen Vorrat anfickt. So kann man's auch sehn...

Ich kenn das Geplapper, das nun folgt. Die Zeitung hat getroffen. Wie aufgescheuchte Hennen gackern Emotionen durch die Landschaft. Lilly fordert die Todesstrafe! Und Härteres! Sie erhält allgemeine Unterstützung. Ich dreh mich weg.

Fred holt ein vergilbtes Foto aus der Hosentasche, das seinen Sohn im zarten Alter zeigt.

«Wie alt ist der jetzt?» frag ich.

«Laß mal rechnen... Zwanzig! Hab ihn seit damals nicht gesehn...» Er steckt das Foto wieder ein.

Jetzt lassen sie grobschlächtige Phantasien raus, versuchen sich
gegenseitig an Martersmagorien zu übertreffen.

Aufgehängt muß er werden! In Stücke reiß ich den, wenn ich ihn
erwische! Verbrennen muß man ihn – live im Kabelfernsehn!
Pfählen! Vierteilen! Achtteilen! Kreuzigen! Den Müttern über-
geben! Ich bin stolz, ein Mischling zu sein, zieht ihm die Haut
vom Leib!

Und so weiter. Schluß damit. Als wär der Mensch eine bedrohte
Tierart. So was Dummes! Das Ärgernis öffentlicher Erregung.
Nur als Opfer sind wirklich alle gleich.

Doch im Boulevardblatt steht es schwarz auf rot: DER MEISTGE-
HASSTE MANN DER WELT. Man hat ihm sogar einen Künstler-
namen verpaßt: HERODES. Die Pressefritzen haben's halt mit
der Bibel.

100 000 DM Belohnung.

Fred klopft sich auf die Faßdauben und schwört Rache. Selbst
Liane verliert Würde und ballt die Faust. Nur Edgar taumelt
gelassen übers Kopfsteinpflaster und bohrt in der Nase. Die
Ausbeute ist beträchtlich. Grüner Popel, getrocknetes Blut,
Schnupftabaksklümpchen.

Chaplinesk schnippt er's fort, geht dabei – wie so oft – beinah zu
Boden.

Der glibbrige Dunst sammelt sich zu Wolken.

Hier ist meine Familie. Hier ist die Menschheit, tausendste Fortsetzung.

Die meisten von ihnen sind so richtig dumm – aber das macht
mir nichts aus. Man kommt sich mächtig klug dabei vor – und
dennoch ist es ein wirksames Illusionspestizid. Das mit der Todesstrafe, das meinen die ernst, auch wenn grad kein Kindchen-
schema ihr Hirn zerweicht.

Unglaublich, aber sie wählen fast alle rechts, die Garnichtshaber.

Das heißt, sie würden wählen, wenn sie sich um Wahlkarten bemühten. Bei vielen ist die politische Überzeugung etwas aus Großvaters Nachlaß, wie Mobiliar oder Geschirr. Fred ist ein Hitlerfan, wünscht ihn sich aus dem Grab zurück, damit der DRECK von der Straße verschwindet. Dreitausend neue Autobahnen soll er bauen! Hm.

Wenn ich ehrlich bin, war der Autobahnbau immer das Hitlerverbrechen, das mich am meisten, weil persönlich entsetzt hat. Immer wenn der Wald an großspurigen Asphalt stieß, habe ich Hitler verflucht. Ansonsten gehörte er für mich in diese schwarzweiße Zeit. Als Kind konnte ich mir gar nicht vorstellen, daß das alles in Farbe passiert ist. Früher habe ich viel im Wald gelebt. Heute lebe ich in der Stadt. Da gibt es weniger Autobahnen.

Jetzt fängt Fred an, mich zu beschimpfen.

«Du Sau! Du Marxist!»

Ich bin nichts weniger als ein Marxist, will Fred aber nicht zum Disput reizen. Er sieht aus, als könnte er für den Moment vergessen, daß ich verrückt bin. Dazu will man's ja nicht kommen lassen. Edgar – der hat vor niemandem Angst. Auch nicht vor Fred. Und was hat er davon? Sehen Sie sich Edgars Gesicht an!

Mut ist ein Luxusgut für mich. Kostet viel und bringt mich nur um. Es gibt andere Wege.

«Komm», sag ich, «ist doch alles gar nicht so wichtig!» Und strecke Fred die Hand hin. Das meine ich, wie ich's sage. Wirklich nicht besonders wichtig.

Früher hielt ich das Dumme für das Böse. Das stimmt nur begrenzt. Das Dumme ist weniger böse als das Halbdumme, und das Halbdumme ist gegenüber dem Vierteldummen engelsgleich. Diesen Aspekt übersah ich. Im übrigen empfinde ich es keineswegs als ungerecht, daß die Dumpfen solche Mehrheiten stellen. Das ist ganz zweckmäßig, fair und gerecht im Sinne eines langen, spannenden Matchs. Ja, ich bin Spieler geblieben durch und durch. Ich begnüge mich bloß nicht mehr mit weißen und schwarzen Klötzchen.

Fred schlägt ein.

Herodes hat das Bild dieses Platzes verändert.

Die Kinderwägen sind weniger geworden, und diejenigen, die umhergefahren werden, wirken gepanzert. Vielleicht ist das auch Einbildung, doch die Mütter tragen grimmige Gesichter. Vielleicht sind sie bewaffnet, und neben jedem Kindskopf liegt ein Beil bereit. Ich hab mal versucht, mich in das Hirn einer befruchteten Frau zu denken, mir vorgestellt, es wächst und zappelt was in meinem Bauch, das ich beschützen muß. Da fröstelt's einen. Mutterinstinkt muß etwas Mörderisches sein.

Keinen Moment wird jetzt der Nachwuchs aus den Augen gelassen. Man darf gespannt erwarten, wie Herodes, der Serienheld, mit der neuen Situation fertig wird.

Na ja. Der fünfte Mord geschah gleich hier um die Ecke. Alle liefen hin zu schauen. Nicht ich. Mir schien das bloß langweiliger Aufguß.

Es tut sich was im Himmel. Breite schwarze Wolkenmassen krachen zusammen. Noch ist es heiß und stickig. Die Hoffnung auf Gewitter, auf die große Spüle, steigt.

Fred und Mischling beschließen, sich ein wachsames Auge über die Stadt zu teilen. Darauf trinken sie. 100 000 DM! Das wär's!

Holla, wer kommt da?

Endlich Tom – den kann ich gut leiden. Voller Energie trabt er an – ein Kerl von zwanzig Jahren, gedrungen, aber flink wie die Seuche. Naiv, aber nicht blöd. Ein nervöses Zucken im rechten Auge läßt einen glauben, er zwinkere fortwährend, was sich gegenüber Unbekannten als wenig vorteilhaft erweist. Der Pagenschnitt auf seinem Kopf paßt nicht zu den spitzen Schuhen mit Metallbeschlag.

Er ist etwas Besonderes innerhalb meiner Familie. Man könnte ihn eine Art Freund nennen. Seitdem ich ihm erzählt habe, daß ich schon mal in Amerika war, bewundert er mich als mondänen, erfahrenen Mann. Hawaii ist sein Lebensziel. Er ist der geübteste Dieb, den ich kenne. Solche Beziehungen kommen mir immer gelegen. Wenn Tom einmal an der Supermarktkasse vorübergeht, holt er draußen ein Dutzend Zigarettenschachteln aus der Jacke. Seine Sage liest sich recht altbacken.

Echtes Problemkind, aus einem modernen Sozialmärchen entlehnt. Eltern gestorben, Jugendknast etcetera. Ich hab nicht das Gefühl, daß er sehr unglücklich ist. Er hat seinen Traum – Hawaii und langbeinige Frauen –, und dank seines außerordentlichen Talents sind ihm materielle Sorgen einigermaßen fremd.

«Servus!» sagt er. «Bin grad im Pornokino gewesen – durch den Notausgang reingewischt. Mannomann, jetzt bin ich ein halbes Kilo leichter, kann ich euch sagen!»

Ich habe Lust, ihn zu flachsen, und frage, worum es in dem Film gegangen sei.

Er antwortet ganz ernsthaft: «Also, da waren zuerst zwei Schülerinnen, und die eine wollte keine schlechte Note in Mathe und ging ihren Lehrer besuchen, und dann...»

Ich winke ab. Es ist peinlich, dem zuzuhören, und Witz fällt mir auch keiner ein.

«Brauchst Zigaretten?» fragt er.

«Immer.»

«Da hast. Gib mir 'nen Zwickel für! Wird bald ein Gewitter geben. Bombensache. Beste Zeit, um ein Auto zu knacken. Komm, Hagen, wir schließen was kurz und düsen durch die Gegend!»

«Laß nur. Ich kann mit Autos nichts anfangen.»

«Du alter Mann!»

Es ist wahr. Ich bin alt. Es passierte, als ich zwölf war und begann, Bücher aus der Schulbibliothek zu stehlen. Zufällig erfuhr ich, daß in London, zur Zeit Oliver Twists, auch zwölfjährige Diebe gnadenlos aufgeknüpft wurden. Die Tatsache, ein Todgeweihter zu sein, wäre man nur zweihundert Jahre früher auf diese Welt gekommen, erschütterte mich tief. In meiner Psyche setzte eine frühzeitige Vergreisung ein. Jeden Tag lebte ich wie meinen letzten aus, und einmal schrieb ich auf das karierte Papier einer Mathematikschulaufgabe sogar: «Was nützt es, am Flächeninhalt eines Kreises rumzurechnen, wenn sich derselbe in jeder Minute schließen kann?» Der Lehrer gab mir eine Sechs, aber ich glaube, ihm war mulmig dabei zumute. Lilly tippt Tom auf die Schulter. «Du, hör mal, du findest doch auch, daß der Herodes aufgehängt gehört!»

«Wir haben uns grade über die Todesstrafe gestritten», erläutere ich. Tom runzelt die Stirn, leckt sich über die Lippen.

«Todesstrafe», sagt er dann, «ist 'ne gute Sache. So richtig tragisch. Kann man gute Filme machen drüber. Erinnert ihr euch noch, wie diesem kleinen deutschen Haschdealer drüben in Malaysia die Todesstrafe gedroht hat? Ganz Deutschland hat da mitgezittert und war entsetzt und hat gebetet und so... Hübsch romantisch! Findet ihr nicht?»

Was redet er da? Ich glaub, ich muß ihn züchtigen...

«Recht hat er!» kreischt Lilly. «Die Todesstrafe macht's Leben erst wieder lebenswert!»

Mir reicht's. Ich geh schlendern, am exklusiven Café vorbei, mit dessen Bedienungen ich auf Kriegsfuß steh. Hin und wieder kenn ich einen von den Typen, die da rumhocken und an ihren bunten Eisbechern lutschen, von früher her, und wenn dann die Nostalgie lockt, ein paar Worte zu tauschen, jagen die Kellnerinnen mich davon. Ich sei nicht erwünscht, behaupten sie. Jedenfalls ist noch keiner der Bekannten aus fernen Zeiten aufgestanden von seinem Eisbecher, mit mir woanders zu reden.

Auf den groben Holzbänken neben dem Sandkasten sitzen Blitz-schachspieler und spielen Partien um zwei Mark mit Kontra. Einer der Zocker fasziniert mich sehr – ein uraltes Weißhaar-wrack, das nur noch aus Knochen und Pergament besteht. Seine Hände vibrieren so stark, daß die Gegner ihm eine Minute vor-geben. Trotzdem ist er grundsätzlich in Zeitnot. Er droht jedes-mal zu sterben, bevor die Partie zu Ende ist. So was Zähes. Be-stimmt ein großer Meister, als er jung war. Tom tritt hinter mich. Mein Schatten. Mein Sancho Pansa. Mein Faktotum.

«Ich würde so gern wieder Musik hören», sag ich, «große Musik. Die Melodien in meinem Kopf verschwimmen zu Brei, haben alle Konturen verloren. Nur ein bißchen Musik, entscheidende Musik. Dritter Akt Tristan, von Kleiber dirigiert. Oder die Böhm-Rysanek-Elektra. Mussorgskis Ur-Boris. Harnoncourts Poppea. Irgend etwas! Kannst du mir nicht helfen?»

«Wie denn?»

«Weiß nicht. Entführ ein Orchester!»

«Geh doch in den Plattenladen!»

«Bah! Das ist nicht das Wahre.»

«Dann geh in die Oper...»

«Hm. In München fuchteln zur Zeit nur so miese Kapellmei-ster.»

«Da weiß ich auch nicht, wie ich dir helfen soll...»

Immerhin, er tut so, als überlege er ernsthaft, die schmalen Künstlerfinger überm spitzen Kinn gespreizt.

Ich verfall ins Träumen und stell mir vor, mit einer Pistole in der Hand bei Michelangeli in seiner Villa einzudringen, um ihn zu zwingen, mir etwas auf dem Klavier vorzuspielen. Hätte ich je-mals Klavier gelernt, wäre ich heute nicht auf der Straße. Es hätte mich eines Stücks Freiheit beraubt. Ein Klavier fesselt einen ans Haus, zwingt zum häuslichen Denken. Ich kann keine Wände mehr ertragen. Natürlich sind die Straßen auch Wände. Sie fallen nur nicht so auf, weil sie flach rumliegen.

Einige Regentropfen fallen, und die Menschen legen den zweiten Gang ein. Die Freude währt nur kurz. Sonne bricht noch mal durch, startet zur letzten Tagesoffensive. Der weißhaarige Zokker klappt von der Bank. Kollaps. Wenige Momente später erhebt sich ein wohltuend kühler Wind. Sehr sarkastisch. Sie tragen den Mann weg. Der ist schon zweimal zusammengebrochen, der kommt wieder. Vielleicht auch nicht. Vorsichtshalber senk ich jetzt schon die Stirn zum Salut.

Bei der Familie tut sich was. Fred redet auf ein Mädchen ein. Das müssen wir uns ansehen, da ist was im Gange.

Ein bleiches, junges Ding, keine achtzehn Jahre alt, in zerfransten Jeans, wie man sie zur Zeit trägt: an den Knien durchgescheuert. Mode der Zerstörung und des Drecks. Sie schleppt einen Rucksack über der Schulter. Dünne blonde Haare, die Frisur einer Trauerweide. Doch recht hübsch. Ein unschuldiges Gesichtchen, wäßrig blaue Augen, Stupsnase.

Fred hat ihr einen Arm auf die Schulter gelegt. Ist dem Mädel sichtlich unangenehm.

Die alten Männer gieren so sehr danach, Frauen zu berühren. Betatschung bei jeder Gelegenheit, und wenn es sich in einem freundschaftlichen Boxen in die Seite äußert.

Manchmal schlagen sie Frauen sogar, nur um sie für Sekundenbruchteile zu berühren.

Fred mit seinen zweiundvierzig Jahren ist schon der Opa unter uns. Alte Männer sind wir trotzdem. Alle.

Langsam läßt sich begreifen, worum es geht.

Das ist 'ne Ausreißerin! Holla! Die sucht Hilfe!

Jeder will sie als erster ficken. Der Mischling, unser Charmeur, stellt sich beim Eisverkauf an, um eine Tüte für sie zu holen.

Das Mädel lächelt schüchtern und weiß nicht, wohin. Fred schlägt das nächste Gebüsch vor.

Ja so was – eine Entflohene – sucht Zuflucht – alle Mann her, ein

45

Ring begieriger Leiber schließt sich um sie, da bewegt sich was, inner- und außerhalb der Hosen, man will ihr Tränen aus den Augen wischen, die's noch gar nicht gibt. Ratschläge folgen und unbeholfene Komplimente.

Sie begreift nichts und freut sich fast über soviel Aufmerksamkeit, soviel Begriffenwerden. Man guckt sie weg. Mit jedem Atemzug wird sie weniger. Jetzt läßt ihr Mienenspiel gerochene Fahnen erkennen. Fred und Edgar geben ihr ein Simultanbussi, auf jede Wange eines. Sie würden ihr am liebsten gleich hier andächtig die Muschi lutschen. Die bekommt ja gar keine Luft mehr. Mutmachender Wein wird ihr eingeflößt. Wie Hunde schnüffeln sie an ihr. Ein köstlicher Anblick. Auch Tom steht das Sperma in den Augen. Ich dräng mich rein und schnüffel mit.

Alle werden vorgestellt – das ist der Hagen, und ich bin der Fred und das da... Das Gör lächelt verkrampft und überlegt sich den Rückzug, Edgar kitzelt sie, und sie quietscht, und alle jodeln, als amüsierte man sich mit einem kleinen Tier. Mischling streckt das Eis hin – Brombeer und Zitrone. Jetzt kann sie sich nicht so einfach verabschieden. Sie nimmt das Eis aus Höflichkeit, und man bewundert ihre dünnen Lippen, die sich über die schmelzende Kugel schließen. Allgemeines Sabbern und Schlürfen. Fred zerspringt vor Geilheit. Er knetet an ihr rum, der letzte Rest ihres vorgetäuschten Selbstbewußtseins bröckelt ab. Unsicher wandern ihre Augen durch die Runde, sie sucht sich herauszuwinden aus Freds festem Griff. Dem tropft der Speichel. Edgar wird spastisch. Tom versucht witzig zu sein und erzählt was vom Pornokino. Mischling macht auf kühlüberlegenen Macho und zieht den Spitzbauch ein. Welch Brunftkonzert!

Jetzt biste aber froh, he? Soviel Freunde auf einmal gefunden! Keine Angst! Wir singen dich in den Schlaf und bereiten dir ein weiches Lager – all unsere Kleider spenden wir dafür. Zudecken werden wir dich mit dem Rest, der uns bleibt. Fred streift ihr unverhohlen über den schwachen Busen. Sie erkennt nun sehr genau, wo sie gelandet ist, zappelt, stößt Fred zurück, der preßt sie an sich und drückt ihr seine Lippen auf den Mund. Sie ist kurz davor, um Hilfe zu schreien. Es sieht gräßlich aus. Mitleid erfaßt mich. Die Vergewaltigung eines zerzausten Rauschgoldengels. Ich kann's nicht mehr ertragen. Es ist Unrecht. Es ist 'ne Sauerei. Puh! Jetzt kühl bleiben. Ich schreite ein. Lilly und Liane helfen mir. Sie haben nicht vergessen, Frauen zu sein. Fred starrt mich entgeistert an.

Das ist das Ende, denke ich. Er wird seine Hand gegen mich erheben, und ich werde tot zu Boden fallen. Das knistert vor Spannung. Ich ziehe das Girl vom Haufen weg.

Lilly hat Fred am Arm gepackt und Liane schimpft auf Edgar ein.

«Du solltest besser noch mal abhauen!» rat ich der Kleinen.

«Gehörst du auch zu denen?» Ihr junger Leib vibriert und riecht angenehm verschwitzt.

«Ja, ich bin heut nur zufällig rasiert. Wie alt bist du?»

«Sechzehn.»

«Dann fahr zurück, wo du hergekommen bist. Du schaffst es nicht.»

«Woher willst du das wissen?» Sie wischt in einem Anflug von Stolz die spröden Haare aus der Stirn.

«Ich seh's an deinem Gesicht.»

«Was ist mit meinem Gesicht?»

Ich stocke. «Es ist schön. Jetzt hau schnell ab!»

Sie gibt mir ein Lächeln und dreht sich um, geht langsam die Schräge runter zur U-Bahn.

Fred rammt mir seine Pranke in die Schulter. Versteinert überlegt er sich, wie er jetzt Rache nehmen soll.

«Na, was soll's...», sagt er dann, und alle stimmen in das Grinsen sein. Fatalistisches Achselzucken macht die Runde. An den realexistierenden Fick mit solch einem Wesen wird eh nicht geglaubt. Man ist Ritual und Ausgang gewöhnt, längst unterwirft man sich ohne Murren. Nur aus letzter Eitelkeit heraus tut man so, als wäre ein anderes Ergebnis möglich gewesen.

Auf das große Glück wartet hier keiner mehr – außer mir. Ich bin unverbesserlich, bin die Fliege, die sich immer wieder am Fensterglas stößt. Ich schaue dem Mädchen nach. Bis es um die dunkle Ecke biegt. Es gibt soviel hübsche Mädchen. Anschaun ist das Beste, was man mit ihnen machen kann. Mein Blick wird zum Schlauch und saugt ihnen das hübsche Gesicht vom Kopf.

Ein Bub mit BMX-Rad umkurvt die metallenen Stangen, von denen jede vier kleine Scheinwerfer trägt, um bei Nacht den Platz in idyllisches Licht zu tauchen.

Jetzt kriegt der Racker die Kurve nicht mehr. Jetzt haut es ihn auf die Schnauze. Er heult, ich lache. Die Synthese ist Schweigen. So läuft das.

In der Ferne ist Donner zu hören. Die Wolken werden einander bald auswringen. Man hockt so rum. Die Sitzbank aus Stahldraht, moosgrün lackiert, preßt ihr Gittermuster ins Sitzfleisch. Fred bummelt zum Brunnen und schaufelt sich Wasser über die Halbglatze.

Heute besaß die Zeit eine gehobene Geschwindigkeit. Ein Rennpferd unter Gichtkleppern. Gefüllter Tag. Es tröpfelt erfolgversprechender als vorher. An die Münchner Freiheit schließt sich eine superteure Wohngegend an, wegen der Nähe zur City und zum Englischen Garten. Deshalb sieht man überdurchschnittlich viel schlanke, braungebrannte, exklusiv gekleidete Leute vorbeikommen. Von der Harmonie gleichschenkliger Dreiecke. Sehen von allen Seiten gleich aus und strotzen vor Gesundheit. Verzogene Kinder, von den Sonnenseiten des Lebens braun im Hirn. Seichte Fatzkes. Abschaum der Light-Zeit, halten sich fit und treiben gnadenlos ihre Lebenserwartung hinauf – dabei erwarten die vom Leben gar nichts, das nicht in zehn Jahren erledigt werden könnte. Sinnlos durch die Gegend hopsende Organsammlungen.

Ich betrachte das Pflaster.

Der in langgezogenen Ellipsen gesetzte Kopfstein zwingt die Augen andauernd zu Boden. Ich bin ein Adler und die Kopfsteine sind Wolkenkratzer, deren Dächer ich überfliege. Die Straßen zwischen den Wolkenkratzern – braun und dreckig – werden von Regentropfen überflutet. Die Ameisen flüchten.

«Ich mag nicht mehr!» ruft Liane angetrunken und laut, lauter als ihr Bardotmund je etwas gesagt hat. «Ich mag nicht mehr», wiederholt sie stumpf.

Seh ich recht? Hat sie feuchte Augen?

«Was isn, was isn?» fragt Edgar besorgt und umschlingt ihr Knie.

«Ist doch alles einerlei!» sagt Liane und kaut auf den Nägeln. «Alles bloß Arbeit. Scheiß drauf. Ich will hier nicht bleiben!» Sie erhebt sich.

«Ich hau ab! Alles bloß Arbeit! Da kann ich auch gutes Geld für nehmen!»

«Wu willste nan hiiiin?» schreit Edgar entsetzt.

«Weg. Aber ohne dich!»

«Mensch blaib hier, blaibsch doch bitt bitt hiiiier!» Er klammert sich an ihr fest wie ein Affenjunges. Lilly tippt sich an die Schläfe.

«Trübsinniges Volk!» nörgelt sie.

«Liane», sag ich dozierend, «das ist Quatsch! Es ist nicht alles Arbeit. Das klingt dumm und hypochondrisch!»

«Arbeit ist's!» behauptet sie trotzig. «Alles Arbeit!»

«Sag das den Kanalarbeitern. Sag's den Jungs im Bergwerk!»

«Hör auf mit deinem Bergwerk! Blödsinn! Wir werden immer arbeiten müssen! Gibt's überhaupt noch Bergwerke? Weiß wer was davon? KACKE! Nach dem Tod kommt unsre Asche in die Sanduhr!»

Sie bricht in Tränen aus. Edgar läßt betreten die Kinnlade fallen und rutscht um sie herum.

«Rumsitzen und betteln und trinken. Ich hab's satt! Sind wir in Kalkutta? In Mali? Wir leben doch im Sonntagsstaat! Wir sind doch mitten in der fetten Welt! Das ist einfach lächerlich!»

«In Kalkutta kann jeder auf der Straße hocken, das ist nichts Besonders...»

«Halt's Maul! Hältst du dich vielleicht für was Besonderes?»

«Ja.»

«Ich kann keins von euch Arschlöchern mehr ertragen!»

Aber sie setzt sich wieder hin. Es ist wohl schon zu spät am Tage für den großen Ausbruch.

Tom stößt mich an. «Sag mal – worum geht's denn eigentlich?»

«Primitivphilosophische Weltdeutungsprobleme. Muskelkraft und Geld als Eckpfeiler einer pathologischen Sucht zur Todesübertünchung.»

«Ach? Ist das schlimm?»

«Viel schlimmer, es ist normal.»

«Lästert nur!» schreit Liane. «Ihr seid das Lächerlichste, was man sich nur vorstellen kann!»

«Wenigstens sind wir keine traurigen Gestalten!»

«Du bist ein Lügner, Hagen, ein großer Lügner, das weißt du ganz genau!»

Auf ihre Art hat sie schon recht. Jeder hat auf seine Art recht. Das führt doch zu nichts. Edgar brummelt beruhigend auf Liane ein. Willenlos wird er geduldet. Lilly schnorrt mir eine Zigarette ab. Die Sonne stürzt über die Kante. Der Osten spült Dunkelheit über die Straßen. Eine fußkranke Taube humpelt vorüber, mit entzündeten Augen, pickt in einer Bierlache rum. Verkommenes Tier. Wütend stürz ich hin und jag sie in den dämpfigen Himmel zurück. Keine fünf Meter entfernt läßt sie sich erneut nieder. Der Flattergeist hat den Himmel gründlich satt.

Dieser Tag geht zu Ende.

Noch hangeln sich auf dem Spielplatz Kinder an dicken Tauen über den Sand. Die Dämmerung brodelt. Unter den Ahornbäumen flackern die Laternen auf. Dann setzt schwerer Regen ein.

Es wird Zeit zu gehn. Die goldenen Zifferblätter der Kirchturmuhr von St. Ursula sagen halb zehn.

Edgar befummelt Lianes Hintern. Die zieht ihm eins mit der Handtasche über. Edgar schreit auf. Die Torkeltaube. Wir laufen durch die Feilitzschstraße, machen einen Bogen nach rechts, am Rand des Englischen Gartens entlang. Mehrere Jogger kommen uns entgegen. Unser Ziel ist ein dreistöckiges Bürohaus im Rohbau. Dort hat Fred seinen Kocher stehn. Darauf will man sich zum Nachtmahl Pellkartoffeln aus dem Glas und Spiegeleier braten.

Wir schleichen über die Baustelle, die von lehmigen Pfützen wimmelt. Die Treppen haben noch kein Geländer. Edgar stürzt sich BEINAH zu Tod. Im ersten Stock, in einer unverputzten Ecke liegen die gesammelten Decken, worin wir uns wickeln werden.

Fred entzündet die blaue Flamme des Campinggaskochers. Ich steige noch ein Stockwerk höher und blicke aus den glaslosen Löchern auf meine Stadt, sehe dem monotonen Tanz der Scheibenwischer zu, den Schornsteinen, den mächtigen Antennen, den Dachrinnen, aus denen es schäumend in die Gullys prasselt. Tom hat mich verfolgt. Mein Freitag, Latour und Overbeck. Ich deute meinen Unmut an. Will allein sein.

Obwohl es hier sehr zugig ist, dringt der Geruch von Bratfett an meine Nase.

Das Schauspiel des stürzenden Wassers im dunkelgrauen Licht

fasziniert noch zwei Minuten. Danach hol ich meine Brieftasche hervor und seh mir die Scheine an. Ich bin niemals sicher gewesen, ob und wieviel sie mir wirklich bedeuten. Früher jedenfalls hab ich gegen zischende und stampfende Spieler lieber ein bißchen was verloren, um ihrem gemeinen Quengeln zu entkommen. Wenn ich viel gewann, war das auch gut, weil diese nervenden Geschöpfe dann wenigstens Grund hatten. Aber das Geld blieb meistenteils Trophäe, zivilisierte Version des gegnerischen Skalps, besaß keinen großen materiellen Wert.

Wenn es dir tagtäglich ans Leder geht, ist die Sache natürlich anders. Diese Scheine werden wichtig, und das ist in Ordnung. Kein Platz für Romantik.

Plötzlich schnauft Lilly die Stufen hinauf, bewaffnet mit einer Kerze. Die Schatten schlagen aus wie Pferde.

Es ist mir zu blöd, die Scheine huschhusch zu verräumen. Ich bin dieses Versteckspiel leid und rühr mich keinen Mucks.

«Meine Güte, Hagen – hast du einen umgebracht?»

«Nicht nötig. Er hat's mir vorher gegeben.»

«Ist ja toll!»

Ich kenn die feiste Schlampe, kenn das Gesicht, das sie aufsetzt. Sie läßt Wachs auf den Boden tropfen, macht die Kerze fest, ankert und baggert mich an, bis ich ihr was abgeb. Schwer ist sie im Brand, braucht neue Lippenstifte und lehnt sich an mich, heiß auf die Penunze.

«Verschwinde!»

«Ach, Hagen, hab dich doch immer schon gern gehabt, weißt du doch!» Jetzt lädt sie ihre Arme um mich.

Eigentlich sollte ich ihr gleich was geben, um meine Ruhe zu haben, aber heute laß ich sie mal so richtig auflaufen.

«He, du kannst mir doch unbesorgt 'nen Zwanzger pumpen? Hmm?»

«Keine Chance. Ist alles für mich.»

«Aber wieso? Du bist doch ein Freund! Dir zahl ich's doch zurück!»

«Ich bin kein Freund, und DU hast bei mir sowieso verschis-
sen.»

«Warum?»

«Wegen dem ganzen Mist, den du heut nachmittag erzählt hast!
Komm in zwei Wochen wieder, dann hab ich's vielleicht vergessen.»

Entrüstet schlenkert sie die Schultern und plustert sich auf.

«Man wird doch seine Meinung haben dürfen! Außerdem war
das gar nicht so gemeint!»

«Hau ab!»

Sie stemmt ihre Fäuste in die Seite.

«Also gut! Dann werd ich mir das Pfund eben verdienen!»

Jessas. Dicke Frauen machen mir angst, vor allem wenn sie mir
ins Ohr hauchen. Dieses Hängeseufzschwein hängt sich an
mich, zieht mich runter, belädt mich mit ihrem schwabbeligen
Körper, in den man hineinboxen kann, soviel man will – keine
Reaktion. Was soll ich bloß tun? Ich kann doch nicht um Hilfe
schreien... Ui – die ist immer noch stark, die Gierfut, die ver-
dammte; eine Million Liter Bier hat sie auf dem letzten Weg
begleitet, eine Million Maßkrüge haben diese Arme geformt.
Ihre Brüste quellen wie überkochende Milch aus dem Kleid, so
weiß, so Kuh, Angriff der Killertitten, und dabei keucht sie wie
eine Ziehharmonika, auf der jemand herumtrampelt... Eine gar
kräftige Grunzsau. Hoffentlich kommt niemand hoch. Das wäre
mir zu peinlich – so eine lächerliche Situation... wenn man's
recht bedenkt, vergewaltigt sie mich, mir bleiben kaum noch
Möglichkeiten. Ich zische sie an! Zur Antwort bekomm ich
einen Mörderkuß, der stülpt sich über mein halbes Gesicht, ich
ringe nach Luft, sie hat mir ein Knie auf die Brust gestemmt,
reißt mir die Hose auf, holt sich mein Erometer, das sich erschrocken zusammenzieht, schlapp wie Großmutters Fleisch,

oje, ich bete, ich flehe, Lilly verpaßt mir eine Gesichtslähmung nach der andern, sie lutscht sich da unten das Maul fußlig – bin aber doch eh zu blau – wenn sie mich so weiterwürgt, muß sie auf die Leichenstarre warten, bis mir wieder was steif wird. Was soll das bloß? Dämonen der Lüfte, wie ich mich schäme, nehmt doch diesen Pfropfen von mir! Nein... entsetzlich... jetzt schwillt er an, der schamlose Gesell, das gibt's doch nicht, wie geschmacklos... Und sie grunzt so laut, daß man es in halb Schwabing hören muß – ich fixiere die Treppe, erwarte die Meute, werden sie grinsend und johlend um mich rumstehn und olé schrein? Puh! Sie wichst mich mit aller Gewalt fertig, rauf, runter festefeste. Sie schwitzt – und das stinkt. Der Schweiß manch fetter Frauen ätzt wie Säure in Augen und Nase. Dann hißt der Saft die weiße Fahne, stürmt aus der zerquetschten Festung, rettet sich mit einem beherzten Sprung ins Freie.

Meine Blicke kleben am Treppenloch. Keiner zu sehn. Schnell zieh ich mir die Hose hoch, der Schwanz klappt um ohne Zwischenstadium.

Immerhin – das war harte Arbeit – kann man nichts entgegnen – der Zwanzger ist ihr nicht zu verweigern.

Sie spuckt das Sperma zum Fenster hinaus und hält die Hand auf. Ich geb ihr 'nen Fünfer extra, unter der Bedingung, daß sie das Maul hält für alle Zeiten – auf diese und auf jene Art.

«Große Geschenke erhalten die Liebe!» lacht sie und verzieht sich schwerfällig nach unten.

Ich bleib noch sitzen und beobachte die Figuren, die die Kerze an die grauen Wände tanzt, seh in den metallenen Himmel voller Blitze.

So bin ich selten verdackelt worden. Da muß man lang zurückdenken.

Meine Gedanken kreisen mit den hysterischen Schwalben, kreisen um versunkene Städte, Zitronenfelder, Sprenkelschatten, Meeresgischt und Bierreklamen, kreisen um vergangene Frauen

und Felswände aus weißem Marmor, kreisen, kreisen geirig nieder.

Ich zerfetze einen Zehnmarkschein in Teile von je zehn Pfennig,
laß das edle Konfetti aus dem Fenster rieseln, will mir irgendwas
damit beweisen.

KAPITEL 3 *in dem der Junge mit seinen
Eltern nach Nürnberg fährt,
um die Wohnung einer toten
Tante zu durchsuchen,
und nebenbei die Spielarten
ehrgeiziger Höflichkeit
trainiert.*

Die Plünderung

*Blinzelnd übersetzte der Junge die Stellung der phosphorbestri-
chenen Zeiger in arabische Zahlen.
Fünf Uhr morgens – dennoch glaubte er die Stimme des Vaters
durch die Tür zu hören.
Eine ungewöhnliche Zeit für Ehekräche des mittleren Mittel-
stands. Viermal in der letzten Woche war der Vater im Streit
von der Mutter geschieden, hatte es vorgezogen, in der Kaserne
auf dem Feldbett zu übernachten. Die übliche Saison der elter-
lichen Kämpfe spannte sich vom frühen Abend bis zur Mitternacht. Danach siegte der Respekt vor der Hochhausruhe. Stritten sie jetzt schon im Schlaf? Der Junge hatte Angst vor einer
Scheidung. Gerüchten zufolge bekamen die Mütter die Kinder
und die Vater den Rest.
Da er in jenem gnädigen Alter war, in dem die Müdigkeit vor der
Neugier sofort und bedingungslos kapituliert, richtete sich der
Junge auf und versuchte zu verstehen, worum es ging.
Gestern zum Beispiel hatte der Vater eine Zeitung mitgebracht
und auf dem Küchentisch gelesen. Die Mutter hatte einen
Schreikrampf bekommen und war vier Stunden lang über den
Küchenboden gekrochen, um die Druckerschwärze aus ihrer*

Welt zu wischen. Solche Szenen gab es in letzter Zeit immer häufiger, und es kam vor, daß sie wegen nichtigster Anlässe ihren Mann mit einem Kleiderbügel aus dem Haus jagte. Der Vater besaß einigen Grund, sich die Scheidung zu überlegen, auch wenn er noch hoffte, jene «Wirren der Wechseljahre», wie er es nannte, würden eines Tages zu Ende gehn.

Der Junge horchte. Nein, das war kein Streit.

Der Vater sprach mit dem Telefon, und die Mutter flocht knappe Fragen zwischen seine «Jawolls» und «Neins».

Vor dem Fenster tobte schwarze Nacht voller Geister. Die roten Signallichter des Olympiaturms blinkten monoton in den Himmel.

Seit man die obere Hälfte des Stockbetts entfernt hatte, wirkte das Kinderzimmer leerer denn je. Der Boden war eine kahle Wüste, jedes mutmachende Spielzeug wurde über Nacht in die Schränke gesperrt.

Lautlos, Indianerart imitierend, schlich sich der Sechsjährige zur Tür und öffnete sie, bewegte sie äußerst langsam nach innen, um ein Knarzen der Angeln zu vermeiden.

Den Hauptteil der Unterhaltung bestritt das Telefon. Der Vater begnügte sich mit kurzen Kommentaren.

«So?» – «Jawoll!» – «Wirklich?» – «Schrecklich!» – «Jawoll!»

Dieses bellende Jawoll – eine Unart, die ihm die Mutter seit mindestens tausend Telefongesprächen abzugewöhnen versuchte. Ein Symptom dreißigjährigen Soldatentums.

Der Schatten des Jungen fiel auf den Flur. Die Mutter bemerkte es und setzte sich Richtung Kinderzimmer in Bewegung.

Der Junge flitzte, alle Karl-May-Bände vergessend, geräuschreich in sein Bett zurück. Das Gestell quietschte. Er warf die Decke über den Kopf, stellte sich schlafend. Aufregung und Angst bebten in Knien und Ellbogen.

Die Mutter machte das Licht an. Alle bösen Geister flatterten entsetzt auf und stoben davon.

«Komm schon raus!»

Ihre Stimme klang gemäßigt. Beruhigt schnaufte er durch.

Keine unmittelbare Gefahr.

Mit aufgerissenen Augen zwängte er ein Gähnen aus der Kehle. Diese Verstellung wäre nicht unbedingt nötig gewesen, aber der Junge war an Verstellung schon zu sehr gewöhnt. Deshalb fragte er mit vorwurfsvollem Ton, warum er denn geweckt werde.

Die Mutter probierte verschiedene Mienenspiele. Auf Belustigung folgte Melancholie, die in Verkniffenheit überging. «Zieh dich an! Du brauchst heut nicht zur Schule. Wir fahren nach Nürnberg. Die Kuni ist tot.»

Inzwischen hatte sich der Vater vom Telefon verabschiedet und war schweigend neben seine Frau getreten. Vor dem braunen Rahmen der Glastür wurde das Paar zur bitteren Persiflage ihres Hochzeitsfotos. Sie einigten sich darauf, ernst und betroffen dreinzusehen, und gingen Pyjama und Nachthemd gegen Straßengewand tauschen.

Der Junge griff unters Kopfkissen, holte drei Plastiksoldaten hervor. Der Japaner stach hinterrücks den Russen ab, während der napoleonische Gardekapitän unbeteiligt zusah und Witze riß, dann trottete er ins Bad, wo die Mutter sich gerade mit ihrem Ehering Stirnpickel ausdrückte.

«Merde!» dachte sich der Gardekapitän und änderte das Programm, zog den Gang zum Klo vor, das am andern Ende des Flurs lag. Danach kehrte er ins nun leere Bad zurück, stellte Säbel und Orden in die Ecke, nahm den Waschlappen und rieb Nacken, Brust und Arme mit dem vorgeseiften Stoff. Er drückte ein weißes, scharf nach Minze riechendes Bätzchen aus der Zahnpastatube und ließ es absichtlich neben die Zahnbürste fallen. Auf dem blitzblank leuchtenden Wannenboden blieb es fast unsichtbar liegen. Schnell und ängstlich sah der Junge über die Schulter. Bei solcher Täuschung erwischt zu werden hätte üble

Folgen gehabt. An diesem Morgen blieb das Risiko gering, rückte die Überwachung der Reinigungsprozedur in die Reihe der weniger dringlichen Mutterpflichten.

Er streckte dem ekelhaften Pfefferminzdunst die Zunge raus, spuckte da rauf und spülte den weißen Batzen in den Ausguß. Nichts mehr nachzuweisen. Dieser Morgen begann gut. Mit einem Punkt in Führung liegend, schlüpfte er in seine Kleider.

Unterdessen rief der Vater in Garmisch an und tat seiner Tochter, die dort eine Lehre als Kinderkrankenschwester machte, den Stand der Dinge kund. Er redete von Familienpflicht. Bald wurde seine Stimme laut. Offenbar hatte die Tochter keine Lust, mit nach Nürnberg zu fahren. Barsch wurde der Hörer auf die Gabel geknallt.

Vor wenigen Wochen war sie ausgezogen. Seitdem gehörte das Kinderzimmer dem Jungen allein. Wie glücklich sie getanzt hatte am Vorabend des Umzugs. Wie traurig er zurückgeblieben war. Die Schwester hatte ihn beschützen können. Sie war zwölf Jahre älter als er und hatte gut achtzig Prozent der Prügel abbekommen.

In der Nacht, bevor sie wegging, legte er eine Plastikschlange vor die Wohnungstür, um sie so sehr zu erschrecken, daß sie zu Hause bliebe. Umsonst. Er hatte die Schlange danach weggeworfen.

In der Küche bereitete die Mutter ein Frühstück aus Kaffee und Mohnkuchenschnitten, in ungemütlichem Neonlicht.

Der Vater bekam nur eine halbe Portion, um nicht zu dick zu werden. Der Junge gab ihm heimlich einen Bissen ab. So waren beide zufrieden, denn der Junge wollte morgens nie viel essen. Er glaubte nicht daran, daß man vom Essen groß und stark wird.

Man sperrte die Wohnung zweimal ab und stieg die Treppe hinunter, zum Aufzug, der nur bis zum siebten, dem vorletzten Stock gebaut worden war. Das Hochhaus war in der Mitte hohl, und der Junge blickte in die grauenvolle Tiefe zwischen den Girlanden des weißlackierten Treppengeländers. Er hoffte, daß jener Traum nie wiederkäme, der ihn dreimal in zwei Monaten überfallen hatte.

Der Traum war immer gleich verlaufen: Er steigt im Erdgeschoß in den Aufzug, streckt sich mühsam, drückt auf den Knopf mit der Sieben, die Türen klappen zu, die Fahrt beginnt, Stock drei, Stock sechs, Stock sieben – an der Sieben vorbei, an der Acht vorbei – bis zur Neun. Es gibt keine Acht und keine Neun. Aber er steigt aus, weil der Aufzug sich nicht nach unten bewegen laßt, auf keinerlei Knopfdruck reagiert. Es ist sehr dunkel im neunten Stock. Das Geländer ist zum Quadrat geschlossen, und das Schwarz dieses Quadrats gibt kein tieferliegendes Stockwerk dem Auge preis. Es gibt keine Treppe, weder nach unten noch nach oben. Einige grobe Schemen menschenähnlicher Wesen huschen durch den Gang, von einer der vier Türen in eine andere Tür. Sie beachten ihn nicht. Jetzt schließen sich die Aufzugstüren, das letzte Licht fällt damit aus, die Kabine saust hinab. Der Junge sinkt auf die Knie, umklammert die Gitterstäbe des Geländers, spürt ihren Lackgeruch, fühlt ihre glatte Kälte, beginnt zu weinen und zu rufen, der Boden schwankt, Schemen rauschen gesichtslos vorüber und fluoreszieren.

An diesem Punkt war er jeweils aufgewacht, hatte erleichtert die Realität seines Zimmers umarmt und war wach im Bett gelegen bis zum Weckerläuten.

Er war im Totenreich gewesen, daran bestand kein Zweifel. Das Totenreich lag im neunten Stock eines achtstöckigen Hochhauses, und es schien nicht klug, das überall herumzuerzählen.

Mit seiner Mutter stand er jetzt in der talgigen Oktoberdämmerung, während der Vater den Volkswagen Variant aus der Tiefgarage holte. Der Variant war auf den Namen «Otto» getauft *und wurde auch sonst wie ein Familienmitglied behandelt. Das Tor schwang auf, Scheinwerfer krochen die Auffahrt hoch. Die Schwabinger Straßen waren schon reichlich befahren.*

Tante Kunigunde war tot.
Der Junge erschrak bei dem Gedanken, daß er ihr beim nächsten neunstöckigen Traum begegnen würde. Aber es gab die Möglichkeit, daß man sie in den neunten Stock eines Nürnberger Hochhauses schickte. Standorttreue. Diese Tante war keine richtige Tante gewesen. Wie nannte man das? Stiefgroßtante? Eine Schwester des Adoptivvaters der Mutter.

Die Autobahn verlief sehr gerade. Man konnte bereits die Dunstglocke aus Industriequalm erkennen, die über Ingolstadt hing.
Mutiger als üblich benutzte der Vater die Überholspur.
«Sie war kein guter Mensch», sagte die Mutter plötzlich, und ihr Mann nickte.
Der Junge lag auf der Rückbank und rieb seine Finger in der Polsterung. Dort roch es sauer nach Plastik und Öl.
Die Kuni (gängige Abkürzung) war wirklich nicht beliebt gewesen. Er hatte es gehaßt, wenn auf der Nürnberger Verwandtentour ihre Adresse an die Reihe kam.
«Ich hab ihr nie verziehen, daß sie mir damals das Geld für die Strümpfe nicht gegeben hat», flüsterte die Mutter. «Sie hätte auch Geld genug gehabt, mich auf die Schule zu schicken. Weiß Gott – so eine Frau muß die Welt erst mal gesehen haben!»
Es folgte die Geschichte mit der Salami, die der Junge schon zweimal gehört hatte. Eine unglaubliche Legende, derzufolge die Kuni ein paar Monate nach Kriegsende im Kreis hungriger Familienmitglieder saß, eine Salami auspackte, und diese aus lauter Geiz vor aller Augen selbst und ganz auffraß. Mit fettglänzenden Fingern hatte sie nach der Mahlzeit unschuldig tu-

end gefragt, ob denn noch jemand etwas hätte haben wollen. «Du hast ja keine Vorstellung, was wir gehungert haben!» belehrte ihn die Mutter zum tausendsten Mal. «Und dieses Weib hat soviel gehabt!»

Man erwartete eine ansehnliche Erbschaft, denn die Kuni hatte an allem gespart, war niemals zum Friseur gegangen, hatte kaum warmes Wasser benutzt. Geiziger als der Meeresgrund war sie gewesen. Eine dickliche Frau, mit Krampfaderbeinen und Hennenhals, zerzaustem weißem Haar, kleinen blauen Augen und einer unangenehm krächzenden Stimme. Sie hatte einen Freund gehabt, den Rötlingshofer, dessen Wangen Bombenkrater waren in einem gemeinen, kantigen Gesicht. Ein sehniger Mensch mit straffer brauner Haut und dürrem Körperbau. Dieser Kerl hatte den Jungen einmal versehentlich mit dem Stumpen seiner Zigarre gebrannt und sich kaum nennenswert entschuldigt, schon gar nicht finanziell. Eine kleine Brandnarbe auf dem Handrücken erinnerte an den Vorfall.
«Wie kann man mit fünfundsechzig noch Männerfreundschaften haben!» schimpfte die Verwandtschaft jahrelang. «Widerlich! Unmoralisch!»
Sie hatten Angst, er würde sich von der Kuni aushalten lassen und ihnen etwas vom Erbe nehmen. Vor sechs Monaten war der Rötlingshofer gestorben, die Lästermäuler verstummten.

Neben der Autobahn spannte sich das Netz der Hopfenstangen. Hier kam das Bier her, wußte der Junge vom Vater. Aus der Holledau.
Otto wurde langsamer und hielt am Ende einer Stauschlange. In der Ferne gab es Blaulicht zu sehn. Ungeduldig schlug der Vater auf das Lenkrad. Langsam schlich die Polonaise aus Stahl und Abgas hin.
Gegen acht bog man in die Stadt Nürnberg ein, und die Sonne

versprach einen warmen Herbsttag. Man fuhr an der rotbraunen Burgmauer entlang, Richtung Altstadt.

Beide Elternteile stammten aus dieser Gegend.

Otto, der Variant, hielt vor einem heruntergekommenen grauen Mietshaus. Die Wohnung der Kuni lag im Erdgeschoß, davor stand winkende Verwandtschaft, Onkel, Tante und Cousin. Der Junge mochte alle drei recht gern. Die Tante, weil sie immer fröhlich war, den Onkel, weil er gute Witze riß und kein Besuch verging, ohne daß er ihm einen Geldschein in die Hand drückte, und deren Sohn, weil er im gemeinsamen Urlaub dem sechs Jahre Jüngeren ein liberaler Spielkamerad gewesen war, der niemals die Trümpfe seines Älterseins ausgespielt hatte. Man begrüßte einander, doch verkürzte man die Förmlichkeiten — ob des todernsten Anlasses der Spontanzusammenkunft.

«Wir haben auf euch gewartet», sagte die Tante, «und die Wohnung bisher nicht betreten. Es soll um Gottes willen keinen Streit geben!»

Zustimmendes Nicken. Man klingelte bei der Nachbarin, die die tote Kunigunde gefunden und deren Abtransport veranlaßt hatte. Sie gab den Schlüssel heraus, man drehte ihn zweimal im Schloß.

Langsam tasteten sich die sechs Menschen durch den dunklen, Flur. Alles sah bräunlich, schmuddelig, unaufgeräumt aus. Die Kuni war auf diesen Besuch in keinster Weise vorbereitet gewesen.

«Woran ist sie gestorben?» fragte der Junge flüsternd.

«Herzschlag», flüsterte der Vater zurück.

Es roch alt, modrig, nach feuchtem Linoleum und angefaultem Papier. Dicker Staub lag auf den Schränken. Belustigt bemerkte der Junge, wie sehr die Mutter sich ekelte.

Die Nachbarin hatte alle Fenster gekippt, doch als man die Tür zum Schlafzimmer öffnete, schlug einem Uringestank entge-

gen. *Große Flecken gelbten das Laken, auf dem Kunigunde gestorben war.*

Der Junge zupfte seinen Vater an der Hose.

«*Die hat ins Bett gemacht!*»

«*Tote Leute haben nicht mehr den nötigen Willen, das Wasser
zu halten*», *erklärte der Vater.*

*Man blieb drei Sekunden lang stehn und zeugte dem Schnitter
schweigend Respekt. Dem Jungen fiel ein, daß er die Kuni diesmal nicht küssen mußte. Er grinste übers ganze Gesicht.*

*Die Fenster wurden weit geöffnet, die Vorhänge aufgezogen,
und das Licht wühlte sich bis in den Flur und rührte im braunen
Dunst.*

Man verteilte sich. Man begann zu suchen.

Die Kuni hatte ihr Geld nie auf eine Bank gebracht.

*Es mußte irgendwo hier sein. Große Summen, von sechsund-
sechzig Jahren Geiz gehäuft.*

*Langsam und schicksalsträchtig, wie Napoleon über ein
Schlachtfeld, schritt der Junge ins Wohnzimmer, zu dem dreitei-
ligen Glasschrank neben dem Kanapee.*

*Er blieb davor stehen und zögerte. Seine Hände wurden schwer.
Im Glasschrank stand ein kleiner Plastikhund, wenige Pfennige
wert.*

*Jedesmal wenn er hier zu Besuch gewesen war, hatte er sehn-
süchtig diesen Hund angesehn, der ihn so faszinierte. Ein Hund
mit nettem Lächeln und schwarzen Schlappohren, Werbege-
schenk einer Sparkasse.*

*Bei jedem Besuch hatte er hinaufgerufen: «Welch ein süßer
Hund!» und, weil jede Reaktion ausblieb, noch mal: «Oh, wie ist
er süß, dieser Hund!»*

*Umsonst. Die Kuni war nicht darauf eingegangen, hatte nie-
mals Anstalten gemacht, ihm den Hund zu schenken.*

*Der Junge war solches nicht gewohnt gewesen und in Tränen
ausgebrochen. Schließlich wußte er doch, wie man raffiniert um*

*etwas bittet. Man mußte in sichtbarer Verzückung die Augen-
lider spreizen, das Objekt der Begierde so lange fixieren, bis es
dem Eigentümer auffiel, und hin und wieder seufzen, dabei aber
eine schüchterne, bescheidene Haltung einnehmen. War das
Objekt nicht teuer, bekam er es mit Sicherheit überreicht. Meist
bedankte er sich mit den Worten: «Das kann ich doch wirklich
nicht annehmen!» und: «Das wäre doch wirklich nicht nötig
gewesen!»*

*Aus dem Mund eines Sechsjährigen klang das seltsam genug,
gefiel den Schenkenden aber so sehr, daß sie ihn bald mit Kleinigkeiten fütterten, nur um sich an dieser angelernten Höflichkeit zu amüsieren.*

*Wie man Geld in eine Jukebox steckt, so schoben sie ihm Fünfer
und Spielzeug zu, entzückten sich an seinen überzogenen Flos-
keln, lächelten gütig und gerührt, ein Gaudium, das sie höchst
befriedigte.*

*Der Junge hatte wahrhaft gelernt, die Verwandtschaft abzuzok-
ken, und er verfeinerte seine Technik dauernd.*

Nur bei der Kuni hatte er jeweils kläglich versagt.

*Einmal war sogar die Mutter in den Singsang eingefallen: «Er
scheint ihn wirklich sehr zu lieben, diesen Hund!»*

*Die alte Frau aber hatte teilnahmslos zur Decke gesehn und war
fortgefahren, jenen Zweig der Verwandtschaft anzuschwärzen,
der sie vernachlässigte.*

*Jetzt war sie tot und abgeholt. Endlich. Das böse Weib ward
fortgenommen.*

*Er öffnete die Glasvitrine, hob langsam die Hand, packte dann
schnell den Hund, preßte ihn in seine Faust und fühlte den
Triumph in sich trommeln.*

Er tätschelte dem Plastiktier über den Kopf.

*«Nun bist du bei mir, kleiner Hund. Ich kann keinen echten
Hund haben, weil wir im Hochhaus leben, doch du wirst mir
genügen.»*

*Er schloß die Vitrine und sah sich um. Der stumpfglänzende
Holzboden knarzte zornig unter jedem seiner Schritte. Er schloß
sich Eltern und Verwandten an, die systematisch Schränke und
Schubladen durchsuchten, ihren Inhalt auf den Boden leerten
und nach «brauchbar» und «Krempel» sortierten. Der Junge
schob einige Kleinigkeiten in die Hosentasche. Ein Stück rotes
Siegelwachs und einen Stempel ohne Gravur. Einen seltsamen
Würfel mit den Zahlen 2, 4, 8, 16, 32, 64 sowie einen Holz-
kreisel. Es war ein großes Abenteuer.*

*Der Junge schlenderte in die Küche, wo der Onkel gerade einen
Schrank ausräumte, zwischen Tellern, Bechern, Tassen und
Gläsern kramte.*

*Just in diesem Moment tauchte Geld auf, blaue und braune
Scheine, in einer Zuckerdose versteckt.*

*Sofort spielte der Junge Herold, rief laut: «Wir haben es! Wir
haben es!»*

*Wäre er ein wenig welterfahrener gewesen, hätte er still den
Onkel observiert, um im Fall unlauteren Handelns halbehalbe
zu machen.*

*So aber strömten alle in der Küche zusammen und begannen
zu zählen.*

*Jemand sagte «Sechstausend», ein anderer: «Das kann nicht
alles sein!», und man suchte weiter, stellte die Wohnung auf
den Kopf, kehrte Innerstes nach außen. Bares fand sich nicht
mehr.*

*Die Enttäuschung grub sich tief in die Gesichter der Erwachse-
nen. Der Vater verdächtigte die Nachbarin. Die Tante behaup-
tete, die sei harmlos. Ein letztes Nachschauen unter einer welli-
gen Linoleumplatte, dann sagte die Mutter: «Sie hat alles
durchgebracht!»*

*Und die Tante fügte hinzu: «Man hätte sich denken können,
daß die niemandem was gönnt, nicht mal über den Tod hinaus!»*

Man schloß die Wohnung wieder ab und ging zum Mittagessen in ein Lokal nahe der Burg. Hinterher wurde ein preiswertes Hotelzimmer gesucht.

Dort wurde geteilt. Die Kinder spielten auf dem Fußboden mit dem Kreisel, die Erwachsenen setzten sich am runden Tisch zusammen, in der Mitte den blau-braunen Geldhaufen, den erbeuteten Schmuck und ein paar Wertpapiere.

Die Verhandlungen begannen. Man einigte sich überraschend schnell. Der Schmuck wurde von der Mutter in Anspruch genommen, obwohl es alter, kitschiger Schmuck war. Dafür fiel dem Nürnberger Familienzweig das Bargeld zu, abzüglich tausend Mark. Die wenigen wertvollen Möbel wurden zum Verkauf bestimmt.

Die Parteien trennten sich zufrieden.

Vorher kam für den Nachwuchs die große Stunde. Sie wurden an den Tisch gerufen und durften sich Silber- und Kupfermünzen teilen. Welche Freude! Für jeden gab es 17 Mark 20.

Das Begräbnis war für den darauffolgenden Tag festgesetzt, denn die Kuni hatte schon zwei Nächte tot in ihrem Bett gelegen. Der Junge schlief gut und träumte nicht.

Am nächsten Morgen versammelten sich ungefähr ein Dutzend Leute in der Friedhofskapelle, mehr als erwartet.

Vorn stand der Kiefernsarg, daneben hielt der Pfarrer eine belanglose Rede.

Der Junge starrte den Sarg an. In der Tasche fühlte er den Hund. Endlich besaß er ihn. Doch jetzt bedeutete er nichts mehr – ein Spielzeug für kleine Kinder. Das Haben war langweilig; aber das Kriegen war wundervoll gewesen. Der Junge stellte seine allererste etymologische Untersuchung an, ob nämlich kriegen von Krieg kommt.

Plötzlich bemerkte er ein Schluchzen neben sich. Tatsächlich, die Frauen begannen zu weinen. Er wurde schließlich von der Trä-

nenseligkeit angesteckt. Zwei dicke Tropfen rollten ihm über die Backen.

Danach wurde der Sarg hinausgetragen und in ein Loch gelassen. Jeder durfte eine Schaufel Dreck hinterherschmeißen.

Beim Abschied auf dem Friedhofsparkplatz drückte der Onkel dem Jungen einen Zwanziger in die Hand, so, daß es die Eltern nicht bemerkten, denn alles, was über einen Fünfer hinausging, wurde ihm abgenommen und aufs Sparbuch transferiert, für ein unendlich fernes Später bestimmt.

Das Ritual nahm seinen Lauf. Abwinkende Hände, freudige Überraschung, sooo viel – nein – das wäre doch wirklich... dies alles natürlich nur geflüstert, und der Onkel drückte seinem Neffen um so fester die Hand und freute sich.

Im Gegensatz zur toten Kunigunde war keiner derjenigen, die um ihr Grab standen, geizig. Sie gaben gerne etwas her. Man mußte sich nur angemessen bedanken.

KAPITEL 4 *in dem Edgar enttäuscht wird, in dem man einen Gaskocher betrauert, Hagen sich rasiert und bummeln geht, einen alten Bekannten trifft, ein paar auf die Schnauze bekommt und blind von hinnen wankt.*

Nacktkehlglockenvögel

Herrlicher Gaskocher, letzter Prunk, verehrtester Knallcharge, der du uns das Lux aeterna persifliertest in den tintenblauen Sargnächten... Jetzt bist du kaputt und kehrst nicht wieder.
«SCHWEINE! KIELHOLEN WERD ICH SIE... IHRE KÜRBISSE ZERSTAMPFEN! FEUER AN DIE WOHNWÄGEN!»
Fred kann sich nicht beruhigen. Schlafplatz weg, Kocher weg, und die Bauarbeiter waren in unakzeptabler Übermacht angetreten. Alles wegen einer Lache, von Edgar auf den frischen Beton gewürgt. Lache, passendes Wort; wenn Edgar erbricht, kann man es durchaus für grobes Lachen halten.
Kaum zeigt jemand, was in seinem Innersten wühlt, werden die Bürger hysterisch.
Und wieder Nacht. Man ist in den Englischen Garten geflohn.
«Wo können wir hin?» ruft Lilly und wickelt sich ihren Schal fest um.
«Was ist mit dem Bunker?» fragt Tom.
«Der Bunker ist zu», sag ich, «die Stadt sieht's nicht mehr gern, wenn wir drin schlafen. Angeblich herrscht Frieden.»
Edgar läßt sich fallen und kichert, wälzt sich, steht auf, durch-

läuft ein Quadrat, bleibt stehen, wedelt mit den Armen, stellt die Wahnsinnsszene einer alten Tragödie nach und stammelt, wie schon seit Tagen: «Woisn Liane? Niemandse geseeehn? Woisndie? Wawuisnwas? Liaaane!»

Edgar sucht sie in den Büschen und Bachmulden, klettert auf den Zierstahl der Brücken und mustert die Enten.

Wir sind nicht weit vom chinesischen Turm – der Park kracht vor Menschen zusammen, man feiert seinen zweihundertsten Geburtstag.

Am See ist eine Bühne aufgebaut. Bluescombos wechseln mit Dixiekapellen ab. Wiesen und Wege fließen über von eng verschlungenen Pärchen jeden Alters.

«Liiiiaaaaneeee!»

Erheiternd, sein Gebrüll. Bald gräbt er noch die Erde auf und schreit sein Verlangen hinein.

Jetzt gibt es ein Feuerwerk. Alle Pärchen bleiben stehn und schauen. Der Himmel füllt sich mit splitternden Farben.

Bunte Ejakulationen zwischen zögernden Regenwolken.

Das Feuerwerk brennt viel zu hoch oben, um sich dran zu wärmen. Tom tippt mir auf die Schulter. «Der Edgar ist am Ende...»

«Ich finde, er leidet wunderbar. Sehr stilecht.»

«Du findest das wunderbar?»

«Ja. Sieh dir das an! Ein wahrhaft gläubiger Mensch.»

Edgar befragt Passanten nach seiner Geliebten, hüpft von einem zum andern, zupft an Hosen und Röcken und versucht verzweifelt, Liane mit den Händen zu beschreiben: so groß und so schmal... Niemand kann ihm weiterhelfen.

Bis vor drei Tagen, als Liane uns verließ, war Edgar ein recht lässiger Kumpan. All das nun wegen eines entfernten Abbilds, einer entmaterialisierten Halluzination.

«Ergreifend!»

«He?»

«Monatelang hat er sich rein optisch befriedigt. Siehste – Bescheidenheit nützt nichts. Liane geht weg, und er leidet. Denn seine Liebe sitzt in den Augen und kann nirgends ankern.»

«Mmhm.»

«Vorübergehende Blindwut. Die Liebe zieht um, mit Sack und Pack und Kind und Kegel, bewegt sich auf den Hinterkopf zu, Exil im Erinnerungstrakt. Das letzte Reservat sozusagen. Ein Seufzerchen wert.»

«Sieht aber so aus, als ob er durchdreht...»

«So nennt das der Volksmund. Umzüge sind immer chaotisch. Er leidet. Soweit ich sehen kann, bewältigt er die Aufgabe eindrucksvoll.»

Eine Bremse setzt sich auf meine Brust, gierig nach Blut. Ich vertreibe sie fuchtelnd. Ihr lautes Summen gänst mir den Nakken.

«Ich sag's ihm!» beschließt Tom und geht zu Edgar hin, bevor ich reagieren kann.

«He, Eddie, die Liane ist verhindert, der ist was dazwischen gekommen!»

«Laß ihn in Ruhe, Tom!» Zu spät.

«Liaaane? Woisse? Hasdune Nachriiicht?»

«Zwischen die Beine, capito? Geschäfte mit der Magic box!»

Edgar packt sich den Vorwitzigen und will Einzelheiten aus seinem Hals quetschen. Tom hat Edgars Sehnsuchtspotential total unterschätzt. Das kommt davon. Jetzt kriegt er keine Luft mehr. Und röchelt, was er weiß.

«Sie schafft an, du verrückter Kerl, du liebeskranker Quasimodo! Am Rosenheimer, schwarz...»

Edgars Arme werden schlaff. Er dreht sich. Schwer enttäuscht. Die Krücken seiner Welt brechen zusammen. Das Zirkuszelt begräbt den strampelnden Clown.

Ent-täuscht zu werden sollte eigentlich 'ne feine Sache sein. Aber das sieht eben keiner so. Das kann niemand brauchen.

«Liane. Buuuh!»

Für mehrere Minuten scheint jede Muskelspannung aus ihm gewichen. Ein Batzen knochenloser Brei sinkt ins langhalmige Gras.

Ich schimpfe Tom ob seiner Klatschsucht.

Der hebt die Schultern und reibt seinen Adamsapfel.

Das Feuerwerk ist vorbei, die Pärchen bewegen sich nach Hause, aufeinander gestützt wie Verwundete.

Siehe, da wieselt ein Zucken durch die Pampe, Edgars Augen wandern leopardig die 360 Grad des Horizonts ab, suchen die Himmelsrichtung, in der der Rosenheimer Platz liegt. Dort gibt's einen Amateurstrich, wo Liane nun ihr Unwesen treiben läßt – als Anfängerin, mitten im Sperrbezirk. Ob das Zukunft birgt? Gestern haben wir sie auf einem Spaziergang entdeckt, Tom und ich. Sie trug einen schwarzen Minirock, war stark geschminkt und sah weg. Wir sahen auch weg.

Edgar erhebt pathetisch langsam seinen Gummikörper aus der Wiese, streckt und spannt sich und schiebt die Haare über die Stirn. Ich hab ihn gern, diesen gerupften Phönix. Wie viele Dramen hat er mir bisher geboten! Und galoppiert über den Rasen, hinein in die Katharsis. Toll. im doppelten Wortsinn.

«Wo rennt der hin?» fragt Tom. «Da geht's doch nicht zum Rosenheimer...»

«In seinem Zustand ist das auch besser so. Er findet sie früh genug.»

«Was glaubst du, was passieren wird?»

«Keine Ahnung.»

Marie mischt sich ein. «Jetzt kann er sie doch kaufen! Das wird er machen! Ihr 'nen Fuffi strecken und ab hinter die Kieskiste, da wett ich drauf!»

«Nein, Marie. Das wird er bestimmt nicht tun. Alles andre, aber das nicht!»

Marie ist heut wieder zu uns gestoßen, nachdem sie zwei Monate ihr Glück in der Vorstadt versucht hat. Die Marie ist eine Diva.

Sagt sie. Eine resolute Frau von zweiundsiebzig Jahren. Zermantschtes Gesicht, wie man es höchstens von Rummelboxern kennt. Die senile Geschichte von einer, die sich auszog, das Lieben zu lernen. Sie besitzt ein Foto, das sie mit zweiundzwanzig zeigt. Sehr schön.

Man hat sie aus dem Verkehr gezogen, obwohl die Männer vieles ficken, wenn die Nacht sich hinzieht, und Marie ist die begehrteste Hure des Montmartre gewesen. Sagt sie. Jeder hier erzählt Legenden. Ich glaube jedem.

Marie bietet sich immer noch an. Keiner hat Lust, dieser Künstlerin Bühne zu sein. Arm ist sie dran. Sie friert. Das nippt manchmal an meinem Herz. Aber ich brächte sie nicht unter mich. Pfui Deibel. Den halben Tag redet sie von Paris.

«Henry Miller hat mich geliebt!»

Sagt sie. Ich glaube, sie weiß gar nicht genau, ob das ein Maler oder ein Komponist war. Egal. Wen in Paris hat Henry nicht gevögelt?

Huren landen selten auf der Rolle. Sind ein sparsames, ängstliches Volk. Marie, die Königin des Quartiers? Vielleicht spricht ihr jetziges Gesicht gerade FÜR ihre Behauptung. Sie erzählt von lukullischen Orgien, von spendablen Großmoguln, gleißenden Perlencolliers, rotem Damast und dem ganzen Zinnober. Vielleicht hat sie ihr Goldenes Zeitalter gehabt. Möglich. Jetzt jedenfalls korrodiert sie, und der Anblick alter Weiber wird mir lästig. Die Pelzmantelanna ist schon zuviel, und die Lilly wird auch bald soweit sein. Außerdem ist heut noch jemand hier, dessen Anblick mich piesackt.

Erich, mit seiner Klampfe, der Troubadour mit dem seelenvollen Blick. Althippie. Lange, blonde Locken und wüster, verklebter Bart. Der ist ein Junkie, kein Berber. Der besitzt eine Bude. Wo, weiß keiner. Wenn die Nächte zu kalt werden, bleibt er immer unauffindbar, bietet niemals Hilfe an.

Er ist der Typ, der einen Schwarm Möwen um eine Burg kreisen sieht und darauf wartet, daß zwei zusammenstoßen. Wenn man versteht, was ich meine.

Dieses Frühsiebzgerrelikt, dieses Achtundzwanzigsemestergermanistikschweinchen! Zudem läßt er beim Löffeln die Zunge weit nach draußen hängen. Das kann ich nicht ab. Nieder mit ihm!

«Dort liegt Tibet!»

Ich zeig ihm die ungefähre Richtung und trete in seine Gitarre.

«Was was?»

«Troll dich!»

Nach kurzem Schimpfwortwechsel trollt er sich überraschend bereitwillig.

Fred schnarcht. Dreiviertelmond bleicht die Wolken an den Rändern. Diesen Himmel hab ich schon mal gesehn. Er hängt in Öl gemalt in der Stuck-Villa, ein Riemerschmid, glaub ich. Der Mischling schnippt mit dem Finger.

«Hey, ich bin stolz, ein Mischling zu sein...»

Jaja... Er rückt sein ulkiges gelbes Jackett zurecht.

«Hab ich euch schon den Traum von gestern nacht erzählt?»

Neenee...

«Also, das glaubt ihr mir ja sowieso nicht – der heißeste Traum meines Lebens, brutal intensiv – also: Ich steh da in so 'ner Flachschaft, ja? – so was wie Ostfriesland – riesige Ebene, da steh ich – hm – mit runtergelassener Hose und stopf ein Loch im Deich. Ihr kennt bestimmt alle das Märchen von dem Bengel, der seinen Finger in ein Deichloch steckt und die Katastrophe verhindert, ja? Nun – ich mach dasselbe mit meim Dicken – ziemlich ungewohnte Situation, was? Die Männer sind alle Hilfe holen gegangen – so muß man sich das wohl erklären –, und nun paßt auf! Oben auf dem Deich stehn die jungen Frauen vom Dorf und tanzen nacheinander Striptease, damit mein Ding nicht schlaff wird. Halt durch! rufen sie und entblößen sich linkisch, in ihrer bäuerlichen Erotik. Ich komm mir wahnsinnig wichtig vor – sie wechseln sich ab, alle Mädchen und Frauen von vierzehn bis fünfzig – und dann – tritt die Dorfschlampe an, und die hat ein seltsam bösartiges Grinsen auf den Lippen. Sie trägt so 'nen kurzen Fummel mit Fransen, wie das Strohröckchen von 'nem Negerweib, und bewegt sich – jessas – obszöner als Puffgöttinnen des Orients. Die übertreibt es richtig, die macht's sehr gut und besser – geradezu phantastisch! Mit welcher Wut die sich die Fetzen vom Leib reißt! Wie sie mit ihrer Zunge spielt! Oooh... HALT! ruf ich hinauf – das ist ZUVIEL des Guten! Doch sie lacht nur dreckig und tanzt weiter, legt alle Inbrunst rein. Ich will wegsehen, aber ich kann nicht wegsehen. Mir wird klar, was passiert, wenn ich nicht wegsehe. Da wachsen aus 'ner Ladung Saft Tote statt Kindern! Gnadenlos schleudert die Schlampe meine Augen an ihrem Röckchen herum, schiebt es hinab, verdammt, schreie ich, verdammt, pfeif drauf, ich will nicht wegsehen, ich will HINSEHN, ich kann NICHTS mehr dagegen tun – mir kommt's – AAAHH! ich spritz in den Ozean hinein – lade ab – und die Dorffrauen stehn starr vor Entsetzen. Momente von grausamer Stille. Nur die Dorfschlampe klatscht sich auf die Schenkel und kreischt vor Vergnügen. Dann ist es der Ozean, der kommt – welch ein Orgasmus! Das Land überspült! Das Ende da! Die Fluten krachen über mir zusammen, schwemmen mich fort. Ich bin mit feuchter Hose aufgewacht...»

Und Maries Gelächter grellt knochenmarkzerbröselnd in die Nacht, weckt Fred auf. Die blechernen Stimmbänder der besoffenen Omas – da zerrinnt mir jeder Humor auf der Zunge. «So was träumt kein Mensch!» behauptet Lilly.

«Die Geschichte ist gut, und gute Geschichten sind wahr!» sag ich.

«Was für 'ne Geschichte?» fragt Fred und gähnt, und als ihm keiner antwortet, sagt er: «Mein schöner Gaskocher!»

Und wärmt so die unselige Begebenheit zum dritten Mal auf.

Die Bauarbeiter waren aus ihren Wohnwagenburgen gekrochen, hatten eine ganze halbe Stunde Schlafzeit geopfert und sich vor uns hingestellt in voller Landsknechtsherrlichkeit. Zehn, zwölf Mann hoch, zehn, zwölf Gesichter, an denen das Leben vorübergegangen sein muß wie schlechtes Kino.

Sie stießen Drohungen und Beschimpfungen aus, schwenkten Holzlatten über Holzköpfen. Wir wollten verhandeln. Lilly erbot sich, Edgars Kotzlache aufzuwischen und das gleiche mit allen zukünftigen Kotzlachen zu tun. Wie kann eine ehemalige Kellnerin noch so naiv sein? frag ich mich.

Verschwinden sollten wir, uns restlos aus der Landschaft radieren, hopphopp, und weil wir nicht gleich sprinteten, nahm der Oberbauarbeiter Freds blauen Gaskocher hoch und warf ihn an die Wand, weshalb er in drei Teile zerfiel, die nicht mehr recht zusammenwollten.

Fred blähte sich, trotz der Übermacht. Ich hielt ihn zurück. Schaut die Schmiere vorbei, werden WIR fortgeschleift, nicht die, egal wie der Kampf ausgeht. Fred trauert. Beißt sich in die Finger vor Wut.

Es muß jetzt Mitternacht sein oder kurz davor. Eine Menge revanchistischer Gedanken lungert unbewältigt im Zigarettendunst. Alle müssen sich auf ihre Weise abreagieren. Das Gespräch hüpft wild durcheinander. Bald redet jeder nur noch mit sich selber. Auf dieser Wiese, Fuge mit Glühwürmchen und Hundekack und absterbendem Wind...

So etwas träumt man nicht, oder man wacht auf vorher... Mein Gaskocher war vierzehn Jahre alt und nie kaputt, was kostet eigentlich ein neuer?... Leider vergesse ich meistens meine Träume, vor allem, wenn sie schön waren... Eines Abends kam Henry vorbei, pleite, und stank ausm Maul wie Anna ausm

Arsch... In Hawaii im Sand sitzen und den Frauen ein Trinkgeld geben, das ihre Bälger monatelang ernährt... Hihiiihihi... Ich bräuchte die Oper dringend, es ist nicht wahr, daß die Oper tot ist, die Zeit der Großmusik ist vorüber, das mag sein, weil wir in keiner entscheidenden Zeit mehr leben, weil alles längst gelaufen ist... Ich hätt sie doch aufmischen sollen, sie wissen, daß wir nicht bereit sind, unsre Gaskocher mit allen Mitteln zu verteidigen, mit unserm und mit ihrem Leben... In Sand gehüllt Kokosnüsse fressen, sicher wär das stinklangweilig, aber auch irgendwie nett und warm... Henry hat gefragt, ob er Kredit hat, niemand hat Kredit bei mir, der Kaiser von China nicht, na gut, der vielleicht schon, aber keinesfalls Henry... Beim Mischling glaub ich sowieso nicht, daß es ihm allein vom Träumen kommen könnt, ihr seid doch alle viel zu versaut... Ja, diese sanftmütigen Hawaiifrauen, mit denen in schnellem Rhythmus bumsen, nein, das wär wie zum Mambotakt Walzer tanzen, nein, es müßte langsam, sehr langsam gehn, gleiten, sehr sehr laaaaangsam, in Superzeitlupe... Hast du noch Zigaretten, Tom?... Der bitterste Moment im Leben ist natürlich, wenn dir einer sagt, du kannst jetzt nicht mehr genausoviel verlangen wie deine Kolleginnen... Die Oper kommt wieder, ganz klar, in einer modischen Verwandlung, der Pop ist ja so tot wie nur was... In Hawaii würd ich, glaub ich, mit dem Rauchen aufhörn, zum Paradies gehört gesund leben, so doof es klingt... Hihihiii... Anna, halt doch dein dummes Maul, ja?... UND ICH VERKLÄR SIE ALLE!

Ja, da ist Dreck. Aber da ist auch Musik, Musik, an deren Ende kein Beifall dröhnt, kein Klatschen, Stampfen und Trampeln, nicht einmal Buhrufe. Kaum der geringste Existenzbeweis. Es ist eine komische, große, grausame Oper, voller Statisten und unendlicher Melodie. Sie singen alle, sie sprechen nicht. Wir sind sieben Menschen, die jedes Jahr um sieben Jahre altern, und ich spiel die Hintergrundorgel, damit alles ein bißchen glorreicher wird. Will mir das wer verübeln? Der komme her, den mach ich dünn!

Hier muß ein degenerierter Gott seinen Pinsel geschwungen haben, perverses Action Painting, Bilder voll Lüge und Müll und Verrat. Wunderschön. Schmeißt das eintägige Baby in die Wüste hinaus, es kann zufrieden sein, es hat genug gesehn, um einen Tod zu dulden. Sagt man. Zweifellos, mit EINEM Tod ist dieses Leben preiswert eingekauft... erst wenn jeder Tag zum Sterben wird, fragt man sich, ob die Waage nicht ein wenig schief hängt, und so lassen sie ihre Seelen verhärten über dem Warten auf Freßpakete und Erlösung und träumen von Lautstärke, und ich Arschloch onaniere über ihrem Strampeln, weil ich fast freiwillig hier bin, bilde mir ein, auf dem Wolkensessel gütig zu lächeln, na gut, wir haben jeder so seine Masche, ich brauch mich für nichts zu entschuldigen, EUCH steck ich allemal in die Tasche, in jedem Fall ist der Kaltwind fort und die Nacht eine Lust, ein großmütig Vieh mit Brüsten, die beklettert werden wollen. Wunder ist lang keins mehr zu mir gekommen, das Wunder ist wegen Krankheit verhindert, aber man muß nur aufstehn und abwechselnd die Beine auf die Erde setzen, Mirakel hausen im Rinnstein, überzeugt bin ich, sie kommen, wenn ich sie brauche, Spaß beiseite, ich geh jetzt spazieren und herrsche Tom grob an, mir bloß nicht zu folgen. Ich muß jetzt allein sein, damit der Sessel nicht von der Wolke rutscht und am Wüstenboden zerschmettert. Ich bin ein Schauspieler, der sich selbst spielt, und erfind mir meinen Text, Szene zu Szene. So machen es heute die fortschrittlichen Menschen. Die Hinterwäldler spielen noch Superman, Jimmy Dean, Hitler, Elvis, Marilyn, und neulich auf der Schwanthalerstraße habe ich 'nen Liliputaner im Kampfanzug gesehn. Das Theater lebt nur noch auf der Straße. Die Ohrwürmer fressen sich durch den Kopf, und Kinobilder drükken den Nacken nach unten. Vollendete Oper. Tom spart nicht einmal ernsthaft, um nach Hawaii zu gelangen. Soviel kostet 'ne Fahrkarte auch nicht. Das weiß er selbst. Nein, das Paradies ist hier, irgendwo hier, und manchmal, bei günstigem Wetter, zeigt es sich...

So schleiche ich durch die winzigen Wäldchen des Parks, am Monopteros vorbei. Mein Geheimtresor befindet sich nahe der Stelle, wo man neulich einen abgestochen hat, zwanzig Mark Beute. Klingt wie New York, aber hier ist nicht New York, und deshalb sollte man es eigentlich nicht erwähnen, da tut man glatt so, als wär München ein gefährliches Pflaster, das ist natürlich Quatsch. Im Gegenteil. Es ist die ungefährlichste Stadt der ganzen Welt, und ich würde mir schwer überlegen, in einer anderen Stadt auf der Straße zu bleiben.

Da, das ist er, der Tresor: Verborgen unter gehäuften Blättern und Ästen, in einer flachen Grube, liegen zwölf ineinandergestülpte Plastiktüten, die für mich Wertvolles enthalten: Ein rotes Hemd, 'ne schwarze Hose, schwarze Schuhe aus italienischem Leder, zwei Tüten mit billigen Einwegrasierern und eine Tube Rasierschaum. Hemd und Hose riechen ein wenig feucht. Der Moder kommt überall durch. Nix dagegen zu machen.

Mit dem verdreckten Wasser des Kleinhesseloher Sees beschäume ich mein Gesicht. Am Ufer voll leuchtendem Entenmist. Auf der Insel legt ein Tretboot an. Schwäne flattern hoch. Da hat sich ein Pärchen die jährliche Anarchie geleistet. Die werden sich wundern. Die Insel besteht zu zwei Dritteln aus Scheiße der Wasservögel.

Die Schwäne sind so überfüttert und fett, daß sie keine Kraft mehr haben, sich lang in der Luft zu halten. Sie plumpsen plötzlich herab. Es hat schon ein paar Unfälle gegeben.

Ich zieh mich um. Ich will noch in eine Kneipe gehn. Es ist weniger Eitelkeit, die mich zur Verkleidung treibt, eher die Erfahrung, als Penner überall beschissen und unfreundlich behandelt zu werden. Ich will nicht auffallen durch Flecken und Gestank. Ich will nicht beglotzt werden. Ich will interessante Frauen ansprechen dürfen. Mit weitausholenden, seriösen Schritten verlasse ich den Park, links an Schwabing vorbei, durchs Universitätsviertel, die Schellingstraße entlang, biege rechts in die Augusten ein.

Das Lokal ist mit gemütlichen Sofas und gepolsterten Stühlen ausgestattet, die Luft rauchhochschwanger, das Bier relativ billig. Ich nicke dem Barkeeper zu, er kennt mich seit Jahren, weiß aber nichts Näheres. Ein Spielgerät singt sein Animierliedchen. An der Wand hängt ein breites Ölgemälde, das eine nackte Frau zeigt; mit molligem Fleisch sitzt sie auf einer moosigen Waldlichtung. Kerzen flackern auf den Tischen, und für zwei fünfzig kann man ein warmes Fleischpflanzerl kaufen, mit Brot und Senf dazu. Alternative Veranstaltungshinweise liegen auf dem Zigarettenautomaten. In einem Eck steht ein uralter Metallofen. Hier verkehrt alles mögliche Volk, Studenten, Szenetypen und sogar ein paar Anzugmenschen. Auf den Regalen der Bar stehn zwischen Scotch und Tequilaflaschen zwei kleine Gipsköpfe von Marx und Engels, daneben hängt eine nostalgische Coca-Cola-Reklame aus den fünfziger Jahren.

Ich setz mich ins Eck. Die Biergläser haben eine schöne, krugartige Form. Die Frauen machen nicht soviel her. Die Häßlichen sind häßlich gekleidet, die Hübschen halten Händchen mit Männern, von denen viele schwarze Rollkragenpullover und Buddy-Holly-Brillen tragen. Sie glauben, damit intelligent zu wirken. Sie küssen ihre Frauen nicht, um der Gefahr der Schwülstigkeit zu begegnen. So liegen die Gesichter der hübschen Frauen völlig frei und glänzen durch den Raum. Wenigstens halbieren die Tische ihren Anblick.

In Schwabing, an den Diskotheken vorüber – das ist eine Ochsentour. Dort werd ich geilkrank. Tausend aufgemotzte Frauenschenkel, enthaart und freigelegt, glatt, gebräunt und schlank-

80

gehungert, nackt bis zum Arsch – soviel Fleisch, das ich nicht lecken darf, elegant geschwungen im Lichtgewitter, das die Balzerei umjubelt, Fleisch, das ertanzt und erschwätzt werden will. Dort fühle ich mich einsamer als der letzte Saurier, bin weder unter Käufern noch Gekauften. Aus dem Marktkreislauf gestoßen. Stante Penis lauf ich fort.

Hier fällt es leichter. Hier sieht nicht alles so nach Ware aus, nach Sexobjekt, hier gibt man sich züchtiger. Das Bier aus einem Glas zu trinken ist sehr stilvoll, auch sitze ich gern unter Fremden, jetzt, wo ich es nicht mehr gewohnt bin. Eine Standuhr dongt halb eins. Noch ziemlich voll um diese Uhrzeit. Bald macht der Laden zu. Die Sperrstunde ist das Kreuz dieser Stadt.

Jede Woche geh ich einmal hierher, sitze und schaue und trinke ein Bier. Im Mittelalter müssen Wirtshäuser für den Einkehrenden viel tiefere Bedeutung gehabt haben. Wichtiger, wuchtiger, herbergenhafter. Es gab bestimmt nicht diese bis ins letzte Detail gehenden Preislisten. Der Wirt sagte am Schluß eine Summe, und man einigte sich auf drei Viertel davon.

Ein Mann setzt sich auf den freien Stuhl neben mir. Er fragt nicht um Erlaubnis, ruft seine Bestellung laut durch die gedämpfte Geräuschkulisse. Ein Tonic. Sein Hemd ist weit offen. Darüber trägt er ein schnittiges Sakko. Igelhaarschnitt, verkniffene Augen, grün über einer breiten Nase.

Er stößt genervt fünf Liter Luft von sich und mustert mich, legt dann die Stirn in Falten.

«Hagen?»

«Ja. Warum?»

«Kennst du mich nicht mehr?»

Ich überlege.

Er trommelt mit kurzen Fingern auf den Tisch, verreibt ein wenig Kerzenwachs.

«Ich komm nicht drauf...»

«Robert.»

«Genau.»

«Wie geht's dir? Was machst du in so 'nem Lokal? Mich hat hier grad 'ne Frau versetzt. Und was ist deine Entschuldigung?»

Robert? Welcher Robert? Ich kenn gar keinen Robert, hab im Leben erst einen Robert gekannt, aber der ist ja...

«Das müssen jetzt sieben Jahre hersein!»

«Äh... was?»

«Die Abiturfahrt!»

«Nein. Du bist wirklich DER Robert?»

Er grinst breit und leckt sich über die Lippen. «Na klar!»

«Ich denk, du bist im Irrenhaus? Du hast doch im Jahr nur zwei Worte geredet...»

Grinsend nickt er und schlürft sein Getränk. «Muß wohl so gewesen sein. Kann mich kaum erinnern!»

«Wie lang warst du denn...?»

«Lang. Vier Jahre. Gleich von der Schule in die Klapsmühle, wie andere zur Bundeswehr.» Er hat seine Lautstärke bis zur Unhörbarkeit gesenkt. «Aber das ist jetzt vorbei!»

Unglaublich. Kaum zu fassen. Ich habe damals miterlebt, wie er nach und nach verschlossener wurde, bis er sich schließlich zu nichts mehr äußerte, und selbst von seinen Lehrern zu keinem mündlichen Beitrag mehr gebracht werden konnte. Auf der Abiturfahrt saß ich mal fünf Stunden neben ihm im Zug, auf den Notsitzen. Am Schluß hatte ich zwei Worte gesagt und er eines, ein «Ja» auf die Frage «Schluck Wein?». Damals hatte die Länge seiner Sätze einen Karpfen geschwätzig wirken lassen, und es gab keinen, der ihm irgendwie nahe kommen konnte. Das hatte mich sehr fasziniert. Er war der Meister des Schweigens gewesen.

«Gibst du ein Bier aus?»

«Na klar», sagt er und winkt dem Kellner, der gerade die letzten Bestellungen aufnimmt. Danach beginnt die Fragestunde. «Und du, Hagen, schreibst du noch?»

«Schreiben? Seit vier Jahren keinen Buchstaben!»

«Warum?»

«Eben. Warum?»

«Und wie geht's Ariane?»

«Ewig nicht gesehn.»

«Das sah doch ganz nach der großen Liebe aus...»

«War's ja auch. Aber sie begriff das nicht.»

«Aha!»

Ich mag nicht befragt werden. Es berührt zuviel blutende Punkte.

«Was hast du gemacht in der ganzen Zeit? Was ist aus dir geworden?»

«Zwischendurch hab ich ein bißchen gespielt.»

«Pferderennen?»

«Backgammon.»

«Und? Wie war's?»

«Ist mir zu blöd geworden.»

Er stutzt und lacht mich aus. Kann ja nicht wahr sein! Aus dem mürrischen, finsteren Kerl ist ein fröhlicher Lauthals geworden.

«Zu blöd? Du meinst, du hast verloren...»

«Nein, unterm Strich nicht.»

«Aber du warst doch immer verseucht, was Glücksspiel betrifft! Kann mich noch gut erinnern, du hast ja in der Schulzeit schon einen Haufen Geld in Daglfing gelassen!»

Seine flache Hand klatscht aufs Holz.

«Was soll's? Wenn ich alles versoffen hätte, was ich verspielt habe, wäre ich längst tot...»

Er lacht unerträglich laut.

«Außerdem bin ich wahrscheinlich der erste Spieler der Welt, der mitten in einer fetten Strähne das Handtuch schmiß!»

«Erzähl!»

«Na ja, eines Nachts hab ich mit einem reichen Menschen ge-

83

spielt, in seiner Villa am Starnberger See. Er war stinkbesoffen, und es ging um einen – zumindest für mich – hohen Einsatz. Er grölte Lieder und furzte und verschüttete Whiskey aufs Board. Ich mußte ihn bei jedem dritten Zug aufwecken, und ein paarmal zog er sogar – rückwärts!»

«Aha. Und er hat trotzdem gewonnen!»

«Quatsch. Natürlich hat er verloren, er verlor und warf die Scheine kreuz und quer durchs Zimmer. Ich konzentrierte mich und versuchte noch immer meine Züge bestmöglich zu ziehen, und er soff den Whiskey aus der Flasche. Nach jedem Spiel stand ich auf, sammelte die nassen Scheine vom Boden und tat sie in die Hosentasche, damit er nicht sehen sollte, wie hoch der Haufen schon war.»

«Das ist doch toll! Du redest vom Paradies!»

«Ja, zuerst hab ich mich auch gefreut. Die Sonne ging schon stimmungsvoll über dem See auf, und ich ermunterte ihn weiterzuspielen, lobte ihn scheinheilig für die überraschenden Varianten, die er fand, wenn er mal wieder in die falsche Richtung zog. Die Hunderter türmten sich, bald rechnete ich von einem zum nächsten Tausender, wollte ihn voll stier haben. Jeder Schein, der zu mir kam, ließ mein Herz für zweikommafünf Sekunden fröhlich schunkeln, und schon baute ich wie der Blitz die Steine neu auf. Und wenn unglaublicherweise einmal ein Schein das Lager zurückwechselte, schrie es in meiner linken Hirnhälfte zornig, und ich beschiß ihn sogar noch mit dubiosen, verwirrenden Wechslungen. Wie ein Geier hing ich über dem Board, und der gestopfte Freier lachte die ganze Zeit und schenkte ein und versuchte mir was aufzudrängen, aber ich blieb selbst um sieben Uhr morgens meinem Grundsatz treu – nüchtern beim Spiel. Grinsend gab er mir die Lappen, und ich griff danach, und mit einem Mal fiel mir auf, wie höllisch und spöttisch sein Lachen durch die Villa dröhnte, und ich stockte, wurde langsamer, begriff, daß er über mich lachte, daß ich ihm köstliches Vergnügen war, seinen Narren abgab, dem perversen Kerl als Hohnobjekt diente. Er bot mir sogar einen Milchshake an! Ich sah aufs Board und konnte mich an keines der Spiele erinnern, ich hatte sie wie ein Roboter gezogen, wie ein Computer, in totaler Verrohung. Die blauen Scheine waren zur numerierten Ersatzpoesie geworden, zu handlichen Tagestrophäen. Mit einem Mal besaßen sie keinen Wert mehr. ‹Warum spielen Sie nicht weiter?› hat er mich gefragt. ‹Warum zögern Sie?› Ich hätte aus dem Mistvieh noch einiges herausholen können. Aber im ganzen Leben bin ich nicht so gedemütigt worden.

Ich nahm das Board, ging über die Terrasse und den Rasen und schmiß es ins Wasser, daß die Schwäne flüchteten. Ich lief vom Starnberger See bis zu meiner Gilchinger Wohnung zu Fuß, ohne jeden Gedanken im Kopf, und hab mich geschämt. Das war's.»

Die meisten der Gäste brechen auf und blasen die Tischkerzen aus. Robert schüttelt den Kopf.

«Kann ich nicht ganz verstehen, wenn ich ehrlich bin.»

«Der Schnabel eines Geiers ist nicht stark genug, das Leder seines Opfers zu durchhacken. Also steckt er seinen Langhals durch das tote Arschloch und frißt das Tier von innen leer. Wußtest du das?»

«Nein.»

Wir zünden uns Zigaretten an und schweigen eine Weile. Hätte ich ihm noch meine tiefe Erschütterung schildern sollen, als ich in Boschs «Garten der Lüste», im Höllenflügel, ein Backgammonboard entdeckte? Nein, besser nicht.

Die Kellnerin tauscht die Aschenbecher aus.

Dann erzählt Robert von dem Mädchen, das ihn hierherbestellt hat und nicht gekommen ist.

«Sie ist 'ne Aushilfe bei uns in der Firma. Na ja, ich bin jetzt Leiter einer Spedition. Bin bei meinem Onkel eingestiegen.»

«Echt?»

«Sag, wohnst du immer noch da draußen, in diesem Kaff – wie hieß es?»

«Gilching. Nein – da bin ich ausgezogen. War auch höchste Zeit gewesen. Schwarze Spinnen krochen aus dem Waschbecken und haben sich vor meinen Augen angstlos gepaart. Und die Fenster waren blind geworden.»

«Und wo wohnst du jetzt?»

«In der Stadt.»

«Wo genau?»

«In der Nähe der Münchner Freiheit.»

«Donnerwetter, das kannst du dir leisten?»

«Ooooch, geht so...»

Der Kellner will abkassieren. Robert übernimmt die Rechnung.

«Komm!» schlägt er vor. «Wir gehn noch wohin und amüsieren uns!»

«Wenn ich das geahnt hätte! Ich hab kein Bares dabei.»

«Also hör mal! Ein paar Drinks in der Disco... Fällt unter Spesen!»

Das hört sich nach Einladung an. Gut.

«Wohin gehn wir denn?»

«Ins Inlokal natürlich!»

«Klar, was sonst...»

Robert ordert ein Taxi.

Ich bin so lang in keinem Mercedes mehr gesessen, daß es mich richtiggehend verwirrt. Wir fahren fünf Minuten, dann ist alles schon wieder vorbei. Das Inlokal zeichnet sich durch eine Menge von Leuten aus, die draußen stehn und nicht reindürfen. Die Klappe geht auf und zu, und das System der Selektion bleibt mir schleierhaft. Enttäuscht ziehen sich die Abgewiesenen zurück. Nur ein Neger bleibt und diskutiert heftig mit dem Türsteher in englisch-französischem Kauderwelsch. Der Neger tanzt ein paar Kapriolen, zeigt ein Geldbündel, zeigt sein T-Shirt mit der fri-

schesten amerikanischen Kultfigur drauf, zeigt seine waghalsig
geschnittene Unterhose. Nützt nichts. Ihm wird der Weg gewie-
sen. Er wirkt nicht sehr zufrieden.
«Mann, muß das wieder voll sein, wenn se nicht mal die Neger
mehr reinlassen!» sagt Robert, geht selbstbewußt auf den Türsteher zu und zieht mich mit.
Der Türsteher grüßt ihn freundlich und läßt ihn widerstandslos
passieren. Vor mir schließt er die Pforte. Robert stemmt sich
dagegen und sagt: «Der gehört zu mir!» Der Türsteher antwortet, DAS DA kann er beim besten Willen nicht durchgehn lassen.
Robert besteht darauf. Hinter mir hör ich noch den Neger
schimpfen und komme mir sehr fehl am Platz vor. Schließlich
seufzt der Türsteher und winkt mich rein. Ich geb den goldenen
Kafka an den Neger weiter.

Die Luft ist rot und feucht und fett und drückt mich schwer in
den purpurnen Teppich. Wir steigen die Stufen hinab, auf denen
Menschen sitzen und sich unterhalten. Ich rutsche ein bißchen
aus und trete einem Mädchen auf die Hand, fange Beschimp-
fungen ein. Als ich mich entschuldige, lacht sie.
«Von welchem Stern bist du denn?»
«Das hab ich mich auch schon oft gefragt.»
«Na, Mann, dann hau doch endlich ab – du stehst im Weg!»
Ei, das geht ja gut los.
Der Weg zur Bar fällt schwer. Man müßte ein Buschmesser da-
beihaben. Fünfunddreißig Leiber sind pro Quadratmeter beiseite
zu schieben. Es gibt kein richtiges Bier, nur Pils – das Drittel-
literglas für sechs fünfzig. Die Lichtorgeln wühlen im Leim der
Kadaverluft. Stampfende Musik. Bummbadabummbadabumm-
badabummbumm.
Teures Publikum – tun alle so, als lebten sie auf dem Existenz-
maximum. Beschwingt locker, wippend. Jeder Satz, von Mund
zu Ohr geschrien, wird von einem begeisterten Grinsen beglei-

tet. Jene Frauen, die Besitzerinnen eines Barhockers sind, drehen sich, prosten Bekannten und Unbekannten zu und werfen ihre Frisuren in überschwenglichem Amüsement von Schulter zu Schulter. Das ist schon ein wenig erregend. Kommt, ihr schönen Mädchen, ich schreib euch ein Gedicht zwischen die Brüste, mit weißer Tinte, der Saft, aus dem Testamente gemacht werden. Kostet!

Die Männer sind entweder sehr witzigtuerisch oder ziehen kühle, schmierigbrutale Fressen, lassen ihre Augen schicksalsträchtig durch den Raum kreisen.

Sie machen mir angst. Die schaun mich alle an. Ich werde unsicher, werde paranoid, bekomme Minderwertigkeitskomplexe und weiche Knie.

Robert, der weiß anscheinend, wie man stehen muß, bestellen, reden, lachen. Er scheint sich blendend zu fühlen. Ich bin so lange in keinem Ding wie dem gewesen, daß ich mich fühle wie ein Hottentotte unter Missionaren. Viel Glitzer hängt an der Decke, und Spiegel, mit deren Hilfe man tiefe Dekolletés erkunden kann.

«Hab ganz vergessen zu fragen, wovon du jetzt deine Pariser kaufst?» fragt Robert.

«Hm... Ich verkauf alte Bücher... hin und wieder.»

«So 'ne Art Antiquariat?»

«Äh – ja, so 'ne Art.»

«Warum siehst du denn dauernd zur Decke?»

«Ich bin ein Busenfreund.»

«Was? Ach sooo!»

Robert lacht und überreicht der Barmaid einen Hunderter, sie soll uns Pils hinstellen, bis aufgebraucht.

Hinter mir tönt eine Stimme: «Daß man so was hier reinläßt, da wird mir direkt schlecht! Was ist bloß mit dem Laden los?»

Ich beschließe, mich nicht umzusehn, denn der hat das laut und aggressiv gesagt, und der Blick über die Schulter wird so zum

Griff in die Wundertüte. Sitzt da ein Schrank oder ein Zwerg?
Man muß sehr vorsichtig sein.

Robert gibt mächtig an.

«Bin hier Stammgast. Hat mich einiges gekostet. Eigentlich
spielen sie Scheißmusik, und die Einrichtung ist langweilig, kein
Mensch weiß, warum ausgerechnet DAS das neue Inlokal ist.
Plötzlich kommen alle her. Na ja, meistens ist es ganz in Ordnung. Man muß halt was losmachen!»

Ich vertiefe mich ins Pils, von dem ich fünf kippen muß, um
den Geschmack zu ertragen. Es schmeckt umsonst. Das ist aber
auch alles. Zwei Frauen schieben sich an die Theke, drängen
mich zur Seite, ich dreh mich um, seh nach, wer da vorhin gelästert hat.

Ein Kerlchen, das auf Spanier macht, mit paillettenbeschlagener
Weste, geschwärzten Haaren und silbernem Gürtel. Ach Gott.
Den schaff ich allemal. Wo nimmt der bloß seinen Mut her?

Neben mir unterhalten sich zwei etwa Zwanzigjährige mit Le-
derkrawatten und Roleximitationen an den Handgelenken.

«Gestern war ich im besten Film des Jahres!»

«Pah! Ich war gestern in der besten Frau des Jahres!»

«Toll. Wer denn?»

«Sag ich nicht, sonst rennt gleich wieder jeder hin.»

Die glöcknern an meinen Nervensträngen.

Es sieht so aus, als ob man hier versucht, den Rest der Menschheit als klein und häßlich erscheinen zu lassen.

Die Frauen tun einerseits paarungsbereit, andrerseits werfen sie
mit abschätzigen Blicken um sich. Sie landen alle bei mir. Die
Blicke, nicht die Frauen.

Je nun, ich trinke. Mit jedem Glas werd ich einer mehr, gründe
die Societas meiner Alkoholklone, vereinigt sind wir Elefant
und trotzig.

Ich scheiß auf diese Frauen. Mein Schwanz spritzt auf sie, aber
ich – ich scheiße drauf. Grauenhafter Tag. Robert hat Arianes

Namen erwähnt. Der Frau, bei der ich geblieben wäre bis zum Exitus. Man sagt ja, das geht nicht. Es ist nicht Tristan und Isolde, sondern Manhattan, fünfunddreißigster Stock. Ich hasse Manhattan und alle fünfunddreißigsten Stockwerke. Ich bin ein Anachronismus. Die Zeit ist schrecklich. Wir sind aller Utopien beraubt. Es gibt keine Fragen mehr und jede Menge Antworten.

Ich grinse den Spanier an. Das überrascht ihn, ich zeige ihm, daß ich bereit bin, ihn hier und jetzt umzubringen. Er weiß nicht recht, was er tun soll. Er wartet ein paar Anstandsmomente ab, dann schreitet er zur Tanzfläche.

Robert redet von seiner Familie. Raus ausm Irrenhaus und rein ins Ehebett. Eine Frau. Ein Töchterlein, drei Jahre süß, und er erwähnt, daß man die blonde Mutter auch anal benutzen kann. Mit dem Igelhaarschnitt vertuscht er die Neigung seines Schädels zur Glatzenbildung. Bloß nicht alt aussehn!

Der Hunderter ist alle, Robert schiebt einen nach und fünfzig Trinkgeld extra. Er vertraut mir eine Beschreibung der Barmaidmöse an. Wir trinken aus den grünen Flaschen, und er wiederkäut, Spedition vom Onkel und raufgefleißt, das ödet mich.

Zwei Frauen begrüßen ihn herzlich. Modelgesichter. Ihnen wird eine Flasche Champagner spendiert.

«Soll ich dich mit ihnen bekannt machen?»

«Laß mal», antworte ich, rede mich auf meine Promille raus…
Die sind mir zu geschliffen, die seh ich mir nicht mal gerne an, kann nichts anfangen mit ihrer Haut und ihren Fingern, ihren Stimmen, ihren Augen. Sie sind nur Mösen. Genau das. Vergiß den Rest. Mehr bräuchte es an ihnen nicht. Meine Zunge reicht bis zur Nasenspitze. Schön geformte Mösen will ich gerne lekken, sicher, Geier, flügelschwingschwang, himmelverdunkelnd hinabstürzen, mit der langen, hündischen, imperialistischen Zunge. Wie Pizza kaufen. Wozu diese Körper drum rum? Es riecht nach Vanille und fischigen Schwänzen, teures und Fünf-

markparfüm. Hurenmoschus und Chanel. Stroboskop-Amösement. Nein, das ist nicht das alte Rom, keineswegs, dort ging's lang nicht so verlogen zu, dort war es keine Ausflucht, sondern Taumel, und hier ist nichts mehr Taumel, geschweige denn Lust, hier ist Kirche, blanke SchwanzundMösenundgeilerGeistKirche, tut mir leid, aber ich scheiß drauf. Jetzt gibt's 'ne Amateurstripshow. Einige weibliche Gäste tanzen oben ohne und lassen sich mit Sekt bespritzen. Ich erinnere mich an den Traum des Mischlings, seinen gigantischen Fick mit dem Ozean, und begreife die Tragweite, und die Entscheidung fiel zwischen dem letzten Adler und dem stärksten Geier, und seither sind wir brauner im Arsch als der Wald Bäume hat, auf Kollisionskurs mit unseren Freßpaketen.

«Hagen, wie findest du's hier?»
«Nacktkehlglockenvogelschrill.»
«He?»
«Kennst du den Nacktkehlglockenvogel? Wenn nicht, fahr sofort in den Zoo nach Stuttgart, wo sie einen haben. Wenn du Glück hast, schreit er. Schrill und laut wie ein Preßlufthammer, der auf Metall hackt. Solang du diesen Schrei nicht gehört hast, hast du deine Knochen nie gespürt!»
«Soso?»
Die Nacktkehlglockenvögel erschreien sich ihre Reviere. Tanzende Titten, Stirnbänder, Schenkel, Strapse, ausschlagende Ärsche. Bummbadabumm. Glitzerblink. Flachflachflach.
«Ja, es fehlt an neuen Ideen», klagt Robert. «Vor ein paar Wochen ham wir hier 'ne Pennerparty gefeiert. Das war eine Gaudi!»
«Was habt ihr?»
«Pennerball. Alle kamen in Lumpen, und zu trinken gab's bloß Zweiliterflaschen Stierblut, bäh. Lustig war's! Wir haben halbe Zwanzigmarkscheine an echte Penner verteilt, die zweite Hälfte

hätt's fürs Kommen gegeben. Verstehste, damit's stilechter wird! Ist aber keiner aufgetaucht. Seltsam, was?»

«Habe davon gehört, o ja.»

«Die hatten's anscheinend nicht nötig! Dabei war sogar ein Buffet aufgebaut, mit Stullen und Billigwurst. Toll! Die Frauen haben sich mit Asche beschmiert und ihre Frisuren zerstört, mit einer hab ich's auf dem Klo getrieben; so geil!»

Ich starre ins Bier. Zwölf Mann starren ins Bier.

«Die bürgerlichen Zeitungen haben natürlich am nächsten Tag mordsweißwas gelästert, blablabla Unmoral und soschadedaßwirnichtdabeigewesensind, hehe...»

«Ach, Robert... Deine Lalle ekelt mich an! Bei dir hätten die Ärzte den Korken besser dringelassen...»

«Was? Willst du frech werden?»

«Sag mal, Robert, Exmeister des Schweigens, was glaubst du, wo du bist? In Wall Street am dunkelgrauen Donnerstag?»

«Mensch, Hagen, du bist ja total besoffen!»

«Zwanzig Mark? Für die tausend Tonnen schwere Scham? Die Verfaulenden zur Feier bitten, füttern, Geschichten hören und wegschicken? Möglichst, ohne eins in die Eier zu bekommen?»

«He, von was redest du denn?»

Robert verzieht indigniert die Lippen. Das Model, das er an seiner Brieftasche nährt, dessen schwarzer Lippenstift gerade sein Ohr verschmiert, glotzt mich bläßlichblöde an mit lässigen Augenlidern.

«Du hast Probleme, was?» fragt Robert. «Bist blau, hast dein Bier verschüttet und sagst nicht mal Entschuldigung! Spar dir die Reden, nimm dich zusammen, ich muß mich ja schämen! Ich hab dich hier mitgebracht, blamier mich nicht!»

Ich stelle das dreizehnte Fläschchen beiseite.

Genug getrunken. Mehr geht nicht, und sei es noch so gratis. Ich bin vollgelaufen. Insofern hat Robert recht.

Um mich hüpfende Gesichter mischen Hysterie und Eitelkeit zu grausamen Fratzen einer aufgeputschten, abgefeierten Masse. Kaprizierende Schaumschläger.

«Ich kann dir schon sagen, warum keiner von uns gekommen ist», zische ich Robert zu, der nervös an seinen Knöpfen spielt, um seine Reputation besorgt... «Weil wir gelernt haben, stumpf zu sein und keine Mörder zu werden über ein paar dämlichen Kindern mit verschissenen Hintern und Plastikfleischgoldspielzeug. Keinen Tag Knast lohnt das!»

«Hör mal, mach keinen Ärger, immerhin hab ich dich eingeladen, ja?»

Die Frau macht sich los von seinem Arm und taucht im Tänzertümpel unter. Die Sache ist ihr keinen Kommentar wert gewesen.

Großes Armeschwenken. Anbetung des Partygottes.

«Schau, jetzt vertreibst du mir sogar die Weiber! Komm, geh heim! Am besten, du gehst jetzt heim, ja, komm...»

«Du DRECKSACK! Ich bin mal fünf Stunden neben dir gesessen, um ein einziges Wort aus dir rauszuholen! Die Doctores haben für dich gesorgt, was? Haben dir die Verstocktheit schon aus den Schläfenlappen geschnipselt! Waren nicht gerade Feinmechaniker, wie? Du taugst noch weniger als das Bier hier!»

Er schüttet mir seinen Drink ins Gesicht.

Im Gegenzug hau ich ihm in die Fresse. Stimmung kommt auf. Ich bin die brodelnde europäische Sehnsucht und er die rülpsende amerikanische Behaglichkeit. Die griechisch-deutsch-italienische Oper gegen das Off-Broadway-Musical.

Er holt ein Schnappmesser raus, mit Perlmuttgriff. Er will mir seine Auffassung noch einmal ganz genau erläutern. Ich trete ihm in den Magen. Er klappt zusammen und fällt um.

«WAS GLAUBST DU DENN, WER DU BIST? MICH MIT DEM MESSER ZU BEDROHEN! ICH BIN DOCH KEIN STÜCK WURST!»

Robert ist aber beliebt. Er besitzt Freunde. Ich merk's von allen

Seiten, geh zu Boden und werde malträtiert im Rhythmus der Musik. Zum Glück spielt man grade ein langsames Stück. Walzerklänge. Ich schlage um mich. Nebenbei küsse ich einen nackten Schenkel. Alles ist mir so egal. Keine Utopien mehr. In mein Gesicht fließendes Blut läßt die Angreifer über ihre Hemmschwelle stolpern. Einer der Kellner telefoniert mit dem Revier. Es wird Zeit zu gehn. Man läßt mir eine Lücke. Robert sitzt schon wieder an der Bar und schüttelt den Kopf, wird dabei von zwei Seiten getröstet. Ich stürme die Treppe, am verdutzten Türsteher vorbei, hinaus in die Seitenstraßen der Seitenstraßen, über Zäune und Flaschencontainer, an balgenden Perserkatzen vorbei, durch winzige Gärten, KOLLISIONSKURS KOLLISIONSKURS, blumenbehängte Balkone. Über eine Kreuzung. Grünfläche. Was ist das? Ein Titan mit meterlanger Steinkeule! Was? Richtig, der Neptunbrunnen. Keine Angst. Keine Utopien mehr. Ich steck den Kopf ins Wasser. Es ist kalt, es zerreißt meine Ohren. Der Alte Botanische Garten. Unangenehm, bei Dunkelheit zu bluten. Man weiß nicht, wieviel verlorengeht. Überhaupt scheint da oben etwas durcheinander zu sein. Der Laternenschein wird Nebel, meine Knie knicken um, und schwere Gewichte kippen von einer Schulter in die andere. Es weht durch meine Brust. Es ruht nicht sanft. Würmer, die quellen aus Mund und Nase. Das ruht nicht sanft. Im Kreis kriech ich durch den glatten, kühlen, feuchten Kies, die Augäpfel fallen mir aus den Höhlen und kullern fort, und ich bin blind.

KAPITEL 5 *wo der Junge Löcher in eine Insel gräbt, seiner Mutter Fisch kredenzt, die blonde Kathrin aus dem Fluß rettet und einige Briefe schreibt.*

Forellenduett

Der Junge dachte an Kathrin, die schöne hellglänzende Kathrin, deren Körper sich so deutlich vor seinen Augen formte, unschuldig am Flußufer träumend.

Er schlich in Kathrins Rücken und stieß sie ins Wasser, sah sie untergehen in den Strudeln. Silberner Schaum mischte sich in ihr Haar, bevor es in die Tiefe gerissen wurde.

Der Junge wartete zehn Sekunden, dann sprang er. Die Kälte der Loisach trat ihm brutal in die Rippen. «Kraulen, schnell, kraulen, schneller, wie ein Wahnsinniger, sonst erjagt dich der Herzinfarkt im siebten Lebensjahr! Tauch unter den Strudeln durch, paß auf die spitzen Felsen auf! Hier irgendwo muß sie sein, du mußt sie schnell finden, schon stößt ihr das Wasser die Kehle auf und stürmt die Lungen!»

Wie nicht anders zu erwarten, berührte er sie gleich darauf. Seine Finger verfingerten sich in ihren Fingern. Kathrin klammerte sich an ihn, preßte ihre Arme in panischer Angst um ihn und zog ihn tiefer hinab. Schwimmen wurde unmöglich. Er konnte nur wieder und wieder seine Füße vom Flußbett abstoßen, den Kopf über die Wasseroberfläche schnellen, nach Luft schnappen und erneut untergehn.

Hundert Meter später wurde der Fluß ruhiger und seichter, und man konnte durch das Wasser waten, ohne von der Strömung umgerissen zu werden.

Unter lautem Jubel trug er die ohnmächtige Kathrin ans Ufer und begann sofort mit der Mund-zu-Mund-Beatmung.

Natürlich war die Lage sehr kritisch, aber ebenso natürlich strömte nach wenigen Minuten das Blut in ihr Gesicht zurück; Kathrin öffnete die Augen und flüsterte ihrem Retter Bewunderndes und Zärtliches zu.

Der Junge wurde in der heißen Sonne schnell trocken. Der Traum ging nicht weiter. Morgen würde er sich eine Fortsetzung überlegen. Inzwischen starrte er ins eisige, klare Wasser der Loisach, das frisch vom Berggipfel kam.

In den Untiefen standen Forellen, ruhig, verharrend, abwartend. Ein Jahr zuvor, beim letzten Garmischer Campingwochenende, war es dem Jungen gelungen, eine von ihnen mit der Hand zu fangen. Das hatte Aufsehn und Erstaunen erregt. Er beschloß, es noch einmal zu versuchen, und schlich sich vorsichtig an.

Die Forellen kauten mit offenen Mäulern und wirkten gleichgültig. Sie trugen rote Punkte auf den Rücken und bewegten die Schwanzflossen langsam hin und her, standen auf einer Stelle in vollendeter Schönheit.

Jetzt zuckte seine Hand hinab und zerbrach den Wasserspiegel klirrend. Die Forellen stoben auseinander. Mit einer Fingerkuppe spürte er glatte Fischhaut. Mehr nicht. Der kaputte Spiegel klebte sich wieder zusammen. Vorbei.

Er würde nie mehr schnell genug sein, einen Fisch mit der Hand zu fangen. Vielleicht war es im letzten Jahr Zufall gewesen, überlegte er, vielleicht hatte jene Forelle fest geschlafen oder Selbstmord begehen wollen?

Der Junge watete in die Mitte des Flusses, zur langgestreckten Insel, die zu vielen Abenteuerspielen taugte. Einige Kinder bauten einen Damm und sammelten dicke Steine. Häufig fand man im Sand dieser Insel verrostete Gewehrpatronen. In den letzten Kriegswochen hatte es hier Gefechte gegeben. Der Junge nahm den olivgrünen Bundeswehrspaten, den er vom Vater zum Spielen entliehen hatte, und grub am Loch weiter. Das Loch wurde so tief gegraben, bis Grundwasser hineindrang. Dann kam das nächste Loch an die Reihe. Tolles Spiel. Die Insel war schon fast vollständig durchlöchert.

Kathrin. Kathrin war nach Göttingen gezogen. Er würde die dritte Klasse Volksschule ohne ihren Anblick ertragen müssen. Er würde sie nie mehr heimlich verfolgen können auf dem Heimweg von der Schule. Kathrin, seine erste, süße Liebe. Nun war sie fort. Nie mehr würde er ihretwegen Ohrfeigen kassieren, weil er für den Heimweg zu lange brauchte.

Die Forelle. Die Forelle hatte er damals seiner Mutter überbracht. Die mochte Fisch für ihr Leben gern. Sie hatte sich sehr gefreut.
Der Junge hielt sich an den elastischen Ästen einer Uferweide fest und ließ sich hin und her schaukeln. Was sollte man mit diesem Nachmittag weiter anfangen?
Er hatte gerade beschlossen, noch ein Loch zu graben, als er zwischen den wulstigen Steinen des Kinderdamms, fast in der Flußmitte, einen weißen Leib erkannte. Eine tote Forelle trieb mit dem Bauch nach oben.
Er watete hin, nahm den Fisch in beide Hände und roch daran. Kein Gestank. Der Fisch war bestimmt nicht lange tot. Er preßte ihn fest an die Brust, lief zur Böschung, lief über die Holzbrücke, lief zum Campingplatz.
Die Familie hatte sich in diesem Jahr einen neuen, geräumigeren Wohnwagen gekauft, mit dem man abwechselnd nach Garmisch, Meran und an den Gardasee fuhr.
Die Mutter saß im Badeanzug unter dem Vordach und las in einer Altfrauenzeitschrift mit Herz. «Ich hab's wieder geschafft!» rief der Junge und hielt ihr den Fisch hin.

Fröhlich sprang die Mutter auf und bedankte sich. Es war Bestechung. Nun mußte sie stundenlang nett sein. Da der Vater an diesem Tag eine Bergtour unternahm, wurde der Zeltnachbar gebeten, den Fisch auszunehmen. Der ekelte sich auch davor, doch da an seine Männlichkeit appelliert wurde, konnte er nicht anders, schlitzte den weißen Bauch auf und kratzte die labbrigen gelben Eingeweide heraus. Die Mutter bestreute die Forelle mit Gewürzen und ließ Butter in der Pfanne zergehen.

«Nütz das Tageslicht!» rief sie ihrem Sohn beiläufig zu, in nettem Ton zwar, aber der Junge hatte eigentlich gehofft, heute befreit zu werden von dem, was kam.

Wütend packte er seine Schulsachen aus, nützte das Tageslicht und schrieb dumme Sätze aus dem Lesebuch ab, drei Stunden lang, wie an jedem Feriennachmittag. Damit sollte er bis zum Beginn des neuen Schuljahrs einen ordentlichen Vorsprung herausholen.

Die Mutter sah ihm von Zeit zu Zeit über die Schulter. Entdeckte sie einen Buchstaben, der nicht die perfekten Maße besaß, zerriß sie das Blatt, und er mußte es noch mal schreiben. Allerdings zerriß sie an diesem Nachmittag sehr leise, ohne zu schreien. Der Fisch hatte ein Gutes gehabt. Man konnte ihn aus dem Wohnwageninneren brutzeln hören.

«Du mußt noch Briefe an die Verwandtschaft schreiben!» sagte die Mutter und gab ihrem Sohn das Briefpapier.

Es war immer dasselbe.

«Liebe Tante / lieber Onkel / liebe Oma. Herzlich bedanke ich mich für die zehn Mark, die Ihr mir zum Geburtstag geschickt habt. Wir sind auf dem Garmischer Campingplatz und das Wetter ist schön. Soeben habe ich wieder eine Forele mit der Hand gefangen. Es grüßt euch euer lieber...»

Der Junge malte jeden Buchstaben einzeln. Das Briefpapier besaß keine Lineatur, deshalb rutschten die Sätze am rechten Rand etwas nach unten. Er übergab die drei Briefe, in denen jeweils das gleiche stand, seiner Mutter zur Kontrolle. Sie träufelte gerade eine Zitronenscheibe auf den Fisch.

«Du hast ‹Euch› klein geschrieben!» sagte sie, zerriß die Briefe und gab ihm neues Papier. Aber wie wunderbar still sie blieb! Der Fisch hatte sich sehr gelohnt.

Der Junge beugte sich über den Klapptisch und malte neue Buchstaben. Seine Mutter setzte sich neben ihn und aß den gebratenen Fisch.

Der Vater kam von seiner Bergtour zurück.

«Er hat wieder einen gefangen!» sagte sie, er antwortete: «Gut!» und sah seinem Sohn beim Briefschreiben zu. Plötzlich zuckte er zusammen.

«Weißt du nicht, daß man Forelle mit zwei l schreibt?» rief er, zerriß die Zweitfassung der Briefe, und die Mutter sagte: «Das ist mir ja gar nicht aufgefallen! So was!»

Der Junge äugte während des Schreibens hinüber, auf den Mund seiner Mama, in dem der Fisch verschwand.

«Schmeckt's?» fragte er.

«Sehr gut.»

Der Vater berichtete von dem Berg, den er bestiegen hatte.

Später kam die Nacht, und die Familie begab sich in den Wohnwagen, um zu schlafen. Der Junge aber blieb wach liegen und hörte auf den Atem seiner Mutter. Würde sie Krämpfe bekommen? Eine Fischvergiftung? Würde man sie gar ins Krankenhaus einliefern müssen? Nichts geschah. Der Atem blieb gleichmäßig.

Am nächsten Tag grub der Junge fünf neue Löcher in die Insel und war froh und erleichtert.

Denn er liebte seine Eltern, wie es sich gehört.

KAPITEL 6 *in dem Hagen, zeitweilig blind, Herodes begegnet und mit ihm so einige Dinge durchdiskutiert.*

Die Hagenerodes

Eine Gestalt hält mich im Arm, schwemmt mir Wasser auf die Stirn. Es ist so dunkel. Feuchte Taschentücher. Zärtlich wischt er mir das Blut vom Schädel.

«Geh, was ist das?» frag ich befremdet. «Sollten wir ins Krankenhaus fahren? Ins Doppelbett?»

«Ruhig! Sonst sprengt es Ihren Kopf entzwei!»

«Woher wollen Sie das wissen?»

«Vertrauen Sie mir! Ich kenn mich aus in solchen Fällen. Kopfzerbrechen im vorletzten Stadium. Morbus tedescus.»

«Sie wollen mir doch bestimmt irgendwas andrehn?»

Er lacht und stützt meinen Kopf mit seiner Jacke, hockt sich mir gegenüber. Ich kann nur wenig erkennen. Seine Stimme ist tiefer als ein schwarzer Baß, und der Stein des Neptunbrunnens ist kalt. Ich bin sehr mißtrauisch. Ein Brei aus grünem Licht schwebt um mich rum.

«Sie brauchen keine Angst zu haben. Ich hab ein Faible für Verwundete. Ehrlich!»

«Wer sind Sie? Ich kann nichts sehen!»

Der Mann räuspert sich und gibt mir eine Zigarette. Zittrig greif ich danach und sauge sie heiß. Da sind Bäume, ja, und ein Kunstwerk mit Keule, und grüne Sternchen flimmern zwischen schwachen Konturen. Es ist Nacht auf der Welt. Wo zünd ich neue Spotlights an?

«Pah!» ruft der Mann. «Nacht ist, wenn die Sonne für die andern scheint – mal ganz schlapp dahingesagt. Das heißt doch nichts, da ist doch nichts dabei, weswegen man melancholisch werden müßte.»

Aha. Ein Klugscheißer. Ich gehe in Deckung.

«Hören Sie, Sie seltsamer Samariter, ich will Ihnen nicht auf die Nerven fallen und erwarte von Ihnen die nämliche Haltung!»

Das Grün verwandelt sich in ein milchiges Grau, ist es das stumpfe Leuchten der Morgendämmerung? Zeit wär's. Nacken schmerzt. Der Mann geht nicht fort. Das ruht ganz und gar nicht sanft, das alles.

HAGEN: Lassen Sie mich allein.

MANN: Das will ich nicht tun.

HAGEN: Ja, da kann ich wenig machen. Sie nutzen meinen Zustand aus. Wofür bloß? Womit kann ich dienen?

MANN: Ihr Zustand ist übler, als Sie denken.

HAGEN: Ich hab ja gewußt, daß Sie mir was andrehn wollen, na los, holen Sie schon Ihre Taschenbibel aus der Hose!

Das Lachen des Mannes klingt alt. Hagen hört Geräusche einer vorbeifahrenden Trambahn. Es muß fast Morgen sein. Aber so dunkelgrau. Und keine Vögel. Keine Vögel singen. Was ist geschehn? Es ruht nicht sanft. Es ist so still. Nicht die leiseste Melodie im Kopf.

HAGEN: Wie still es ist!

MANN: Vier Tote still.

HAGEN: Wie bitte?

MANN: Das Dezibel regelt den Lärm. Aber es gibt auch für die Stille eine Maßeinheit.

HAGEN: Ach?

MANN: Den Toten. Die kleinste Einheit. Die Skala reicht von einem bis zu allen Toten.

HAGEN: Soso. Stimmt. Die Totenstille. So sagt man doch.

MANN: Keine Veralberung bitte. Wenn Sie schon lachen müssen, halten Sie wenigstens die Hand davor. Ich liebe die Stille, aber ich bin kein Mann der Extreme. Im Moment suche ich nach dem gesündesten Mittelwert. Diese Studien erfordern meine ganze Zeit.

HAGEN: Ach? Sie sind Wissenschaftler?

MANN: Neinneinnein. Mörder und Schwängerer. Ich will bescheiden sein. Die Wissenschaft – das ist so ein aufgeblähtes Wort. Der Wissenschaftlhuber glaubt an die Zahl von null bis neun, steht dem Katholiken somit kaum nach. Ich dagegen... bin ein Forscher.

HAGEN: Und davon können Sie leben?

MANN: Es ist ein Ehrenamt. Die Toten hinterlassen ja nichts. Außer dem üblichen Schmonzes. Geld, Kinder, Videobänder mit ihren Lebensläufen drauf...

HAGEN: Jaja.

MANN: Und Sie? Sind Sie ein Kämpfer? Oder was?

HAGEN: Klar bin ich ein Kämpfer, logisch. Nur bin ich aus Feigheit zur Sanftmut konvertiert, und das schon vor der Pubertät. Bitte gehen Sie jetzt!

MANN: Ja, es ist an ihrer Nase deutlich zu erkennen. In Ihnen wühlt der Killer scharfmeßriger als sonstwo, glauben Sie mir.

HAGEN: Jetzt nützen Sie meinen Zustand aber über Gebühr aus! Sie drängen sich ja auf!

MANN: Und warum tragen Sie diese unmodischen Wunden? Wo Sie doch so angeberisch von Feigheit reden!

HAGEN: Überschwang. Programmatische Schizophrenie des modernen Poeten. Kalkulierter, temporärer Wahnsinn. Regelmäßiger Hafturlaub in die Verantwortungslosigkeit.

MANN: So sehn Sie das? Sie wollen mich foppen! Nasführen! Sie wollen mich zum Narren halten!

HAGEN: O nein, seit zwanzig Jahren habe ich keinen gefoppt. Und es ist wahr: Seit ich denken kann, lebe ich in finsterster Zielhaft. Seit neuestem habe ich einen Job in der Fettwelt: Da stell ich synthetische Mythen her und klebe bunte Reklame drauf.

MANN: Interessant. Sie hegen wohl nicht mehr viel Vertrauen in sich?

HAGEN: Nein.

MANN: Der Killer sitzt da drin, und Sie behandeln ihn wie einen Schulbuben! Das muß deutlich zur Sprache gebracht werden!

HAGEN: Oh, ich lasse mich durchaus beeinflussen, ich dulde Widerspruch. Mit jeder Meinung, die mir näher als zwanzig Zentimeter kommt, ändere ich meine Haltung um ein Grad hin und her. Meistens wende ich mich ab.

MANN: Unterbrechen Sie nur einmal Ihre Vorstellung! Gehen Sie in den Zuschauerraum und hören sich um! Als Narziß taugen Sie ja doch nicht viel.

HAGEN: Woher wollen Sie das alles wissen, Sie robespierresker Scharlatan! Die Weisheit mitm Löffel gespachtelt, he?

MANN: Man kann die Weisheit nicht mit dem Löffel, sehr wohl aber mit Messer und Gabel essen.

HAGEN: Sind Sie ein paarmal öfter um die Sonne rotiert als ich? Ist Ihnen davon schwindlig geworden? Alte Männer lügen alle, sie schwindeln... Sobald sich eine Arroganz über die erste Leiche hinweghebt, wird sie unbrauchbar für mich.

MANN: Der Krieg kennt kein fünftes Gebot. Und Sie führen Krieg! Oder etwa nicht?

HAGEN: Krieg. Der Krieg. Ist das ihre Lieblingshalluzination? Gut. Jedem seine faden Morganen. Jeder, wie er's braucht.

Ich kämpfe, ja. Aber es ist doch absolut unnötig, andere da mit reinzuziehen.

MANN: Sie wollen ja bloß nicht konkret sein! Wo ist ihr Feind?

HAGEN: Man ist sich doch selbst Feind genug. Glücklicherweise stirbt alles Konkrete von selbst, wie unwichtig, ob zehn oder zwanzig Jahre früher.

MANN: Das ist richtig. Da sind wir uns ja einig. Das ist ja auch leicht einzusehn. Darum geht es aber gar nicht. Wer wollte sich schon allein diese ganze Arbeit machen? Es geht um den Lärm, nicht um das Fleisch. Es geht um ein Fanal. Um die Stille geht es! Meine geliebte Stille, nicht zu leise, nicht zu laut.

HAGEN: Das versteh ich nicht ganz.

MANN: Nun, ich bin kein Rechthaber, ich bin Forscher, und habe meine Fehler, zweifellos, und im Hintergrund brüllt ja immer die Trophäensucht, und wenn man so lange durch die Straßen läuft, beginnt man irgendwann, mit den Füßen zu denken.

HAGEN: Ich kapiere immer noch nichts.

MANN: Die Suche nach der rechten Stille ist selbstverständlich auch nichts anderes als die Suche nach der Gerechtigkeit. Das geb ich ja zu. Man sieht an der Geschichte, daß sechs oder zwanzig oder gar fünfzig Millionen Tote nicht ausreichen, um recht zu haben, nicht einmal kurzfristig. Vielleicht kann man sich nach dreihundert Millionen seiner Sache zumindest vorläufig sicher sein. Die Toten werden nie sehr alt. Wie viele von ihnen wird man in hundert Jahren zur präzisen Rechtsfindung benötigen? Ich mag die Menschen. Es dürfen bloß nicht zu viele sein. Für Deutschland zum Beispiel wären fünfhunderttausend doch weitaus genug.

HAGEN: Jetzt versteh ich! Sie suchen eine Zehnzimmerwohnung! Sie sind ein Spinner! Sie wollen WOHIN? Einmal

Mensch und retour? Zum rosaroten Super-Sparpreis? Das ist gemeingefährlich, jawoll! Phobosophie ist das!

MANN: Wir stehn uns näher, als Sie denken.

HAGEN: Wollen Sie mich beleidigen?

MANN: Sie halten sich an Ihren Gitterstäben fest, an Ihrem maßgeschneiderten Gitter, an Ihren Maßstäben, daran krankt's bei Ihnen!

HAGEN: Gehn Sie weg! Sie sind ja aufdringlich!

MANN: Ihre Maßstäbe reichen mir gerade bis ans Knie!

HAGEN: Du hast dir den Kopf, scheint's, an zu vielen Stromleitungen verbrannt, Langlackel! Kehr doch um! Grüß Platon von mir! Dreh dich im Kreis!

MANN: Duzen wir uns jetzt? Na gut, wir sind ja nahe Verwandte.

HAGEN: In Wahrheit bist du der Romantiker hier!

MANN: Hoffentlich nicht! Während die mittelalterliche Allegorie des Romantikers noch der Minnesänger war, so ist es heute der amoklaufende Studienrat, der vierzehn Menschen mit einem Jagdgewehr abknallt. Das ist nicht «schön», wenn ich mal so sagen darf. Wir sind beide Gläubige, Hagen, und beide modisch.

HAGEN: Ich will nicht modisch sein!

MANN: Blabla!

HAGEN: Nix Blabla.

MANN: Doch Blabla! Und ob du modisch bist! Du ziehst dir ja morgens den Alltag an und wickelst die Zeit wie einen Schal um den Hals.

HAGEN: Ich weiß nicht, was Sie glauben, und ich glaube nicht, daß Sie wissen.

MANN: Ich dachte, wir wollten uns duzen?

HAGEN: Ich will schöpfen, und aus dem vollen. Liane hat schon recht. Um mich her blüht die Fette Welt. Und jetzt bin ich sogar noch blind!

MANN: Du schwängerst ins Blaue hinein! Wie ein Kind!

HAGEN: Wovon redest du?

MANN: Du bist kultiviert worden! Das ist dein Problem! Komm mit mir die Stille erforschen! Wir werden ein gutes Team abgeben. Mörder und Schwängerer, man kann nur beides zugleich sein oder nichts davon!

HAGEN: Dann bin ich lieber nichts. Das andere ist mir zu blöd.

MANN: Das Nichts haben wir doch längst als unbrauchbar verworfen.

HAGEN: Dann will ich eben alles sein, bloß nicht das!

MANN: Du anthropofugale Schleiereule! Du lügst, sag, was du willst!

HAGEN: Wenn ich sagen darf, was ich will, sag ich jetzt nichts mehr.

MANN: Du Widerborst! Du Darmtraktrebell! Lehnst dich gegen den Strom der Freßpakete auf! Um dem Arsch zu entgehen, reizt du den Magen, daß er sich übergibt? Was soll dabei herauskommen? Sage vielleicht?

HAGEN: Immerhin ist es dann noch erkennbar. Gewahrt, so gut es ging, auch wenn es stinkt.

MANN: Nicht zu fassen. Du hast Gott mumifiziert!

HAGEN: Es muß einen Ausweg geben.

MANN: Die Bäume sind voller Nesthaken. Da kann man sich aufhängen dran – wenn man Sinn fürs Häusliche hat.

HAGEN: Verarschen kann ich mich selbst am besten. Weil, weil, weil... ich bin ein Optimist, sowieso, und liebe die Erde sehr und...

MANN: Da liegst du doch voll im Trend! Nie vorher hat der Mensch die Erde so geliebt. Er beutet sie immer raffinierter aus! Warum zum Beispiel unterscheiden sich Krieg und Atomkrieg so ungeheuer? Der Krieg ist bloß Menschentod, der Atomkrieg ist vor allem Umweltverschmutzung! Deshalb rüstet man die Bombe aus der Welt – man will wieder gesunde Schlachten schlagen!

HAGEN: Nanana – Das halt ich ja höchstens für Radikalsatire. Das ist zwei Meter weit gedacht, das ist mehr gespuckt als gedacht... Ah – glaub bloß nicht, du kannst dir ein überlegenes Lächeln leisten, bloß weil ich aufgrund alkoholischer Umstände ein wenig ins Stottern gerate. Die richtige Replik formt sich noch.

MANN: Ich weiß schon, worauf das hinauslaufen wird.

HAGEN: Ja?

MANN: Auf die Frau. Damit hört's doch immer auf...

HAGEN: Das halte ich nun für sehr aus der Luft gegriffen. Ich sehe weit und breit keine Frau.

MANN: Du wirst schon sehen.

HAGEN: Ich habe die Halluzinationen nach nütz und unnütz getrennt. Das rechne ich mir hoch an. Ich meine, nicht mal die Krokodile bringen sich um – und die sind wirklich alt. Außerdem – ob etwas sinnlos ist oder nicht, entscheidet noch lange nicht über seinen Unterhaltungswert.

MANN: Meine Liebe zum Menschen ist durchaus vorhanden, aber ich habe noch eine Utopie, die zieh ich durch, ganz in der Tradition der gekränkten Götter, verlagere den Kampf von der Bühne in den Zuschauerraum. Das ist nicht grausam. Es ist schon alles gut, wie es ist. Wir sollten echte Freundschaft schließen. Brüderschaft trinken. Ich bin dein Mörder.

HAGEN: Das ist gemein. Wo ich doch blind bin! Mich gar nicht wehren kann. Nein – mit dir laß ich mich in keinen Sack nähen. Ich bestehe auf getrennten Gräbern!

MANN: Ach, du verheimlichst dich doch bloß... Du bildest dir was ein!

HAGEN: Ja, ich bilde mir durchaus was ein auf mich. Die zurückgelebte Strecke erfüllt mich mit Stolz.

MANN: Alles Unsinn. An der Nase erkenn ich's. Du hast eine

Veteranennase. Das Vietnamtrauma ist nicht nur eine Sache Amerikas. Die ganze Geschichte ist Vietnam! Der Schlachthofarbeiter kehrt nach blutigem Arbeitstag in den Schoß der Familie heim, und plötzlich sind alle Kinder Vegetarier. Er wird nicht mehr als Held begrüßt. Unverstanden zieht er sich in die Tiefe seines Lieblingssessels zurück und verweigert die Zeugung. Du erlaubst mir dieses Gleichnis?

HAGEN: Erst rumbibeln und dann um Erlaubnis fragen, das hab ich gern! In so einer Zeit kann man die Zeugung ja nur noch verweigern! Warum kann man nicht einfach Bäume pflanzen? Ein bißchen was wiedergutmachen? Ach, ich möchte jede Frau umarmen, die abgetrieben hat; sie ist eine Heldin. Man muß sich wieder ins geozentrische Weltbild zurückdenken, die Erde wieder in den Mittelpunkt des Alls stellen – und über den Menschen. Stell dir vor – es gibt noch Leute, die GRATULIEREN Frauen nach positiven Schwangerschaftstests! Jede Geburt ist ein Skandal! Ich verpasse dem Embryo keinen Heiligenschein. Wo Metastasen zerschnippelt werden dürfen, Embryos aber nicht, wird Schwangerschaft zur Krankheit.

MANN: Ja, eben deshalb muß man von Zeit zu Zeit ein bißchen morden, das mein ich doch die ganze Zeit!

HAGEN: Unsinn: Ich morde und schwängere nur mich selbst. Alles andere wäre plumpe Ersatzbefriedigung! Ich gebäre mich an jedem Tag neu und bring mich vorm Einschlafen um.

MANN: Seltsames Gebaren. Wenn meine Enthaltsamkeit nur dazu führt, daß andere einen Balg mehr auf die Welt setzen, und mir noch ein Kindergarten in die Landschaft gebaut wird, dann, das kannst du mir glauben, dann begehr ich auf, das laß ich mir nicht bieten, dann treib ich ein paar von denen nachträglich ab, mit Feuer und Schwert oder sonstwas, diese Steißgeburten balbier ich übern Löffel, keine Gnade!

HAGEN: Du bist doch bloß ein psychopathischer Prediger! Quacksalber! Man sollte sich, bei aller Duldung der Halluzinationen, genau überlegen, ob man bei irgendeiner Seite einen Vertrag unterschreibt. Mit der Zeit wird alles besiegt. Es ist nur so, daß Hollywood die Siege des angeblich Netten immer als die entscheidenden Schlachten darstellt.

MANN: Da stimm ich zu. Die Zeit geht hin und wieder aufs Klo und entlädt sich. Das nennt man je nachdem, wer nachher gewinnt. Das interessiert niemanden, jedenfalls mich nicht. Die Zivilisation vor der Jahrtausendwende, was ist das schon? Ein Haufen Babyspeck und Geschrei, kackverklebt, in einem der Abfalleimer vom Autobahnrastplatz. Schau dir die Leute an! Sie führen Kolonialkriege – auf Spendenbasis – oder in der Wochenendrevolte, leben gesund und nennen's bewußt. Bigotte Idioten, retten Wale und forsten den Regenwald auf, und im trauten Heim produzieren sie süße kleine Kindlein – die einzigen natürlichen Feinde, die Wale je gehabt haben. Und dann wird ein Kindergarten gebaut, und für fünf Kindergärten eine Schule, und für fünf Schulen ein Freizeitpark und so weiter, bis für alles ein großer Friedhof nötig wird. Ich würde mich vor jedem Außerirdischen zu Tode schämen für die Bande. Da siehst du mal, wie sehr ich sie liebe.

HAGEN: Es ist die Light-Zeit. Die geht vorüber. Ich bin müde. Vor meinen Augen wird es aber heller. Die Konturen werden langsam schärfer.

MANN: Also muß ich jetzt gehen.

HAGEN: Wieso?

MANN: Das muß dir doch klar sein! Hat das tragische Opernpärchen nur einmal miteinander gevögelt, sind drei Viertel der Tragik dahin.

HAGEN: Ach? Sind wir tragisch?

MANN: Aber sicher. Deutsch bis zum Gehtnichtmehr.

HAGEN: He! Wo gehst du denn hin? Ich bin schlimmstenfalls süddeutsch! Wie heißt du überhaupt?

MANN: Frag den Blätterwald des Boulevards. Der hat mich neu
benannt.

HAGEN: He, hallo? Er ist weg. Verdammt, wenn ich nur klar
sehen könnte... Himmels willen, Herodes. Das war Herodes!
Der Hunderttausend-Demarkmann! Meistgehaßt. Und ich
laß ihn entgleiten in den Tag. Wenn man nur sehen könnte!
Es wird schon besser.

ZWEITES BUCH

*Aus der dauernden Übung einer
Verstellung entsteht zuletzt
Natur: Die Verstellung hebt sich
am Ende selber auf, und Organe
und Instinkte sind die kaum
erwarteten Früchte im Garten der
Heuchelei.*

Nietzsche, Morgenröte

KAPITEL 7 *in dem Hagen die minder-
jährige Ausreißerin wieder-
trifft, mit ihr Deutsches
Museum, Hirschgarten und
Paulskirche betrachtet und
sich zuletzt beinahe gehen-
läßt.*

Auch die Ratten
werden älter

Dem Schlaf abgepreßte Stunden, dumpfe Palette der Ödlandfar-
ben, und noch immer krault mich die Angst, was zu verpassen...
Unheilbar wuchert im Kopf die Symphonie des Tages – ein Brat-
schencrescendo, zu dem sich originelle Instrumente gesellen.
Die schlaffen Augen tränen, und in den Schulterblättern glühn
Schmerzen, Spätfolge aufgehalster Welten. Ich faß unter die
Achseln, reibe zusammengepapptes Haar auseinander.
Zu dieser Uhrzeit die Leopoldstraße entlangzugehn ist Persiflage
eines Triumphzugs. Meine Faust ist zwar zerquetscht, froh
wedle ich den Brei als Fahne über mir – aber schreien will ich
nicht. Schreien ist akustisches Kriechen. Eine schöne Ange-
wohnheit des alten Rom, daß auch der Verlierer beim Triumph-
zug mitmachen durfte. Apathischer Blick, geschwollene Füße.
Eines rosa Morgens wird alles brennen, alles sehr hübsch hier
brennen, ein Loch in den Himmel schweißen, und ein anderes
Licht wird hereinbrechen. Das wär doch das Mindeste. Entschuldige mein Lästern, wo ist denn die Aida, die uns das dreimalige
Pace singt? Holde, wo bleibste? Neinneinnein, ich singe den

Krieg und die Tobsucht, halt mich an Vergil fest und torkle mit ihm, grölend: Arma virumque cano qui Trojae primus ab oris undsofort und frappant:

So viele Einzelkämpfer mit verkniffenen Fressen kreuzen die Straßen des Morgens... schreiten konzentriert ihre Front ab; ihre Augen zucken, kaum merklich, nach links und rechts, behalten 180 Grad des Umfelds voll im Griff. Manchmal werfen sie einen schnellen Blick über die Schulter wie Verfolgte. Die Hände zu losen Fäusten gespannt, stolzieren sie aufrecht und würdevoll, weder lässig noch tollkühn. Vorsicht sitzt ihnen im Genick. Manche pressen sich die Lippen weiß bis zum Mundkrampf. Hehe. Wenn die Westernhelden ihre Zigaretten wegwerfen und die Musik einsetzt...

Herodes hat mich verletzt. Die dumme Sau! Was hat er mich nicht alles genannt? Und umbringen wollte er mich sogar, mein Mörder will er werden! Wo ich ihm gar nichts getan hab! Bin ja kein Kind mehr und hab keins je verbrochen, seit zwei Jahren keine Fut gummilos besucht, nichts zu tun mit der Sache. Nun weiß ich nicht, was ich denken soll.

Warten auf ein Wort von oben – oder unten – egal. Ein Wort aus einer anderen Welt. Lippenstift auf dem Spiegel, Fingerspuren im Staub, Blutstaben an der Wand, irgendwas. Nichts. Es gibt keine andere Welt. Wenn man in hinterster Reihe in die Schlacht zieht, behält man den besten Überblick. Das prädestiniert zum Feldherrn.

Ich lasse mich auf den Gehsteig hinab. Unter den Sohlen und zwischen den Zehen lodert es. Der Gaumen ist Leder geworden. Man hätte bei der Tankstelle Bier kaufen sollen. An die Lider sind Gewichte geknüpft. Jeder Schlaf ist mir ein Sterben – das Auferstehen nicht so sicher.

Ein Kehrfahrzeug rührt im Rinnstein, und dahinter kommen schwarze Spinnen, Gottesanbeterinnen, na so was, gleich drei auf einmal, eine Ober- und zwei Unterschwestern. Plötzlich wendet die Oberin ihre Schritte ins Gebüsch und bückt sich, von den Genossinnen flankiert. Neugierig geh ich näher. Drei Nonnen, morgens um sieben, und eine, die sich übergibt, das ist ein starkes Stück.

«Heda, Priesterinnen, sagt, was hat eure Meisterin kotzen gemacht?»

«Die Eier sind's gewesen», antwortet eine junge Nonne keck. «Es werden wohl die Frühstückseier gewesen sein...»

Dem Gestank nach könnte das stimmen. Ich mische mich unter die schwarze Horde und seh es mir genau an. Die Nonnen wissen nicht, was sie sagen sollen. Schließlich ergreift die Erbrechende selbst das Wort: «Haben Sie kein bißchen Schamgefühl? Schaun Sie weg!»

Darauf folgt ein neuer Schwall. Sie macht sich das Kleid voll. Ich richte meinen Blick wie die Kamera eines heißgeilen Reporters drauf. Man ist für jede Abwechslung dankbar. Alle zischen mich an. Am Taxistand lehnen zwei Fahrer an ihren Motorhauben und lachen. Frühstückseier sind eine gute Idee. Das hab ich lange nicht gehabt, und in den Morgenlokalen am Viktualienmarkt bin ich auch lang nicht gewesen. In einem davon gibt es seltenes, interessantes Bier. So tut sich ein Ziel auf, ganz von selbst. Man kann rumlaufen wo man will, den Anregungen entgeht man nicht. Nur die Füße weigern sich.

Vier U-Bahnstationen bis dahin. Giselastraße, Universität, Odeonsplatz, Marienplatz. Ich muß sehr, sehr vorsichtig sein, wegen der schwarzen Sheriffs. Ich bin ja nicht krankenversichert. Es ist Sonntag, die Züge sind fast leer, und nur wenige Fahrgäste bieten mir Deckung. Trotzdem. Es geht gut. Keiner der Drecksäcke läßt sich sehn. Im Sommer mag ich die tristen Spelunken gern, die um sechs Uhr öffnen und die Abgestürzten aufsammeln. Schmierig rustikale Schummerlichthöhlen mit energischen Kellnerinnen, die laut sind, aber flink.

Eier gibt es nicht. Bier gibt's, Kaffee, Tee und Würstl. Das muß genügen. Bis auf den Tee bestell ich alles. Das Licht kriecht durch die Rolläden, und mein Gegenüber will mir was vom Leben erzählen. Nein danke, bin bedient. Ich weiß alles. Ich bin der weiseste Mensch unter der Sonne und ein Depp unter dem Mond. Meine Muskeln sind pelzig, ich bin hundertfünfzig Jahre alt und habe nichts mehr zu sagen. Ich bin dreihundert Jahre alt, und alles ist gesagt. Ich bin dreitausend Jahre alt, stocksauer, will mich zurücklehnen und zuschaun. Kein Spieler mehr sein. Mich aufs Kommentieren beschränken. In der gläsernen Kabine des Sportreporters über den Schiedsrichter mäkeln.

Mein Gegenüber hat keine Zähne mehr. Es hat auch keine Haare. Es ist ein Baby. Es schreit. Es schreit munter vom Leben. Blaaaablablablaaaa und Waaawaawawaaaa. Bloß raus hier. Es wird ein warmer Tag werden. Ich will zur Isar gehn und mich ans Ufer legen, und wenn die Nackten kommen und ihr Fleisch auf den Kiesstrand pflanzen, will ich weggehn wie ein alter Mann, der sich schämt.

Über das Alter eines Menschen entscheidet seine Gangart. Drei Siebzigjährige überholen mich in der Fraunhoferstraße. Es ist acht Uhr, und ich überquere die Brücke, steige die Stufen hinab. Das Gras hier ist weich und lang und hundeverkackt. Die Stelle wird von den Nackten gemieden. Dort ist ein großes Bassin abgetrennt vom Fluß, voll Algen und schorfigen Enten. Das Wasser stürzt über ein Wehr. Seifiger Schaum. Insgesamt ist die Isar relativ sauber, man kann sogar schwimmen darin, ohne sich aufzulösen. Ich frage mich, wozu man schwimmen soll, wenn es doch Brücken gibt?

Die Enten sehen immer vergnügt aus. Reinste Disneyland-Enten. Wenn ich depressiv bin, komm ich hierher und seh Entenkino, hör dem Geschnatter zu und häng die Füße ins Wasser. Unter der Brücke les ich die Inschriften. Mein Mund summt ein Lied, das ich nicht kenne.

Das Gras räkelt sich. Mit meinen Augen muß was nicht stimmen. Ich trage ja keine Brille mehr, man hat sie mir auf der Nase zerschlagen, als ich unvorsichtig gewesen bin. Es geht auch ohne. Ich hab sie ja doch nur fürs Fernsehn gebraucht. Und wenn ich die Augen ein bißchen zusammenkneife, ist das ein grasgrüner Schlafsack, der sich da bewegt. Das klingt aber unwahrscheinlich. Kein Penner würde je unter dieser Brücke übernachten. Viel zu feucht und zugig.

Ein Mädchenkopf lugt aus der Öffnung, blinzelt ins Licht, sieht mich und erschrickt. Ich gehe nah an sie heran und gucke. «He – Mädel, dein Schlafsack ist voll Hundescheiße!»

Sie glaubt es nicht, dreht sich weg, entschlüpft dem Sack und spreizt sich. Sie trägt zerfledderte Jeans, einen grünen Wollpullover, und sie schüttelt schmutzigblonde Haare. Dann will sie ihren Sack zusammenrollen und sieht, daß ich, wie immer, die Wahrheit gesagt habe.

«Scheiße», sagt sie.

«Genau.»

«Hast du 'ne Zigarette?»

«Hab ich.»

Sie nimmt sich eine, zündet sie an, hustet. «Uff, sind die stark!»

«Dich hab ich doch schon mal gesehn... Wir kennen uns!»

«Fällt dir nichts Besseres ein?»

«Wir kennen uns wirklich! Du bist die Ausreißerin! Wir haben uns an der Freiheit getroffen.»

«Tatsächlich. Du bist der mit den gräßlichen Freunden!»

Das Mädchen grinst, setzt sich auf die Brüstung und läßt die Beine baumeln. Ihr Nacken leuchtet unter den strähnigen Haaren.

«Du hast sie gekürzt.»

«Was?»

«Deine Frisur.»

«Stimmt.»

Sie starrt ins smaragdgrüne Wasser, wirft kleine Steinchen hinein, die machen Plopp.

Ich steh recht unbeteiligt rum. Dann setze ich mich neben sie. Die Sommersprossen neben der Stupsnase lassen an nichts Böses denken. Bestimmt wird niemand je einen Horrorfilm über amoklaufende Marienkäfer drehen.

Sie zieht Turnschuhe und Strümpfe aus, benetzt ihre Füße, zuckt zusammen ob der Kälte des Wassers. Auf den Zehennägeln finden sich Spuren abgeblätterten Lackrots. Sehr gute Füße. Klein, graziös, verspielt.

«Es gibt bessere Plätze zum Übernachten.»

«Ja? Bei deinen Freunden?»

«Wir werden was finden.»

«Wir?»

«Scheint dir nicht sehr gutgegangen zu sein in der letzten Woche?»

Sie nickt. «Ich hab keine Freunde hier.»

«Das ist nicht so wichtig. Hast du Geld?»

«Nicht mehr viel.»

«Du solltest schnellstens heimfahrn. Du schaffst es nicht.»

«Das hast du mir schon mal gesagt. Da pfeif ich drauf.»

«Hast du jede Nacht hier verbracht?»

«Hmm.»

«Du mußt verrückt sein. Oder blöd. Du mußt dir die Finger abgefroren haben. Es war kalt.»

Sie schüttelt den Kopf und spielt zu Demonstrationszwecken Klavier in der Luft.

«Alles noch dran!»

Das nenn ich hartnäckig. Das beeindruckt mich. «Woher kommst du?»

«Berlin.»

«Ausgerechnet.»

Das stimmt mich sentimental. Auch ich bin mal ausgerissen. Neun Jahre ist es her, fast zehn. Von hier nach Berlin. Den umgekehrten Weg.

«Lust auf Frühstück?»

«Ja. Ich will Pizza.»

«Pizza? Um die Uhrzeit?»

«Ach so. Mist! In Berlin gibt's Pizzerias, die vierundzwanzig Stunden aufhaben.»

«Ich weiß. Aber hier lebst du beinah aufm Dorf.»

Sie rollt ihren Schlafsack zusammen und packt ihn auf die Schulter. Aus dem Schilfgras zieht sie eine prallgefüllte Plastiktüte.

«Ich weiß 'nen Platz, wo du das verstecken kannst, dann brauchst du's nicht mitschleppen. Außerdem stinkt's.»

«Scheiße», wiederholt sie und folgt mir.

Ich weise ihr ein Gebüsch zu, das meines Wissens von keinem Berber benutzt wird. Es ist sehr sommerlich geworden. Kann man vom Juniende ja auch erwarten. Sie zieht den Pullover aus, wobei ihre weiße Bluse ein Stück hochgeschoben wird. Meine Müdigkeit verfliegt.

«Wie heißt du?» frag ich.

«Judith.»

«Furchtbar. Wenn ich den Namen höre, muß ich immer an das Klimtgemälde denken, mit dieser Rothaarigen drauf. Die mag ich nicht. Wie wär's, ich nenn dich Juni. Weil grade Juni ist.»

«Und im Juli heiß ich Juli, oder wie?»

«Genau.»

«Und im August?»

Wir müssen beide lachen und ich nutze die Gelegenheit, ihr geradewegs in die blaßblauen Augen zu sehn.

«Im August bist du längst bei Mama und Papa.»

«Niemals! Ich geh niemals zurück!»

«So schlimm?»

«Kannste glauben.»

Wir spazieren an der Uferpromenade entlang, Richtung Deutsches Museum. Dort bin ich seit fünfzehn Jahren nicht gewesen. Ich deute auf den großen, grauen Bau.

«Wollen wir reingehn? Da gibt es viel zu sehen. Alle Erfolge der Menschheit. Vor-, Früh- und Deutschgeschichte. Die haben bestimmt auch eine Cafeteria.»

«Okay. Und wie heißt du?»

«Hagen.»

«Im Ernst?»

Die Eintrittspreise des Museums sind in den vergangenen fünfzehn Jahren kräftig gestiegen. Ob die Menschheit soviel neue Erfolge erzielt hat? Mir ist wenig aufgefallen. In meiner Erinnerung steht vor allem das künstliche Bergwerk, also steigen wir zum Keller hinab. Ich seh mir dieses Mädchen an, mit ihren schüchternen Brüsten und dem kampflosen Gesicht. In ihre Stirn hat sich noch nichts gegraben. Ihr Hals ist ein wenig kurz und zeigt drei Muttermale. Die Hände setzen sich aus zehn Feinheiten zusammen. Sie ist ein junges Geheimnis. Viel zu jung für mich. Ich will dieses Geheimnis gar nicht entkleiden, will nicht vor plumpen Lösungen stehn. Obwohl sie mir gefällt, ja. Doch dazu gehört nicht viel. Sie ist neu, und sie ist da, mehr nicht. Weitaus genug.

Sie ist so ungewohnt. Ihr Gang ist unsicher, und wo ihre Hose zerschlissen ist, am Knie, da sieht sie noch kindischer aus. Sie ist nicht schön. Ganz hübsch, ja. Ich weiß nicht, warum ich ihr an der Freiheit gesagt habe, daß sie schön ist. Vielleicht war sie vor einer Woche schön. Je länger ich sie aber ansehn, desto schöner wird sie. Das ist ganz normal in meiner Situation. Das versteh ich. Darauf fall ich nicht rein. Ich will nicht fallen. Ich bin der Sportreporter, oben in der Kabine aus Glas. Bloß ist der Rasen so leer! Und wenn ich doch fiele? Ich hab in den nächsten Jahren nichts Dringendes vor.

Drunten, im Bergwerk aus Plastik, wo Schienen liegen und Grubenfahrzeuge stehn, glühn die groben Wände rot beleuchtet, und die Stollen zwingen an manchen Stellen zum Bücken. Gehäuftes Plastikelend. Judith hat einen kleinen, runden Hintern. Sehr anziehend. Zum Stuhlgang beinah zu schade. Ein Ästhetizist würde ihr einen künstlichen Ausgang verpassen. Kirscharsch.

«Kalt ist's hier!»

«Nicht ohne Absicht», sag ich. «Da erscheint uns das Oben gleich paradiesischer.»

«Ich hab jetzt Hunger!»

«Die Cafeteria ist auch oben.»

«Gehn wir.»

Ich gucke mich satt. Sie ißt Kuchen. Wir trinken Kaffee. Man schaut uns an. Kinder quengeln am Nebentisch und verlangen nach mehr. Jeder hat zu tun.

«Wie alt bist du?» will sie wissen.

«Hundertfünfzig.»

«Mein Gott, ich hätt dich höchstens für vierzig gehalten!»

«Das kommt, weil ich nicht mehr soviel rauche. Schmeckt der Kuchen?»

«Trocken.»

Ich gehe mich erkundigen, wann die Vorführungen im Planetarium beginnen, kann mich erinnern, daß mich das begeistert hat, als ich klein und sternsüchtig war.

Es bleibt Zeit.

«Heut nacht hab ich schrecklich geträumt», erzählt sie zwischen zwei Bissen. «Willst du's hören?»

«Weiß ich doch jetzt noch nicht. Fang an!»

Sie wischt Krümel vom Mund. «Hm. Ich hab geträumt, ich hab ein süßes grünes Viech im Arm gehalten, und wir beide wurden von bösen schwarzen Etwassen gejagt. Das grüne Viech hat mich beschützt, und ich habe das grüne Viech beschützt. Wir waren auf der Flucht und fast schon eingekreist – da bin ich aufgewacht.

Einerseits war ich heilfroh, den bösen schwarzen Etwassen entkommen zu sein, andererseits wollte ich noch mal einschlafen und weiterträumen, denn ich konnte doch das süße grüne Viech nicht so einfach im Stich lassen! Aber Einschlafen ging nicht mehr, weil du da rumgelungert bist...»

Mir stehn Tränen in den Augen. Ehrlich. «Es wird bestimmt durchgekommen sein», beschwichtige ich. «Grüne Viecher sind zäh.»

«Hoffentlich. Es war so putzig. Und die schwarzen Etwasse so häßlich und grausam...»

Puh. Es ist aufwühlend, am frühen Morgen mit solchen Schlachten konfrontiert zu werden. Ich schlage vor, in die Antikfilmabteilung zu gehen. Sie stimmt zu und macht keine Anstalten, nach bezahltem Frühstück abzuhauen. Wäre auch niederträchtig vom Schicksal, mir um diese Uhrzeit ein Miststück anzudrehen.

Wir sehen in das erste, hölzerne Praxinoskop. Eine Ballettelfe im weißen Kleidchen reitet auf einem Pferd über Hürden. Hopp. Und Hopp. Unendlicher Spielfilm. Bewegte Bilder, von einem Motor getrieben. So also hat der Untergang der Rhetorik begonnen. Tss...

Neben dem Guckkasten liegt eine Sonntagszeitung. Das plebejischste aller Schmierblätter. Doch ich ergreif es, verzieh mich in eine Loge und lese. Herodes. Sechstes Opfer.

Diesmal hat er die Geburt erst gar nicht abgewartet. Hat einer Schwangeren den Bauch aufgeschlitzt. Die Frau ist tot, ihre Liebesfrucht auch.

München wandert durch die Schlagzeilen der Weltpresse. Die Belohnung ist auf eine halbe Million aufgestockt worden. Und ich ließ ihn entgleiten in die Nacht.

Energiewolken beim Lesen und Gebäude voll Schweigen. Pandämonium der Erregung. Vollversammlung der Höllengewerkschaft. Und ich hab ihn geduzt! Den gottverdammten Hund.

Jetzt, wo er mein Mörder werden will, will ich ihn schnellstens im Gefängnis sehn, die Sau! Am Freitag abend zwischen 23 Uhr und Mitternacht muß es geschehen sein. Die Frau verblutet. Der achtmonatige Embryo herausgezerrt und auf die Straße geschleudert. Wie immer blieb die Ganzgroßfahndung ohne Erfolg. Es ist in Haidhausen passiert. Keine Zeugen. Freitag abend bin ich selber dort gewesen.

Vielleicht hat er MICH gesucht? Nein, das bilde ich mir ein, das ist Quatsch. Aber warum hat er mir nicht gleich am Neptunbrunnen die Luft rausgelassen? Wahrscheinlich macht er sich nur perverse Späßchen daraus, mich zu jagen. Psychopathen sind leicht beleidigt. Ich muß was gesagt haben, das sein labiles Weltbild bepinkelt hat. Das muß der Grund sein. Einen anderen kann ich mir nicht vorstellen. Judith sieht mir über die Schulter. Ich zucke zusammen.

«He, Mann, wo biste denn, such dich schon! Was? Sag bloß, du liest DIESE Zeitung?»

«Nur den Sportteil. Ich überflieg nur die Ergebnisse.»

«Oje! Du interessierst dich echt für Fußball?»

«Ein bißchen.»

«Und? Hat deine Mannschaft gewonnen?»

«Ah... jaja, sechs null, komm, wir gehn hinauf!»

«Was ist dort?»

«Siehst du gleich.»

Wir fahren mit dem Lift. Zwei Drittel der Sitzplätze sind bereits besetzt. Langsam wird das Licht gelöscht.

Das Planetarium ist ein kreisrunder Raum mit gewölbter Decke, die ganz Leinwand wird. Die Silhouette Münchens spannt sich ums Rund. Ein Sonnenuntergang wird vorgetäuscht. Nun erscheinen Sterne. Eine Lautsprecherstimme erzählt Lehrhaftes über den Kosmos. Judith starrt fasziniert nach oben. Ich werde sehr von ihr abgelenkt und nähere meine Lippen ihrem Nakken.

Ich trau mich nicht. Näher bin ich seit Jahren keiner Zärtlichkeit gewesen. Man muß sehr vorsichtig sein. Abwarten. Kultiviert sein. Judith öffnet den Mund, damit mehr Staunen hineinpaßt. Ich öffne meinen Mund auch. Man bemüht das halbe Weltall, unsre Winzigkeit zu beweisen. Meine Hände vibrieren. Ich pfeife auf das Weltall. Wieviel Watt hat ein Stern? Ist das alles wahr? Man muß vorsichtig sein und streng unterscheiden zwischen Onanie und Wirklichkeit. In jedem Fall ist es gerecht. Wenn der Prophet nicht zum Orgasmus kommt, kommt der Orgasmus zum Propheten. Freut mich. Über uns wandert die Sichel des künstlichen Halbmonds in rasender Geschwindigkeit von einem zum anderen Ende des Raums. Man zeigt Sternzeichen, zieht Linien, erklärt Zenit und Nadir. Ich bekomme wenig mit. Irgendwann geht die Sonne auf, und die Leute klatschen, vom Kosmos sehr begeistert. Ich denke derweil an ganz anderes. Nicht mal was Schweinisches. Ich denke daran, daß Herodes mich jagt. Ich kann Judith nicht bei mir behalten. Das wäre zu gefährlich. Oder? Andererseits beobachtet er uns vielleicht schon! Ich hab ja keine Ahnung, wie er aussieht. Wenn er bereits von ihr weiß, wäre es dumm, sie allein zu lassen. Bei mir ist sie sicherer. Herodes. Ich traue diesem Arschloch alles zu. Ich brauch eine Waffe.

Judith fragt: «Toll, nicht?»

«Ja doch», sag ich.

«Warum ziehst du so ein Gesicht?»

«Vergiß es.»

Wir bleiben vor den Tafeln mit der Inhaltsangabe des Museums stehen. Soviel Stockwerke. Soviel Abteilungen. Optik, Flugzeuge, Chemie, Physik, Mechanik, Schiffsbau, Toiletten. Viel hat die Menschheit getrieben. Es bräuchte mehr als einen Tag, das alles anzuschauen.

«Mir reicht's für heute», sagt Judith.

«Gut. Ich mag nämlich gar keine Museen.»

«Weißt du, wo wir hingehn?»

«Wohin?»

«In einen Biergarten! Es ist so schönes Wetter. Kennst du einen guten?»

Jetzt bin ich also doch zum Touristenführer avanciert. «Hier gibt's doch überall Biergärten. Was hast du denn gemacht die letzte Woche?»

«Ich bin dauernd im Kino gesessen. Nur blöde Filme.»

Hm. Überlegen. Da fällt mir schon was ein. «Ist aber ein Stück zu fahren.»

«Kein Problem.»

«Für mich schon. Ich hab mich mal mit einem von der U-Bahn-Wache angelegt. Seitdem sind die Jungs scharf auf mich.»

«Hast du den Kerl verprügelt?»

«Ah, nein – sonst wär ich wohl längst tot.»

«Na komm, hab nicht soviel Angst! Ich beschütz dich schon!»

«Prima. Ganz prima.»

Wir bleiben noch einen Moment auf der Museumsbrücke stehn und besehn das träge Wasser, in das die Uferweiden ihre Äste hängen. Biergarten. Gute Idee. Kann wieder was Flüssiges brauchen. Grad jetzt, wo soviel Trubel herrscht in meinem Leben, von einem Tag auf den anderen. Judith grinst mich freundlich an. Seit fünfzehn Jahren bin ich schon Poet. Über meine Sinne sind Filter geworfen und Formgebote. Alles Fühlen und Empfinden ist Routine geworden. Beim Sehen bereits übersetze ich, wähle zwischen den Möglichkeiten der Verarbeitung. Judith. Aus welchem Film stammt sie? Und wie geht er aus? Die Geilheit durchjagt mich. Ist das gut? Sollte man dämpfen? Abschotten? Sich gehenlassen? Hineinfallen? Die Mücke machen? Ist Judith Typ A, B oder C? Oder gar D? Zuviel Gedanken. Ich brauch den Dumpftrunk schon als Urlaub. Bier ist mir, was dem Müden ein weiches Bett bedeutet. Aber im Bier ist keine Frau drin, höchstens mal 'ne weibliche Fliege. Ich will mich nie wieder verlieben. Das ist die Hölle. Am besten, ich probier sie zu verführen, schnellstmöglich pflücken, da kann am wenigsten passieren, bloß nicht viel Mühe geben...

Wir rollen in den Untergrund und fahren an. Isartor. Marienplatz. Stachus. Hauptbahnhof. Ab Hackerbrücke fährt der Zug wieder überirdisch.

«Hast du eine Freundin?» fragt sie.

«Nein.»

«Und wovon lebst du?»

«Ich wichse seit zwei Jahren.»

«Ist das nicht langweilig?»

«Mädel, willst du mich verrückt machen? Bietest du mir nach vier Stunden schon deinen Bauchladen an? Nein. Du redest bloß keß daher und wunderst dich dann auch noch, wenn...»

Sie gibt mir einen schnellen Kuß auf die Wange.

Na, mal abwarten. Das Konkrete ist abstrakter als das Abstrakte konkret, und auch die Ratten werden älter, und nicht mal die Krokodile bringen sich um und so weiter...

In Laim steigen wir aus, husten durch den Abgastunnel, gehn in den Hirschgarten. Das ist 'ne Mischung aus Bier- und Tiergarten, da bin ich als Kind oft gewesen.

Wir kommen über den Parkplatz, durch die Büsche, und vor uns liegen gepflegte Wiesen, auf denen wird von kleinen Mannschaften Ball aller Arten gespielt, daneben steinerne Tischtennisplatten. Vom Hügel lassen sich Kinder herabrollen. Helles Jauchzen. Ein Eisstand und ein Spielplatz. Dahinter der grüngestrichene Zaun aus breiten Pflöcken. Dahinter die Hirsche, die Hirschkühe und das Junggetier. Dahinter der eigentliche Biergarten, knallvoll, mit seinen braungestrichenen Verkaufshäuschen und den langen ockergelben Tischen. Judith strotzt vor fröhlicher Spannkraft.

Dort rotiert ein altmodisches Kinderkarussell, auf dem bin ich zweimal gefahren, lang ist das her. Es gibt ein eigenes Licht. Die

Eichen und Kastanien und in ihnen hängengebliebene Gasballons mischen es in die Strahlen. Ich geh zwei Maß holen. Man sagt, die Biergärten machen München. Es ist nicht wahr. Recht schöne Plätze, stimmt. Aber sie sind so oft Pferch von blödem Volk, das Natur spielt. So lautes Grölen, bayrisches Kampfgelächter. Kein ehrfürchtiger Ort, o nein. Der Wind weht mir ihre Schweinereien zu. Sie tuscheln Witze. Fünf derbe Lüstlinge glotzen Judith an, «Grüß Gott, ich komm vom Mösenleckservice, haben Sie Zunge bestellt?» Judith überhört es. Ich bringe zwei Krüge vom Stand und zieh Judith von den Bänken weg, ein Stück in die Wiese hinein, denn außer dem Call-a-tongue macht eine seltsame Trauergesellschaft Lärm, gibt sich so getröstet beschwingt, als wär ein schlimmer Feind verbuddelt worden. Selbst die Frau mit dem Witwenschleier kichert. Ein uralter Mann in weißem Arbeitskittel schlurft durch den Kies und sammelt leere Humpen. Es riecht nach Steckerlfisch. Ich habe Hunger, doch die Preise fangen bei sechs Mark für den Leberkäs an, und ich bin so gut wie pleite. Ein Italiener mit Korb wieselt durch die Reihen, schreit: «ROHRNUDELN, PRESTOPRESTO, WER WILL A ROHRNUDEL?»

Es gibt keine Hoffnung mehr.

Ich hab das Testament der Welt gefälscht und mich zum Nutznießer erklärt. Judith liegt in der Wiese, die Knie angewinkelt. Ein Käfer springt auf ihren Kopf. Die Bierkrüge mit ihren goldenen Augen und dem Schaum vorm Maul, sie bieten Versöhnlichkeit an. Der Schaum ist so selig wie die Gischt des Ozeans oder die Gotteswolke am Himmel. Auf dem Kinderspielplatz steht ein mächtiger Holzelefant, dessen Rüssel zur Rutsche verfremdet wurde. Die Kinder haben ihren Spaß daran. Der Elefant duldet es stumm. Es gibt keine Hoffnung mehr.

«Um ehrlich zu sein, ich bin froh, daß ich dich getroffen habe...»

Ich antworte, daß mich das freut.

«Ja», fährt sie fort. «Verflucht einsames Gefühl, so allein in einer fremden Stadt. Dir vertrau ich irgendwie, weiß gar nicht, warum.»

Ach, klingt das lieb. Ganz goldig.

«Mädel, ich will dich bestäuben, mach dir nichts vor.»

«Ich weiß, ich weiß, bin ja nicht ganz blöd!»

«Ui. War das eine Einverständniserklärung?»

«Nein.»

Wir füllen uns mit sanftem Goldwasser und starren schwitzend in die Wolken. Ich verrichte meine tägliche Erdanbetung. Danach stell ich mir Judiths Fruchtfleisch vor. Sie befragt mich. Horcht in mich hinein. Was sie nicht alles wissen will! Das zeugt von geringer Risikobereitschaft. Die Verhandlungen beginnen. Ich stelle mich schwach interessiert, lehne mich, müde, trinke, träume. Der Schatten hier hat einen besonderen Geruch. Der Staub der Wege schleiert sich zu zarten Kleidchen auf. Geister der Nymphen, die starben, als man diese Stadt gebaut hat. Ich werde das Spielfeld wieder betreten. Es ist zu langweilig in der Glaskabine. Fetzen aus der Haut des Alls reißen und halbgekaut hinunterwürgen. Sieh an die Hirsche und die Menschen und unter den Menschen die Lachenden, die Griesgrämer und die Marktkrämer. Wer sind die Geweihten und wer die Gehörnten? Ist das eins? Das Herumirren ist spannend. Es sind Irrgärten, keine Irrwüsten, die Namensgeber wußten, warum. So vergeht der Nachmittag. Judith gibt Geld für neue Krüge. Wahre und erfundene Geschichten tisch ich auf. Bei manchen weiß ich tatsächlich nicht mehr, in welche Sparte sie gehören. Wir laufen Richtung Donnersberger Brücke, kaufen uns Bratwürste mit Pommes und kommen zur Theresienwiese, die – frei von Zelten und Buden – mir ein bevorzugter Anblick ist. Im Haus der Kunst hängt ein Gemälde, das zeigt die Theresienwiese als wirkliche Wiese, mit einem leeren Horizont, nur durch ein paar Bauernhäuser gestört. Das Bild entstand 1840. Es ist großartig. Heute gehört die Theresienwiese zum Stadtkern, und ich wünsche mir die Stadtkernspaltung in einem großen Wumm. Krieg den Palästen und Hütten.

Kurz in der kühlen Paulskirche gerastet. Ein Organist spielt Hindemith. Damit wird er bestimmt nicht viele Seelen fangen. Es ist ja hauptsächlich die Orgel, die den Glauben produziert. Ich bin immun, lege einen Arm um mein Mädchen und ring ihr einen Kuß ab. Sie ist beschwipst. Jetzt steigert sich der Organist rein. Röhrende Pfeifen, wuchtige Bässe. Auf Teufel hau ab. Das Strebenholz vibriert. Das Kirchenschiff schwankt. Der Klang pingpongt. Judith tut sehr schüchtern. Ich versuch's mit festerem Griff. Sie windet sich, schlängelt sich raus. Gutgut. Warjadochklarwienurwas. Gedulden. Dulden. Dudeln. Meckmeck, saugdichfestzeck.

Wer so hungrig ist wie ich, frißt besser langsam, arbeitet mit Geduld und Geschick aufs Dessert hin. Ein Teufel sagt: Nimm bloß kein Blatt vor den Schwanz! Ein anderer: Tarnen und täuschen, Baby! Ein dritter: Besser den Schwanz in der Hand als die Möse im Traum! Die Mehrzahl der Teufel rät mir zum sofortigen Onanieren. Judith sieht mich gespannt an. Ich laß es bleiben. Das wär doch eine Spur zu ehrlich. Man muß vorsichtig sein.

Ihr flatterhafter Mund entspannt sich, bringt ein Lächeln hervor. Dann steckt sie mir ihre Zunge in den Mund. Ganz kurz nur. Es schmeckt wie fünfzehn Jahre alt sein. Es erschlägt mich beinah. Mir fallen alle grauen Haare aus. Plötzliche Schritte, dort beim Seitenaltar. Wer ist da? Da ist wer. Es könnte Herodes sein. Nein, es ist nur ein dicker Pfarrer mit Hämorrhoidengang. So sieht Herodes bestimmt nicht aus. Ich könnte ja zur Bullerei gehn und Herodes' Stimme beschreiben. Dunkel und tief, so ähnlich wie meine eigene, nur etwas älter. Vielleicht zahlt man mir dafür zehn Mark vom Kopfgeld. Fort, Judith, komm, Hand in Hand, in lockerem Bündnis, in aufgesetztem Vorvertrag. Ich knete ihre Kirscharschbacken. Sie lacht und boxt mich. Am Sendlinger Tor vorbei, beim Griechen ein Gyros gekauft und zwei Liter Retsina für die Nacht, vierzehn Mark, Judith zahlt, die besitzt zwei Hunderter noch, wir können feiern.

Zweihundert Mark, und dann?

Da gräbt sich schwarze Zukunft in ihre Wangen, und ihr Kinn mahlt grüblerisch, und sie weiß, daß sie nicht weiß, wie irgend etwas werden wird, und ich weiß wenigstens, daß Sokrates nichts wußte, auch die Ratten werden älter, um es noch mal in aller Deutlichkeit, und in der laufenden Dämmerung, die nur noch sehr wenige Götter vernichten wird, zittre ich neben diesen sechzehn Jahren, die ja achsoleicht verklärbar wären, lecke hündisch das Wunder in gemäßigter Verehrung. Die Laternen schlagen ihre Augen auf. Wir sind nun müde. Die Straßen haben sich in unsre Körper geschlichen, und wir müssen die Erde beschlafen, wie es das Los gefallener Giganten ist. Sie holt ihren Schlafsack aus dem Gebüsch.

Ich bitte darum, den Sack mit mir zu teilen.

Sie sagt gut, aber der Sack ist zu eng, wir spannen ihn auf, nebenher bau ich ein Feuerchen aus trockenem Gras und Schwemmholz. Dann küß ich ihren Nacken in A Sehnsucht B Neugier C Geilheit D Lust, nennt es eurer Fraktion gemäß. Ich geb ihr zu trinken. Der Wein rinnt ihr den Hals entlang, sinnvoll verschüttet, ich versuche zu retten, was meine Zunge erwischt, lecke ihre Haut, bis sie sich zu jungen Hügeln erhebt. Dort ist mir ihre Bluse im Weg. Das Feuer knackt unterhaltsam. Gekitzelt kreischt sie. Auf die Hochbahn des Windes schwingt sich der Duft gegrillten Fleisches, Funken schleudern drumrum und das Blabla des Flusses, der sein Maul nicht halten kann.

Sie erwähnt, noch Jungfrau zu sein.

Ob das ihr Berufsziel sei?

Nein, aber die Scheu zu groß; nicht hier, nicht heut.

Wir sollten miteinander schlafen, denn morgen kann man tot sein, geb ich zu bedenken. Ihre Brüste liegen frei. Das wird noch. Sie verhüllt sich, bevorzugt das Reden. Ah, diese ewigen Duette und Duelle, die vielen kleinen Lügen, die die Backenknochen ausleiern, ich hab «Gespräche» so satt – je, nun gut, bei allem Wirbelwahn des Testosterons, bitte sehr, Mädchen, sei meine Diva für ein paar Tage, meine Liebe für Ende Juni, mein Kitsch dieses Sommers, man kommt auf irre Gedanken in solchen Nächten, einen Kirscharsch knetend, wir bleiben zusammen, bis der Tag uns scheidet, bis die Scheide uns tötet, bis der Teig uns schadet, etcetera ad finem. Gegenseitiges Streicheln. Kurz schreck ich auf, such die Gegend nach Herodes ab, denk an den Embryosturz auf harten Asphalt. Nebeneinander schlafen wir ein. Bald gibt auch der Ruh, der zwischen meinen Beinen pocht.

KAPITEL 8 *in dem von einem ganz fabelhaften Sieg des Jungen berichtet wird, dem Grundstein seines Trotzes.*

Litfaßwunder

Aufgeregt strich der Junge über den Bogen aus Holz und dessen dünne Nylonsehne. Der dazu gehörige Pfeil trug einen kleinen Gummisaugnapf. Das trübte den Zauber der Waffe nicht wesentlich. Pfeil und Bogen waren ein Geschenk des Vaters zum eben vorübergegangenen ersten Schultag.

Die Schule hatte noch ein Jahr verschoben werden können, doch hatte der Vater dem Jungen langst das Lesen beigebracht. Der gerade Fünfjährige las so schnell und perfekt, daß er einen gewaltigen Vorsprung besitzen würde.

Die üblichen Sätze vom Ernst des Lebens waren gefallen, und er fragte sich, ob schon aller Witz vorüber sei.

Es war kein sehr komischer Witz gewesen.

Der erste Schultag hatte schlimm begonnen. Er mußte die schwarze Fliege tragen und den albernen blauen Kinderanzug mit den goldenen Knöpfen und wurde von seinen Mitdebütanten lauthals verspottet. Der Lächerlichkeit preisgegeben, hatte er sich in die Bank geduckt. Dies sollte für die nächsten Jahre seine typische Körperhaltung werden.

Es wurde Zeit für Robin Hood. Er schlich sich durch den Keller des Hochhauses, an den Fahrrädern vorbei, zum Raum mit den Mülltonnen. Hier konnte man den Bogen schlecht ausprobieren, konnte ihn höchstens als simple Harfe verwenden.

Wo lag Sherwood Forest?

Einige Jungs aus dem Hochhaus hatten sich zu einer Gang zusammengeschlossen und forderten an jedem zweiten Tag Schutzgebühr, damit sie ihn nicht verprügelten. Deshalb blieb der Junge gern in seinem Zimmer und spielte auf dem Teppichboden. Meistens aber jagte ihn die Mutter hinaus, mit dem Hinweis, er brauche frische Luft.

Wollte er also einen Teil seiner Kleinode und seines geringen Taschengelds behalten, mußte er von Versteck zu Versteck ziehen.

Inständig hoffte er auf den nächsten Türkenkrieg. Wenn Türkenkrieg ausbrach, wurde er schnell und unbürokratisch in die Gang eingegliedert, und gemeinsam zog man in die Schlachten gegen die Türkenkinder, die ums Eck in einem weniger schönen Hochhaus wohnten. Jeder besorgte sich dann eine Erbsenpistole mit Reservemagazin und einen Beutel steinharter Küchenerbsen, von denen bis zu fünfzehn in die Kugelkammer paßten. Besser war, man lud nur zehn, damit sich der Abzug nicht verklemmte. Selten kam es zu einem ernsthaften Gemetzel. Man versuchte einen der Feinde isoliert zu erwischen, jagte ihm Angst ein, zog ihm die Hose runter und entlud die Pistole auf seinen nackten Hintern. Danach ließ man das Opfer entkommen. Die Türkenkinder hatten große, rabiate Brüder, die gerne mit Messern spielten und einiges auf Familienehre gaben. Deren Eingreifen wollte man nicht provozieren, denn die deutschen großen Brüder hockten meist langhaarig, bekifft und angelesen am Monopteros rum und zeigten keinerlei Lust, ihren Sippen beizustehn.

Es waren aufregende Kriege, voll echter Kameradschaft. War der Krieg vorbei, war auch die Kameradschaft vorbei, und der Junge zog schnell und unbürokratisch Leine. Weil er die schwächste Statur von allen besaß und wenig Rückendeckung aus dem Elternhaus, war er prädestiniert für Quälereien.

Manchmal wurde er aufgespürt und besaß kein Geld und auch

sonst nichts, womit er sich freikaufen konnte. Dann folgte das Ritual, das ihn schon gar nicht mehr sonderlich interessierte. Schwitzkasten, Muskelreiten, Kitzelfolter – an alles konnte man sich leidlich gewöhnen. Aber die Grasflecken, die seine Kleidung zwangsläufig davontrug, die so überaus schwer aus dem Stoff zu waschen sind – die bedeuteten Hölle. Dann wurde zu Hause fünf Stunden lang geschrien und gezetert, ohne Chance auf Entkommen. Der Holzstock tat ja recht weh. Schlimmer aber schmerzte die akustische Säuredusche aus der Mutterkehle. In Mutters Stimme lag etwas, das in die Ohren kleine Wunden fraß und mit Paprika ausrieb.

Die Jungs von der Gang hielten ihn für einen feinen Pinkel! Die Idioten! Wie gern hätte er im Dreck gewühlt, im Matsch gebadet, in der Asche, im Müll, im Gestank...

Der Junge huschte sehr vorsichtig durch die Hochhäuser. Er wollte durchhalten. Manchmal dachte er an Selbstmord, lieber dachte er an Mord. Der Lieblingssatz des Vaters lautete: «Einem deutschen Soldaten ist nichts unmöglich!»

Das klang stark.

Die Jungs von der Gang machten sich hin und wieder einen Spaß und klingelten bei seinen Eltern, behaupteten, er habe im Supermarkt einen Schokoriegel gestohlen. Sie fanden das sehr lustig und fanden auch ohne weiteres Glauben, hörten sich dann von der Treppe aus das Gebrüll des Jungen an und lachten sich scheckig über seine Züchtigung.

Das eigentlich Tragische, Makabre an dieser Episode war, daß sich alle Jungs nacheinander der Mutprobe des Stehlens unterzogen hatten; nur er hatte sich die Sache einfach gemacht und den Schokoriegel gekauft, ihn dann, schauspielerisch überzeugend, als Diebesgut präsentiert.

Wenn der Junge daran dachte, war er so gar fähig, selbst darüber zu lachen. Er besaß einigen Humor.

Jetzt gelangte er über den Radkeller und einen Lüftungsschacht in die Tiefgarage. Dort war es finster und kühl, es roch nach Motoröl und feuchtem Rost.

Das war die Unterwelt. Dort konnte man sich besonders gut verstecken. Ein guter Ort zum Spielen, ein schlechter Ort, um den Bogen auszuprobieren. Es half nichts. Er mußte sich ins Freie wagen. Er ging auf die Straße, lief sie hinunter, bis dorthin, wo ihm die Welt noch bekannt war. Ein roter Kaugummiautomat bildete die Grenzmarke. Sein Inhalt faszinierte den Jungen. Zwischen den blauen, weißen, gelben Kugeln lag winziges Spielzeug: Kleine Soldaten, ein daumenlanges Messerchen und eine Miniaturtaschenlampe, kaum größer als ein Kronkorken.

Warf man einen Groschen in den Schlitz und drehte den Hebel, kam meistens eine Kaugummikugel und ein Spielzeug heraus. Doch noch nie hatte der Junge das Messer oder die Taschenlampe gezogen. Statt dessen lag häufig ein seltsames Ding im Auswurfschacht, ein kleiner Plastikkreis mit etwas Ypsilon-Ähnlichem darin. Von seiner Schwester erfuhr er, daß es das Zeichen für «peace», für Frieden war. Was sollte er damit anfangen? Die kleinen US-Flaggen konnte man wenigstens noch verwenden, wenn man Schlachten aus dem amerikanischen Bürgerkrieg nachstellte. Aber was zum Teufel sollte man mit Friedenszeichen? Er besaß schon zwanzig Stück davon.

Er kramte in der Hosentasche, holte seinen letzten Groschen für diese Woche hervor, zögerte einen Moment, dann drehte er den Hebel langsam herum und öffnete die Klappe.

Da lag das einundzwanzigste Friedenszeichen und als Dreingabe eine weiße Kugel, eine mit dem verhaßten Minzgeschmack. Er schlug auf den Automaten ein vor Wut.

Die Taschenlampe wäre so praktisch gewesen! Mit ihr hätte er nachts unter der Bettdecke lesen können.

Tief betrübt, mit gesenktem Kopf trottete der Junge die Straße zurück, Pfeil und Bogen neben sich herschleifend. Im Rücken die braune Hochhausfront, sah er hinüber in den «Urwald», jene riesige unbebaute Fläche voll Hecken, Büschen, Bäumen, Autowracks und Pfützen. Herrlich.

Hinter einem Baum versteckt, beobachtete er einen Teil der Gang. Sie sammelten Kupferdrähte, um sie beim Trödler zu verkaufen.

Plötzlich hörte er mehrfachen Laufschritt über die Gehsteigplatten hetzen, blickte sich um und wußte, daß es zu spät war wegzurennen. Sie hatten ihn.

Es war eine Vierergruppe, angeführt von Martin Gruber, dem einzigen Deutschen, der im Türkenhochhaus wohnte. Martin hielt sich zwei zahme Ratten in der Wohnung, was damals noch etwas sehr Ungewöhnliches war. Die meisten Mütter warnten ihre Kinder vor dem Umgang mit Martin, aus Angst vor grausigen Seuchen. Natürlich wurde Martin aufgrund solcher Umstände der unangefochtene Anführer. Auch war er für seine zehn Jahre ziemlich kräftig und stellte das gern und oft unter Beweis. Seine Eskorte bildeten Andi, Peter und Ingo.

Ingo war zwei Jahre älter als die anderen; die Mütter erzählten einander, daß er an einer schlimmen Krankheit leide, Legasthenie genannt. Äußerlich war ihm nichts anzusehn. Er wirkte recht gesund mit seiner hohen, stämmigen Gestalt und dem dauernden Grinsen unter den roten Locken. Ingo bezog seine Autorität daher, daß er es schon mit einem Mädchen trieb. Und nicht mit irgendeiner, nein, die Gudrun war's, Hochhausschönheit Nummer eins, vierzehn Jahre alt und voll entwickelt. Zur Festigung seiner Autorität hatte er sie kürzlich auf einer Lichtung des Urwalds bestiegen, und vorher seine engsten Freunde in den Büschen plaziert. Sie durften zusehen und Ingos Frühreifenruhm verbreiten.

Der Junge zählte nicht zu Ingos Freunden. Er hatte sich mit unpräzisen Beschreibungen aus zweiter Hand begnügen müssen.

Er sah dem Quartett in die Gesichter und fühlte – was er recht seltsam fand –, daß er sie alle mochte. Jetzt schloß sich ihr Kreis enger um ihn.

«Rück was raus, sonst gibt's Bontsches!» drohte Martin und hielt ihm die Faust unter die Nase.

«Ich hab kein Geld mehr. Nur so ein Ding...» Er zeigte ihnen das Friedenszeichen.

«Willst uns wohl verarschen?» rief Martin und deutete auf den Bogen. «Dann nehmen wir den!»

«Nein! Niemals!» schrie der Junge zurück. «Das ist ein Geschenk meines Vaters!»

«Soso?»

Peter legte ihm von hinten den Arm um die Kehle, zwang ihn in den Schwitzkasten. Der Junge schlug mit den Füßen aus und bekam einen Schwinger auf die Brust. Normalerweise wehrte er sich nicht. Diesmal aber war er unvernünftig, denn sie würden ihn nicht nur verprügeln, sondern ihm auch noch den Bogen nehmen. Wie sollte er das dem Vater erklären? Er begann im voraus zu heulen, und mit den Tränen kam ihm eine verzweifelte Idee, eine märchenhafte, utopische Idee, eine Art allerletzte Schwindelchance.

«Halt!» brüllte er. «Ich mach euch 'nen Vorschlag!» Das Quartett hielt inne. Sie waren pragmatisch genug, lieber bezahlt zu werden, als zu quälen.

«Ich schlage euch eine Wette vor!» sagte der Junge zittrig und deutete auf die Litfaßsäule, die neben ihnen stand.

Auf einem der Plakate sah man den nackten Busen einer Frau. Wahrscheinlich war es einer der ersten deutschen Litfaßbusen überhaupt. Der erregte viel Aufsehen, auch unter den erwachsenen Passanten. Es handelte sich um die Werbung für ein Showprogramm lateinamerikanischer Tänze. Ein anderes Plakat überklebte den Kopf, der zu diesen Brüsten gehörte.

Der Junge konnte vor Zittern kaum sprechen.

«Mein Vorschlag ist: Ich treffe aus zehn Metern Entfernung genau die Brustwarze! Wenn ich sie nicht treffe, bekommt ihr nächste Woche mein ganzes Taschengeld. Wenn ich sie doch treffe, laßt ihr mich heute und die ganze nächste Woche in Ruhe!»

Das Quartett sah amüsiert drein. Grinsend gaben sie ihr Einverständnis, leisteten einen Schwur auf Ehre, und keiner kreuzte hinterm Rücken die Finger.

Soweit war die Sache einfach gewesen.

Man schritt zehn Meter ab. Andi zog mit blauer Kreide einen Strich.

Bleich stellte sich der Junge drauf.

Er hatte noch nie im Leben einen Pfeil abgeschossen. Das ganze Theater war nur billiger Aufschub, die Chance gering. Der Busen wogte herrlich. Es schien eine Sünde, auf ihn zu zielen. Der Junge konnte vor Aufregung den Bogen kaum gerade halten, und es war ihm peinlich, daß die anderen so genau sahen, wie er bebte. Mit schwachen Knien legte er den Pfeil auf. Kniff ein Auge zu. Spannte die Sehne. Der Pfeil schnellte los.

PLOPP!

Mein Gott. Der saß. Mitten auf der Brustwarze. Mitten drauf. Ganz genau drauf. Mitten auf der rechten Brust.

Er hatte auf die linke gezielt. Jessas, sie hatten glatt vergessen abzumachen, welche der beiden Brüste zu treffen war! Bloß nichts anmerken lassen, sagte er sich und schwoll an vor Stolz. Langsam ließ er den Bogen sinken, mit großer Geste, und sah sie alle fest an. Er hatte gewonnen.

Sie waren fassungslos. Aber sie verhielten sich wie gute Verlierer, denn sie hatten Ehre im Leib. Sie waren ja noch Kinder.

Peter und Andi zeigten ein kurzes, achtungsvolles Schmunzeln, Martin pfiff durch seine Zahnlücke, Ingo sagte: «Ноно!» Ohne weitere Diskussion gingen die vier ab.

Der Saugnapf des Pfeils hatte sich schnell mit Luft gefüllt und war heruntergefallen. Die Brust strahlte den Jungen makellos an.

Dann brach der Jubel aus ihm hervor, ein fast spastisches, triumphales Zucken, Arme gen Himmel, Schleudern, Aufheulen vor Glück. Sein Herz war eine wildgewordene Glocke und bumperte quer durch den Körper. Er hatte GEWONNEN! GESIEGT! Er hatte die Feinde VERNICHTET! Ein deutscher Soldat kommt immer irgendwie durch. Am liebsten hätte er die Litfaßbrust geküßt. Ein großes, leuchtendes Wunder war sie.

In jenem Moment wurde der Junge ein Optimist um jeden Preis, glaubte fortan an Wunder und hielt sich für stark genug, jeder Zukunft standzuhalten.

An diesem Tag jauchzte und pfiff er bis zum Schlafengehn, die Mutter fragte ihn nach dem Grund, doch behielt er die Geschichte für sich und ließ sich von keinem ihrer Sätze auch nur ansatzweise berühren.

Im Bett konnte er lange nicht einschlafen. Seine Stirn glühte vor Begeisterung. Er war sehr schwer, und als es dunkel wurde, kam keine Angst vor Monstern.

Kurz vor 22 Uhr wurde er durch Schreie geweckt, die aus dem Badezimmer drangen. Er schlich hin. Die Badetür stand einen Spalt offen.

Seine Schwester stand nackt in der Wanne. Mama und Papa peitschten mit Gürteln auf sie ein. Wie man ihrem Gebrüll entnehmen konnte, warfen sie der Siebzehnjährigen vor, sich mit einem Mann getroffen zu haben.

Die Schreie der Schwester, durch den Resonanzkörper Wanne verstärkt, drangen zweifellos durch alle Stockwerke. Dies schien die Eltern nicht zu stören. Sie peitschten weiter. Als die Standuhr im Flur aber zehn schlug, stoppten sie. Die Hochhausruhe trat ein. In der Nachbarwohnung lebten Arschlöcher, die klopften sofort an die Wand, wenn es nach zehn noch Lärm gab.

Der Junge huschte in sein Bett zurück.

Er war nicht sehr schockiert. Die Schwester hatte schließlich schon ihren Lehrvertrag unterschrieben. In einem halben Jahr würde sie ihre Ausbildung beginnen, weit weg, in Garmisch. Die Glückliche. Die war bald raus hier.

Ich muß noch bleiben, dachte er, noch ein bißchen...

KAPITEL 9 *in dem Hagen und Judith im Freien frühstücken, Tom eine empfindliche Schlappe einsteckt, ein Toter Hagens Finanzen aufbessert und ein Schäferhund namens Emil den unpassendsten Zeitpunkt erwischt.*

Schleimtausch

In die Morgenbrise mischt sich warmer Atem, prallt zärtlich an die Backe. Schnell ist man geneigt, dies als nettes Zeichen von Oben zu werten. Des Weltatems wehendes All und ähnlich Tiefes erwächst aus dem nichtsahnendsten Furz. Man heißt die Lungen stillhalten, um dem Ohr das Geräusch fremder Nüstern rein zu bewahren. So friedlich und ehrlich springt es einen an, so freundlich und wohlgesonnen streichelt's dich, so harmonisch und gedankenlos... Es kitzelt leicht, aber man wendet die Ohrmuschel nicht fort, bewegt keinen Muskel aus Furcht, den Moment zu stören. Es gelingt nicht lang.

Das Räkeln beginnt, das Blinzeln, der Raucherhusten, die aufgeladenen Nervenzellen knistern im Licht des frischen Tags und knüpfen Stränge. Das Fleisch spannt und erhebt sich, zehrt vom halbgefüllten Reservoir des Schlafs.

Verschüttete Archaik brodelt unter den angefaulten Festen der fetten Welt, in ihrem Korsett aus Stahlbauträgern. Ich lebe drunten, in der Kanalisation. Da stinkt es gewaltig, aber es ist auch nicht so eng. Dort leben andere, die kratzen pflichtgemäß mit stumpfen Löffeln am Fluchttunnel weiter. Sollen sie. Ich tanze allein und unbeobachtet. Der Atem einer Frau am Morgen. Es ist unvorstellbar. Liebes Schicksal, du weidest mich auf grünen Frauen, für mich erfunden, und ob ich schon wandre im finstren Abort, fürcht ich mich nicht. Schaber sitzt mir im Nakken und schabt.

Judiths Hand berührt mich flüchtig. Eine fatale Geste. Komm, muskelfleischrosaschwarzgläserner Junikitsch, saug mich auf! Ihre Hand wandert hinab, fingerspitzelt über den Hosenstoff, über Knie und Schenkel, traut sich nicht nach innen. Man muß sie sanft dirigieren. In ihren Augen schwimmen Delphine. So energiegeladene Fingerchen – schade, daß sie fortgehn. Sie steht auf und streckt den Körper. Sweet sixteen. In der Retsinaflasche schwappt noch ein bißchen Griechenland. Ein schnelles Diminuendo zu den Kleinigkeiten des Tagalls.

Sie lobt mich.

«Du bist brav gewesen!»

«Wieso?»

«Du hättest die Situation ausnützen können.»

«Hab ich was falsch gemacht?»

«Wie kannst du am Morgen schon trinken?»

«Die Frage versteh ich nicht...»

«Wo gehn wir zum Frühstück hin?»

«Ich bin pleite. Das sei vorausgeschickt.»

«Kein Problem. Ich lad dich ein!»

Voll Begeisterung stürzt sie dem Tag entgegen. Über die steinerne Brücke und am Fluß entlang, an der Praterinsel vorbei und am Müllerschen Volksbad in seiner Jugendstilschönheit. Hier gibt es nicht viele Cafés, wo unsereins so hopplahopp reinschneien und sich wohl fühlen kann. Judith sieht schon aus wie eins meiner Familienmitglieder. Fettige Strähnen, die Klamotten voll Flecken, Erdkrusten an den Schuhn, der Pullover, den sie um den Hals geknotet trägt, mit einem langen Riß verziert.

Sie sieht großartig aus. Mein Geschmack ist zweifellos das Beste an mir.

«Wir machen Picknick!» schlägt sie vor.

«Perfekt.»

Im Supermarkt kaufen wir Semmeln, Butter, Salami und kleine Gurken. Judith bildet sich ein Glas Stachelbeergelee ein. Am Tchibo-Stehausschank füllt uns die Verkäuferin bereitwillig Kaffee in eine leere Limoflasche. Sie muß nur ein wenig warten vor dem Umfüllen, damit die Flasche nicht platzt. Sie sagt, nicht einmal das Glas habe mehr die gleiche Qualität wie früher. Klar. Natürlich – warum auch? Sie hält einen Exkurs über die verschiedenen Empfindlichkeitsgrade von Weiß-, Braun- und Grünglas. Gespannt hören wir zu. Wir hatten ja keinen Schimmer. Diese Verkäuferin ist wirklich nett. Vier Tassen passen in die Flasche, aber sie berechnet nur drei, weil der Kaffee ja nicht mehr ganz heiß ist. Plötzlich ist alles in eine Idylle getaucht, die mich mißtrauisch macht.

Auf der Höhe der Universität biegen wir in den Englischen Garten ein. Das Gras ist noch feucht vom Tau, und die Sonne ziert sich. Ein großartiges Mahl. Hechelnde Jogger sprinten vorbei, denen man Unflätigkeiten hinterherrufen kann. Judith zeigt mir ein Eichhörnchen. Na schön, denk ich, ein Eichhörnchen, was soll's, und tu so, als säh ich mir's genau an. Judith starrt ihm nach, als liefe da ein toller Film.

«Vielleicht gehe ich nach Spanien», sagt sie jetzt.

«Kannst du Spanisch?»

«Nein.»

«Wenn du nach Spanien gehst, geh ich nach Marokko! Dann können wir uns Flaschenpost senden, von Küste zu Küste.»

«Au ja. Da sparst du dir Umschläge und Porto!»

«Genau. Hoffentlich fällt mir genug ein, um alle Flaschen zu füllen.»

Sie schweigt und kaut. Ich schweige und kaue auch. Etwas Stachelbeergelee läuft ihr über die Finger. Sofort schleck ich es ab. Ich hasse Gelee. Und die Sonne wird selbstbewußter, krempelt die Ärmel hoch und schiebt die Wolken weg. Der Park trägt ein türkises Licht. Wir essen, leeren den Kaffee und träumen aneinandergelehnt. Ich fühl mich saukitschig wohl. Zehn Schwäne rülpsen.

Judith fährt mir durchs Haar.

«Ich mag dich!» sagt sie. So simpel, so schön, so fehl am Platz. Wozu?

«Fang nicht damit an. Das bringt nichts. Wir dauern noch hundertachtzig Mark lang. Dann fährst du heim.»

«Nein, fahr ich nicht.»

«Sag dir, was du willst.»

«Du siehst ganz schön schwarz!»

«Zum Glück ist Schwarz meine Lieblingsfarbe!»

«Schwarz», sagt sie, «ist keine Farbe!»

«Ach?»

«Doch, das haben wir neulich im Zeichenunterricht gelernt!»

«Du brauchst nicht alles zu glauben, was man dir in der Schule erzählt.»

«Und ich hab doch recht!»

«Dieses Recht nimmt dir keiner, denn es interessiert keinen.»

«Tu doch nicht immer so!»

«Wie?»

«So überheblich!»

Das hat mir lang niemand gesagt. Wahrscheinlich, weil mir lang niemand wirklich zugehört hat.

«Weißt du was, Judith?»

«Was?»

«Ich möchte dir unheimlich gern ein Geheimnis anvertraun!»

«Ja bitte!»

«Das Problem ist bloß – ich habe kein Geheimnis, kein ge-

eignetes jedenfalls. Nur ein Versteck. Das ist hier im Park. Da
liegen ein paar Dinge. Willst du die sehn?»
«Wenn du's mit deinem Gewissen vereinbaren kannst...»
«Ich muß sowieso dahin und mich rasieren. Damit du dir die
Schnauze nicht blutig küßt!»
Sie lacht und ich presse sie. Sie scheint so frisch. Kein schlappes
Fixprodukt. Unmodifizierte Stärke, wenig Zuckerkulör. Sie
küßt mich. Lippenpaare tasten einander vorsichtig ab, forschend
schieben sich Zungenspitzen vor und kosten. Expeditionen. Ist
das erotisch! So was hab ich lang nicht mehr gehabt. Nun öffnen
sich beide Münder weit. Wir wackeln langsam, aber rhythmisch
mit den Köpfen und drängen in den fremden Rachen. Man
tauscht Schleim aus. Das ist wunderbar. Sehr erregend. Meine
Zunge wandert einen Halbkreis über ihre Zähne. So weiße
kleine Zähne. Ich möchte ein Stück Bernstein werden, golden
und warm, und in mir sollst du sein!
Das weiß ich jetzt.
Man wünscht sich ja meist Begegnungen, die einem Aufschrei
gleichen, aus tiefster Kehle heraus, bei denen am Morgen keiner
viel bereut und die Straßen wieder einladend aussehn. Wenn
man mehr wünscht, wenn der Fluch der Glückssuche beginnt,
deuten die Straßen sofort auf ihre Glassplitter, lachen laut, und
wenn man trotzig bleibt, lachen sie einen kaputt. Wie ist es aber,
wenn man mitlacht? Wenn man auf dem Totenbett Witze reißt,
daß sich die Krankenschwestern biegen müssen? Das ist edel.
Solang man's schafft. Ich bin ein Glücksjäger. Ich steh dazu.
Blöd bin ich aber nicht. Die Schizophrenie des modernen Poeten.
Deshalb will ich jetzt Bernstein, künstlicher Bernstein sein. Der
tut's für meine Zwecke.
Ihre Zunge zieht sich zurück.
«Wer bist du?» fragt sie.
Die hat Nerven. Als wär's die Frage nach der Uhrzeit.
Was soll man da sagen?

«Ich war mit fünf zum ersten Mal verliebt, Gedächtnislücke danach, mit zwanzig kaputt und mit dreiundzwanzig altersweise. Jetzt bin ich spätreif und wundere mich, was noch so alles kommt.»

«Damit kann ich nichts anfangen.»

«Ich bin auch eher was zum Aufhören. Aber auf mich hört sowieso keiner.»

«Ich hab das Gefühl, du versteckst dich.»

«Das tut mir leid.»

«Du verbirgst etwas, das fühl ich.»

«Ich kann die Hosen runterlassen. Mehr fällt mir im Moment nicht ein.»

Sie verzichtet darauf und grübelt in den Tag. Wahrscheinlich hat sie Psychologie im Wahlfach gehabt. So kommt mir das vor.

Ich nähere meinen Mund wieder dem ihren, mit Erfolg. Heißer, glühender Bernstein, Mädchen, fortan gehörst du zu mir. Meine Deckung, mein Mundschutz. Noch ein Kuß.

Wieder unterbricht sie.

«Sag mal, wo nimmst du den Sinn des Lebens her?»

«Was für ein Ding? Habt ihr das gerade im Ethikunterricht durchgenommen?»

«Nein. Sag!»

«Warte...»

Sie schaut. Auf meinem Knie sitzt eine Fliege. Langsam zielt meine Hand dahin und saust hinab. Ich halte Judith die zerquetschte Fliege unter die Nase.

«Sieh mal – das Leben dieser Fliege hat bestimmt keinen Sinn mehr!»

«Bäh!»

Ich umfasse ihre Hüften. Die Welt könnte auf der Stelle explodieren, es wäre nichts dagegen zu sagen. Mädchen, ich will dich haben. Dein Leben hat keinen Sinn ohne mich! Hehe...

Wir marschieren zum Kleinhesseloher See. Das Versteck ist wirklich gut getarnt. Im Winter taugt es nicht. Es ist lang hin bis zum Winter. Ich seife mein Gesicht ein und rasier mich über dem Wasserspiegel.

Judith sieht amüsiert zu und kramt in den Sachen, von den Ausmaßen des dargebotenen Geheimnisses enttäuscht.

«Iieh, was ist das denn?»

Sie hat aus der Tüte ein perlmuttenes Rasiermesser gezogen und hält es zwischen zwei Fingern.

«Da ist ja Blut dran...»

«Nein – das muß Rost sein. Von der Feuchtigkeit.»

«Schmeiß es doch weg! Es sieht eklig aus.»

«Ach... daran hängen Erinnerungen. Das hat mir mein Vater geschenkt. Und er hat es von seinem Vater.»

«Sieht trotzdem eklig aus.»

Gut, eigentlich hat sie recht. Ich hab von meinem Vater ja sonst nichts behalten – warum ausgerechnet das? Ich werfe das Messer in den See, mit viel Kraft weit hinaus. Kleine Kreise. Ins Wasser zu schaun macht mich ehrfürchtig. Die Geduld des Wassers müßte man haben. Judith streichelt mir über die glatten Wangen.

«Was machen wir nun?»

«Solche Fragen solltest du dir abgewöhnen. Sonst kommt todsicher Langeweile auf.»

Ich betatsche ihre Tittchen. Sie lacht sich los.

Wir schlagen automatisch den Weg Richtung Leopoldstraße ein. Je breiter die Straßen, desto Magnet.

An der Münchner Freiheit sehn wir meine Familie stehn.

Judith bekommt unangenehme Erinnerungen und hält inne.

Jemand schlägt mir auf die Schulter. Ich zucke zusammen vor Angst.

Es ist Tom. Das ist gut. Hätte ja Herodes sein können.

Fast genau an dieser Stelle hat er dem fünften Kind die Luftwege abgeschnitten.

Tom sieht Judith bewundernd an und zwinkert mir zu.

Ich stelle die beiden einander vor und behaupte, Tom sei in Ordnung. Judith tut, als glaubte sie's.

«Was habt ihr vor?» fragt Tom und zwinkert in einem fort.

«Wir wollen den anderen nicht begegnen», antworte ich, «wir sind zur Zeit nicht von dieser Welt.»

«He?»

Wir schlagen einen Bogen um die Freiheit. Gehen die Herzogstraße entlang.

«Hier war mal ein Spielclub», erzähl ich und deute hinauf, an einer grünweißen Stuckfassade entlang. «Da hab ich oft gezockt. Die hatten einen Geschäftsführer, der hieß Bernd Flach. Ein dikker Mann mit rosa Ohren, der sehr nett war und nicht viel redete. Neulich hab ich erfahren, daß er sich erschossen hat. Schade, der hat mir oft Geld gepumpt.» Wir wechseln hinüber in die Kaiserstraße.

Tom macht sich selbständig und verschwindet in einem Supermarkt. Kommt mit zwei Bierdosen raus.

«Hab Durst gekriegt!» erklärt er, bietet Judith eine an, die lehnt ab, dafür nehm ich sie, wir saufen sie heim, ex.

«Ich bräuchte eine Cola...», sagt Judith.

«Kein Problem!» brüllt Tom und rennt noch mal in den Supermarkt. Ein Phänomen, dieser Kerl. Ich hab ihn lieb.

Diesmal schleppt er, neben der bestellten Coladose, einen ganzen Sixpack Bier mit. Hat aber auch eine schreiende Kassiererin im Rücken. Wir müssen spurten. Na so was! Das ist das erste Mal, daß ich erlebe, wie Tom erwischt wird.

«Ich hab versagt!» stammelt er keuchend und ganz bleich.

«Mach dir nichts draus!»

«Doch! Ich werd alt!»

«Du bist grad zwanzig.»

«Schlimm genug!»

Er ist schwer in seiner Diebesehre gekränkt. Judith versteht die

148

Situation nicht, aber sie lächelt. Die Flucht hat ihr Spaß gemacht.

Tom faltet die Hände auf dem Rücken und läßt den Kopf hängen. Er sieht völlig fertig aus. In schneller Folge kippt er drei weitere Bierdosen. Angedudelt schlägt er vor, in den Luitpoldpark zu gehn und auf den Schuttberg zu steigen. Guter Vorschlag.

Ist ein heißer Tag geworden, und da oben liegt man bequem, hat Aussicht auf das blaue Becken eines Freibads. Der Schuttberg ist mit Pappeln und Linden bepflanzt, mit Buchen und Weiden, und wenn man ihn ganz gutwillig betrachtet, wird er ein Stück Toskana. Die Wege sind asphaltiert und schrauben sich in drei einander kreuzenden Spiralen um den Berg. Auf dem Gipfel steht ein schwarzes Metallkreuz. Das stört nicht weiter. Wir legen uns schräg an den Hang, oberhalb der Rodelbahn. Weiches Gras, es schläfert. Als Kind hab ich hier gespielt, und es lagen viele Einwegspritzen rum, mit ein bißchen Blut drin. Judiths Hüften sind sehr schlank. Tom singt ein Trinklied. Ich bin mit zwei Kindern zusammen.

Auf Toms Stirn schwebt noch die Supermarktschande, läßt ihn zappeln und Grasbüschel ausreißen. Er schnellt hoch und geht schlendern. Judith will im Nacken gekrault werden. Ihre Zunge ist rasant. Bald hab ich meine Hand bei ihr drin. Das Schamhaar fühlt sich sehr weich an. Ich hab Frauen gehabt, deren Wäldchen war hart wie Stahlwolle. Sie wird feucht, spreizt ihre Beine, damit ich besser hinkomme. Erfolgserlebnisse über Erfolgserlebnisse. Das macht unsicher. Hier könnte man's ohne weiteres treiben. Wir liegen zwischen zwei Büschen, der Hügel ist fast leer, die Kinder in der Schule. Judith haucht Bereitschaft. Ich verschaffe meinem Bumsdings Luft. Judith nimmt ihn vorsichtig in die Hand. Oje, das geht nicht gut. Wenn ich ihn jetzt reinschiebe, kommt's mir, bevor ich ganz drin bin. Das ist deutlich vorauszuspüren. Probleme mit verfrühter Ejakulation hatte ich letztmalig mit achtzehn. Da hab ich die Nutten vor dem Fick gefragt, ob ich mal kurz ihr Klo benutzen dürfte, hab mir einen abgewichst, so ging's dann besser, hatte gleich viel mehr fürs Geld.

Wahnsinn – dies ist ein sechzehnjähriges Mädchen... Ist es überhaupt gesetzlich erlaubt, so was zu vögeln? Sie schiebt ihre Hose grad auf Kniehöhe runter, da kommt Tom zurück.

Judith zieht die Hose schnell wieder hoch.

«Du, Hagen, da drüben liegt 'ne Leiche...»

«O nein! Sag ihr, sie soll später wiederkommen!»

«Ich wollt ja nur... ich meine... teilen... Hab ich euch bei was gestört?»

«Judith», flüstre ich, «entschuldige mich einen Moment, ja?»

«Liegt da wirklich eine Leiche?» fragt sie naiv.

«Aber nein... Das ist bloß ein Fachausdruck... Na, komm einfach mit!»

Zu dritt gehn wir auf die andere Seite des Hügels. Dort, neben blühenden Tollkirschen, liegt ein Mann und schläft seinen Rausch aus. An dem könnt was dran sein. Ich weise Judith an, stehenzubleiben und keinen Mucks zu machen.

Die Besoffenen haben oft einen leichteren Schlaf, als man denkt. Tom und ich pflanzen uns neben ihm auf. Man sieht einen Teil der Geldbörse aus seiner Arschtasche lugen. Der macht's uns einfach. Man muß mit der einen Hand den Stoff halten, spannen und gegendrücken, mit der andern die Börse langsam, aber ohne Stocken rausziehen. Der Mann rührt sich nicht. Er ist um die Fünfzig, fett, lang nicht rasiert. Ungewöhnliche Zeit, besoffen zu sein. Ich hör auf seinen Atem und höre nichts. Aus purer Neugier stupf ich ihn an. Er sagt und tut nichts dazu. Kein Schnarchen, kein Schnaufen. Nichts.

Schauer rutschen mir den Buckel runter.

«Der ist vollkommen außer sich...»

«Was?»

«Ich glaub, der ist hinüber. Das ist 'ne echte Leiche.»

«O Gott.» Tom wird blaß.

Der Tote hat eine schöne Armbanduhr. Ich zögere.

«Komm, wir hauen ab!» sagt Tom.

Ich aber will vernünftig sein. Der braucht die Uhr doch nicht mehr. Die Ewigkeit ist zeitlos. Verdammt, ich muß es doch fertigbringen, diesem fleckigen Handgelenk meine Finger zu nähern.

Judith hockt sich neben mich, mit großen Augen. «Ist er wirklich tot?»

«Sieht so aus!»

«Du schielst auf die Armbanduhr, nicht?»

«Ja. Aber ich bin zu feig, fürcht ich.»

Sie schluckt zweimal. Dann knöpfen ihre Finger, ihre zartgliedrigen Finger, dem Toten die Uhr auf. Unfaßlich. Sie gibt mir die Uhr. Dann füllen sich ihre Augen mit Tränen für einen Unbekannten.

«Warum hast du das getan?»

«Ich wollt dir was beweisen», schluchzt Judith. «Ich geh nicht heim zu Mama!»

Sie flennt sich aus an meiner Brust. Wir gehen da weg.

Als sie sich beruhigt hat, sehen wir im Portemonnaie nach. Fünfundachtzig Mark. Ich gebe Tom vierzig. Er sieht verstört aus. Judith will die Uhr nicht behalten, will weiter getröstet werden, kuschelt sich an. Ich nehme die Uhr und geb ihr die fünfundvierzig Mark. Die will sie auch nicht. Na gut. Ich täusche Lässigkeit vor.

«Schau – der tote Mann ist tot, das ist alles. Wenn er irgendwo eine Kiste stehn hat, hocken bald fünfzehn drauf. So ist das. Vergiß es!»

Wir lassen uns an der alten Stelle nieder und schweigen eine Weile. Danach scheint alles wieder in Ordnung. Tom beginnt über sein Supermarktversagen zu schwatzen, und eigentlich gäbe es keinen Grund, nicht fortzufahren, wo wir unterbrochen wurden. Judith reibt ihre Beine an meinen.

«Geht's?»

«Ja», flüstert sie.

«Du bist sehr tapfer gewesen. Ich glaub jetzt auch, daß du es schaffst.»

«Danke.»

«He, Tom, kannst du uns nicht mal für 'ne halbe Stunde allein lassen?»

«Jajaa... Schon gut...»

Er sagt's in neidischem Tonfall und wandert die Rodelbahn runter.

«Wollen wir's tun?»

Judith nickt. «Es muß sich jetzt alles ändern.»

«Genau.»

Ich zieh ihr die Kleider aus. Sie sieht sich um, ob niemand guckt. Beide nackt, mustern wir uns. Sie trägt ein paar blaue Flecken auf den Hüften. Ich frage nicht nach. Wir reiben uns aneinander. Meine Rotkappe späht nach Land. Ich bezüngle sie. Es schmeckt sauer. Wie geronnene Milch, mit Zitronensaft gemischt. Na gut. Kleine Fehler. Das wird weggelutscht, bis sie geschmolzen ist, heiß, glibbrig, aufnahmebereit. Ich bin ganz vorsichtig. Männer, die auf Deflorationen stehn, müssen allesamt Despoten sein. Es ist natürlich ein erhebender Gedanke. Hundert Ficker wird sie vergessen, den ersten nicht. Oder ist das auch nur eitler Traum?

Jetzt scheint der Weg bereitet. Es ist soweit. Gleich. Gleich... Oooh... Und auf einmal schnüffelt jemand an uns! Vor Schreck schrumpft mein Schwanz auf Daumenlänge zusammen.

Herodes, das perverse Schwein! Oder? Ich seh zur Seite. Judith stößt einen kurzen Schrei aus.

Das gibt's doch nicht. Das darf nicht wahr sein! Hier nicht und nirgends!

Ein Schäferhund beugt sich über unsere Leiber und tut recht interessiert. Seine Schnauze hebt und senkt sich. Er sieht uns an und legt den Schädel schräg, läßt die Zunge hängen. Unbeweglich bleibt er stehn und blickt verwundert drein.

«Hau ab, Hund!»

Keine Reaktion.

«Verschwinde!»

Ich knurre und zeig ihm meine Zähne.

Er legt kurz die Stirn in Falten. Dann lacht er. Das kann man deutlich erkennen. Meine Zähne scheinen ihm lächerlich.

«Emil!»

Da ruft einer. Weil ich noch auf Judith liege, muß ich mich verrenken, um den Rufenden zu orten.

Es ist ein alter Bajuware in voller Tracht, der seinem Hund mit dem Spazierstock winkt.

«Emil! Komm her! Fuß! Fuß!»

Der Kniestrumpfrentner bleibt in zwanzig Metern Entfernung stehn, traut sich nicht näher, weil er zwei Nackte sieht. Der Hund bleibt in einem halben Meter Entfernung stehn und will spielen. Mitmachen. Was weiß ich?

Der Rentner ruft immer lauter, dann macht er ein paar Schritte auf uns zu und brüllt noch mal.

«Emil! Fuß! Platz!»

Es nützt nichts. Emil weicht keinen Zentimeter von der Stelle. In seinen Augen liegt unstillbare Neugier. Irgendwie gelangweilt roll ich mich zur Seite, stütz mich auf den linken Ellbogen.

Judiths Mund verbreitert sich zu einem Grinsen. Es soll wohl nicht sein...

Jetzt geht der Rentner mit entschlossenen Schritten auf uns zu, hakt seine Leine an Emils Halsband fest und zieht ihn fort. Er sagt nichts. Das ist besser so. Sein Kopf schwillt hochrot aus dem Trachtenjanker. Es liegt ihm was zwischen den Lippen, aber er läßt es stecken, schleift seinen Hund den Berg hinab.

Wir sehn uns an, lachen, und verschieben die Sache notgedrungen. Tom kommt.

Sein Gesicht verrät, daß er alles beobachtet hat. Noch zieht er eine fast neutrale Miene. Dann bricht's aus ihm hervor, stürzt ihm das Gelächter aus dem Maul. Prustet los, fällt auf die Knie und krümmt sich.

Judith zieht mich am Arm.

«Er ist ganz in Ordnung, dein Freund!»

«Ich wußte, daß du ihn magst. Außerdem kann er sehr von Nutzen sein. Mach ihm schöne Augen, und er wird dir alles stehlen, was du brauchst...»

Judith strahlt.

«Das sind ja hervorragende Aussichten!»

«Ja, wenn man's recht bedenkt, geht's uns phantastisch gut...»

KAPITEL 10 *in dem ein Polizist un-*
gehobelt ein Abteil stürmt
und Hagen an den Rand
der Verzweiflung treibt.

Schweinebacke

Auf dem Marienplatz stehn schwarze, gelbe und rosa Touristen
aller Nationen, Einheimische erkennt man am gedunsenen Ok-
ker. Die starren zum spätgotischen Rathaus hinauf und erwarten
den Schäfflertanz. Es ist vier Uhr nachmittags. Das Turmspiel
dreht sich doch irgendwann morgens, oder? Tom weiß es nicht,
Judith erst recht nicht.
Wir drei wollen durch die Fußgängerzone spazieren. Angesichts
der vielen Schaufenster möchte ich gerne einen Laden gründen,
wo auf einem großen Schild simpel «Sachen» draufsteht.
«In Mauretanien, da gab es einen langen, sandigen Weg, beinah
im Nichts. Der Weg führte an einer Mauer vorbei, mit bunten
Glasscherben gespickt, die sehr schön in der Sonne leuchteten.
Am Ende dieses Wegs stand ein winziger Laden, aus Holz ge-
baut, kaum zehn Quadratmeter groß, aber es gab dort einfach
alles zu kaufen. Lebensmittel, Zigaretten, Alkohol, Zeitungen,
Waschpulver, Werkzeug. Man konnte verlangen, was man
wollte, der Verkäufer, ein alter Spanier, kramte es aus einem
Winkel hervor. Ein Brett über zwei Fässern, darauf trank ich das
Bier. Diesen Laden hab ich geliebt, wirklich!»
«Toll, wo du schon überall gewesen bist!» sagt Tom.
Ich möchte auch gerne zwei Töchter zeugen, nur um sie Luna
und Silvana zu taufen. Danach gleich wegschmeißen.
Tom kaut immer noch an seiner Schlappe vom Vormittag. Er

beschreibt noch mal genau, wie's gewesen ist, wie er den Sixpack gehalten hat, rechts an der Seite, vom Körper abgedeckt, technisch einwandfrei. Irgendeinen Spiegel muß er übersehen haben, so was...

Judith schlägt ihm vor, er solle etwas sehr Schwieriges mopsen, das würde sein Selbstbewußtsein wieder einrenken.

Wir schlendern durch den Hugendubel, das dreistöckige Büchermekka. Es gibt wenig, was mich interessiert. Judith blättert im Warhol-Tagebuch, aber das ist ihr zu teuer. Beinah hundert Mark. Ich bitte Tom, es ihr zu klauen. Das Buch ist dreißig Zentimeter hoch und der Umschlag steif.

Beim Buchklau gelten andere Gesichtspunkte als beim Bücherkauf. Statt Preis, Ausstattung, Umschlaggestaltung sind Größe, Gewicht und Rollbarkeit entscheidend. Es ist Sommer, man hat keinen Mantel, ich bin gespannt, wie Tom das anstellt.

Er macht es sich sehr einfach. Er nimmt das Buch und geht zum Ausgang. Niemand hält ihn auf.

Wir staunen. Toms Stimmung hebt sich. Judith bedankt sich bei ihm mit einem Küßchen. Laut und malerisch seufzt er dazu.

Danach spazieren wir in den Plattenladen. Ich frage Judith, ob sie gute neue Bands kennt, denn ich verpasse bestimmt viel, obwohl ich oft hier reinschau und die Verkäufer mich schon genervt beäugen. Judith weiß nichts von guten neuen Bands. Ich gehe mit einer neuen Aufnahme von Beethovens Vierter zu dem Stand mit den Kopfhörern. Man läßt mir zwei Minuten, dann nimmt man mir den Kopfhörer wieder ab. Das war schon genug?

«Raus hier, dich kenn ich doch, du kaufst ja sowieso nichts!»

«Aber ich habe kein Geld...»

«Dich will ich hier nicht mehr sehen!»

Der Kerl, ein junger Drahtiger mit langen Haaren, scheucht uns hinaus.

Judith tröstet mich. Tom gibt mir schweigend Beethovens Vierte, in der neuen Aufnahme. Ich freu mich ja, aber was soll ich damit? Ich hab keinen Plattenspieler...

«Egal», sagt Tom, «Hauptsache, die haben eine Platte weniger!»

Da hat er wohl recht. Außerdem ist er jetzt wieder glücklich. Der Laden besitzt schließlich elektronische Überwachung, das macht das Stehlen zur kleinen Meisterprüfung. Selig lächelt er. Dann zuckt er zusammen und verschwindet Hals über Kopf in der nächsten Einkaufspassage. Ich seh ihm verwundert nach. Das ist ein Fehler.

Denn aus der anderen Richtung kommt der Heinz. Ach ja. Das ist ein schlimmer Finger. Der macht, was nicht gilt. Und rempelt mich an.

«HAGEN, DU DRECKSCHWEIN, WO IST MEIN PFUND?»

Ich schuld ihm nämlich zwanzig Mark.

«Morgen, Heinz, morgen!»

«KENN ICH! NIX DA! RÜCK RAUS!»

Heinz ist Schläger, und ein gewichtiger. Er spricht auf Volksfesten immer Ausländer an und knallt ihnen eins vorn Latz. Vor nichts hat der Angst und hortet Haß genug für uns alle auf der Welt. Er ist ein Tier, eins ohne Hemmschwelle gegenüber der eigenen Art. Er dirigiert sein Leben in schärfstem Allegro. Die Einsätze der Pauke liegen laufend daneben.

Zwar besitz ich zwanzig Mark, aber ich weiß, Heinz ist frisch auf Bewährung. Da wird er nicht fest zuschlagen. Man muß sparen.

«WAS IS JETZT? HER MIT DEM PFUND!»

«Ich hab nix. Verzieh dich!»

Bumm.

Das war's. Fester, als ich dachte, und voll auf die Zähne, wo ich doch so aufpassen muß wegen meiner drei Porzellanbeißer.

Ich lieg auf dem Pflaster. Es tut sehr weh. Heinz geht fluchend weg und schiebt sich die blonden Haare aus der Stirn. Er kann auch ganz nett sein. So wie neulich, als er seinen letzten Bruch feierte und das Lokal freihielt.

Judith sieht mich enttäuscht an. «Du läßt dich einfach so runterkloppen?»

«Hast du dem seine Hände gesehn? Schaufelbagger.»

«Trotzdem!»

«Sind wir hier bei den Hottentotten oder was? Muß ich jetzt 'ne Männlichkeitsprüfung ablegen?»

Judith schweigt. Ich stell mich vor sie hin und fordere sie auf, sich mit mir zu prügeln. Das will sie auch nicht.

Tom schleicht aus der Einkaufspassage. «Ist er weg?»

«Warum hast du mich nicht gewarnt?»

«'tschuldige, aber ich wußte ja nicht, daß du auch Schulden bei ihm hast...»

Typen wie der Heinz... wenn ihnen ein Wurf gelingt, sind sie großzügig, großspurig, leihen her, halten aus. Dann, wenn die Knete wieder knapp wird, rennen sie jedem Pfund nach.

Allerdings ist Heinz auch gerecht. Die zwanzig Mark sind gestorben. Niemanden schlägt er für dieselbe Summe zweimal. In vier Wochen werd ich ihn wieder anpumpen können. Heinz hat seine schlimmen Finger in vielem drin. Und er ist sehr unvorsichtig, erzählt zu vielen Leuten von seinen Drehs. Das spricht sich meist in gerader Linie bis zu den Bullen rum.

Wir schlendern unterm Karlstor durch.

Judith will wissen, warum der Karlsplatz Stachus genannt wird.

«Eine Abkürzung von St. Eustachius, glaub ich...»

«Und was hat St. Eustachius mit dem Platz zu tun?»

«Keine Ahnung. Ich hoffe, er ist hier verbrannt worden.»

Ich kaufe Judith einen Spieß glasierter Früchte. Von Hagen und Herzen. Sie mag keine glasierten Früchte. Freß ich das Zeug halt selber.

Am Stachus sind die Fontänen in vollem Betrieb. Kleinkinder laufen drunter durch, werden naß und quieken.

Es ist anständig heiß.

Sobald klar wird, daß Sommer herrscht, wird auch klar, daß Winter kommt. Wir hatten milde Winter in den letzten Jahren. Ich hoffe inständig auf die Klimakatastrophe. Wissenschaftler sagen eine Steigerung der Durchschnittstemperatur um 10 Grad voraus bis zum Jahr 2030. Das wär das rechte Schicksalsgeschenk auf meine alten Jahre. Wenn es Winter wird, klirren die Fahnen nicht mehr. Im 17-Uhr-Abgas liegt ein Zorn, daß die Laternen wieder Galgen werden könnten. Stumpf schiebt sich das Blech vorwärts im Stau. Besinnungsloses Gehupe. Wut.

Das «Las Vegas» ist ein großes Spielcenter, voller Flipper, elektronischer Geräte und Geldspielautomaten.

Da gehn wir rein, da ist was los. Im hinteren Teil stehn dreißig Videokabinen mit Pornos aller Arten, das ist langweilig. Aber vorn, da wimmelt's und pfeift's und kracht's und klingelt's. Die bunten Bildschirme sind voll fallender Dschungelkrieger und Affen mit weißen Frauen in der Pfote und gierigen gelben Kreisen, die blaue Punkte fressen. Auf einer Leinwand fliegen Tontauben durch die Landschaft, die kann man mit dem Lasergewehr abschießen. Man kann gegen einen Punchingball boxen und auf einer Skala ablesen, wieviel Kraft man hat. Man kann ganz altmodisch Kicker oder Billard spielen oder eine Mondlandung koordinieren.

Hinten, bei den Videokabinen, wischt ein Mann mit Eimer und Besen Sperma vom Boden auf. Und davor, was ist das? Da steht ein ganz neues Gerät und ein Dutzend aufgeregter Männer drum herum. Das schaun wir uns mal an. Fantastisch: Ein Video-Strippokergerät!

Man kann aus zwölf Frauen und zwei Männern jemanden auswählen, den man gern ausgezogen sehen möchte. Dann geht's

los, dann werden auf dem unteren, kleineren Bildschirm fünf
Spielkarten aufgeblättert. Erreicht man mindestens zwei Paare,
legt das Stripgirl ein Kleidungsstück ab. Erreicht man weniger,
zieht sie den Fummel gleich wieder an und sagt dazu etwas Fre-
ches wie: «Schaffst mich wohl nicht, du Wichser!» Für eine
Straße gibt's zwei Kleidungsstücke, für ein Full house läßt sie
sogar drei fallen.

Der junge Mann, der an dem Gerät sitzt, hat Pech. Er hatte das
Girl schon bei den Strapsen, aber jetzt kriegt er schlechte Karten,
und sie legt eine Klamotte nach der andern zu und beschimpft
ihn fies, als Weichling, als Vollversager.

Ein Dutzend Männer flucht zurück.

«Zeig's ihr!»

«Mach sie fertig, die Schlampe!»

«Na los!»

Die steigern sich rein.

Wenn man bedenkt – keine drei Meter weiter hinten stehn 128
Pornofilmchen bereit, da kann man für 'ne Mark den abartigsten
Orgien zuschaun, ohne Tabus, alles was man nur haben möchte.
Und der Kerl hier hat schon sechs Mark eingeworfen und noch
keine Titte in Sicht.

Das beweist mal wieder, worum es geht.

«Wow!»

«Jaaa!»

«Jetzt kriegen wir sie klein!»

Der Spieler hat einen Royal flush! Das bringt vier Kleidungsstücke. Das mittelhübsche asiatische Videogirl streift die Jacke
ab, die Bluse, den linken und den rechten Strumpf. Huh!
Yeah... Sie lobt uns. Ah, zwei Paare! Jetzt wird sie Brüste zeigen müssen! He? Was? Nein, also das Strumpfband, das gilt
doch einfach nicht! Frechheit! Beschiß!

Jetzt kommen schlechte Karten. Der Film läuft rückwärts. Das
gelbe Flittchen zieht das Strumpfband wieder über ihr rechtes

Bein und sagt uns, was für schlappe Säcke wir sind. Dieses Dreckstück!

Nicht nachlassen. Eine Diskussion entbrennt... Einer plädiert dafür, alle Karten zu tauschen, die anderen wollen auf eine Straße hinarbeiten. Der Spieler entscheidet sich für die erste Möglichkeit... stochastisch völlig richtig...

«Sieg!»

«Dasissesmanndasisses!»

«Full house, jawoll!»

Wir sind wieder gut im Spiel! Drei Kleidungsstücke. Strumpfband, Schal und BH. Wir haben sie! Wir haben sie! Scheußliche Titten, ganz krumm und schief, aber wen schert's... Juchhuuh! Jetzt wollen wir mehr... wir sind so knapp davor! Vierzehn Männer stehn da und schreien durcheinander und hecheln und fluchen, lästern und schwitzen. Man drückt dem Spieler die Daumen. Man stöhnt enttäuscht über ein schlechtes Blatt und erwidert die Bosheiten der Japsenfut mit gehobenen Mittelfingern. Es geht ein paarmal hin und her... BH runter, BH rauf, runter, rauf... Dann ein Drilling. Das muß es sein, das muß es doch endlich sein! Jetzt! Gleich! Bumm. Das Höschen fällt. Wir haben's geschafft, wir haben's geschafft! Alles johlt diese unscharfe Möse an, von der man wirklich nicht viel sieht. Aber man liegt sich in den Armen, man feiert. Zerknirscht gesteht die Asiatin ihre Niederlage ein. Es geht im Jubel unter. Man gratuliert dem Spieler, man klopft ihm auf die Schultern.

«Gut gemacht!»

«Lang hat's gedauert!»

«Harte Arbeit, was?»

Tom ist ganz außer sich.

«Ein geniales Ding! Warum ist früher keiner auf die Idee gekommen? Da verdient sich jetzt einer krumm und bucklig dran!»

«Ah ja... wird schnell langweilig werden, schätz ich.»

Judith hat die ganze Zeit verständnislos zugesehn. Sie hält uns für krank.

Möglich. Wer will das entscheiden? Ich fand es witzig. Vor allem war's umsonst.

Ich umarme Judith und zünd uns zwei Zigaretten an.

«Laßt uns wie Könige in wirren Zeiten leben! Heute Thron, morgen Schafott! Wir gehn protzen! Wir gehn Pizza essen! Was haltet ihr davon?»

Judith reagiert begeistert. Tom nicht. Er gehört zu jener seltenen Sorte Mensch, die keine italienische Küche mag. Gut, gehn wir eben allein. Wir machen mit Tom einen Treffpunkt aus. Judith faßt beim Gehen meine Hand. Solche Gesten hatte ich fast vergessen. Das jagt mir kleinromantische Blitze rein.

Etwas in mir ist erwacht und horcht, etwas, das lang geschlafen hat, traumlos und schwer. Es richtet sich auf und überlegt, ob es dem Klopfenden antworten soll oder ohnmächtig zurücksinken in die alten, verschwitzten Laken.

Wir spazieren die Sonnenstraße entlang und biegen links ab. Es gibt in München diese Pizzeriakette, die unglaublich billig ist, und meistens kann man das Zeug sogar essen. Dafür ist es dort auch ziemlich voll und die Bedienung unter aller Sau. Man muß lange warten, und die Kellner sind durchweg arrogant, pflegen einen rüden Umgangston, und wenn man sich über etwas beschwert, drohen sie gleich mit Rausschmiß.

Wir setzen uns ins Freie, auf die schattige Terrasse mit Blick auf ein Parkhaus, und bestellen.

Die Halbe Bier kostet nur zwei Mark. Hier gehn im Winter oft Penner her, um sich an einer Tasse Kaffee drei Stunden lang zu wärmen. Judith spielt mit der Gabel und zeichnet Figuren in die rote Tischdecke.

Ich muß raten, um was es sich handelt.

«Eine Rakete?»

«Nein, ein Haus. Und das?»

«Hmm. Ein Saurier?»

«Fast. Ein Nashorn.»

Unter dem Tisch treffen sich unsre Füße. Geiler Kitzel durchsprüht die Nervenarena; wie das Balzparfüm eines Gassenluders wallt in dicken Schwaden der Lustgehalt unsrer Blickmanöver. Sie ist so wunderbar unbeholfen, so unverdorben unfähig, die dramaturgischen Muster erotischer Situationen filmgemäß abzuspulen, sonst könnte sie mich nicht plötzlich fragen, wo ich eigentlich politisch stünde. Das hat mich seit zehn Jahren niemand gefragt, und ich bin froh drum gewesen. Was soll man auch antworten, außer daß die horizontale Links-rechts-Politik ausgedient hat, ersetzt durch oben-unten, Nord-Süd; aber ich bin der Polis entgrenzt, mag mich vertikal nicht einordnen, nicht rasterpunkten, nein. Sie nennt mich prompt einen Zyniker, aber sie hat unrecht. Alles, nur das nicht, und um den Krater des Mißverständnisses nicht noch zu verbreitern, wechsle ich schamlos das Thema.

Das Essen kommt. Wir sitzen lang auf dieser Terrasse und lassen uns bescheinen, bis der Himmel schwarz wird.

Judith beginnt nur zögernd über sich selbst zu reden. Sie erzählt von ihrer Viola, die sie vermißt. Von ihrem Haustier, einem dicken Meerschweinchen, um das sich jetzt keiner kümmern wird. Den Geschichten über ihre Elternteile hör ich nicht gern zu. Wir sind alle Exkremente unsrer Eltern. Ich will daran nicht erinnert werden.

Nein, sie ist nie geschlagen worden. Behütete Jugend. Ballettunterricht. Der Vater Beamter. Die Mutter hält das Reihenhaus sauber und backt komplizierte Kuchen. Als ich frage, warum sie weggelaufen ist, kommt sie ins Stocken. Es sei ihr eben alles auf die Nerven gegangen... Sie wirkt beleidigt, weil mir ihre Vergangenheit wenig interessant dünkt, weil ich gelangweilt an meinem Bier nippe. Sie trägt einen Minderwertigkeitskomplex mit sich rum, nicht genug erlebt zu haben.

«Das wird noch», tröste ich sie.

«Hoffentlich.»

Sie rezitiert ein Lied ihrer Lieblingsband, der «Einstürzenden Neubauten», in dem es heißt: Keine Schönheit ohne Gefahr...

«Ach ja! Der alte Schmus! Gefährlich gelebt zu haben ist ja recht toll. Gefährlich leben ist Scheiße. Das kriegst du früh genug raus.»

«Aber du lebst doch auch gefährlich!»

«Ich? Iwo. Das war mal. Meine Verhältnisse sind ganz geordnet.»

Bis auf Herodes, denk ich dann. Aber ich will sie nicht beunruhigen. «Und wann hast du gefährlich gelebt?»

«Hmm. Zum Beispiel, als ich von zu Hause ausgerissen bin und in diese Drückertruppe geriet. Mit der hab ich Norddeutschland unsicher gemacht. Zuerst haben wir ja noch an den Türen geklingelt und unsere Zeitschriften angeboten. Dann haben wir nur noch unter die Fußmatten geguckt, ob der Wohnungsschlüssel drunter lag. Das war im Durchschnitt bei jeder vierhundertsten Wohnung der Fall. Die haben wir dann ausgeräumt, und das Zeug in der nächsten Stadt verscheuert. Unsere Kleidung bezogen wir aus fremden Wäschekellern. Und die Bullen waren uns hart auf den Fersen... So hart, daß ich mich abgesetzt habe und zurück nach München gegangen bin. Das Erstaunlichste war, daß sich unsrer Truppe zwei Frauen angeschlossen haben, ganz spontan haben die ihre Bude gekündigt und ihren Job und sind zu uns in den VW-Bus gestiegen. Die eine war Verkäuferin, die andere Nutte. Ich hätte nicht gedacht, daß es noch soviel Abenteuerlust gibt...»

«Na siehst du, das mein ich! Du hast wenigstens was erlebt!»

«Ich hab gehungert. Viel mehr als heute. Darauf hätte ich verzichten können.»

«Tu nicht so! Du bist froh, daß du das erlebt hast!»

«Ich habe viel interessantere Dinge erlebt und war nicht in Gefahr und hatte genug zu fressen.»

«Ich jedenfalls hab noch rein gar nichts erlebt. Heute dagegen habe ich schon eine Leiche gesehn und bin von einer Supermarktverkäuferin gejagt worden.»

«Außerdem wärst du beinah entjungfert worden.»

«Ach ja. Das auch.»

Wir zahlen. Jeder für sich. Dann schlagen wir den Weg zum Hauptbahnhof ein. Sie vergißt im Restaurant ihr Buch, ich meine Platte. Na, egal.

Vor den Gleisen, vor den Prellböcken, steht Tom. Und der gesamte Rest der Familie. So ein Zufall. Normalerweise sind wir nur im Winter regelmäßig hier, vom Bahnhofsdach gegen den Schneefall geschützt.

Judith schreckt zurück. «Das sind doch wieder diese Typen, die mich so in die Mangel genommen haben!»

«Ja. Aber jetzt gehörst du zu mir. Es wird dich keiner belästigen.»

Fred beginnt zu jubeln, als er Judith sieht. Die Elfe! Miß Matratze! Das gibt einen Fez!

Ich stoß ihn grob zurück. Er sieht mich entgeistert an, dann beginnt er zu lachen.

«He, Leute! Der Hagen ist verliebt! Er will sich mit mir anlegen!»

«Du läßt sie in Ruhe, oder mir ist völlig Wurscht, was passiert!»

«Na schön, du Glückskind, aber ich darf mal bei euch zuschauen, ja?»

Ich schweige. Vielleicht, wenn wir's irgendwann schaffen...

«Komm, Hagen, zieh keine Schnute, trink ein Bier! Hast gehört, der Edgar ist hin!»

«Wie?»

«Hat sich aufgehängt. Dazu isser aufn Chinesischen Turm ge-klettert. Steht groß in der Abendzeitung!»

«Hat er Liane umgebracht?»

«Keine Ahnung. Davon stand nix da.»

Es peinigt mich zwischen den Schläfen. Ich hau mir vor die Stirn. Zweimal, dreimal. Dann geht es weg.

Wir tauchen tief in die gelben runden Tische der Bahnhofs-schwemme. Judith unterhält sich mit Lilly. Der Pelzmantelanna hängt der Sabber vom Maul. Tom stupst mich an.

«Und die gute Nachricht: Die schwarzen Sheriffs hören auf!»

«Im Ernst?»

«Ja. Man will es jetzt mit blauen Sheriffs probieren.»

«Immer mal was Neues.»

In einiger Entfernung geht Schweinebacke vorüber, in seiner zu eng sitzenden Uniform. Ich stelle mich so, daß er Judith nicht abmustern kann.

Schweinebacke ist der fieseste aller Bahnbullen.

Im Winter – wenn wir auf den Bahnhof angewiesen sind, auf den geheizten Wartesaal oder wenigstens auf eine windgeschützte Ecke bei den Schließfächern – liebt er es, uns zu jagen. Im Som-mer sind wir ihm egal, da kann er uns nicht viel tun. Er ist so gemein. Er benutzt seinen Schlagstock, wenn die Knochen spröde sind vor Kälte.

Der Winter ist die Hölle und Schweinebacke Satanas. Eine Be-schreibung erspart sich. Sein Name sagt alles. Jetzt geht er weg, mit prüfendem Blick, zupft an seiner Jacke rum, rückt das Funk-gerät zurecht.

Noch fünf Monate, dann hat er uns. Denkt er sich. Im Winter bring ich ihn um.

Judith wird schnell betrunken. Sie ist nichts gewohnt.

Tauben flattern unter dem schwarzen Dach und stürzen sich auf Krumen am Boden.

Menschen mit Koffern. Menschen mit Tüten. Ab- und einfahrende Züge.

Ein Kerl stellt sich zu uns, der angeblich vor vier Jahren noch zur Familie gehörte. Jetzt trägt er Jackett und Goldkettchen. Der kommt manchmal hier vorbei und spendiert eine Runde. Sein Haar ist licht und sein Doppelkinn ausgeprägt. Jedesmal bringt er denselben Monolog, und wir hören alle andächtig zu.

«Ja, seht ihr, ich habe auch mal zu euch gehört. Und dessen schäme ich mich nicht. Im Gegenteil. Wer so weit unten war wie ich... Da, Fred, hol noch mal sechs Dosen... ja, ich hab dann wieder Arbeit bekommen, bei BMW am Fließband. Keine zwei Jahre, und ich war Vorarbeiter! Und – seht ihr – ich geb im Monat ja doch vier- bis fünfhundert Mark im Puff aus – warum soll ich da nicht hin und wieder bei euch vorbeischaun? Der Zwanzger für euer Bier tut mir doch nicht weh...»

Wir nicken alle beifällig und blicken bewundernd zu ihm auf. Nur Judith verzieht das Gesicht.

Der edle Spender fährt fort: «Na ja – was ist schon so ein Zwanziger? Und mir kann niemand vorwerfen, geizig zu sein, oder? Ich unterhalt mich gern mit euch! Ihr habt keine Kohle, ich schon. Da ist es doch geradezu SELBSTVERSTÄNDLICH, daß ich zwei, drei Runden schmeiße! Da käm ich mir ja schäbig vor! Nicht wahr?»

O ja, wir stoßen alle an, auf den großen Massa, den Phönix aus der Scheiße. Nur Judith nicht. Die sieht zornig drein.

Der Monolog ist übrigens noch nicht beendet.

«Heute hab ich in der Zeitung das vom Edgar gelesen. Ich hab ihn ja gut gekannt... Das war vorauszuahnen, nehmt's mir nicht übel. Vielleicht solltet ihr doch alle noch mal überlegen, ob ihr nicht auch die große Sause machen wollt. Ich sag euch – es ist gar nicht so schwer! Die Flasche hab ich von einem auf den anderen Tag auf den Schrank gestellt. Und warum? Ich hab in den Spiegel gesehn und hab mich geekelt. Geekelt vor mir selbst. Manfred, hab ich gesagt, es geht noch was! Aber lang hast du nicht mehr Zeit. Morgen kann es zu spät sein! Du brauchst sie jetzt, die große, dicke Kraft!»

Wir hängen an seinen Lippen, voll Ehrfurcht. Fred zeigt ihm die leere Dose und kriegt Geld für noch eine Runde.

«Ja – ich gebe zu, es war hart in den ersten Tagen. Aber dann – nach einer Woche... war ich sooo stolz auf mich... ich konnte stolz erhobenen Hauptes in den Puff gehn, ohne mich vor den anderen Gästen schämen zu müssen. Ich sag euch – bei BMW am Fließband – da gibt's immer Arbeit. Harte Arbeit, ja, aber...»

«Sie kotzen mich an!»

Oje.

«Was?»

«Sie kotzen mich wirklich an, Sie Hyperarschloch!»

Judith sagt es ihm mitten ins Gesicht. Ich ziehe sie weg, mit einiger Gewalt.

«Was ist denn los, Hagen?»

«Hör bloß auf mit dem Scheiß!»

«Warum?»

«Mann, daß das ein Arschloch ist, wissen wir alle. Ein armes Schwein, das zu uns zum Onanieren kommt! Aber er kommt ziemlich oft, und wir saufen ihn ein bißchen ärmer. Mehr kann man da nicht machen!»

«Das ist Opportunismus!»

«Blödsinn! Du Kind! Du blöde Nuß! Komm bloß nicht mit Ehre und Stolz und wasweißich, sonst stellst du dich mit dem auf genau eine Stufe!»

«Das seh ich nicht ein!»

«Frau, wo lebst du denn? Was haben wir denn davon, wenn wir

168

ihm sagen, daß er ein dummes Arschloch ist? Der findet immer jemanden, dem er seine Predigt halten kann! Der kommt nie ohne Orgasmus heim!»

«Ach? Dann ist das also ein glücklicher Mensch, was?»

«Vielleicht! Jaa, vielleicht ist das ein glücklicher Mensch!»

«So sieht so einer also aus!»

«Möglicherweise! Vielleicht haben wir überhaupt kein Recht, ihm mehr zu nehmen als sein Bier!»

Wir brüllen so laut rum, daß alles herschaut. Was auf einem lärmigen Bahnhof ein echtes Kunststück ist.

«Fräulein, Sie haben noch massig zu lernen! Für so was wie eben kannst du von Fred eines auf die Schnauze kriegen! Der läßt sich nämlich nicht gern sein Gratisbier wegnehmen!»

Judith wird langsam ruhiger. Noch bebt sie. Und stammelt: «Na und – krieg ich eben eins auf die Schnauze. Ist meine Schnauze!»

«Es ist unser Bier! Halt dich raus, solang du neu bist. Sei erst mal still und schau zu! Hier braucht's eine andere Ethik als die, die du aus Romanen hast. Kapiert?»

Sie reibt sich aufgeregt das rechte Ohr und schnauft lang aus.

«Okay.»

«Wirklich okay?»

«Ja.»

«Tut mir leid, wenn ich dich angeschrien hab.»

«Is gut.»

Sie beruhigt sich schnell. Wir spazieren von einem Ende der Bahnhofshalle zum anderen. Rasten auf einem Gepäckwägelchen, laufen durch die bunten Lichter der Schillerstraße und ihrer Sexshops, kehren zurück, stehn in der Halle mit dem Transportgut und den Containern für die Zugrestaurants, werden verscheucht, gehn das Gleis entlang, bis unter den Rand des Bahnhofsdachs, schauen uns die vielen braunen Schienen an, die sich verzweigen, und die grünen und roten Lampen neben den Oberleitungen. Im Rundfunkgebäude stirbt reihenweise die Beleuchtung.

Neben uns wartet der 23 Uhr 20 nach Rom, auf Gleis 11. Der fährt in vierzig Minuten. Judith steigt in den Erste-Klasse-Wagen, der noch völlig leer ist. Man kann die Sessel zu Liegeflächen zusammenschieben. Wir räkeln uns hin und schmusen und ziehen die Vorhänge zu.

Bei Gedanken an Rom werd ich sentimental. Judith auch.

«Liebst du mich?» will sie wissen.

«Frag mich in zehn Jahren noch mal.»

«Wollen wir's hier machen? Jetzt?»

Ich schau zum Fenster raus, auf die Uhr. Noch dreißig Minuten. Na gut. Hic et nunc. Judith zieht ihr T-Shirt über den Kopf. Sie hat's plötzlich eilig. Es ist sehr dunkel, nur sehr wenig bräunliches Licht dringt durch den Vorhangstoff.

«Ich spüre was, was du nicht siehst, und das wird hart!»

«Sei nicht albern! Das ist nicht erotisch!»

«Nein?»

«Komm endlich!»

Sie nimmt mich in ihre Arme und beißt an meinen Ohrläppchen rum. Ich fühle mich sehr entspannt und ruhig und nicht besonders geil. Ein Frieden wabert umher, der mich wie auf Flügeln trägt. Sie dirigiert meinen Schwanz zwischen ihre Beine. Ein Gefühl ist es, als würde gleich der Waffenstillstand unterzeichnet werden. Als sähe ein Dreißigjähriger dem Ende des Dreißigjährigen Krieges zu. Endlich.

Endlich ist es soweit. TACK TACK.

Da klopft es ans Fenster.

Hätt mir's denken können. Wenn das Fatum nicht will, will es gleich gar nicht. Ist das Tom? Den hau ich breit.

«HE, HAGEN!»

O nein...

«Schnell, Judith, zieh dich an und mach die Mücke! Schnell! Renn, was du kannst! Frag nicht!»

Sie folgt aufs Wort. Aber es ist zu spät.

Schweinebacke poltert durch den Gang.

Ich zieh gerade die Hose hoch, da dreht er den Lichtschalter.

«Na, sieh mal an!» ruft er und grinst und lädt seine Fülle in die Tür.

Ich hätte das Rasiermesser nicht fortwerfen sollen. Jetzt hätt ich es benutzt. Ganz bestimmt.

«Ich nehm mal ganz schwer an, ihr habt keine Fahrkarte! He? Hab ich nicht recht?»

Judith zieht ein mutiges Gesicht und will an ihm vorbeisprinten. Mit seinen klobigen, behaarten Fingern greift er sie sich.

«Na na, junge Frau, wo wolln wir denn hin?»

Judith drischt auf ihn ein. Darüber lacht er bloß.

Ich spuck vor ihm aus. Er faucht mich an.

«Mitkommen! Hände auf den Rücken!»

«He, hör mal, Schweinebacke, das ist nicht notwendig, oder?»

«Nenn mich nicht Schweinebacke!» brüllt er und versprüht ein Wasserwerk Speichel. Widerlich. «Was notwendig ist, entscheide ab sofort ich!»

Er holt die Handschellen aus dem Gürtel und kettet uns aneinander. Es liegt etwas Schönes in dieser Geste. Ich gebe Judith noch einen schnellen Kuß, treffe aber nicht, rutsche von ihrer Wange ab. Schweinebacke tritt mir in den Arsch und stößt uns durch den Gang, aus dem Waggon, quer durch die Halle, den Schlagstock in der Hand. Meine Güte, macht der sich wichtig. Hat zu viele Western gesehn.

Alle gucken.

Tom reißt entsetzt das Maul auf. Fred starrt mit gepreßtem Mund und weißen Fäusten. Lilly seufzt. Und der Mischling kommt und läuft neben uns her.

«Hagen, was ist los? Schweinebacke, was tust du da?»

«Nenn mich nicht Schweinebacke, du dreckiger Nigger! Du kommst auch bald dran!»

«ICH BIN STOLZ, EIN MISCHLING ZU SEIN!»

Backe gibt keine Antwort. Er treibt uns zur Tür der Bahnhofspolizei und knallt sie vor dem Mischling zu.

Er steht auf große Gesten. Ich bin ja mal gespannt, wie er das begründet...

Eine Schreckschraube in Uniform, die entfernt nach Frau aussieht, nimmt Judith in Empfang und führt sie durch eine Milchglastür. Ich möchte Judith gern nachschrein: Ich liebe dich! Zweifellos! Aber nicht, wenn Schweinebacke zuhört. Nein.

Er weist mir einen Stuhl zu und pflanzt sich vor mir auf.

Er wirkt selig.

«Ach, Hagen... ich dachte eigentlich, dich krieg ich erst im Winter dran...»

«Den Winter erlebst du nicht mehr! Das schwör ich dir!»

«Sehr gut! Red nur weiter!»

Ich sage nichts.

«Und Unzucht mit Minderjährigen... Die ist doch noch ein Kind, du Bock!»

«Keine Ahnung.»

«Egal. Du hast sie gebumst. Tja, man kriegt nix umsonst.»

«Ich hab sie nicht gebumst. So leid mir's tut.»

«Im Ernst?»

«Ja.»

«Mensch, Hagen – also du bist echt 'ne tragische Figur.»

«Ich weiß, ich weiß...»

Er lacht dreckig.

«Na gut. Zählen wir das mal zusammen. Zweckentfremdung von Bahnhofseigentum. Aufenthalt in einem Waggon ohne Bahnsteigkarte. Verunreinigung eines Abteils...»

«Was?»

«Du hast doch vor mir auf den Boden gespuckt! Selber schuld!

Das gibt erst mal Reinigungskosten von DM 150. Haste die da?»

Die Frage ist mir keine Antwort wert.

«Na ja. Beamtenbedrohung, Widerstand gegen die Festnahme. Und das zum wiederholten Male... Hagen, ich glaub, dich seh ich erst im Winter das nächste Mal!»

Langsam dreht sich der Ventilator über mir.

«Deiner Kleinen wend ich mich gleich zu. Die Kollegin stellt grade ihre Personalien fest. Wenn sie unter sechzehn ist, kannst du was erleben!»

«Wieso?»

«Ihr habt gebumst. Das hab ich deutlich gesehn!»

«Ich würde dich zu Staub und Asche hassen, wenn es nicht so eine Energieverschwendung wäre!»

«MANN, HAGEN!»

Er beugt sich über den Tisch und flüstert.

«Wir könnten so gut miteinander auskommen! Du müßtest bloß tot sein... kapier das doch mal! Warum kommst du immer wieder her? Abschaum wie dich feg ich weg! Das ist MEIN Bahnhof! Den halt ich sauber! Bleib weg, dann hast du deine Ruh!»

So einfach ist das für ihn. Er knöpft seine dunkelblaue Jacke zu und zischt zwischen den Zähnen seltsame Laute hervor.

«Ich schick dich in die Ettstraße. Wir sehn uns vor dem Richter wieder. Jetzt muß ich mich um dein Mädel kümmern. Ist ein hübscherer Anblick als du.»

Ich stampfe unkontrolliert mit den Füßen auf.

Er grinst mich breit an und unterschreibt die Überstellungspapiere. Bullen in Grün betreten den Raum, nehmen mich mit und bringen mich zu einem Polizeiwagen.

Ich habe gegen Polizisten wirklich nicht mehr als gegen Bäcker, Metzger und den Rest der Bürger, wäre auch ein grober Denkfehler, aber natürlich hat der Blumenhändler an der Ecke nicht ganz soviel Gelegenheit, mir sein Nichtverständnis zu zeigen.

Es hätte alles so schön sein können.

Im grün-orangenen Bahnhofslicht, im Geruch der europäischen Städte, der an den Zügen hängt, drüben bei den Kisten und Gabelstaplern, bei den Holzbaracken, wo sie das Sperrgut lagern, dort hätten wir's tun sollen, mit den kranken Tauben über uns und dem Schnauben des Metalls, mit dem Dunst von Rost, feuchten Kartons und verstreutem Styropor. Da hätten wir jederzeit abhauen können. Aber nein, wir sind in die Falle gegangen wie die Idioten. Man hätte vorsichtig sein müssen. Das Verhängnis lauert überall. Zum Kotzen. Es wär eine Sternennacht gewesen und warm und alles. Das ist ein starkes Stück!

Die Minna kurvt durch den Altstadtring.

Hält an der Ettstraße Ecke Löwengrube, dem zuständigen Revier, ein grünbrauner, vierstöckiger Kasten. Kenn ich in- und auswendig.

Es ist zu spät, um wichtig zu sein; vernommen soll ich erst morgen werden.

Die Zelle ist überbelegt. Da sind schon fünf Rotweinberber drin, mit wurmigen Bärten, von der harten Sorte, die sind alle kirre. Die kann man nicht ernst nehmen.

KAPITEL 11 *in dem der Junge mit seinen Eltern einen Wohlstandsurlaub durchleidet und die silbernen Eidechsen alle Scheu verloren haben.*

Mombasa, Kenia

Das Flugzeug hatte schwarze Streifen in der Art eines Zebras. Der Junge stieg als erster aus.

Am Fuß der Gangway kauerte ein Fotograf und knipste jeden der Passagiere, um ihnen die Bilder später billig zu verkaufen.

In Kenia war es heiß und feucht. Der Temperaturunterschied gegenüber Januardeutschland betrug 55° Celsius. Eine ältere Frau erlitt einen Kreislaufzusammenbruch und wurde auf einer Tragbahre zu ihrem Hotel gebracht.

Es war sechs Uhr morgens, und der Junge betrachtete die Umgebung neugierig, freute sich über den Anblick der ersten Palmen. Das Flughafengebäude war mit viel Glas gebaut und wirkte nicht sehr imposant. In der Hand hielt der Vierzehnjährige ein rosafarbenes Buch, den «Wendekreis des Krebses». Das hatte er in zwölf Stunden Flugzeit gelesen, und es hatte ihn verändert. Nun nahm er ein anderes Buch aus seiner Jackentasche. Die Eltern wiesen ihn barsch zurecht.

Lesen könne er doch wohl zu Hause, dafür habe man sich nicht diesen teuren Urlaub geleistet! Und sie zeigten auf die winkenden Negerkinder, die am Rand der Straße standen, neben ärmlichen Basthütten und gelöschten Lagerfeuern.

Der Bus klapperte ein Hotel nach dem andern ab, im nördlichen Vorland Mombasas, weit von der Stadt entfernt. Hotelboys mit

175

kleinen Konfektdosen auf dem Kopf kümmerten sich um das Gepäck. Die meisten Neuankömmlinge liefen sofort in den Frühstückssaal, um keine Mahlzeit auszulassen. Die Ananasscheiben schmeckten ungeheuer frisch und kühl. Ein großes Buffet war aufgebaut, von dem man sich nach Lust und Appetit bedienen konnte. Neben Rührei, Wurst, Käse, Marmelade, Müsli und anderen Üblichkeiten gab es auch eine Schüssel mit warmen Ravioli.

Das Hotel lag am Hang, zwanzig Meter über dem Strand, und war voller gigantischer Topfpflanzen. Es gehörte zur gehobenen Preiskategorie, besaß festliche Säle, lange Wandelgänge, viele Spiegel, kunstvolle Wandreliefs und eine Klimaanlage mit Notaggregat, für alle Fälle.
Das Essen war europäisch. Es gab fünf Bars, die nach Farben benannt waren. An der roten Bar hockten abends die Nutten. Der Strand war weiß und feinkörnig wie Gips und das Meer so warm, daß man zum Schwimmen den gekühlten Swimmingpool aufsuchen mußte. Dort saßen bis zu vierzig Zentimeter lange, silberne Eidechsen auf den heißen Kacheln, regungslos und würdevoll. Sie ließen sich nicht verscheuchen, pochten auf das Recht des Älteren.

Morgens hüpften Kapuzineraffen auf den Balkonen herum und klauten alles, was sie in die Finger bekommen konnten, darunter auch drei Reisepässe. Niemand wußte, wohin sie damit wollten.

Jeder Neger konnte mindestens einen deutschen Satz, der ging: ‹BECKENBAUERBREITNERMÜLLER› und war eine Bitte um Trinkgeld.
Allen Touristen wurde die Begrüßungsformel gelehrt:
«Jambo!»
«Bahari!»

«M'usuri san!»
Was nicht viel mehr heißt als dreimal guten Tag.
Der Junge lernte noch andere Wörter aus dem Kikuyu-Suaheli
und schrieb sie in sein Notizbuch. Den Eltern sagte er, es handle
sich um französische Vokabeln, und malte zur Tarnung ein paar
Accents auf die Vokale. Sie staunten und lobten ihn, weil er sich
endlich für ein Schulfach erwärmte.

Kenianische Zigaretten kosteten umgerechnet dreißig Pfennig
die Packung. Es gab recht gute Filterlose namens «Rooster» und
es gab die «Jumbo», bei denen man nach spätestens drei Zügen
grün wurde und umfiel.
Von denen nahm der Junge zwei Päckchen für die Schnorrer im
Pausenhof mit.

Weit vor dem Strand, wo die Farbe des Meeres vom Türkis ins
Mittelblaue überging, lag das Wrack eines Tankers, mit dem
rostigen Bauch zur Küste gewandt.

Der Junge erinnerte sich an eine wundervolle Geschichte von
Hemingway, über ein ebensolches Wrack, und wollte zu dem
Tanker hinausschwimmen. Er tat es dann doch nicht, weil es
über so was schon eine Geschichte gab.

Nachmittags wurde in einer der Hotelhallen Bingo gespielt. Der
Junge machte mehrmals mit, gewann aber nie. Es schien tatsächlich so, als sei dies ein Spiel für alte Weiber. Die gewannen
dauernd.

Einer der schwarzen Strandarbeiter, dem die Aufsicht über die
Liegestühle zugeteilt war, erzählte dem Jungen, in Paris Wirt-
schaftswissenschaften studiert zu haben. Auf zweifelnde Fragen
hin rannte er davon und kam mit seinem Diplom wieder.

Es sei eben sehr schwer für Schwarze, in Kenia gute Jobs zu ergattern. Der Junge gab ihm einen Wodka aus.

Dauernd schossen die Eltern Fotos – so schlecht, daß sie einstmals alle Erinnerung zerstören würden.

Sie buchten auch jeden nur möglichen Ausflug – Kilimandscharo, Safari, Flußfahrt, an müden, kurzwüchsigen Krokodilen vorbei, zu einem nachgestellten Eingeborenendorf, wo auf die Touristen ein dreistündiges Showprogramm bunter Folklore wartete, an nächtlichen Feuern.

Meistens gab es für den Jungen kein Entkommen. Er trottete seinen Eltern hinterher, sagte wenig, beobachtete mehr die Touristen denn die Attraktionen und reagierte auf Forderungen, begeistert dreinzusehn, mit einer Portion Sarkasmus.

Dabei war er ganz gern in Kenia. Da war es warm.

Die Eltern behaupteten oft, wegen ihm vor Scham im Boden zu versinken. Sie hätten längst beim Erdmittelpunkt angelangt sein müssen.

Nachts verließ der Junge sein Hotelzimmer, legte sich unter eine Palme, sah den Sternenhimmel an und trank Wein dazu. Immerhin viel besser als Skifahren, dachte er.

Daß der alljährliche Skiurlaub gegen eine so weite Reise eingetauscht werden konnte, basierte auf einer Solderhöhung des Vaters, auf einer Taschengeldkürzung des Sohnes und dem heiligen Geist der Penny-Märkte, die eine sehr billige Brotsorte in Umlauf gebracht hatten. Die Mutter war ein Wirtschaftswunder. Es war trotz allem ein Rätsel, wie sie die Mittel zur Befriedigung ihrer Reisemanie zusammenbrachte.

Man konnte den Strand nicht weit genug entlangspazieren, um den Hotels zu entgehen. Eins reihte sich ans andere. Kenia lag irgendwo im Landesinneren.

Eines Morgens wurde der Kadaver eines ersoffenen Urlaubers angespült. Er war schon ziemlich aufgequollen und hatte verschiedenen Meerestieren als Festmahl gedient.
Der Junge sah ihn nur aus dreißig Metern Entfernung. Näher traute er sich nicht hin. Er schämte sich für seine Furcht.

Am Strand gab es viele Händler, die aus ihren Bauchläden Armbanduhren, Tücher, Musikkassetten und Haschisch verkauften. Der Junge kaufte von letzterem für zehn Mark und rauchte es nachts am Meer, am Rand der Gischt. Er spürte kaum Wirkung und fühlte sich betrogen. Aber der leuchtende Schaum, den das Wasser anspülte, und die warme Glätte der Felsen, die machten ihn nahezu betrunken.

Eines Tages, bei Ebbe, watete der Junge mit seinem Vater weit ins flache Meer hinaus. Dabei entdeckten sie eine große Muschel, gelb, braun und ein bißchen blau, am einen Ende spitz, am andern bauchig. Zwischen den Windungen hing lebendes Fleisch. Als sie zurück zum Ufer kamen, erbot sich ein Negerboy, die Muschel zu nehmen. Sie wußten nicht, was er damit wollte, aber weil er fast flehte, gaben sie sie ihm.
Der Negerboy, keine acht Jahre alt, warf die Muschel an die fünfzigmal mit äußerster Kraft in den Sand, so lange, bis das Tier sein Gehäuse verließ und nackt in der Sonne lag – weißes, schwartiges Fleisch. Das Negerkind gab dem Vater das Gehäuse, bedankte sich unterwürfig, nahm das Fleisch, wusch es im Wasser und aß es auf. Es schien hervorragend zu schmecken.
Wie bei jeder Reise suchten sich die Eltern ein anderes Ehepaar, um einander von bereits überstandenen Reisen zu erzählen. Der

Junge mußte dabeisitzen. Ihm waren zwei Dinge eingetrichtert worden: Erstens, daß er zu allen Erwachsenen nett und höflich sein sollte. Zweitens, daß er zu schweigen hatte, wenn Erwachsene redeten.

Also schwieg er die ganze Zeit. Kapierte nicht, daß er, wenn er angesprochen wurde, gefälligst laut und vernehmlich nett sein sollte. Das zog schlimme Szenen nach sich, und die Eltern schämten sich wieder fünf Kilometer ins Erdreich hinein.

Er hatte es einem Zufall zu verdanken, daß er doch noch ein wenig von Kenia sah: Alle, die im Swimmingpool badeten, holten sich einen Ohrenpilz. So auch der Junge. Als die Schmerzen unerträglich wurden, nahm er den öffentlichen Linienbus nach Mombasa-City, vom Hotelportier ausgestattet mit der Adresse eines indischen Arztes.

Der Bus beförderte mindestens hundertfünfzig Menschen. Sie hängten sich an die Türen, klammerten sich auf dem Dach fest und standen auf der Stoßstange.

Einige Negermamas hielten ihre Babys in die Höhe, um sie vor dem Druck der Leiber zu schützen.

Der Junge konnte die Finger rühren, aber nicht viel mehr, und bekam Atemprobleme.

Er war der einzige Weiße im Bus und der einzige Passagier, der schwitzte, ein unzufriedenes Gesicht zog und stöhnte, wenn der klapprige Bus über ein Schlagloch holperte.

Beim Abflug Richtung Heimat durchsuchte man die Touristen genau. Einer der Flughafenpolizisten zog dem Jungen vor den Augen der Eltern die zwei Päckchen Jumbo-Zigaretten aus der Hose und roch, ob Haschisch darin versteckt war. Ein Jahr zuvor hatte die Mutter eine Schachtel Tabak in seiner Schultasche gefunden, ihm eine Tracht Prügel verpaßt und dann den Vater angerufen, dem sie alle Schuld daran gab, daß ihr Sohn ein so verkommenes Subjekt geworden war. Der Vater befand sich damals auf Dienstreise, mußte aber sofort nach Hause kommen und für die Erziehung seines Sprößlings sorgen. Der Vater setzte sich ins Auto, fuhr vier Stunden, kam – verständlicherweise – recht aufgebracht zu Hause an, verpaßte dem Jungen die zweite Tracht Prügel und fuhr fluchend zurück.

Daran dachte der Junge, als er die Gangway hinaufstieg. Er dachte auch daran, daß, wenn er mit seinem Vater alleine war, er durchaus mal eine rauchen durfte. Wäre das je herausgekommen, hätte der Vater eine Woche lang nicht nach Hause kommen dürfen.

Es war wirklich sehr warm gewesen in Kenia.

Und als das Flugzeug abhob, dachte der Junge: Dreieinhalb Jahre noch.

KAPITEL 12   *in dem Hagen mit dem*
pragmatischen Kommissar
einen Deal abschließt und
anschließend einen Rache-
gesang anstimmt.

Hybrider Gigant

Da hust ich. Zimmer hundertfünf? Klingt bekannt. Ach, genau!
Schandorf erwartet mich, mit mürrischem Blick. Auf seinem
Gesicht ist es Dienstag, halb neun. Man muß sich die Nase als
Minuten-, das rechte Auge als Stundenzeiger denken. Es ist tatsächlich Dienstag, halb neun. Schandorfs linkes Auge hat schon
offen. Er ist ein umgänglicher Kommissar, bietet mir Kaffee an
und eine Zigarette. Die macht mich noch mehr husten.
Mit seiner Lederkrawatte und dem gelben Strickpullover wirkt
Schandorf wie ein Yuppie aus der Brokerszene. Die Augen hin-
ter der randlosen, rechteckigen Brille möchten klug aussehn.
Langsam läßt er den Blick durch den Raum kreisen, in enger
werdenden Spiralen, bis er ihn auf sein Gegenüber richtet, fest-
zurrt. Schandorf geht nie gleich zum Wesentlichen über.
Er schickt die jungen Polizisten nach nebenan und mimt den
Kumpan.
«Also, ich weiß ja nicht, wie du's schaffst, immer wieder an
Backe zu geraten...»
Er duzt mich! Und er nennt Backe Backe. Aber vielleicht heißt
Backe wirklich Backe und Schweine ist nur sein Spitzname.
Möglich ist alles... Jetzt muß sich Schandorf die Stirn kratzen.
Eine Fliege saß darauf. Dann sucht er sich möglichst lässig in
seinen Sessel zu lümmeln.

«Wo ist Judith?» frag ich.

«Wer? Das Mädchen? Das ist raufgeschickt worden. Per Flugzeug.»

Er rührt versonnen in seiner Kaffeetasse.

«Tja, also – ich hab hier Backes Anzeige. Der hat wirklich vor, dich in die Pfanne zu hauen... Was der sich alles ausgedacht hat! Na ja, das ist nicht mein Ressort... soll sich ein anderer mit beschäftigen...»

Er streckt sein glattrasiertes Kinn in die Sonnenstrahlen, die gefächert ins Büro fallen.

«Und?»

«Komm, Hagen, stell dich nicht blöd! Ich bin ein Pragmatiker, das weißt du. Mir liegt echt nichts dran, daß du wegen irgendwelchen Kindereien dem Staat auf der Tasche liegst!»

«Prima! Danke! Kann ich jetzt gehen?»

«Sitzengeblieben!»

Er klatscht in die Hände, behält sie gefaltet vor dem Mund und suckelt an den Daumennägeln.

«Du weißt doch, was das ist, ein Pragmatiker? Oder?»

«Ist das so einer mit Verfolgungswahn?»

«Nicht ganz.»

Nun leckt er seine Zeigefinger auf und ab.

«Schau, Hagen, ich brauch nur ein paar Kleinigkeiten.»

«Was denn?»

«Zetbe der Überfall auf die Tankstelle in der Dietlindenstraße neulich. Wer war das?»

Ach das. Das war der Heinz. Aber das geht Schandorf doch nichts an.

«Keine Ahnung. Ich überfall keine Tankstellen.»

«Du fährst nicht Auto, ich weiß! Du – ich hab dich in die Rubrik ‹Harmlos› eingeordnet. Willst du da bleiben?»

«Bringt das Steuervorteile?»

«Jetzt reicht's!»

«Aber wenn ich doch nichts weiß...»

Schandorf nippt an seinem Kaffee.

«Dann hätten wir da den Einbruch in ein Pelzgeschäft in Bogenhausen, vom siebten Mai...»

Also davon weiß ich wirklich nichts.

«Wie wär's mit dem Überfall auf den Geldboten, vom ersten Juni?» Nach einer Pause fügt er hinzu: «Auch so 'ne typische Dilettantenarbeit.»

«Kein blasser Schimmer.»

«Gib dich nicht so verstockt! Du gehst doch mit offenen Ohren durch die Welt!»

Er hebt sich ein Stück aus seinem Sessel und gibt mir noch eine Zigarette. Die heb ich mir für später auf, ich huste so.

«Muß ich dir jetzt alles aus der Nase ziehen? Wen willst du denn decken? Lauter Flachwichser, die wir sowieso bald haben!»

«Wozu braucht ihr dann mich?»

«Meine Gutmütigkeit kennt auch GRENZEN!»

Er springt aus seinem Sessel und wandert durchs Zimmer, mit weiten Schritten. Drohend knarzt der Holzboden.

«Ich hab dir ein faires Angebot gemacht! Wenn du glaubst, ich halt mich hier den ganzen Tag mit Gesocks wie dir auf, hast du dich geschnitten! Dann verbringst du die nächsten Monate in Stadelheim, kapiert?»

Tss... jetzt muß mir schnell was einfallen, womit ich den befriedige...

«He – Schandorf! Kennen Sie die Liane?»

Das scheint mir eine makabre Chance.

«Was für eine Liane? Ach – meinst du die, die's neulich erwischt hat?»

Volltreffer. In mein eigenes Herz. Da weht es kalt, und nichts ruht sanft.

«Erwischt?»

184

«Jaja. Vor drei Tagen, am Rosenheimer Platz. Meinst du die?»
Die Ärmste.

«Ja, die mein ich. Wie hat sie's denn erwischt?»

«Ist erstochen worden.»

«Hat man den Täter schon?»

«Was weiß ich? Ist nicht meine Abteilung!»

«Schade. Da wüßt ich was drüber...»

«Ach? Was denn?»

«Sag ich nicht. Aber wenn ich's doch sage, spazier ich hier raus, klar?»

«Ich hab doch mit dem Fall gar nix zu tun...»

«Na und? Da lösen Sie hopplahopp 'nen Fall Ihrer Kollegen! Die stehn dann ganz doof da, da sind Sie doch geil drauf, Schandorf!»

«Auf was ich geil bin, überläßt du besser mir, ja? Was weißt du denn?»

«Gilt die Abmachung?»

Er zögert, überlegt, durchquert dreimal das Zimmer.

«Na schön, schieß los!»

«Edgar war's.»

«Edgar? Der Spasti? Der hat sich doch aufgeknüpft?»

«Ja. Gleich hinterher.»

«Du willst mir 'ne Leiche als Mörder verkaufen?»

«Na und? Mörder bleibt Mörder – tot oder lebendig.»

«Und was hast du für Beweise?»

«Ach, kommen Sie, Schandorf – Edgar hat seit einem Jahr dieselben Klamotten an. Wenn jemand erstochen wird, spritzt's doch gewaltig. Da braucht man doch nur das Blut vergleichen!»

Schandorf kratzt sich an der Nase.

«Das soll ich dir glauben?»

«Ich schwör's.»

«Ja, viel ist das nicht!»

Er beugt sich über den Schreibtisch und blättert in seinem Telefonbuch. Dann sieht er mich väterlich an.

«Na schön! Wenn du mich verarscht hast, gnade dir Gott! Du bist ja nicht schwer zu finden...»

«Eben. Darf ich jetzt gehn?»

«Halt dich vom Bahnhof fern! Sonst krieg ich Schwierigkeiten.»

Ich gehe langsam zur Tür.

«Und du weißt wirklich nichts über die Tankstelle?»

«Nee.»

«Ich würde – ganz privat – 'nen Hunderter springen lassen!»

«Totale Eule.»

«Zweihundert?»

«Völlige Dunkelheit.»

«Na, dann weißt du wirklich nichts...»

Der hat eine schlechte Meinung von mir, weiß Gott. Er winkt mich fort. Ich bleibe noch.

«Können Sie mir nicht sagen, wohin man Judith gebracht hat? Die genaue Adresse?»

«Schwing dich!»

«Schon gut.»

Ich schließe vorsichtig die Tür und springe die Treppe hinab, flüchte in die Sonne und in die Menschenwogen, spucke dicken Schleim an braune Mauern, denke kurz an Liane und dann an Judith, und ich wende mich um, um und um um herum – und Judith ist nicht da. Pardauz. Sapristi! Wenn ich mal so schreien darf. Sie ist nicht da. Tatsächlich nicht da... Was soll das?

Nicht mal an meiner Hand ist noch Geruch von ihr. So fest ich auch einschnauf wie ein zorniges Wildschwein. Sie ist nicht da. Sie ist weg, als wär sie nie dagewesen. Oh! Hab ich's nicht von Beginn an gewußt? Ich bin ein schlaues Kerlchen, was?

Pah! So viele Menschen strömen hier vorbei, wenn man lang

genug wartet, ist auch Judith darunter. Bestimmt. Denn alle Wege führen nach Rom. Oder so.

Ob mein Geld noch für ein Bier langt? Ja, das doch. Ich taufe die Flasche Judith und stürze sie in drei Zügen hinab. Auch alle Züge fahren nach Rom.

Das eiskalte Bier verstärkt meine Hustenanfälle.

Verdammt, soeben ist es Juli geworden! Was bildet ihr euch denn ein, ihr Viren? Und ihr, ihr Menschen? WER SEID IHR DENN? – Ihr kommt euch sehr witzig vor, was?

Ihr wollt euch mit mir anlegen, ja?

Ihr lacht? Ihr lacht alle und geht einkaufen? Sosooo...

Mich schlitzt was auf, von tief innen. Das rumort in meinem Bauch. Was für ein böser Bazillus? Warum lacht ihr?

Geht nicht weg! Steht mir Antwort!

Sie rennen in Eile zwischen den Kaufhäusern und schenken dem Bibelprediger mehr Aufmerksamkeit als mir. Die Geschäfte schlucken und spucken, sie atmen Käufer ein und aus.

Ich stehe vor dem Jagdmuseum. Es ist sehr warm. Langt mein Geld für noch ein Bier? Nein. Die Situation hat sich grundlegend verändert.

He, Sie da, 'ne Mark her, aber schnell! Wie? Sie wollen nicht? Ja, dann... Judith? Entschuldigung, ich habe Sie verwechselt...

Ach ja... Schweinebacke umbringen. Das nehm ich mir für den Nachmittag vor. Schwuppdiwupps, ist schon wieder ein Tag verplant. Man muß seine Zeit sinnvoll nutzen.

Jemand was dagegen?

Will hier einer aufmucken? Wer?

Ich bin ganz vernünftig. Ja. Ich tu nur so. Das tut man so.

Ich bin betrogen worden – ist nicht schlimm, werden wir alle mal, kommt in den miesesten Familien vor.

Wie deut ich das nun? Welche Wähnung? Und woher?

Kräuterweiblein, das du da hockst und Meerrettich verkaufst, gar brenzlig frischen, sag mir die Zukunft! Wer so aussieht wie

du, muß das doch einfach können! Nein? Hat dir das Fernsehn
nicht die Strategie des Selbstverkaufs gelehrt, in dreizehn Lek-
tionen? Das Big Marketing? Dann sag mir die Gegenwart! Was?
Ich bin spinnert? Oh, Fluch über dich, ich hab zwei Freunde verloren, die hießen Liane und Edgar, und der eine hat die andre
erstochen, der Kaschper! Und Judith erst! Nach Berlin! Mitm
Flugzeug! Damit sie nicht zwischendurch aussteigen kann! Clever, was? Die denken an alles. Fliegendes Zeug. Einfach so, in der
Luft herum! Tss...
Schweinebacke leg ich auf die Schienen, damit ein Zug ihm
Schwanz und Kopf abfährt. Aber der überlebt das glatt noch,
sind keine lebenswichtigen Organe bei ihm...
Beruhige dich, Hagen, du erregst ja Aufsehn! Bedenke, Herodes
jagt dich, sei wachsam. Du hängst doch sonst immer so an dei-
nem Leben! Weißt du, was der mich kann, der Herodes? Halt,
Moment! Ham Sie 'ne Mark für mich? Nein? Ich geb Ihnen auch
einen Kuß dafür! Ist doch besser als eins auf die Nase, oder?
Mein ich doch auch. Warum schreien Sie mich an? Wir fallen ja
auf! Dann hauen Sie halt ab! Das steht Ihnen doch frei! Was
wollen Sie noch hier? Sind Sie Ihrer sicher?
Daran zweifle ich gehörig und ungehörig.
ICH WERDE GLEICH LAUT, JA?
Man gewöhnt sich so miese Umfangsformen an mit den Jahren...

Um diese Zeit hockt der Heinz doch immer im Café Fuchs. Ja,
genau, da sitzt er. He, Heinz, alter Arsch, ich komm frisch von
der Schmiere, hab's Maul gehalten wegen neulich, lang mir mal
'nen Hunnen über den Tisch!
Was? Nicht? Schandorf hat mir zwei geboten!
BUMM.
Ach so? So ist das? Na, das nächste Mal werd ich plaudern wie
deine und meine Tante zusammen, kannste glauben! Gut, ich

geh ja schon. Unlohn ist des Heinzens Dank. Das verbreit ich rum! Jeder wird's erfahren!

Ja, was soll's schließlich?

War bloß ein Mädel. Scheiß auf die Frau! Laufen so viele und massig hübsch, hier und da. Und da schon wieder!

Kein Problem.

Komm herauf, Erda, so zwischendurch, und sag was Kluges! Was uns alle in den Schatten stellt!

Uns übermäßig Wissende, uns Lexikafragmente, uns Telefonnummernverseuchte, uns Karussellpolospieler! Was ontologisch Korrektes! Das uns so richtig in die Kacke hauen läßt! Erda, komm herauf! Oder Hamlet, Dionysos, Superman von mir aus! Ganz Walhall auf einen Schlag! Mit allen deutschen Soldaten, die überall irgendwie durchkamen! Den gesamten Dreck vorwärts und rückwärts...

Wenn man sich in der Fußgängerzone hinlegt und totstellt, wird man übergangen.

Wer seid ihr? Was krieg ich für die Welt? Und wieviel ist das in Deutschmark? Zeigt euch! Ihr lauft alle und zeigt euch nicht. Jetzt hab ich einen Haß in mir. Ich will euch glatt die Magenwand durchschlagen!

Nein, ich bin nicht krank. Das geht vorüber. Ich kenne das von früher. Überhaupt kennen wir alles von früher. Ja, immer dasselbe. Ich weiß, was ich tun muß. Die Rezepte sind mir bekannt. Klar doch. Von Kopf bis Fuß Reklame. Laßt mich in Ruhe!

Lüftet mein Pseudonym nicht!

Ich bin inkognito hier, wie die meisten. Eigentlich bin ich ja der Herrscher der Welt, der Großkaiser, der hybride Gigant mit Genußbauch und weisheitgeblähtem Kopf. Wagt euch nicht an mich! Bleibt weg von mir! Ich bring euch alle um und scheiß Aristoteles aufs Grab! Ich bin kein Zoon politikon. Basta!

Und beinah hätt ich Frieden geschlossen! Man bedenke!

Ich hab euch so satt, euch vom weichsten Papier gewischten Är-

sche! Ihr Klobrillenbesetzer! Ihr so überaus wichtigen Welt-
süchtler! Ihr Aschenbecher! Ihr Kochtöpfe! Ihr Taschentücher!
Ihr Wandkalender! Ihr Umzugskartons! Ihr Radiowecker! Ihr
Mikropillen! Ihr Maxitampons! Ihr Stofftiere! Ihr Waschbek-
ken! Ihr Traueranzeigen! Ihr Mattglühbirnen!

Kann man jemals sagen, wie sehr ich euch alles mißgönne? Ich
lebe ja nur noch, weil ich mich verstelle. Und gründlich! Wie
lächerlich, was? Ihr Würmer tummelt euch in meinem Reich, in
meiner Fäulnis, in meiner Verwesung!

Meine Gastfreundschaft ist ausgereizt.

Alles verläßt diesen Platz! Ich bin eine Bombendrohung! Ich bin
nur nett verpackt.

Mir blinkt jeder Löffel wie ein Dolch blinkt wie ein Messer blinkt
wie ein Schwert. Und ich opfere euch ohne Murren für die
Götter des Feldes, des Gehwegs und der Straße. Ich bin eine
Kriegserklärung. Geht doch weg! Ihr geilt euch auf an meinem
Anblick? Warum? Wieso? Wozu? Wie habt ihr's denn diesmal
geschafft, mich zum Weinen zu bringen? Welche Perversionen
fallen euch noch ein? Ist das Nummer 601? Woher nehmt ihr
eure Ideen? Ich hab Phantasie genug bis 700.

Oh – ich kann auch grausam sein! Ihr werdet's sehn! Ich misch
euch auf zwischen Morgen- und Abendgraun. Kein Problem.

DRITTES BUCH

Und wie soll man über sich
hinausgelangen, wenn man schon
nicht mehr genügend Taumel in
sich hat? Die Wahrheit ist ein
Todeskampf, der niemals endet...
Man muß sich entscheiden, ob
man sterben oder lügen will.

Céline, Reise ans Ende der Nacht

KAPITEL 13 *in dem Hagen beschließt,*
nach Ritterart Prüfungen
zu erleiden, um letzt-
endlich seine Prinzessin
zu gewinnen.

Die ganz, ganz große
Geilheit

Tom und ich, wir sitzen an der Isar, das Leben geht weiter, und noch mehr Straßen führen nach Rom als vorher.

Trotz der warmen Nacht schlagen meine Lungen aus, ballen sich, stemmen sich hoch, in kleinen Explosionen. Wenn ich längere Zeit schweige und nicht rauche, wird es besser. Beides fällt schwer.

Zwei Polizisten tippen uns auf die Schultern. Wir sollen mit zum Wagen kommen. Durchsucht werden. Sie überprüfen die Papiere. Man langt uns zwischen die Beine. Immer dasselbe.

«Haben Sie eine Erlaubnis für diesen Penis?»

«Der ist doch nicht geladen!»

«Trotzdem brauchen Sie eine Erlaubnis! Bis dahin müssen wir ihn einziehn.»

«Das geht nicht!»

«Doch. Das muß sein!»

Tom und ich sind an die dauernden Kontrollen schon so gewöhnt, daß wir fortwährend Witze reißen. Sogar einer der Bullen lacht.

Die knien sich zur Zeit tief rein. Suchen immer noch den Herodes. Ich lese keine Zeitungen mehr. Tom erzählt, Herodes arbeitet jetzt mit einem Hammer und klettert über nächtliche Balkone in die Kinderzimmer. Angst lähmt die Stadt. Nun ja. Vielleicht hat er mich darüber vergessen. Zu wünschen wär's.

Eine der ältesten Provokativfragen, die man sich selbst stellen kann, ist ja die nach der Menschenzahl, die man im Konfliktfall über die Klinge springen ließe, nur um selber am Leben zu bleiben. Manche sagen: Keinen. Mathematiker sagen: Einen. Kinder sagen glatt irgendeine Zahl. Ich sage: Alle. Es sei denn, ich wäre verliebt. So richtig, versteht sich. Mit allem Drum und Dran.

Wir setzen uns wieder an den Fluß. Eine Krähe flattert, ein schöner Schatten.
Schon eine Woche seit Judiths Abgang.
«Warum kommt sie nicht? Warum?»
Tom zuckt mit den Achseln. Er weiß es auch nicht.
«Spätestens am dritten Tag hab ich mit ihr gerechnet. Heut ist der siebte. Ich versteh das nicht... Sie braucht doch bloß wieder den Daumen rausstrecken und ist in acht Stunden hier!»
«Bist du verliebt?»
«Das ist ein weiter Begriff.»
«Dir geht's schlecht, nicht?»
«Ich glaub, ich krieg 'nen schlimmen Husten.»
«Ja. Glaub ich auch.»
Wir sind nicht allein am Isarstrand. Überall glühen Feuer, vor denen Menschen sitzen. Auf dem Fluß treiben Äste, Bierdosen, somnambule Enten. Hier und da Gelächter.
Die Reichenbachbrücke ist in aprikosenfarbenes Licht getaucht, und die letzte Trambahn des Abends fährt drüber weg. Ein Hund stöbert im Gebüsch. Hunde sind seltsame Tiere. Schlafen viel und bringen dennoch massig Neugier auf. Schizophrene Viecher.
«Weißt du noch», fragt Tom, «was du damals im Englischen

Garten über Edgar gesagt hast? Das mit dem Leiden und der Halluzination?»

Der will mich wohl aufziehn?

«Edgar ist tot. So – von Styxufer zu Styxufer ist es schwer zu entscheiden, ob er ein Depp oder ein Heiliger war.»

«Aber er hat Liane umgebracht! Juckt dich das nicht?»

«'türlich. Das hätte nicht sein müssen.»

Ich nehme einen Schluck Retsina und laß mich fallen.

Judith, wann kommst du? Meine Seele liegt roh und zitternd, und du gießt Feuer der Ferne darauf. Ein großes, rotes Herz auf einem Messingteller, mitten im Schaufenster. Alle sehn hin. Und wen geht das was an?

Mädchen in all dem Müll... Meine Heiligen sind skelettiert. Judith, tanz mit mir, wie ein besoffener Geier über toten Schweinen kreist... in all dem Müll... die goldenen Gassen hinauf.

Der Trick vorüberflutenden Wassers, melancholisch zu stimmen, zieht noch immer. Kaum zu glauben.

«Was ist los, Hagen?»

«Was soll sein?»

«Dir geht's nicht gut.»

«Jaja.»

«Sag es!»

«Mir geht's nicht gut.»

«Das wollte ich endlich mal von dir hören!»

«Wozu? Fühlst du dich dann besser?»

Er zupft mich vertraulich. Jeder muß sich einmischen. Fünf Teenager baden im Fluß, prusten und johlen.

«Es ist doch das Mädchen, nicht?»

«Ja. Das vergeht. In so 'nem Fall stößt der Fakir schärfere Messer durch die Matratze und stellt das Telefon ab.»

«Geh doch ficken!»

«Ficken ist langweilig, wenn es bloß ficken ist.»

«Echt?»

«Wir leben nicht mehr in den Sechzgern...»

«Mist!» sagt Tom. «Ich würde gern ficken! Ich war damals nicht dabei... Und du doch auch nicht!»

«Jaja...»

Im Haus gegenüber, in der Atelierwohnung auf dem Dach, gehn die Glühbirnen an. Eine schlanke Frau zieht blaue Vorhänge zu. Riesige Fenster.

Tom stupst mich, will aufmuntern. Er ist ein bißchen wie ein Hund, bloß schläft er nicht soviel. Die ganze letzte Woche bin ich rumgerannt und hab gewartet und auf die Uhr gesehn. Jetzt bin ich müde. Manche Müdigkeit ist so entsetzlich kalt und lähmend, so schwer und aushöhlend, daß darauf nur der Tod folgen kann oder ein lauter Schrei.

«Scheiiiiiiiiiiiiiiiiiiiiiiiiiiiiiiiiiiiiiissssssseeeeeeee!»

«Was?»

Die Teenager schauen her. Dann johlen sie weiter. Die Wienerwaldwerbung erlischt.

«Na gut, ich lüge. Bist du zufrieden, Tom? Ich bin ein Lügner.»

«Ist schon gut, Hagen.»

«Nein. Nichts ist gut. Ich muß mich jetzt entscheiden. Ja. Die ganz, ganz große Geilheit ist in mir! Die laß ich mir auch nicht nehmen!»

Tom sieht mich verständnislos an.

«Hagen...»

«Es ist eben so! Und die Huren im Chor skandieren den Hymenäus. Wir sind die Jäger. Wir fällen das Leben und wärmen die Höhle, basta!»

«Also wenn du sagst ‹wir›, darf ich dann auch erfahren, worum es...»

«Es GIBT keine Fragen mehr! ALLE FRAGEN SIND PEINLICH! Wir haben einen Haufen Antworten, die können wir wie Legosteine kombinieren, zu den bizarrsten Figuren, zu aufgeklärten Mon-

stern! Pfeif drauf! Alles Ruinen hier, die Häuser und die Körper...»

Tom macht große Augen.

«Bist du krank?»

«Es gibt keine schlimmere Krankheit als die Unempfindlichkeit!
Ich habe mich zu lange gewehrt. Die Begierde ist unschuldig im
Vergleich zu allen Verträgen!»

«Kannst du nicht ganz normal reden?»

«An Wagners Ring kann man's sehen: Hätten die blöden Rhein-
töchter dem Alberich einen gelutscht – die Tragik der Welt wär
uns erspart geblieben! Aber nein... so nimmt eben alles seinen
Lauf. Nach Rom und zurück.»

Tom bietet mir die Flasche an. Ich soll mich beruhigen!

Wenn ich red, red ich. Hustend.

«Zum Land, das südlich unsrer Geburt liegt... QUATSCH! Da
kommen wir nie mehr hin, können beschlafen, wen wir wollen,
Frauen, Götter, Gräber, Gelehrte. Es ist schon lang nur mehr ein
Spiel, droht zu verflachen in der großen Versächlichungswelle.
Wenn jetzt das Ritual kommt, beug ich mich den Regeln! Ich will
mir kein Spielverderber sein!»

Elektrisiert bin ich, Nervenzucken in den Muskeln. Die meisten
der zeitgenössischen Klugscheißer würden mir nun trocken raten, zum Arzt zu laufen. Ich weiß es besser. Sie müßten an die
Wände geschmettert werden und als warnende Tapeten hängen-
bleiben. Alles war Lüge. Am Anfang war die Lüge. Und heute ist
der siebte Tag. Die Welt ist fix und fertig.

Die Sterne rasen irre. ENERGIE! ENERGIER!

Nun muß man durchdacht vorgehn und sich besinnen. Sich an
die Riten erinnern.

Tom kauert zusammengefaltet, hebt dann den Kopf aus den
Knien, um nachzuschaun, ob mein «Anfall» vorbei ist. Er ist
erschrocken. Ich streichle ihn. Ein guter Freund. Er wartet wenigstens ab.

«Paß auf, ich erklär's dir: Judith ist meine Prinzessin geworden, und Prinzessinnen sind seltsame Tiere, die besonderes Futter brauchen. Blut, Leben, Mysterien, und das schön verpackt und gern gegeben. Ja, ich bin verliebt und viel mehr. Ich will lieben, wie es schon lang nicht mehr möglich ist. In einer Art, die alles blaß werden läßt. Wenn schon, denn schon. Ich muß um sie werben. Ich habe vergessen, wie man das macht, welche Sätze man sagen muß. Wo sie suchen? Ich weiß nicht mal ihren Nachnamen. Ich werde nach Berlin fahren und stöbern.»

«Wie willst du das schaffen?»

«Glück haben.»

«Ach so!»

«Man muß das Wunder bloß als Selbstverständlichkeit nehmen, das ist das ganze Geheimnis.»

Tom wirkt nicht restlos überzeugt.

«Hör mal, der Heinz hat dir doch eins auf die Fresse gegeben? Da, finde ich, kannst du ihn ruhig verpfeifen – gegen Judiths Adresse. Das nimmt dir bestimmt keiner übel...»

«Nein, das wär nicht recht. Es gibt Dinge, die tut man nicht.»

«Bist jetzt 'n Engel geworden?»

«Neinnein. Du verstehst nicht! Wenn ich sie finden SOLL, dann find ich sie schon!»

«Was 'n das fürn Scheiß?»

«Tiefere Mathematik.»

«Machst du dir die Sache nicht ein bißchen zu schwierig?»

«Was wär das sonst für eine simple Saga?»

«Ist dein Paß überhaupt noch gültig?»

«Ich schau mal... Ja! Zwei Monate noch! So ein Glück! Sag, ist das nicht ein phantastisches Stück Glück?»

«Und das Geld? Wo kriegst du das her? Du kennst dich doch in Berlin gar nicht aus?»

«Du fragst dauernd nach profanen Dingen! Du verscheuchst mir noch das Wunder!»

«Sind wir hier im Märchenwald?»

«Ja! Genau!»

«Woher kriegst du denn das Geld?»

«Ich werde eben arbeiten.»

Tom sperrt übertrieben weit das Maul auf und simuliert einen Lachkrampf. Wer spielt hier Theater? Es schüttelt ihn gewaltig durch. Er lacht so lange, bis es echt klingt, die Arme vor die Brust gepreßt wie eine ägyptische Mumie.

«Du?»

«Ja, das gehört zum Ritual. Die erste Prüfung. Uralter Mythos.»

«Wo willst du denn Arbeit finden?»

«Irgendwo.»

Er scharrt mit einem Ast in der Glut und leert die Pulle.

«Das glaub ich erst, wenn ich's seh!»

«Was wär das für ein Wunder, wenn alles einfach wäre?»

«Aber es ist sehr schwierig! Du, da gibt es so Formalitäten... Konto, Lohnsteuerkarte, Krankenversicherung...»

«Man kann doch schwarz arbeiten.»

«Schwarz arbeiten kannst du dich jederzeit. Für einen Polenlohn. Wenn du das willst!»

«Na ja...»

Wir schweigen eine Weile. Die Teenager ziehen sich an, küssen einander, und die Männer pissen ins Feuer. Ungeduldig wird die Nacht. Ich möchte am liebsten sofort aufspringen. Dann sagt Tom: «Ich wüßt nur einen Job, wo du immer was kriegst, und der trotzdem gut bezahlt sein soll.»

«Sag!»

«Das ist nichts für dich. Da müßte man starke Nerven haben, und du bist ein Poet.»

«Sag! Ich nehm den Job! Kein Problem!»

«War nur so 'ne blöde Idee, vergiß es.»

«Was ist es? Gleich im Morgengraun lauf ich hin und preis mich an! Da führ ich einen Affentanz auf! Die maloch ich in Grund und Boden! Verstehst du nicht? Ich brauche Judith, alles andre ist egal! Ich hab meine Sehnsucht in ihr vergessen, und jetzt läuft sie irgendwo rum, mit meiner Sehnsucht, und schmeißt sie womöglich weg!»

Tom entkorkt die neue Flasche Wein.

«Ich meinte halt im Bestattungsinstitut.»

«Oh.»

«Na siehste...»

KAPITEL 14 *in dem Hagen Arbeit sucht*
und einen unangenehmen
Tag verbringt.

Eisgekühlte Bauten

Ich fahr in einen Vorort, weil das städtische Bestattungsinstitut
mich von vornherein nicht haben wollte. Es ist elf Uhr morgens
und viel Zeit verloren. Dieses Unternehmen ist privat, und der
Chef weist mir einen Sessel zu. Auf dem Schreibtisch prangt
eine schwarze Bibel mit goldenem Kreuz.

Das Gesicht des Chefs besitzt viel Pietät, durch einen dunklen
Vollbart verstärkt. An seinen Fingern stecken dicke Ringe. Neben der Bibel das Familienfoto. Eine Frau, zwei Töchter. Alle
gucken sehr pietätvoll.

«Was kann ich für Sie tun?» fragt er leise und vorsichtig. Noch
hält er mich für einen Kunden. Ich huste zweimal.

«Ich brauche einen Job!»

«Aha!» Sofort ändert er Ton und Sitzhaltung. Was für ein mas-
siver Mensch! Wie Pavarotti vor der Zwangsdiät. Wir tauschen
Namen. Kramm heißt er und erlaubt mir, meinen Singsang run-
terzuleiern. Die Wände sind mit Trauerflor umrandet. Schwarzer Samt überall und Vasen mit weißen Gladiolen.

Ich sage ihm, daß meine Lohnsteuerkarte wohl auf dem Postweg
verlorengegangen wäre und daß ich kein Konto hätte, weil mein
Vertrauen in die Banken nicht das Beste sei, und weiterer Unsinn pro forma.

«Können Sie Auto fahren?»

Ich sage ohne Zögern ja, obwohl ich seit Jahren hinter keinem
Steuer mehr gesessen bin.

«Sie wollen hier also als... Aushilfe anfangen?»

«Ich will soviel arbeiten wie möglich!»

Er nickt verstehend und gibt mir ein Formular. «Füllen Sie das mal aus!»

Ich setze Wolfgangs Adresse und Telefonnummer hinein. Bei bisheriger Beruf schreibe ich «Baugewerbe». Klingt nach zupakkenden Händen. Macht sich bestimmt gut.

Kramm liest das durch. Dann fragt er: «Warum wollen Sie Bestattungsgehilfe werden?»

«Je, das ist ein bodenständiger Beruf! Ein ehrbares Gewerbe! Und hat immer Konjunktur, nicht wahr?»

Er nickt verstehend. «Tja, Herr... Trinker, wir überlegen uns die Sache und geben Bescheid...»

Er will mich abwimmeln, erhebt sich zum Händeschütteln.

«Aber Herr Kramm, ich brauche die Arbeit sofort!»

«Was?»

«Ja, ich bin voll Energie und etwas... knapp bei Kasse.»

Er setzt sich wieder.

«Ich muß mich erst über Sie erkundigen! Sie müssen einen guten Leumund vorweisen!»

«Wieso? Ich bin ein ehrlicher Mann! Ich stehle nicht! Würde ich sonst nach Arbeit verlangen?»

«Ähm, darum geht's nicht. Sehen Sie... es kommen hier öfters... äh... Perverse an, die... sagen wir... durchaus übermotiviert an die Sache rangehn...»

Ich nicke heftig verstehend. «Neinnein – da brauchen Sie bei mir keine Angst zu haben, bestimmt nicht!»

«Sie haben auf dem Bau gearbeitet? Das ist gut. Es ist eine schwere Arbeit! Zwei Leute müssen oft zweihundert Kilo schleppen. Ist Ihnen das klar?»

«Kein Problem.»

«Und Ihr Nervenkostüm? Wie sieht's damit aus?»

«Bestens, ich seh bei keinem Horrorfilm weg.»

«Das sagt gar nichts. Besitzen Sie ein intaktes Familienleben?»

«O ja! Ich bin alleinstehend.»

«So?»

Er streicht über seinen dunkelblauen Anzug.

«Nun, ich werd mir das alles noch mal überlegen. Auf die schnelle kann ich nichts entscheiden. Sie hören von uns...»

Oje. Jetzt muß mir schnell was einfallen. Judith wartet. «Ja, Herr Kramm, was mich besonders fasziniert an Ihrem Beruf, das ist natürlich die kreative Seite, nicht wahr? In meiner Jugend wollte ich immer Maskenbildner werden, ja, das ist mir leider verwehrt geblieben, doch ich glaube, es würde mir viel innere Befriedigung bereiten, auf verstorbene Gesichter ein Lächeln zu zaubern. Wie ein Clown – mit stillem Publikum – wenn ich mal poetisch werden darf...»

Kramm unterbricht mich. «Das werden Sie hier nicht finden, da haben Sie falsche Vorstellungen... Bei uns werden die Toten höchstens gewaschen, gekämmt, gefönt. Das ist alles!»

«Ja», sag ich mit Emphase, «sehen Sie – als ich in Amerika war, vor wenigen Wochen, bin ich manchmal über die Friedhöfe spaziert, bin in die Aussegnungshallen gegangen... Ach – das ist toll, das ist unglaublich, was die dort für Möglichkeiten haben! Wunderbar! Ja – wenn man in Deutschland nicht so prüde wäre... In Amerika... dort haben die Toten wirklich nichts Unheimliches mehr an sich, so FRIEDLICH sehn die aus... und so LEBENSECHT – als würden sie im nächsten Moment aufstehn und hallo sagen... Ein großes Land!» Kramms Augen blinzeln verwirrt. Er nickt verstehend. Forsch vorwärts!

«Auf dem Arlington Cemetery zum Beispiel, da, wo die Helden hinkommen, saß ein junger Mann, dem der Fallschirm nicht aufging, in Uniform auf einem Sessel... Man hat seinem Gesicht rein GAR NICHTS angesehn – als wär es vom Meister des Lebens selbst modelliert worden. Die Familie stand davor und

staunte, wie schön er war! Wahrscheinlich war er tot noch viel
schöner als lebendig! In der linken Hand hielt er eine Zigarre, in
der rechten eine Flagge – oh, das war würdevoll, das war wirklich
fürs Jenseits BEREITET, ja, das hatte STIL! Ein starker Abgang, so
im Sitzen, finden Sie nicht?»

«Ja...» Erste Begeisterung leuchtet auf seiner stumpfen Stirn.
Ich unterdrücke einen Hustenanfall.

«Und wie alles aus Amerika hierherkommt, werden für uns
ungeahnte Betätigungsfelder entstehen. Bald wird das sein!
Sehr bald! Die Reputation Ihres Berufs wird sich GRUNDLE-
GEND ändern! Künstler werden wir sein! Meisterwerke voll-
bringen und Gottes zurückgerufene Schafe schmücken! Ich
habe die Zeichen der Zeit erkannt, Herr Kramm, und will
schnellstens lernen, um dem veränderten Markt gerüstet ge-
genüberzustehn... will Ihnen unersetzlich werden! Der Vor-
reiter sein, dynamisch, phantasievoll, reich im Angebot! Wir
werden neue, aufregende Arrangements treffen, mit wunder-
vollen Blumen und unbegreiflicher Musik, in dezentem Stil!
Wir lassen uns Erdmöbel schreinern, wie sie die Welt noch
nicht gesehen hat! Und wir werden unsren Kunden das Gefühl
geben, daß sie bei uns einmal im Leben wie Könige behandelt
werden... Damit schlagen wir die Konkurrenz mühelos aus
dem Feld! Auf den Schindanger schicken wir die! Die Leute
werden testamentarisch verfügen, sich nur bei uns beerdigen zu
lassen! Bedenken Sie, Herr Kramm, wie schlimm die Menschen
seit Jahrhunderten Ihren Berufsstand in den Dreck ziehen!
Wieviel Unrecht geschehen ist gegenüber Generationen von
ehrlichen Handwerkern! Aber bald, bald gibt es eine Gerechtigkeit unter der Erde! Die Schickis werden sagen: Zum Essen geh
ich zum Käfer, begraben laß ich mich bei Kramm! Und unser
Handwerk wird blühen und gedeihen... äh... und goldene
Früchte tragen...»

«Jaaa...» Enthusiasmiert trommelt er auf den Tisch.

«Dies alles wird so geschehn – eine Frage der Zeit! Ich will bereit sein! Der Makler des Herrn! Von der Pike auf! Mit meiner Hände Kraft! Ohne Murren! Ohne Beschwerden! Voller LIEBE geh ich daran! Hier seh ich den Silberstreif meiner Chance! HIER gehör ich her! Bitte, bitte, Herr Kramm, verstehen Sie meine Ungeduld! Verstehen Sie meine Gefühle! Lassen Sie mich für Sie arbeiten! Nehmen Sie keinen anderen! ICH bin der Richtige!»

Kramm schnauft durch. Seine Stirn glänzt vor Schweiß. Ekstatisch zuckt's durch seine Finger. Er muß sich erholen.

«Na», stammelt er, «ich sehe, daß Sie immerhin eine gesunde, eine lobenswerte Einstellung zu meinem Beruf haben...»

«OH, DANKE, DANKE, LIEBER MEISTER, ICH BIN IHNEN JA SOOO DANKBAR!»

Kramm, der tief in seinen Sessel gerutscht ist, räuspert sich und nimmt Haltung an.

«Also schön! Gute Arbeiter werden immer gebraucht! Und die meisten, die hierherkommen, denken ja anders als Sie...»

«Banausen sind das! Miesepeter! Keines Pappsargs wert!»

«Äh, gut. Das mit dem Papierkram regeln wir demnächst.» Das Wort «demnächst» dehnt er ins Unendliche.

Er hat sich wieder voll unter Kontrolle. Schade.

«Zur Frage der Bezahlung...»

«Ja, Chef?»

«Cash an jedem Abend. Für Aushilfen gibt's bei mir dreizehn Mark die Stunde... aber ohne Lohnsteuerkarte muß ich Ihnen selbstverständlich weniger zahlen, ist doch klar, oder? Ihre Kollegen wären sonst nicht einverstanden...»

Meine Kinnlade kracht aufs Parkett. Dreizehn Mark? Soviel verdien ich fast beim Betteln. Ist das ein Witz? Und dafür hab ich mir das Maul fußlig geredet?

«Klar!» sag ich. Die Prüfungen müssen eben hart sein, damit meine Prinzessin nicht vor der Zeit welkt.

«Also, sagen wir... zehn Mark? Gut. Kommen Sie!»

Ich folge ihm nach hinten, ins Lager, wo ungefähr ein Dutzend Särge auf neue Besitzer warten.

Kramm stellt mich einem etwa Vierzigjährigen vor, mit altmodischen Koteletten, verbogener Stahlbrille und hintergründigem Schmunzeln. Ich kann mir seinen slawisch klingenden Namen nicht merken.

«Uwe langt», sagt er und mustert mich prüfend.

«Ja», beschließt Kramm, «dann fahrt ihr mal zusammen, und ich schicke den Gustl mit wem anderen los. Ich glaub, wir haben heut nichts Außergewöhnliches, oder?»

«Nein», sagt Uwe. «Er hat 'ne gute erste Fahrt!»

«Na schön.» Kramm drückt mir flüchtig die Hand und schwirrt ab. Im Laden hört man eine frische Witwe schluchzen.

Ich seh mir die Särge an, von denen zwei offenstehn. Sie wirken nicht sehr einladend mit ihrem Seidenkrepp und Glanzweiß. Uwe zeigt mir meinen schmalen Metallschrank neben dem Waschbecken, gibt mir einen blauen Arbeitsmantel und fragt nach meiner Größe.

«Bei manchen Sachen müssen wir Uniform tragen. Was meinst du? Paßt dir das?»

Er zeigt mir eine graue Kombination mit Mütze.

«Bestimmt!»

«Dann laß uns gleich fahren! Komm, pack an!»

Wir nehmen einen der Särge und laden ihn ins Auto. Der Sarg ist schwer, das fühl ich im Kreuz.

«Dabei ist das nur der billige Kiefer! Die teuren – aus Eiche –, die sind richtig schwer! Und da liegen natürlich oft noch Fettsäcke drin!» Uwe lacht.

Der Leichenwagen ist lila lackiert, und vor den langen Milchglasfenstern hängen weinrote Vorhänge.

«Das ist die neue Mode! Sieht ziemlich kitschig aus, was?» Ich nicke und steige auf den Beifahrersitz. Uwe läßt den Wagen an und biegt in die Straße ein. Drei Häuser weiter parkt er auf einer Verkehrsinsel.

«Mittag!» verkündet er.

«Ja, aber...»

«Weißt du... Kramm hat 'ne Macke... Er kann's nicht sehn, wenn wir rumsitzen und nichts tun. Das bereitet dem körperliche Schmerzen, echt, da kriegt er seine Zustände! Deshalb machen wir überall Mittag, bloß nicht im Institut, kapiert? Erste Lektion! Hast überhaupt was zum Spachteln dabei?»

Ich schüttle verlegen den Kopf.

«Magst von mir 'ne Stulle?»

Ich nehme dankend an. Es schmeckt komisch. Bestimmt reine Einbildung. Mir ist nur mulmig.

Uwe macht ein Paulanerbier auf.

«Das darf der Chef auch nicht wissen! Alk streng verboten. Wegen der Fahne... Pietät und so...»

Er hält mir seine zweite Flasche hin. Ich nehme sie gern. Uwe ist wirklich freundlich. Aber am Anfang sind sie das alle.

Eigentlich scheint das Arbeiterleben gar nicht übel. So eine Brotzeit... das hat schon etwas Friedliches, etwas angenehm Müdes... Ausgesöhntes... Sehr schön, ja.

Uwe läßt den Motor wieder an. Wir fahren knapp am Stadtzentrum vorbei, zum Unikrankenhaus, parken vor dem Hinterausgang. Wir müssen uns von einer Schwester ein Papier abstempeln lassen. Mit dem schickt man uns in den Kühlraum. Die Leiche ist zugedeckt. Wir haben den Sarg auf einer Bahre neben uns hergerollt. Jetzt muß umgeladen werden. Ich bekomme Hustenanfälle in der Kellerkälte. Uwe sagt, ich soll an den Füßen anpacken.

Ich schlucke, denke an Judith und packe zu.

Das Tuch rutscht ein Stück weg.

Es sind alte, dürre, fleckige Füße. Wir schrauben den Deckel auf den Sarg, aber nicht fest.

«Der muß in die Gerichtsmedizin, zur Obduktion!» Wir rollen den Sarg zum Ausgang und heben ihn in den Wagen. Mir ist flau. Aber ich hab's mir schlimmer vorgestellt. Ein leichter Job! Und man muß alles gesehen haben...

Die Gerichtsmedizin liegt in der Liebfrauenstraße und ist gefängnisähnlich bewehrt. Das Metalltor schwingt vor uns auf. Im Innenhof steht ein weiterer Leichenwagen, mit offenen Türen. Ein Doktor mit blutverschmierter Schürze kommt uns entgegen, zieht seine durchsichtigen Plastikhandschuhe aus und zeigt uns, wo wir den Toten abladen sollen.

«Was stinkt da so?»

«Das ist das Formalin», sagt Uwe. «Da muß man sich erst dran gewöhnen, da macht man die Leichen mit haltbar.»

Der Doktor mit den riesigen Nasenlöchern und dem schlechten Gebiß stapft uns voraus, in eine kleine Halle voller Metallbahren. Die meisten davon sind belegt. Einem Toten halten mehrere Klemmen den Bauch auf. Ich schau weg. Kaputte Knochenmaschinen. Lange Schnitte, mit grobem Seil und wenigen Stichen vernäht.

«Ganz früher», erzählt Uwe, «hat man Neulingen den Kopf in so 'nen Bauch hineingesteckt. Zum Abhärten!»

«Das ist doch nicht wahr?»

«Läßt du dich immer so leicht verarschen?» Er lacht sich scheckig. Ich find das nicht lustig.

Eine Metallbahre ist frei, mit ein bißchen Wasser drauf und Blut vom Vorgänger. Da laden wir unsere Leiche ab. Uwe zieht das Tuch weg. Es ist ein alter, weißhaariger Mann. Er sieht streng drein. Seine Augen sind geschlossen, dennoch: Er sieht mich an. Mißmutig. Ich fang an zu zittern.

Der Doktor grunzt und schenkt sich Kaffee ein.

«Das war der Professor Ederle», sagt Uwe im Hinausgehen, «ein ganz unfreundlicher Typ! Der wär viel lieber Schönheitschirurg geworden. Aber er ist zu häßlich dazu!»

«Warum obduziert man den alten Mann?»

«Reine Routine. Todesursache nicht eindeutig. Allermeistens Herzinfarkt.»

Wir steigen in den Wagen und fahren zum Ostfriedhof. Dort muß noch ein Schein gestempelt werden.

Es ist ein warmer Tag mit endlosem Blauhimmel, so weit man sehen kann. Ein Tag wie geschaffen, um lässig in den Isarauen zu dösen und die Füße in den leichten Wind zu halten. Statt dessen karr ich lebloses Zeug durch die Gegend . . . Nicht zu fassen. Man könnte es bequem haben, eine Flasche Wein entkorken und durch das Loch in der Hosentasche onanieren, ganz langsam und sachte, und an alle Frauen denken, die man kennt, und deren Eigenarten. Nur die Vorzüge, versteht sich. Man würde ungestört sein.

Uwe ist hager und groß, sein Schmunzeln wirkt zynisch, es ist ihm zur Gewohnheit geworden.

«Und – war's schlimm?» fragt er.

«Es geht. Muß gehn.»

«Du hast Glück! Ehrlich!» Und sein Schmunzeln verbreitert sich, bevor er fortfährt. «Mich hat's am ersten Tag voll erwischt. Gleich – wie's der Zufall will – das Allerschlimmste! S-Bahn-Selbstmörder. Die zerreißt's in tausend Teile, weißt du das? Und dann beginnt die Sucherei! Da ein Kiefer, dort 'ne Darmschlinge! Das ist sehr unappetitlich . . . Man sucht drei Stunden im Gras, wirft alles in eine Wanne, bis soundsoviel Kilo beisammen sind – aber nach Mensch sieht das nie mehr aus . . .»

Wir halten am Parkplatz des Ostfriedhofs. Uwe steigt aus und holt den Schein.

«Der viele Papierkram nimmt die meiste Zeit in Anspruch. Anfangs ist man froh drum. Dann wird's langweilig.»

«Du magst deinen Beruf, was?»

«Du – ich bin gelernter Industriekaufmann. Aber das waren zu viele andere auch . . .» Er starrt einen Moment lang in den Autorückspiegel und wischt durch seine kurzen graubraunen Haare. Ohne mich anzusehen und betont beiläufig nuschelt er: «Sagen wir's so: Man kommt sich lebendig vor. Du mußt dir von deinen Kunden keine Scheiße anhören. Das ist auch was wert!»

«Ja, wenn man's so sieht...»

Ich bin ganz seiner Meinung. Das hat was für sich. Durchaus.

Uwe zeigt mir, welcher Schein wo unterschrieben sein muß, damit der Tote auch wirklich tot ist. Dann geht es zum Institut zurück. Uwe drückt nicht gerade aufs Gas. Ich frage, was heute noch ansteht.

«Wagen waschen. Die müssen blitzsauber sein!»

Das klingt nicht grad aufregend. Froh drücke ich mich in den Sitz, sehe Judith vor mir und überlege, warum sie nicht wiedergekommen ist. Sie wird ihre Gründe haben.

Als Beifahrer eines Leichenwagens kann man sich gegenüber dem Rest der Verkehrsteilnehmer leicht spöttisch benehmen. Da spöttelt keiner zurück. Es ist, als trage man die Uniform einer schrecklichen Armee.

Ich grinse um mich. Die meisten Autofahrer halten Leichenwagen für schlechte Omen und reduzieren ihre Geschwindigkeit. Und sie erbleichen richtig, wenn da einer drinsitzt, der sie angrinst. Guter Job! Ich möchte am liebsten am Hauptbahnhof haltmachen und Schweinebacke zu einer Gratisfahrt einladen. Auf dem Platz für Gäste.

Vor dem Institut steht Kramm, mit einem Zettel in der Hand. Schon von weitem hört man ihn laut brüllen.

«Wie lang hat das denn gedauert?»

Uwe kurbelt das Fenster runter. Kramm drückt ihm den Wisch in die Hand und kratzt sich am Bart.

«Bergung!» sagt er.

«Wanne?» fragt Uwe.

«Glaub schon. Nehmt sie mal mit! Dalli!»

Uwe springt raus und winkt mir. Kramm tupft sich Schweiß von der Stirn und sucht Zuflucht in seinem kühlen Institut. Aus dem Geräteschuppen holen wir die Zinkwanne.

«Was ist los?»

«Weiß ich nicht, sehn wir ja dann.»

Ich bekomme einen schlimmen Hustenanfall. Beinah laß ich die Wanne fallen. Es krümmt mich. Und die Sonne reflektiert sich im Zink, als läge sie schräg über einem Ozean.

«Hörst dich nicht sehr gesund an!»

Uwe macht auf gehetzt und läßt beim Anfahren die Reifen quietschen, prescht wie ein Wilder in die Straße.

«Das imponiert Kramm!» behauptet er. «Das erregt ihn!» Zweihundert Meter weiter verfällt er in normales Tempo.

Auf dem Stadtplan such ich nach der Adresse, die auf dem Zettel steht. Ich finde sie nur mit Mühe, weil ich so husten muß.

«Liegt das an der S-Bahn?» fragt Uwe.

«Nein.»

«Dann kann's so schlimm nicht sein...»

Es handelt sich um eine Baustelle in Gauting, im Reichenviertel, nah bei der Privatklinik. Da bin ich öfter mal mit dem Fahrrad vorbeigefahren, nachdem meine Eltern raus in die Vorstadt, ins Nachbarkaff gezogen sind. Da war ich zwölf. Jemand baut sich hier, am Waldrand, ein Haus. Der Rohbau steht schon. Bunte Bänder hängen daran und ein grüner Kranz. Die waren wohl gerade beim Richtfestfeiern. Sehr lustig geht's aber nicht zu. Die Bullerei steht unbeholfen rum.

Ein Mann mit rotem Sakko liegt im trockenen Lehmboden und heult, krallt die Finger in seinen Nacken. Andere Männer knien neben ihm und stammeln tröstende Worte, haben selbst Tränen in den Augen. Man kann noch nicht erkennen, was passiert ist. Ein junger Arzt zeigt mit dem Finger auf einen breiten Steinblock, vielleicht eineinhalb Kubikmeter dick. Feuerwehrleute machen sich dran zu schaffen mit Ketten und Winden.

Wir gehen um den Steinblock herum. Eine Frau liegt drunter. Hals und Kopf und Unterarme kann man nicht sehen, die sind vom Steinblock begraben.

Man sieht junge Haut, kurzgeschnittene Achselhaare, ein dünnes weißes Sommerkleid, eine schlanke Figur, schön geformte Beine in hochhackigen weißen Stöckeln, und das alles in einer großen Lache Blut. Jetzt erkenne ich auch, daß der Steinblock ein pompöser Gartengrill ist. Der Feuerwehrkran setzt sich in Bewegung. Der heulende Mann wird fortgebracht. Die Ketten spannen sich. Man läßt den Grill auf die nächste Würfelfläche kippen.

Das Gesicht der Frau ist Matsch, roter, blubbernder Matsch. Flach wie ein Teller. Die Umrisse der Betrachter spiegeln sich darin. Ich habe früh Bilder von Soldaten gesehn, die der Panzer überrollt hat. Trotzdem muß ich jetzt kotzen. Und wie. Einigen anderen geht es ebenso.

Ich wanke fort, Kotze steigt mir in die Nase, brennt und ätzt, nimmt mir die Luft, und rote Punkte tanzen vor den Augen, ich verschlucke mich, Kotzbrocken klemmen sich in die Luftröhre, meine Lungen verglühen, ich hau mit beiden Fäusten drauf, und aus den Augen schießt bitteres Wasser. Mein Magen entleert sich in heftigen Kontraktionen; die Kehle verknotet, schnapp ich nach Sauerstoff. Ich wisch mein Maul mit den Fingern ab und reib sie an Grasbüscheln sauber, lehne mich an den schlampig gestrichenen Bretterzaun. Uwe klopft mir auf den Rükken.

Er braucht mich für die Zinkwanne. Ich versuche, mich zusammenzureißen. Überall auf dem Grundstück hocken Leute vor ihren Mageninhalten.

Der Doktor mit seinem unbekümmerten, solariumgebräunten Gesicht unterschreibt gerade den Totenschein. Polizisten verscheuchen gaffende Nachbarn.

Heimlichtuerisch winkt der Doktor uns her.

«Wißt ihr, wie das passiert ist? Möcht man nicht glauben! Also – die haben mit einem Kipplaster den Grill reingefahren, der Grill stand ziemlich am Rand der Ladefläche und – seht ihr dieses Loch im Boden? Da ist der Laster reingekracht, der Grill kommt ins Rutschen, und die Frau» – er deutet auf das Bündel Blut und Fleisch – «kommt doch tatsächlich auf die Idee, das Monstrum mit den Händen abzustützen. PLUMPS! Also, so blöd muß man erst mal sein, oder?»

Er dreht sich kopfschüttelnd um.

Wir tragen die Zinkwanne zur Leiche, und ich habe die Augen zu, sehe grüne und blaue Gemälde aus zuckenden Leuchtspuren.

«Pack an!»

Ich beuge mich tief zum Boden, bevor ich aus winzigen Schlitzen blinzle. Wieder nehm ich Füße in die Hand. Diesmal glatte, weibliche.

Uwe hievt den Deckel auf die Wanne. Die Polizisten besprechen mit den Zeugen das Protokoll. Im Lehm, zwischen dem stinkenden Blut, liegt ein goldener Ohrring. Den steckt Uwe ein.

Wir schleppen die Wanne in den Wagen. Ich kotze die ganze Strecke über, aber es kommt nichts mehr, deshalb fällt es nicht auf.

Uwe dreht den Schlüssel und steigt aufs Gas.

«Das war's für heute! Wir liefern das Ding da im Schauhaus ab, und dann ist Feierabend!»

«Jessas...»

«Mach dir nix draus. Ich kenn welche, die haben sich beim ersten Mal mehr geziert als du und sind heute eiskalt!»

«Es ist eine sehr harte Prüfung.»

«Was?»

«Nichts.»

«Sieh's mal so: Ich stell mir immer vor, es wär Krieg. Da liegt überall Gemantschtes rum. Bloß mit dem Unterschied, daß mir nix passieren kann. Nirgends schlagen Bomben ein.»

«Und ich dachte immer, ich wär der Meister drin, mir die Welt bequem zu deuten...»

«Was?»

«Nichts.»

Wir bringen die Wanne in ein eisgekühltes Gebäude, wo andere, leere Wannen rumstehen, nehmen von denen eine mit. Starke Kopfschmerzen werfen ihre Angelhaken in mir aus. Der Husten wird unerträglich. Die Schweißausbrüche kommen in immer kürzeren Abständen. Ich glaub, ich hab Fieber...

«Leg dich gleich ins Bett!» rät Uwe.

«Jaja.»

Bett? Was war das noch gleich? Eine Art überbreiter Teilzeitsarg, wenn ich mich recht erinnere.

Es ist halb fünf. Kramm erwartet uns. Seine wulstigen Finger auf dem Schreibtisch gefaltet, fragt er, wie es ging, und meint damit, wie ich ging.

«Einwandfrei!» sagt Uwe, ohne einen Moment sein Schmunzeln abzulegen.

«Das hört man gern!»

Kramm holt ein schwarzes Mäppchen aus einer der Schubladen. «Wollen wir mal großzügig sein am ersten Tag... Sie haben zwar erst um zwölf angefangen, aber was soll's... Acht mal zehn macht achtzig, bitte sehr. Trinken Sie ein Bier auf Ihre neue Stelle!»

Ich bedanke mich artig. Kramm lächelt. Ich mach, daß ich wegkomm, und häng den Mantel in den Schrank, auf den dünnen Stahlkleiderbügel. Dahinter klebt das letzte Fetzchen eines Pin-up-Girls.

Uwe erkundigt sich, ob er mich irgendwohin mitnehmen kann. Ich weiß nicht recht.

«Oder trinken wir noch eine Maß zusammen?»
Ich zögere. Ich muß ja sparen, wegen Judith.
«Na, komm schon, ich lad dich ein! Normalerweise ist's ja umge-
kehrt bei einem Einstand, aber du hast's nicht grade dick,
was?»
Ich ziere mich. Ich sage, daß ich vielleicht gar nicht mehr kommen werde...
«Ach, hör auf!» ruft er entrüstet. «Das Schlimmste hast du ja
hinter dir. Das war doch heute schon 'ne schlimme Sache! Morgen wird's harmlos... bestimmt!»
Wir fahren in seinem BMW nach Neuhausen, in den Taxisgar-
ten. Der ist meist nicht ganz so voll. Das Bier verstärkt den Husten, aber ich stürze es schnell hinab. Dann häng ich unterm
Tisch und keuche.
«Wieviel gibt dir Kramm? Zehn Mark? Dafür arbeitest du? Da
mußt du schaun, daß du schnellstens fest angestellt wirst!»
Teilnahmslos nicke ich.
«Für die Bergung heute krieg ich zwanzig Mark Prämie. Um die
hat er dich beschissen. Aushilfen haben keinen Anspruch auf gar
nichts. So wirst du nie reich!»
Er sagt lauter kluge Dinge. Die Bedienung stellt zwei neue Maß-
krüge vor uns hin, die bezahl ich.
Uwe wird leiser und sagt, es gäbe durchaus Möglichkeiten, sich
etwas dazuzuverdienen...
Ich neige mein Ohr und frage, welche.
«Na ja, viele möchten ihrem lieben Toten gern etwas mitgeben
in den Sarg. Ein Buch. Ein Foto. Eine Flasche Bier, von mir aus.
Das wird in Bayern viel gewünscht! Ist aber alles verboten. We-
gen der Pietät...»
«Ach?»
«Ja, möchte man nicht glauben. Sprüche auf dem Grabstein zum
Beispiel dürfen nur aus der Bibel oder von Goethe stammen!»
«Ja?»

«Ja. Und dann...»

«Was?»

«Na ja...» Er zeigt mir den goldenen Ohrring. «So was... da mußt du höllisch aufpassen.»

«Klar.»

«Am besten kurz bevor der Sarg plombiert wird.»

«Warum bist du eigentlich so vertrauensselig?»

«Mensch!» sagt er. «Wir müssen doch miteinander arbeiten! Was soll da Heimlichtuerei?»

«Klar.»

«Ich zieh es vor, den Leuten immer gleich zu sagen, was läuft, verstehste?»

«Alles klar.»

Er leert die zweite Maß und bestellt sich eine dritte. «Unter uns... Es gibt da einen Kollegen... den Namen brauchst du nicht zu wissen... der macht sich sogar an die Goldzähne ran!»

«Nein!»

«Doch! Aber nicht erst, wenn ein Grab aufgelassen wird, wie das ja üblich ist, nein, der nimmt's von den fast noch Lebenden! Der hat immer seine kleine Zange in der Tasche!»

«Nein.»

«Ja! Ungelogen. Das ist wirklich hart, was? Irgendwo ginge mir das zu weit. Man muß ja noch ein bißchen Respekt haben, nicht?»

Ich pflichte ihm bei. Wenn man tot ist, hat man sich ein bißchen Respekt verdient. Zweifellos.

Er haut mir auf die Schulter, bierselig, mit geweiteten Augen. «Du kommst morgen wieder! He?»

«Ich weiß nicht recht.»

«Ach was! Du kommst! Morgen vormittag wird's lustig! Da holen wir einen Griechen. Das wird eine Gaudi!»

«Wieso?»

«Wirst du dann schon sehen. Das solltest du nicht verpassen! Muß man dabeigewesen sein. Ist immer was los!»

Jetzt hat er mich neugierig gemacht, rückt aber nichts weiter raus, schmunzelt in sich hinein und putzt seine Brille.

Ich verabschiede mich und geh Richtung Rotkreuzplatz. Ich will vermeiden, etwas zu denken. Es ist mein erster Feierabend seit langem.

KAPITEL 15   *in dem sich Hagens Husten
verstärkt, er einer griechi-
schen Familie die Trauer
verdirbt und schließlich von
einer Spielzeugverkäuferin
zurechtgewiesen wird.*

Hirnstromturbulenzen

Eigenartig, frühmorgens im Sommer den dritten Akt Tristan zu
hören, wenn das Licht so hell ist und man mit Hunderttausenden
zur Arbeitsstätte pilgert... zwischen Abgas und Ellbogen, ver-
stopften Zügen, stummem Dulden... Die Fußgänger scheinen
zu schweben, die Häuser fließen, Mauern zittern... und drüber
liegt ein Hauch Trauer, Agonie... und in Zeitlupe... Das ist
echte Pietät... Hm hm hm, lalala... Ich mag mein Verkom-
mensein. Der schleichende Gang, die fickrigen Finger, die wirren
Haare und die Augenringe, der kaputte Magen, die Teerlunge...
Steht mir gut.
Heut sind die Strahlen der Sonne wie Fingerkuppen einer träu-
menden Frau.
Was ist passiert?
Der gestrige Abend war Entschädigung, Entschuldigung, war
eine tätschelnde Hand aus dem Nichts. Bitte um Vergebung,
aber das kommt ja manchmal vor...

Tom und ich tranken auf dem Sportplatz, der zur Simmern-
schule gehört. Der leere Rasen gab ein Gefühl der Weite, durch
hohe Hecken abgeschirmt vom Rest der Stadt.
Ich hatte Tom vom Tod erzählt. Darüber war es finster gewor-

den. Die Nacht erwartete ich mit Furcht, denn an mir hing noch
der Geruch des Formalins. Tom hörte ausführlich zu und stellte
keine Zwischenfragen.

Dann ging er, holte seine Tüte und gab sich feierlich. Er über-
reichte mir ein Geschenk. Es war ein quadratisches Etwas aus
Metall und Plastik, das sich angenehm glatt anfühlte. Ein Com-
pact-Disc-Walkman.

Tom gab ihn mit stolzgefüllten Augen. Der war sehr, sehr
schwer zu stehlen gewesen. Das erwähnte er dreimal und feierte
seine wiedererlangte Diebesehre. So was Rührendes. Ich weiß
genau, wieviel Oper ich in meinen Alltag mische, aber es verwundert doch, wie sehr einem zuzeiten geholfen wird. Ein CD-
Spieler ist kein Orchester, doch es war eins der bestgemeinten
Geschenke, die ich je bekommen habe, und in einem wichtigen
Moment. Ich schmolz beinah, saß lange still im kurzgeschnitte-
nen Gras und fragte mich, warum alle paar Jahre so was passiert?
Das verwirrt. Es peitscht auf. Man wird ganz hoffnungskrank
davon.

Tom hat mir auch einen Satz silberner Scheiben geschenkt. Und
nicht irgendwas, sondern den Kleiber-Tristan! Das hatte er sich
gemerkt! Er, der eine Geige nicht von einer Bratsche zu unterscheiden weiß!

Solche Momente sammelt man in einer besonderen Tasche, für
Notfälle... daß man immer drauf zurückgreifen kann. Man redet nicht so oft darüber. Man muß als Krakeeler glaubwürdig
bleiben. Man macht sich sonst nur unbeliebt. Es sind ja schließlich nur Momente... schnell wäre man versucht zu sagen: Na
bitte... die Welt ist doch schön...

Aber das ist ja gar nicht das Problem. Das wissen wir, daß die
Welt schön ist. Wir würden uns sonst kaum soviel Mühe machen damit.

Momente, Altäre. Weit verstreut.

Nun, mit so einem frischen, saftigen Moment versehen, mit Musik über dem Kopf und Judith vor Augen, kann mir gar niemand was anhaben.

Alles wird mild und transparent, großperspektivisch relativ. Ich rage aus meinem Körper heraus. Dabei ist mir die Lungenentzündung auf den Fersen.

Gleich ist es halb acht im Zug zur Vorstadt, und Tristan singt: «Zu ihr! Zu Ihr!», will sich von seiner Bettstatt aufrappeln, klappt um und stöhnt, vom Krepieren zu sehr abgelenkt. Die Geisterstunden sind vorbei.

Uwe erwartet mich.

Die Kopfhörer runter, den Kopfschutz weg, barhäuptig in den neuen Tag gebeugt, stell ich mich an zum Appell.

Neben Uwe steht ein breiter Mann mit Dreifachkinn und hängenden Schultern. Über den wulstigen Lippen sprießt ein Schnauzer. Blaßblaue Basedowglotzer und kurze schwarze Locken, mit Pomade eng an den runden Schädel gepappt.

«I bin da Gustl!» ruft er, kommt angewetzt, mit aufgerissenen Augen und hängender Zunge, streckt mir seine Pratze hin.

«Hagen», sag ich kurz, und Unbehagen denk ich mir.

Uwe zieht mich beiseite. «Ich muß heute 'ne Überführung aus Graz organisieren. Schade, wirklich! Unter uns...» Er tut vertraulich, flüstert mir ins Ohr. «Der Gustl ist ein bißchen komisch. Muß man sich gewöhnen dran. Aber ein guter Kerl... ganz gewiß. Freut mich, daß du wiedergekommen bist!» Er boxt mich in die Rippen und grinst ab.

Gustl macht Morgengymnastik, Kniebeugen, die seinen Schädel knallrot färben. Die Backen blasen sich auf... ein Luftballon mit aufgemaltem Mund wird das. Dann läßt er einen Riesenfurz. Er stößt einen Schrei aus, sinkt zusammen, und ein glückliches Seufzen entringt sich seiner Kehle.

«Auf geht's!» flötet seine hohe Stimme. «Gemma!»

Er besteigt den Fahrersitz und klemmt seinen Bauch unter das Lenkrad.

«Brauchen wir keinen Sarg oder so was?»

«Mir fahrma doch zu de Griechen! Woasst des net?»

«Ah so.»

Ich werde ganz schüchtern. In Gegenwart von Proleten verstellt sich der Poet immer. Aus tiefer Angst und ein wenig Scham. Mir fällt mein Husten wieder ein. Der zeigt mir seinen Rang, fühlt sich vernachlässigt... nicht ausreichend gewürdigt... Der große Anfall kommt. Und wie! Kriegt mich voll beim Wickel... sticht mich ab. Das verkrampft sich, gluckst, zuckt hin und her... Der grüne, gelbe und weiße Schleim... und die harten schwarzen Bröckchen darin. Mein Kopf knallt aufs Handschuhfach. Gustl hat Bayern Drei eingeschaltet, seichte Popsongs dröhnen. Er wippt dazu... schwappt vor und zurück... fühlt sich wohl...

«Tolles Wettes, was?»

«O ja... oooh...»

Hopsende Neger mit schlechten Reimen und stupider Musik, halbstarke Frauen auf Selbstsuche, die lauter Mist über die Liebe singen, bäh, wie hab ich das satt, diese Belanglosigkeiten, die sich wie böse Affen ins Haar krallen.

Einer meiner Lungenflügel schiebt sich den Hals hoch, schaut mir zum Mund raus, blinzelt in die Sonne, sieht sich neugierig um, plumpst wieder hinab.

Gustl achtet nicht darauf. Er pfeift Radio mit. Bumsfidel, voll Energie. Ich nehm mir meinen Kopfhörer.

Tristan, lebst du noch? Bist du schon hinüber?

Gustl bewirft mich mit verärgerten Blicken. Ich lege Tristan samt Zubehör unter den Sitz. Wir fahren nach Norden. Ländliche Gegend. Hier gibt's Griechen? Wir biegen hinter Puchheim ab, Richtung Eichenau, in eine idyllische, baumschattige Straße,

links von einem Flüßchen, rechts von Einfamilienhäusern begrenzt. Wir parken auf dem Gehsteig, gleich vor der Gartentür.
Ein nettes Häuschen, klein, bullig, weiß, mit Kräuterbeeten davor. Sechzger Jahre.
Gustl klärt mich auf, daß Griechen und andere Südländer ihre
Toten noch bei sich zu Hause aufbahren, zwei Tage lang. Ich
solle mich über nichts wundern. Dann klingelt er.

Ein weißhaariger Mann mit festem Schritt und würdevoller
Ausstrahlung kommt uns bis zur Gartenpforte entgegen, öffnet
sie und winkt uns hinein. Gustl sagt grüß Gott, doch der Mann
antwortet nicht. Er schreitet voran, federnd, entrückt, schwarz
gekleidet, und sein Haar, das hoch in die Luft steht, leuchtet
beinah magisch.
Jedes Fenster des Hauses, soweit man sehen kann, ist mit un-
durchdringlichen Vorhängen abgedichtet.
Wir treten in weiche Teppiche. Es ist kein Laut zu hören. Der
Entrückte deutet die Holztreppe hinauf.
Ich habe noch nie eine so unnahbare Gestalt gesehn. Außer in
alten Stummfilmen vielleicht. Wenn es hier so was wie eine
Sippe gibt, muß er das Oberhaupt sein.
Und bleibt unten stehen, an die Wand gelehnt, mit nach hinten
gelegtem Kopf und Augen, die in die Hyperwelt sehen. Die Stufen knarzen unerträglich laut. Im ersten Stock gibt es drei Türen. Eine davon steht offen, dort ist der Sarg aufgebahrt, auf
einem flachen, von Tuch verkleideten Gerüst. In den Raum
dringt kein Stückchen Tageslicht. Vier dicke rote Kerzen werfen
zappelnde Schatten und tropfen ihr Wachs auf den Boden, in
geheimnisvoll schimmernde Lachen. Um den Sarg kauert die Familie, eng aneinandergelehnt. Zwei ältere Frauen, in formlose
schwarze Stoffe geschlungen, eine jüngere Frau in dunklem Zivil
und drei Männer in uraltmodischen Anzügen, alle zwischen
vierzig und sechzig, das läßt sich schwer sagen. Man sieht ja so

wenig. Einer von ihnen sitzt etwas abseits, in die Ecke gekauert, Ellbogen auf den Knien, die Handflächen auf die Ohren gepreßt. Dabei ist es wirklich nicht laut hier. Im Gegenteil. Und die Luft ist stickig... zirkulationslos, nimmt mir den Atem... süßlicher Dunst wabert durchs Zimmer.

Grandiose Inszenierung!

Geknebelte Fenster, keine Möbel, und die Gewänder der Trauernden bilden Gebirge, schwarze Gletscher aus Stoffalten, wie von David gemalt. Starre Gesichter. Sie scheinen uns nicht wahrzunehmen. Die Frauen haben ihre Hände ineinandergelegt. Die Männer tragen Schnurrbärte, und ihre Schuhe glänzen, und einer von ihnen läßt Rosenkranzglieder durch die Finger gleiten.

So still ist es, daß sogar mein Husten schweigt. Gustl rafft sich mit gepreßtem Mund auf und geht ins Zimmer. Ich folge ihm bebend.

In einer braunen Kiste liegt ein reizender junger Mann. Er lächelt. Sehr angenehm. Hohe Stirn und neckisch spitzes Kinn... wenn man genau hinsieht, wächst eine Gelbfärbung den Hals hoch und hat beinah die Lippen erreicht, die weiß leuchten... als hätte man eine starke Salbe gegen Höhensonne aufgetragen... als wären sie aus der glänzenden Seide ausgeschnitten, die ihn umgibt...

Hinter uns knarzt es die Treppe hoch. Jemand legt mir die Hand auf die Schulter und schiebt sich vorbei.

Der mutmaßliche Sippenhäuptling schreitet zum Sarg, küßt den Toten auf beide Backen und den Mund. Danach gibt er uns ein Zeichen und verläßt den Raum. Gustl stößt mich an. Wir dürfen unseres Amtes walten; lose legen wir den Deckel drauf und pakken an. Gustl sieht sich nach allen Seiten um und zieht ein gespanntes, vorahnendes Gesicht. Wir stemmen den Sarg hoch. Da hängt sich etwas an meine Beine... das kalte Grausen tatscht mich. Uh! Eine der alten Frauen stößt den Deckel beiseite, wirft

sich über die Leiche und knutscht sie ab. Über dem Schreck verlier ich das Gleichgewicht und laß die Ringe aus... der Sarg kracht aufs Gerüst zurück... Eine Kerze entzündet das Gewand des Weibsbilds... Plötzlich bricht ein Höllenlärm los! Einer der Männer kommt ihr zu Hilfe, erstickt die Flämmchen mit seinem Anzug... Großer Gott! Jetzt kippt das Gerüst um... der Sarg fällt zur Seite, der junge Tote kullert hinaus, küßt den Teppich, verkrallt sich in langen Fasern. Das wirkt äußerst lebendig! Entsetzte Schreie... so eine Sauerei... Wir wollen ihn schnell wieder reintun... Da beugt sich eine Fratze her, und Fingernägel zerkratzen mein Gesicht. Binnen weniger Sekunden entlädt sich ein Gewitter über uns... eine Windhose... totales Tohuwabohu... Das Weib hat sich gehörig den Hintern versengt. Wie die aufprescht und durchs Zimmer johlt, mit beiden Händen ihre Brandwunden drückend... Und der Tote lächelt mild dazu... Wir hieven ihn in den Sarg zurück. Das andere Weib, das mit den scharfen Nägeln, geht daran, ihre eigene alte Fresse zu zerschlitzen! Einer hält sie fest. Die junge Frau schreit laut. Blökend springt die Verwundete von Wand zu Wand und knetet ihre Hinterbacken... Jetzt brüllt alles mit, heult, entleert sich, Ekstase, Urschreie, sapperlot! Die Attentäterin geht wieder auf mich los, rabenschwarzer Octopus, voller Angst schmeiß ich sie gegen die Wand. Sie klatscht dagegen und hält sich stöhnend den Leib. Einer der Männer scheint mit meiner Aktion nicht einverstanden. Krieg bricht aus. Zwei der vier Kerzen verlöschen, und gleich darauf noch eine... Man kann fast nichts mehr erkennen. Ich bekomm was aufs Maul und hau zurück... Da kenn ich...
.... der Kerl sinkt hin... der ist vorerst erledigt! Und Flüche flattern, hackende Fledermäuse... Gustl schlägt blind um sich... wie nach Fliegen... die wollen uns lynchen, jaja, die sind alle gegen uns und zwicken und treten... Zwischendurch busselt einer nach dem andern den Toten ab. Den wollen sie nicht rausrücken! O nein! Sie behandeln uns wie Einbrecher. Ich preß

mich an die Wand, zwecks Rückendeckung. Gustl kreischt, ich soll herkommen, schnell, er ist eingekreist… Können vor Lachen… Jemand beißt mir in den Oberschenkel. Ich trete nach dem bösen Kiefer… dann stürm ich zum Sarg. Gemeinsam stülpen wir noch mal den Deckel drauf… und der Tote lächelt. Jemand springt mir in den Rücken, mein Arbeitsmantel reißt durch… vom Nacken bis zum Arsch! Nicht zu fassen. Schlecht vernäht, würd ich sagen… und die Schatten tanzen durch den Raum, schunkeln hin und her… Die junge Frau rauft sich Haarbüschel aus, knallt ihren Schädel mehrmals gegen die Tapete… dann ohrfeigt sie Gustl, der die Augen gen Zimmerdecke hebt und ein Stoßgebet stammelt. Das scheint kein Ende zu nehmen. Ich plädiere auf Flucht! Die ganze Bagage fällt um wie die Kegel, wälzt sich übereinander, die Gelegenheit nutzen wir… schnappen die Kiste, schleifen sie über den Boden… schon haben wir ein paar Meter gutgemacht… erreichen sogar den Treppenrand. Dort holt man uns ein. Unten, am Fuß der Treppe seh ich den Sippenchef stehn.

«Tun Sie doch was!» ruf ich ihm zu. Er kann sich zu keinem Machtwort entschließen, der Sippenkasper, der weitentrückte. Der macht sich's einfach… Der hat recht.

Wir stolpern, purzeln, stöhnen, tretend, keifend, grölend. Ein Irrenhaus… und dann rutscht der Sarg die Treppe hinab… gewinnt eine hübsche Geschwindigkeit… saust dem Häuptling auf die Treter. Wumm! Endlich sagt der auch mal was! Wenn's auch nicht viel Sinn ergibt. Ein berstender Lärm… Splitter fliegen aus dem Eichenholz. Ist wirklich recht schwer, dieses Zeug… Die junge Frau, man möcht's nicht glauben, springt mutig dem Sarg hinterher, mit erhobenen Armen… Der Wahnsinn hält sie zwischen den Klauen… Das poltert vielleicht… klingt nach Knochenbruch… das wird sie eine Weile beschäftigen. Wir stürzen auch. Gustl landet auf mir. Man macht sich am Deckel zu schaffen. Und jetzt endlich brüllt der

Häuptling etwas Artikuliertes, Wütendes. Das wirft uns alle um. Plötzliches Schweigen. Mein Mantel ist, nebenbei gesagt, voller Spucke. Man entwirrt sich. Die junge Frau wird von Krämpfen geschüttelt, hat keine Kraft mehr... ein jaulender Brei... Wir reißen den Sarg hoch, und ab durch die Haustür, schmeißen ihn hinten in den Wagen, springen ins Fahrerhaus, drücken die Knöpfe runter. Die Familie wälzt sich auf die Straße, vom Tageslicht geblendet, schiebt sich die schwarze Trauermasse nur mühsam vorwärts, wie eine Herde Riesenpinguine nach der Ölpest...

Gustl tritt das Gaspedal durch... Die junge Frau kriecht auf allen vieren... im Rückspiegel seh ich mir das noch ein paar Sekunden an. Beeindruckend. Soviel Liebe... Tobsucht... Tollwucht. Ballen aus Schmerz und Wut. Im Straßendreck. Der Motor übertönt das Gekrächz.

Wir schaun uns an und schnaufen durch.

Das also hatte der Uwe gemeint – und sich rechtzeitig abgeseilt.

«Muß man dabeigewesen sein!» hat er gesagt...

Neinnein.

Gustl stellt das Radio wieder an und wirkt gleich unbekümmert.

«Da gwöhnst di dran!» sagt er. «Des is halt denen ihr Mentalität. Aber heut war's scho der Hammer...»

Ich huste zustimmend.

«Übrigens... des derf dir fei nie mehr passiern, daß du den Toten mit dem Kopf zuerst aus der Haustür tragst!»

«Wieso?»

«WIESO? WIESO? DES IS HALT SO! ZWENGSWENGS DER PIETÄT!»

«Ich bin froh, daß ich da selbst lebend rausgekommen bin...»

«Sagt ja auch keiner was! Aber für die Zukunft merkst da des, weil des so is, seit was weiß ich wann!»

Aha. Jetzt bin ich gescheiter.

Gustls helle Stimme, in Verbindung mit seinem riesenhaften, schwabbligen Körper, das erheitert... aber jedes Lachen endet in schlimmem Geröchel. Ich bräuchte irgendwoher Hustensaft. 'nen ganzen Liter... Den kompletten Codeinrausch...

Die Vorstadthäuser, in ihre Bonsaiidyllen getüncht, sind kleine Reiche, deren Herrscher ihre Harken und Scheren wie Waffen halten, sobald sie sich beobachtet fühlen. Efeu, Teiche, Gartenzwerge. Ab Neuaubing schon die brutalen Backsteinbauten und Mietskasernen. In Laim dann wiederum Paläste, schamhaft in engen Straßen versteckt.

Zum Abgewöhnen, alle drei Sorten.

Die vorläufige Adresse des toten Griechen lautet Waldfriedhof, Aufbahrungsbaracke, Abteil neun. Ein Meer aus Blumen, Gestecken und Kränzen. So was bekommt man, wenn man viel gelächelt hat.

Wir holen uns bei der Friedhofsverwaltung einen Stempel, dann wird Brotzeit auf einer Bank gemacht.

Ich krieg nichts runter.

Heut morgen hab ich am Kiosk eine Tafel Marzipanschokolade gekauft. Einfach nur deshalb, weil ich den Geschmack vergessen hatte. Ich mag nämlich keine Schokolade.

Gustl nimmt sie gern.

Er schmatzt, rülpst und furzt in bemerkenswert exaktem Rhythmus. Auf der Bank gegenüber sitzt eine junge Mutter und wiegt ihr Baby auf dem Arm, steht auf, tänzelt, hält das Kind der Sonne entgegen, kitzelt seine Nase mit dem Zeigefinger, lacht, dreht sich, dreht sich...

Ich hab selten so was Widerliches gesehn.

Gustl hat fertiggefressen. Nun will er kommunizieren. Die Plastikbank biegt sich unter seinem Gewicht.

«Das war gut. Sag mal, wo kommst her?»

«Von hier.»

«Hörst di gar net so an.»

«Na und?»

«I mein ja bloß. Was zahlt dir der Kramm eigentlich?»

«Zehn.»

«O mei, o mei...»

«Genau.»

Schweiß, viel Schweiß, brennende Stirn. Und Gustl lacht fettig. Geschwollene Lider. Viel, viel Schweiß. Blinkende Brühe vorm Kopf, lachsrosa und silbern, Fische aus Zellophanfetzen, springen und tauchen.

«Na, mei Sach wär des net. Woaßt, oans hab i glernt im Leben: Daß ma imma auf zwoa Fiaß stehn muaß, und immer was in Reserve, gell?»

Ich laß ihn reden... würd mich so gern noch ein paar Minuten unter dem großen Sternenzelt meines Kopfhörers verbergen. Man will aber nicht unhöflich erscheinen. Hören wir uns an, was Gustl im Leben gelernt hat. Lang kann's nicht dauern. Er benutzt ein Streichholz als Zahnstocher.

«Ja, auf zwei Füßen!» übersetzt er. «Glaubsma, in dem Job wirst vielleicht oid, aber bschtimmt net reich!»

«Ja und?»

«Ich beispielsweis hab ma an netten Nebenerwerb zuglegt.»

Gleich kommt die Sauerei. Deutlich zu wittern. Immer dasselbe.

«Woaßt, i verkaff Bildchen!»

«Bildchen? Von Frauen?»

«Auch! Mogstas seng?»

Aha, schweinische Bildchen. Ja, die will ich schon gern sehn. Das wird mich beim Onanieren stark unterstützen. Meiner Phantasie sind zur Zeit Zügel angelegt über dem Grauen. Und wie die Werbung so beruhigend sagt: Man gönnt sich ja sonst nichts.

Gustl holt seine Sammlung aus dem Auto. Es ist ein dicker Pak-
ken. Müde nehm ich ihn.
«Was ist denn das?»
Gustl kichert. «Gell, da schaugst! So was gibt's in koam Laden
net!»
«Mein Gott», flüstre ich.
«Ja, woaßt, mein Bruder ist Polizeifotograf. Der gibt mir immer
Abzüge. Da, schau da des an!»
«Uuuh!»
«Was hustestn so? Und schau des da!»
«Tu das weg!»
«Geh, die verkaff i! Stück fürn Fünfer! San irre Sachen dabei!
Damit verdienst was! Des kriegst halt in der Glotze net geboten!
Da nützt das Standbild vom besten Video nix! Des Problem is
bloß, daß du mit solche Sachen net einfach an Laden mieten
kannst, verstehst?»
«Laß mich in Ruh! Ich bin krank.»
«Bei der Hitze? Schau des da – das ist das jüngste Opfer vom
Dortmunder Ripper. Und da die Totale – aber ich hab's auch als
Detailserie – da... fünf Teile, super, ha?»
Gustl ist mir nah auf den Pelz gerückt. Ich riech seinen schlech-
ten Atem. Die Bilder sind schwarzweiß, ein paar auch in Farbe,
und alle gestochen scharf.
«Da, schaug! Des wird viel kauft: strangulierte Großmutter.
Oder des da! Das ist ein echter Hit! Messerstecherei, 1979. Vier
tote Türken auf einem Bild! Geil, gell?»
«Geh weg!»
«Da, such da eins aus. Gratis. Für den Schoklad!»
«Ich will von diesem Zeug nix haben!»
«Geh, was isn? In de Illustrierten schaust da des doch auch an!
Und was glaubstn, warum im Fernsehn noch immer soviel KZ-
Schmarrn läuft? Weil a paar grausige Bildchen dabei san. Sonst
tät sich des ja koaner mehr bieten lassn!»

«Geh weg!»

«Was tustn so? Warum machstn unsern Job? Für Zehn Mark? Soviel kriegst ja fast scho beim McDonald's! Und da kannst bei Ladenschluß an ganzen Berg Hamburger fressen!»

«Ich bin verliebt.»

«Also, was jetzt? Bist krank oder bist verliebt? Oder was?» Die Mutter mit dem Kind ist aufgestanden und weggegangen. Die Birken und Pappeln sehn so erotisch aus. Ich denke an den Friedhof von Fiesole. Jemand hat mir erzählt, die Fotos auf den Gräbern dort seien inzwischen farbig, und das hätte eine unheimliche, beklemmende Wirkung...

«He du, redst du nimma mit mir?»

Ich stehe auf.

«Gib obacht, Gustl! Du bist ein fetter, kräftiger Kerl, und mein Mythos ist immer der des Feiglings gewesen! Aber manchmal... da muß man eine Kerbe in seinen Lebenslauf schnitzen.»

«Wos is?»

«Ja, ich liebe. Und krank bin ich auch. Aber der Rest ist Gott.»

Und ich verpaß ihm einen Haken aufs Kinn, daß er rückwärts von der Bank kippt. Zum ersten Mal seit zwei Jahren hab ich etwas Unvernünftiges getan. Ich setz mich in den Wagen und erwarte das Strafgericht.

Tristan singt: «Hör ich das Licht?»

...nescio sed fieri sentiet excrucior. Ich wär jetzt gern in Rom, mit Richard und Lidia. Gute Tage waren das. So simplizisch. Herodes hat gesagt, Nacht ist, wenn die Sonne für die andern scheint. Ja, eine tolle Landschaft für Hyänen und ein Parfüm für Schmeißfliegen.

Gustl klettert auf den Fahrersitz. Er sieht beleidigt drein. Aber holt nicht aus. Seltsam. Die Mittagspause ist beendet. Wir fahren zum Institut zurück.

Alles schwimmt. Die Straßen werden Flüsse und die Häuser Hausboote und die Ampeln Bojen.

Im Sommer sterben deutlich weniger Leute. Die Sonnendroge tapfert sie hoch.

Kopfschmerzen. Hirnstromturbulenzen.

Mir ist so übel. Funken und Blitze, Straßen, Gebäude, Messer. In mir beginnt ein Erdbeben. Gustl beschimpft mich. Wer soll sich darauf konzentrieren können? Zu siebzig Prozent besteh ich aus Wasser und Seestürmen. Der Damm der Knie bricht. An das folgende kann ich mich nicht erinnern. Doch irgendwann steh ich vor Kramm. Der brüllt mich an. «WAS HABEN SIE MIT IHREM ARBEITSMANTEL GEMACHT?»

Daran kann ich mich erinnern. Das war diese traurige Griechin.

«WIE SEHN SIE DENN AUS? SIE HABEN JA AUF DEN MANTEL GEKOTZT!»

«Ich bin krank.»

«Ach, SO sehn Sie aus! Das ham wir gern. WOLLEN SIE AM ZWEITEN TAG SCHON KRANKFEIERN?»

«Bitte werfen Sie mich nicht raus! Ich bin zerbrechlich... Morgen... Morgen bin ich wieder gesund...»

«Besoffen sind Sie!»

«Nein.»

«Gustl hat sich über Sie beschwert!»

«Sagen Sie ihm, ich kauf seine Bildchen... morgen...»

«Den Mantel zieh ich Ihnen vom Lohn ab. Passen Sie nächstens auf auf Ihr Zeug! Das ist die letzte Chance, die ich Ihnen geb!»

«Danke...»

«Und jetzt gehn Sie nach Haus und legen sich ins Bett! Bringen Sie sich bloß auf Vordermann!»

Ja, gnädiger Meister, gebenedeit seist du unter allen Heinis...
Schweißüberströmt schlepp ich mich zur Tür. Meine Hände kleben. Im Himmel schwanken die Wolken wie Kinderschaukeln. Der Rinnstein ist warm. Genügt es denn nicht, sich hinzulegen, sich auszubreiten wie nasses Papier? Kramm hat mir widerwillig einen braunen Schein gegeben. Ich versuche mein Geld zu zählen. 102 Mark 23 Pfennig. Zischende Dampfmaschinen bohren sich durch ein Würmermeer.
Wo ist Tristan? O nein, ich habe meine Musik vergessen, im Leichenwagen unter dem Sitz.
Mein T-Shirt fliegt. Ich seh mir auf die Brust, wie sie zuckt. Judith...
Ich krümme mich. Das Weltall angeblich krümmt sich in sich selbst zurück. Oje. Es ist doch nur eine Lungenentzündung im Juli. Ich laufe fort, von Litfaßsäule zu Litfaßsäule.

Hinter mir glänzt ein Heer grüner Flaschen durch die Straße. Die hab ich alle getrunken. Die sind mir auf der Spur. Sie wollen mir Übles. Grünglänzende Wellen, ein Scheppern, die rollen an! Und ein leichter Wind singt in ihren Hälsen. O Gott! Warum sag ich immer o Gott? Diese Redensarten... Das Flaschenheer hat mich aufgespürt. Im Wein ist Wahrheit und Zucker. Die Wahrheit ist bitter, die bittere Wahrheit... Redensarten. Schöne Musik und massig Werbung. Fürs Alter ist gesorgt. Der Magenbitter allerdings ist hint' und vorn eine Lüge. Jetzt werd ich albern. Ich gesteh's.
Meine Beine laufen ungleichmäßig. Der Oberkörper ist ein schlaffer Sack.
Die Flaschen kommen näher, rollen mit doppelter Flaschengeschwindigkeit. Ihre Absichten sind eindeutig. Von vorn kommt das Braunglas. Sie haben mich umzingelt!

In meiner Schulzeit wurde die Wissenschaft der Flucht um einige wertvolle Beiträge bereichert.

Ich muß da durch. Wer beim Forte leiser stellt, hat das Piano falsch gehört.

Und so lauf ich durch die öden Vorstadtstraßen, vom Flaschenheer verfolgt, stürme in einen Spielzeugladen, schmettere die Tür hinter mir zu.

Hier ist es kühler.

Clowns und bunte Bälle hüpfen. Kleine Soldaten in handlichen Packungen. Die werd ich auf meinen Namen vereidigen. Dort hängen Stoffpuppen. Damit spielen die Mädchen, bevor sie sich die Lippen färben. Es ist so eine Art germanischer Voodoo. Dort hängen Kleidchen für die Stoffpuppen. Und dort gibt es Fläschchen für die Babys der Stoffpuppen. Ich bin in einem Horrorkabinett! Dort hängen Kamm und Spiegel für das blonde Haar der Püppchen. Und dort stehn Miniaturkinderwägen, daneben ein Panzer, fernsteuerbar. Den fahren die Püppchen am Abend, wenn keiner zuschaut. Kaleidoskope gibt's. Und Chemiekästen. Für das Nobelpreispüppchen. Legosteine. Damit baut Püppchen sich ein erstes Haus. Ein silbernes Plastikschwert, elastisch. Für Arschlochpüppchen, wenn es nicht brav ist. Ein Monopolyspiel. Für die Puppe mit Geschäftssinn. Soviel zauberhafte Dinge. Märchenreich. Ich bin märchenreich. Legionen von Lebkuchenhäusern unter mir getürmt. Pagoden. Zwiebeltürme! Minarette! Die Hagen Sophia! Mit Kuppelbauten und Mosaiken! Farbenstrudel! Psychedelische Regenbogen! Großmächtige Prinzessinnen mit bucklerten Höflingen... Intrigen, Gottesgerichten... im Land ohne Schande und Zweifel. Katako. Katako... Sie sagen, Salome, daß die Liebe bitter schmecke. Liebe mit Wahrheit könne man nicht essen, das wär für die härtesten Chininfans zu arg. Post coitum triste. So ein Blödsinn. Protest!

Ich bin bloßgelegt vor mir, entziffert alle Codes. Es sieht aus wie ein Haufen größerer und kleinerer Schrauben. Das muß man wieder zusammenschütten. So lunger ich vor dem Spielzeug, während die grünen und die braunen Flaschen warten, mich aufzusaugen, in sich abzufüllen. Mein Nervengestränge ist ein Mobile an dünnen Fäden, ehemalige Handlungsstränge, an die Decke gepappt, in deformierter Dekoration. Mit dem Basisgefühl der Nostalgie. Katako.

Masken hängen hier auch. Für häßliche Püppchen. Für klobige und picklige. Scherzartikel. Für fiese Püppchen. Schminkkoffer. Für eitle Püppchen. Gefälschte Telefone, knallrot, die machen sogar leise rrringggg... für die redseligen Puppen. Für die gesamte Mitteilungsindustrie.

Ich setze mir ein paar der Masken auf. Man bekommt wenig Luft drunter. Sind zu klein. Ich bräuchte was Bequemes, Luftiges... Na schön – wenn im nächsten Fasching keiner den Messias machen will, tu ich es... Das ist sehr luftig. Da braucht's nicht viel dazu. Ein charmantes Lächeln und später am Abend ein Kreuz.

«Sie wünschen?» Natürlich. Dieser Laden gehört jemandem. Hier wird verkauft. Das überrascht mich nicht. Eine schmalgesichtige Rothaarige mit dünnen Armen und geblümter Bluse. Sie hat keine Ahnung, worum es geht.

«Ich brauche eine Waffe!»

«Was für eine Waffe? Schwert, Beil, Morgenstern...»

«Eine Pistole. Postmodern, aber kein Science-fiction-Kram, ja? Echt muß sie aussehn! Verflucht echt. Damit man rein gar nichts mehr unterscheiden kann!»

Sie bringt mehrere Modelle zur Auswahl. Das Zeug ist vielleicht teuer geworden!

«Wissen Sie, ich habe gewisse Altglasprobleme. Das muß endlich entsorgt werden. Außerdem Herodes... Na, Sie kennen das ja. Das sagen Ihnen wahrscheinlich alle Kunden...»

Ich prüfe den Nachbau einer Walther. Die Verkäuferin setzt einen betretenen Blick auf.

«Tun Sie's nicht!» sagt sie leise.

«Nicht?»

Sie nickt. Hm. Möglicherweise besitzt sie neuere Informationen als ich. Eine Standleitung zum Fatum. Solchen Winken muß man Aufmerksamkeit schenken. Ich lege die Walther zurück.

«Liebe Frau... Können Sie mich denn wenigstens zum Hinterausgang rauslassen?»

Sie nickt noch mal und geleitet mich.

Draußen ist es ruhig. Nichts zu sehn. Nicht sehr clever, diese Flaschen. Überall bumpert es so. Als hätt ich die Maurer im Kopf.

Ich muß mir ein Gebüsch suchen. Muß mich auf Vordermann bringen.

Judith. Amseln. Schlafen, schlafen.

Keine Träume! Keinen einzigen bitte! Ich fühl mich heut ein wenig hypochondrisch...

KAPITEL 16 *in dem der Junge seine erste Flucht und einen Tausend- meterlauf hinter sich bringt.*

Im Keller

Der Junge hatte sich längst daran gewöhnt, daß sein Leben nicht stattfand, und wenn es doch vitale Momente darin gab, waren sie so überschattet, daß man ihnen wenig Licht abgewinnen konnte.

Der Junge hatte sein Leben auf später verschoben. Er würde das Warten überstehen, auch die letzten beiden Jahre noch, dann fortgehn, sich waschen, den Staub aus den Sandalen schütteln und ein anderer sein. Ganz einfach.

So gesehn gab es keinen Grund zur Traurigkeit. Da war ein Datum, da war ein Ziel. Manche Menschen gäben was drum. Leider aber änderte sich seine Situation zusehends, eskalierte stetig, und dann beging er einen folgenschweren Fehler. Er fiel durch die zehnte Klasse.

Ein grotesker kleiner Einfall der Höllenregie, von dem der Junge keine Ahnung hatte, bis zum Tag der Zeugnisverteilung. Der Junge tat kaum etwas für die Schule und las lieber in den Stunden, doch tat er meist genau so viel, wie nötig war, um eine bequeme Vier zu bekommen. Diesmal hatte er sich in einem Fach verschätzt. Es gab da eine Lehrerin der Wirtschaftskunde, die ihn absichtlich nicht über seinen Notenstand informierte und ihm ein paar mündliche Sechser zuviel verpaßte. Wegen einem solchen Fach fällt man nicht durch, normalerweise. Das sind Fächer – Erdkunde, Biologie, Religion –, da hält man kurz vor Schuljahresende noch ein nettes Referat und hat seine Ruhe.

Diesmal nicht. Er hatte sich auf einer sicheren Vier gewähnt und wurde bös überrascht. Nun gut.

Es wurde dies der äußere Anlaß für eisige Zeiten.
Die Mutter rannte schreiend durch die Küche, mit einem Messer bewaffnet, und der Junge hielt zu seinem Schutz einen Stuhl vor seinen Körper. Solche Dinge.
Der Vater schlug ihn kaum, denn er schlug nicht gern, und er verwies darauf, daß alle bisherigen Prügel ja auch nichts genutzt hatten. Sehr richtig.
Also ging er in das Zimmer des Jungen und warf Bücher aus dem Fenster. Zuerst den dicken roten Band mit den Brecht-Dramen, denn von Brecht wußte er, daß das ein Kommunist war. Bei anderen Autoren war er sich nicht so sicher, welche seinen Sohn verderben konnten und welche nicht. Je nun. Bücher kann man nachkaufen. Doch dann entdeckte der Vater zwischen Shakespeare und Gogol ein blaues Quartheft. Es enthielt das erste Theaterstück des Jungen, das natürlich so genial war, wie es erste Theaterstücke in den Augen ihrer Erzeuger immer zu sein pflegen.
Als es in fünfhundert Fetzen auf dem Teppich lag, brach der Junge sein Schweigen.

Er schrie. Er stand und brüllte. Das ganze Haus unterbrach das Abendessen und horchte. Die Eltern sperrten, entsetzt über soviel Gegenwehr, die Augen auf und hielten einen Moment inne.

Im Zimmer des Jungen sah es aus wie nach einem Bombenalarm. Das Schachbrett zerbrochen, die Bücher zerfetzt, die Poster von den Wänden gerissen, die Platten gegen den Schrank gedroschen. Der Junge blutete aus dem Mund, und während er so schrie, die Arme eng an den Körper gepreßt, wehte es Bluts-

tropfen auf den Boden. Solche Flecken sind schwer herauszube-
kommen, deshalb brüllte die Mutter bald mit.

Schließlich lief der Junge aus der Wohnung und bat einen
Freund, ihn bei sich zu verstecken. Die nächsten dreißig Tage
verbrachte er in einem Keller. Es gab dort eine Matratze, einen
Schlafsack, einen winzigen Karamboletisch und eine schwache
Glühbirne. Der Keller war mit Groß- und Kleinkram aus vielen
Jahren gefüllt und hatte tausend Einzelheiten zu bieten. Von
dem Freund, dessen Vater verreist war und dessen Mutter nie in
den Keller hinunterkam, wurde er mit Hühnerbrühe, Brot und
Kakao versorgt.

Es war sehr schön in diesem Keller. Der Junge vermißte das Tageslicht in keinem Moment. Er dachte an viele Szenen aus den
vergangenen sechzehn Jahren. Die ersten vier davon mußten in
Ordnung gewesen sein, aber bei denen klafften riesige Gedächt-
nislücken. In den dreißig Tagen spielte er oft Karambolage mit
Bekannten. Sie tranken billigen Wein und feierten Sommerfe-
rien. Tagsüber las der Junge etliche Bücher, die ihm der Freund
aus der Leihbibliothek besorgte. Es waren ein paar gute und
viele schlechte darunter, aber nie mehr war das Lesen selbst so
still, so klar, so schön gewesen. Am dreißigsten Tag spürte der
Vater den Jungen auf. Er drang in den Keller ein, und sie sahen
sich stumm an. Die Eltern hatten sich große Sorgen gemacht,
sogar die Polizei hatten sie informiert. Der Vater sagte nichts,
und dem Jungen stiegen Tränen in die Augen. In diesem wäßri-
gen Augenblick dachte der Junge an eine Szene, als er elf war
und noch auf dem Gymnasium in Schwabing, und es war Sport-
stunde, und ein Tausendmeterlauf stand an und der Junge trabte
langsam los, denn für Reck, Barren und Tausendmeterlauf ließ
er sich immer eine Sechs geben, das war zu langweilig und an-
strengend und gefährlich und hatte nichts von einem Spiel, und
im Zeugnis stand dann im Durchschnitt eine Drei, was den Vater tief erboste, und der Sportunterricht fand in dem kleinen

geteerten Hof statt, und Tausendmeterlauf hieß, dreißigmal einen Kreis um den breiten Steinbrunnen ziehn, den man beim Fußballspielen umdribbeln mußte, und plötzlich bemerkte der Junge, daß sein Vater unter den Arkaden stand, neben dem Sportlehrer, und der Junge war weit am Ende des Felds, doch er zog an und lief sich die Lungen heiß, an verdutzten Mitschülern vorbei, und es gelang ihm, den Lauf knapp zu gewinnen, und alles tat ihm weh, und er war glücklich, sehr glücklich, denn der Vater war glücklich und stolzgeschwellt und warf dem Sportlehrer einen vernichtenden Blick zu, und der Junge tat, als bemerkte er den Vater erst jetzt und ging hin zu ihm und wurde gelobt.
Viele Menschen entscheiden sich irgendwann für ihre Würde oder für ihre Bequemlichkeit. Das ist einzusehen. Der Vater hatte sich gegen beides entschieden, was nicht so oft vorkommt, und als sie sich in diesem dunklen, warmen, leicht modrigen Keller gegenüberstanden, waren sie unfähig zu sprechen, aber es war klar, daß sie einander nie hassen würden. Tragische Figuren tun so was nicht.

In den nächsten zwei Wochen herrschte im Elternhaus beinahe FRIEDEN.
Es gab weder Mord- noch Selbstmordgedanken, und der Junge verliebte sich in eine dumme hübsche Gans von nebenan.

KAPITEL 17   *in dem Hagen von einer*
Prüfung erlöst wird, einen
Supermarkt überfällt, sich in
einer Gartenlaube versteckt,
zu sterben glaubt und nach
Herzenslust deliriert.
(Mit dem wahren Alphabet.)

Katako

Seit gestern seh ich lauter Tote auf den Straßen bummeln, leblose Leiber mit traumlosen Fressen.

Es ist wie damals, als ich Romeros Meisterwerk, die Zombie-Trilogie, im Kino sah, und danach an jedem Fußgänger mißtrauisch und mit einigem Abstand vorbeischlich. Das waren drei großartige Filme, voller Poesie, und das Splatterigste an ihnen die Mutilationen der Zensur.

Der Geruch des Formalins weht noch am dritten Tag. Alles ist Nekropolis. Die Sargarchitekten haben gute Arbeit geleistet. Übernachtet habe ich im Busch. Warm genug war es. Da war auch ein schlimmer Traum in diesem Busch verborgen. Glücklicherweise vergaß ich ihn beim Aufwachen. Träume, an die ich mich nicht erinnere, kommen nie ein zweites Mal. Bisher war es zumindest so.

Gegen Morgen ließ der Husten etwas nach. Dagegen stieg die Körpertemperatur. Die Welt ist häßlich, ihre Bewohner Abschaum, ihre Werte Unsinn. Fieberansichten.

Das Institut betrete ich durch den Hintereingang. Kühler Glanz prallt von den weißen Mauern, der alle Straßengeräusche übertönt.

Uwe hockt auf einer Holzbank, zupft an seinem Arbeitsmantel und sieht erschrocken zu mir auf.

«Hagen? Mann, du bist ja ganz dreckig! Und rasiert bist du auch nicht... Wo kommst denn her? Der Kramm ist stinksauer!»

«Ja?»

«Wir mußten heut nacht ausrücken. Kramm hat versucht, dich anzurufen, aber unter der Nummer hat sich wer anderes gemeldet!»

«Ja?»

Es fällt mir schwer, ihm zuzuhören. Es klingt wie das Gelalle eines Betrunkenen. Uwe bringt mich in den Waschraum und gibt mir einen batteriebetriebenen Rasierer in die Hand. Das macht wenig Sinn.

Uwe trägt nicht wie sonst sein hinterfotziges Schmunzeln. Seine Bewegungen sind fahrig und seine Gelenke wackeln.

«Heut nacht hab ich das Schlimmste erlebt, seit ich diesen Job mache. Ich kann's dir gar nicht sagen...»

Dann sagt er es doch. Ohne daß ich gebohrt hätte. Mir ist alles egal. Das Sichtbare ist weit entfernter Schemen leiser Hall.

«Herodes hat wieder zugeschlagen. Er ist in ein Haus eingestiegen und hat ein Baby umgebracht! Einfach auf den Boden geschleudert, bis der kleine Kopf geplatzt ist! Ganz in der Nähe! Keine fünf Kilometer von hier. Als ich das gesehen habe, hat's mir das Herz zerrissen. Ich hab beinah geheult! Mann, hast du ein Glück, daß du da nicht dabei warst. Ich bin immer noch völlig fertig...»

Ich nicke schwach, um zu zeigen, daß ich mich bemühe zuzuhören. Herodes, hier in der Nähe? Tss... Ich bin so müde...

Uwe bürstet mich ab und leiht mir seinen Kamm. Ich seh ihn verständnislos an. Dann fahr ich ein paarmal schlapp-lose durch die Haare und setz mich auf einen Stuhl. Die Beine sind taub und vibrieren, und neben den Ohren schlägt das Blut wilde Rhythmen.

«Wie kann ein Mensch so was tun?» fragt Uwe. «Wer kann so unmenschlich sein?»

Das Menschliche ist eine Erfindung der Untiere, steht irgendwo geschrieben. Robbenschlachten und Kindermord. Darüber können sich die Menschen noch aufregen. Viel ist das nicht mehr.

Der Husten kommt wieder. Diesmal wirft er mich zu Boden. Nach dem Husten betritt Kramm den Raum. Ich kühle meine Stirn an einer Bodenfliese. Kramm neigt sein Antlitz hinab.

«Sie sind gefeuert», flüstert er mir zu.

«Danke...», stammle ich.

Die erste Prüfung ist vorbei.

Uwe klopft mir bedauernd auf die Schulter. Der Depp.

Ich trotte raus aus dem Institut.

Gustl macht seine Kniebeugen. Er sieht stur beiseite. Das ist ein Fehler. Ich trete ihm mit solchem Schwung von hinten in die Eier, daß es uns beide umschmeißt. Spaß muß sein. Ich steh wieder auf. Er nicht.

Ich lauf davon. Viel zuviel Zeit hab ich hier verschwendet. Tss... Jetzt denk ich schon in zeitlichen Kategorien. Schäm dich, Hagen! Pfui!

Ich fühl mich so zu geklappt wie ein verschlossenes Klavier, dessen Schlüssel im Flußgrund ruht. Die Füße kommen vom Gehweg ab, rutschen auf den Asphalt. Unbarmherziges Hupen. Reifenquietschen. Beschimpfungen.

Sollen sie mich halt überfahren, wozu beleidigen sie mich? Das ist unlogisch.

Gegenmaßnahmen! fliegt es mir durch den Schädel... Schnellstens Gegenmaßnahmen treffen. Prüfung Nummer zwei. Man kann alles zurechtbiegen. Die Arme der Alleebäume sind düster verschränkt. Das Defilee beugt mich.

Vor dem Spielzeugladen stehn immer noch die grünen und braunen Flaschen. Die Deppen. Sie stehen nicht. Unsinn. Sie liegen. Sie schlafen.

Ich schmuggle mich zwischen ihnen durch.

Da ist gar keine Angst mehr beim Tapsen und Atemanhalten.

«Geben Sie mir diesen Walther-Nachbau!» fordere ich.

Die rothaarige Verkäuferin zögert, dann legt sie ihn auf den Tisch.

«Tun Sie's nicht!» wiederholt sie.

«Liebe Frau, Sie meinen es gut, bestimmt. Was macht das?»

Ein Zehner ist genug. Sie steckt ihn in die Kasse und senkt traurig den Kopf. Man sollte ihr etwas Nettes sagen, ja, aber kein Einfall kommt. Das ist eine dieser verhunzten Begegnungen, von denen man noch Stunden später glaubt, sie hätten etwas Entscheidendes bergen können.

Vor dem Laden drücke ich auf ein paar der Flaschen ab. Es ist ein Spielzeug! Du bist albern, Hagen! Geh auf den Spielplatz und warte auf den Mittag. Mittags ist nicht viel los. Das stimmt! Ganz recht!

Auf diesen modernen Kinderspielplätzen gibt es Geräte zuhauf. Burgen aus Holz und Blockhütten und Taue, an denen man sich über metertiefe Abgründe hangeln kann. Eine grün-rot-gelbe Holzeisenbahn und Reittiere mit Stahlfedern zum Wippen. Die tragen mein Gewicht nicht. Dreimal stürz ich in den Sand, und ein paar Bengel lachen mich aus.

Lange Rutschen gibt es, deren Metall heiß ist vom Juli. Dann gibt es auch eine schwankende Seilbrücke zwischen zwei Türmen.

Die Kinder haben Furcht vor mir. Sie halten Abstand, stecken zusammen und beraten sich flüsternd. Ich huste mich tief ins Erdreich hinein. Mit Grashalmen im Maul beobachte ich den nahgelegenen Kirchturm. Als es zwölf schlägt, geh ich los. Jetzt sind die Hausfrauen zu Haus und kochen.

Gleich wird die Kriegsflagge gehißt.

Aber vorher ein bißchen Pearl Harbor.

Der Supermarkt ist fast leer.

Ich halte der Dame an der Kasse die Pistole unter die Nase.

«Geben Sie mir bitte Geld. Soviel Sie haben!»

«Mein Gott!»

Die Plastiktüte, die über meinem Kopf steckt, ist so feucht, und die Augenschlitze verrutschen dauernd.

Sie sitzt erstarrt. Rührt sich keinen Zentimeter.

«Meinen Uronkel Konrad...», erzähl ich ihr, «den traf eine Granate bei Verdun. Das einzig gesicherte Fragment war seine rechte Hand. Die hat man stellvertretend begraben, und der Pfarrer schlug das Kreuz drüber. Geben Sie mir doch bitte Geld!»

Jetzt rückt sie's raus. Und ganz hastig. Man muß mit den Menschen nur reden. Ein paar Scheine flattern auf den Boden. Ich bücke mich und heb sie auf. Zwei, drei Kunden beobachten mich von der Gemüseabteilung aus. Sie wirken nicht ängstlich. Interessiert zwar, aber doch unbeteiligt, als sähen sie fern.

Ich sage danke und verlasse den Laden. Das ging recht einfach. Alle sind nett gewesen. Plastiktüte und Pistole landen in einer Mülltonne. Ein Bus hält an. Ich fahre zwei Stationen weit. Auf den Straßen fahren jede Menge Bullenwägen. Die suchen Herodes, nicht mich.

Der Eintritt in das große Freibad ist billig, und eine Badehose gibt es für fünf Mark Pfand. Ich lege mich zwischen zweitausend fast nackte Menschen. Soviel Fleisch. Soviel Geschrei. Falls die mich hier finden, tret ich wieder in die Kirche ein.

Ich bündle die Kleider zum Kissen, lege meinen zerfließenden Kopf darauf und laß es Abend werden, keuchend, spuckend und verstohlen zählend. Fast zweitausend Mark.

In die Kleider beißend, ersticke ich das Röcheln. Bloß nicht auffallen. Mein bleicher Rücken brät acht Stunden.

Als das Freibad zumacht und die spitzbäuchigen Bademeister zum Gehen drängen, ist er drittgradig verbrannt.

Ich bin eingeschlafen.

Laufen, laufen, laufen.

Das Geld verscharre ich unter einer Buche, warte am Waldrand im hohen Gras und sehe mir die Autobahn an, rote und weiße Lichter, und Lastwagenfahrer, die auf dem Rastplatz in die Landschaft schiffen.

In dem Wald hinter mir liegt ein Stück Kindheit. Das ist eine andere Geschichte.

In den Husten mischt sich Blut. Der Gaumen schmerzt, der Rükken lodert. Judith muß ein verdammt tolles Weib sein! Es hat keinen Sinn, sofort loszuziehen. Ich muß erst meinen Zusammenbruch planen. Sonst war alles für die Katz.

Um Mitternacht steig ich über den Zaun der Laubenkolonie und verstauch mir auch noch den Fuß dabei.

Den Fensterladen wegzusprengen ist recht einfach. Eine Gartenschaufel genügt. Aber splitterndes Glas macht viel Krach, besonders um Mitternacht. Meine Hand fährt in den Turnschuh und haut zu.

Trotzdem ein Riß im Handrücken. Nichts bleibt erspart. Ich steige ein und klappe den Fensterladen von innen zu. Jetzt muß Glück her. Viel Glück. Wenn morgen die Eigentümer dieses Kleingartenhäuschens vorbeikommen, ist es vorbei.

Es gibt ein Bett. Es gibt einen Schlafsack. Darüber leg ich alle Decken, die ich finden kann. Ein Aufschrei, als der Rücken den Stoff berührt.

Plötzlich ist mir nicht mehr alles egal. Schade.

Ich hab soviel Angst. Meine Knie zittern, lassen sich nicht festhalten, nicht niederdrücken. Sie führen einen Tanz auf. Haut zischt. Dauernd Geräusche näher kommender Schritte. Dauernd Schlüssel, die sich im Türschloß drehen. Dauernd Polizeisire-

nen. Dann wieder Stille. Und die Stille ist grausamer als der
Rest. Der Schlafsack naß vor Schweiß. Ich liege in meinem eigenen Saft. Ober- und Unterarme pappen fest zusammen. Ich
hab solchen Durst und solche Angst. Will mir die Decken vom
Leib reißen. Nein. Einschnüren mußt du dich! Damit du dich
nicht im Schlaf bloßlegst! Ist das der Tod?
Meine Stirn brennt wie die Bibliothek von Alexandria. Flammen züngeln bis zur Decke und tauchen die Hütte in ein höl-
lenhaftes Licht.
Ist das der gierige Knochenmann, der große Zapfhahnstreich?
Jetzt? Wo mein gesammeltes Leben im Jackpot liegt und ausge-
löst werden will? ANGST.
Ist Hagen abgehakt? Schon? Gibt es eine Fortsetzung nach dem
Schlaf? Ich will nicht schlafen. Will nicht. Werde es nicht dul-
den. Wehren!
Als Kind hab ich versucht, vor dem Spiegel meine Totenfratze
zu mimen. Das hat mich erschreckt, so überzeugend sah es
aus.
Die verwüsteten Erinnerungen springen durcheinander. Wie
Märchen, weit weg vom Hier, als lebten die Prinzen noch im
Teich, fliegenfangend.
Ich bin ein Scheiterhaufen. Alle Päpste geben mir Feuer. Ei-
serne Jungfrauen lächeln mir zu.
Das Brot ist gebrochen und der Stab und das Genick.
Angst. In einem Haus zu enden, o nein…
Wo sind Sterne? Ich bin zugebaut zu schlechter Letzt. Ver-
arscht. Unglücklich verloren, oder einfach nur schlecht ge-
spielt? Wer gibt Antwort?
Jemand macht sich am Fenster zu schaffen. Ein Kopf guckt her-
ein, ein ovaler Schatten, drüber der Mond.
«Hagen?»
Die Stimme. Hab mir gedacht, daß ich den nicht zum letzten
Mal gesehen habe.

«Ah – Herodes! Tut mir leid, Kumpel, aber du kommst zu spät, mich zu murksen. Ich sterb nämlich grade!»

«Was?»

«Da guckst du blöd aus der Wäsche? Kann man verstehn. Ich hab dich verulkt. Total genasführt!»

«Darf ich reinkommen?»

«Du kannst mir den kalten Buckel runterrutschen, hihi!»

«Fühlst du dich nicht wohl?»

«Hau ab!»

Ich vergrab das Maul in Daunen und würge. Als ich hochschau, ist kein Mond mehr zu sehen und das Fenster geschlossen. Wenigstens besitzt Herodes einen Rest Taktgefühl. Begrüßenswert. Wenn schon in einem Haus krepieren, dann ohne Publikum.

Und der lange Film beginnt. Es ist also wahr. Man darf noch mal alles betrachten. Ich sehe ein verpißtes Bett, eine löchrige Insel, silberne Eidechsen, Litfaßtitten, einen Karamboletisch. Tss...

Inmitten der schweinischen Zerstörung hab ich das Fett zum Elefanten gemacht, Eis zur Kristallkugel, Schmutzblut zum Abendrot, und ich sagte welch Ding sich da auch wälzen mag zuerst ist es doch farbig ja und Hauptsache erregend sagte ich zum Ekel... Partisan und Parasit... Das A des Schmerzes.

Orgasmen verkommen zur Auflehnung gegen Momentlosigkeit und andere Lügen, die rosanen, hellblauen, Versprechungen, Ausflüchte... der ganze brabblige Schwindel... Aufpfropfungen... Amputationen... B der Furcht.

Hier stürzen die Wasser über die Kante mit Algen und Quallen Fischen und Schiffen... mit allem was sagen kann... D des Trostes. Will nicht sanft in diese Nacht glitschen... schlechter Rutsch in den Vorleichenschleim... gequetscht gepreßt zerknüllt geplättet verätzt zersetzt verflacht sporadisiert verschossen... Platzpatrone... Hormondreiklänge... Pariserfetzen... E des Zweifels.

Versackt verschlickt abgemoort verlächerlicht... das Narren-
atom oder die Spaltung zwischen Sumpf und Frosch.

ENERGIE! ENERGIER!

Oberflächenspannung einer zähflüssigen... F der Wind.

Vor diesen Leuten die mich finden werden... den glasäugigen
Zyklopen Geistministranten Badeschlappen Steckdosen Dreh-
verschlüssen... Aktionäre... Reaktionäre... bedröhnt verwor-
ben gekauft Zins und Zinseszins abblutend Amok Gog und
Magog kawumm ins Notlochschwarz im Kollapsus Katako...
Isoldes entblößtes Geschlecht huckt sich der Erektion des Ster-
benden auf und wäre Christus gevierteilt worden würde fünfmal
soviel in der Landschaft rumstehn und ist das alles kommt jetzt
der Abspann und was steht bei Regie wer hat sie gehabt steht
mein Name dort? G die Ohnmacht.

Dieses Schwert ist ein Löffel und der Zweifel an der Zwiebel
Käfigursprung Gott Fettaugen blind. H der Atem.

Die Tomaten sind alle Atheisten selbst als Ketchup. Zitronenfal-
ter auf Pizza und Asche und Haß he fühlt meine Tatsche milde
abgeklärte Musik ist das auf dem Klavier rechts oben. I der
Ekel.

Nicht mit mir unbesiegt leckt mich am Arsch mit eurer Baum-
wollust ihr verschlagenen Winde abgefackelt fortgeflackert ge-
schoren zerrieben zerhackt dann bin ich halt der Schutzheilige
der Amokläufer einer muß es tun hier stürzen die Wasser mit
Algen und Quallen und Katako und der geheimnisvolle Nachen
in dem Richard das geschlossene Land verließ... Avalon. K des
Zorns.

Dann waren da Zelte.

Und da waren auch Spieße.

Die Haft des Zeltes wurde im Gestehn des Stabes. Katako! L der
Lust.

Und in der Wölbung ereignete sich die Gier der Schüssel zur
Demut der Kuppel.

Nachzüglich! Mehr! Weniger! Oder! Schande...

Lügen in allen Farben in diese Nacht glitsch ich nicht sanft mit den assimilierten Phantasien. M der Genuß.

Ich hatte ja kein Licht zur Fotosynthese sonst wär ich vielleicht Pflanze geworden heimisch beugsam Freßfrüchte tragend so aber hat es grad zu Tantris gelangt verseucht deformiert wußten Sie übrigens daß Theseus und Dionysos ein und dieselbe Person sind? Schnell noch die Schlüsse im Brand und das Fazit zum Beispiel daß es ratsam ist. N das Unbehagen.

Der bedachte Zaun wird Hausenge der gedachte Zaun Fronterde und der Stein genügt mir in seiner Geworfenheit seine Poetik ehrlich gesagt interessiert mich nicht Katako! Dem Einsamen ist das Massengrab nicht gerade Trost und zu oft ist es Liebe auf den ersten Fick aber das versteht sich wohl von selbst und das Land braucht weder neue Männer noch alte Frauen es ist zugeschissen bis obenhin und stinkt und was gibts noch zu sagen ach ja ich bin mal sehr bescheiden gewesen aber die Bescheidenheit ist Bequemlichkeit oder die eitelste Form der Ruhmsucht sonst nichts und der Feind den wir am tiefsten hassen der uns umlagert schwarz und dicht das gilt noch immer nach wie vor und später und Aristoteles möcht ich sagen daß bei den Elefanten die Bullen bitteren Charakters fernab der Herde ziehn was voll in Ordnung geht aber der Raum ist weg einfach weg und die Würde sowieso... wir müssen ineinander delirieren klaustrophobisch bis es schwarz wird Katako.

O der Respekt.

Und Gedanken wie um die Wette fliegende Seeadler ziehen letztlich Geierkreise über Beute so ist das und zudem war ich nicht grad ein Weisenkind und hab in der Wiege zu stark geschaukelt und lebte irgendwie als züchteten Nornen mich neu aus ihrem Garn und ließ mir Zeit und ich weiß das Vierteldumme ist böser als das Halbdumme undsoweiter die kreuchenden und fleuchenden Tiere... P die Verachtung.

Und abschließend neigt man zur Versöhnlichkeit wie so oft doch
dazu besteht kein Grund denn versöhnlich war ich immer ge-
stimmt im Lügenreich und ehrlich ich wünsch euch die Helle mit
lieben Grüßen vom Antichristkind… daß es auch jedesmal so
weihnachten muß bei mir… jaja schon gut ein Dank an die Besten in ihren besten Momenten haben mich von Jahr zu Jahr
gepeitscht in ihrem Trotz und wurden Heilige wo sie glücklich
warn und der Rest ist keinen schwachen Seufzer wert.

R der Schlaf.

Saft und Schmerzen und Blitze aller Art über karibischen Him-
meln und stählernen Skylines. Katako.

S. Bedrohung.

John Cales Viola dadidadadidadadi…

Es ist ein Friedhof im All ohne Erde Boden und Wände. Auch
haben die Särge aus schwarzem Stein keine Deckel. Zwischen
den Särgen schweben dorische Säulen ohne Oben und Unten.
Manchmal segeln Klaviere vorbei, elegant, gelackt, sternspie-
gelnd im Vakuum, das alles schluckt.

Dies ist die Hölle der Pianisten.

Und dort – kreuzt ein Meteor die Bahn, ein langgestrecktes Stück
Dreck voller Löcher. Ein Spaten, olivgrün, steckt darin. Meine
Sehnsucht deutet darauf.

Ich muß mich aber um die Toten kümmern in ihren lichtlosen
Möbeln. Manche stieß man in albernen Momenten hinein.
Einige der Frauenleichen tragen Schönheitsmasken. Gesichter,
verstellt von Gurkenscheibchen. T der Rhythmus.

Gern möcht ich die Kisten kippen, Körper schweben lassen, Pu-
steblumen. Aber ich habe keine Kraft. Ich schwebe selbst. Hunger ja. Keine Kraft.

Nichts mehr ist zu Essen da. Von Gurkenscheiben abgesehn.

Nimm mich mit! ruf ich einem monströsen Flügel zu.

Auf deinem Schoß auf deinem Hocker. Ich will mit dir spielen.
Auf schwarzen und weißen Tasten und Feldern und dahinter

klingende Stränge die Töne hervorwürgen für niemanden der Handlungsstrang an dem wir uns aufhängen bis wir tot oder Marionetten sind.

U die Einsamkeit.

Nun da alle Feinde grinsen... CH der Krankheit. Mit trockener Zunge leicht geworden Revue der Utopien und der krampfartige Bauchtraum der Entdärmten rumort und die Batterien der Musik leider entleert sonst gäb es Ablenkung bis zuletzt.

W. Erleichterung.

Und ich fletsche meine Zähne hoch bis vor die Augen gelb gewordene Palisaden es gibt jetzt eine Lücke durch die ich sehen kann.

SCH der Erregung.

Und verdammt, wenn Sie wüßten, was ich da sehe, Sie würden sich denken: Aha!

KAPITEL 18   *in dem der Junge den Wald*
so lang verklärt, bis er
hinausgeschmissen wird.

Wald

In den letzten zwei Jahren des Wartens entdeckte der Junge neben dem Reich der Bücher ein anderes Asyl.
Dies war der Wald, jener Teil des Kreuzlinger Forsts, der sich
zwischen Gauting und Germering erstreckt.
Ein Wald, der durch unnötig viele Wege, Trampelpfade und Ge-
denksteine erschlagener Holzfäller entstellte Züge trug. Die
Fichten standen nicht eng beieinander, und ihre Rinden waren
von Borkenkäfern befallen. Wild sah man selten. Durch einen
besonderen Umstand allerdings gab es in ihm weite Flächen, auf
denen man zu den richtigen Tageszeiten keinem Menschen be-
gegnete, zumindest keinem spazierstockschwingenden Rentner
mit Hund oder einer kinderwagenschiebenden Mutter. Dieser
Umstand war die Kraillinger Pionierkaserne, beziehungsweise
ihre militärische Sicherheitszone, ihre Übungsplätze, ihre Spiel-
felder für Schießübungen und Kleinmanöver.

Damals begann der Junge, sobald er sich auf irgendeine Weise
vom Elternhaus entfernen konnte, zu trinken.
Er war dabei meist nicht allein. Es gibt in jeder elften Klasse ein
paar Jungs und ein, zwei Mädchen, die sich von den anderen
dadurch unterscheiden, daß sie Rimbaud lesen, Hölderlin und
Baudelaire und d'Annunzio. All jene Autoren, die man Jahre
später ein zweites Mal liest und ganz anders versteht. Bis auf
Stefan George. Den liest man hoffentlich nie mehr. Die poeti-

schen Ekstasen unterstützte man mit billigem Weißwein, der sich «Grafentrunk» nannte, von dem der Liter nicht mehr als zwei Mark kostete, der aber, das muß zu seiner Ehre gesagt werden, selten Kopfschmerzen verursachte.

Hinterher kaute man Traubenzucker mit Kaffeegeschmack, um die Fahne zu verbergen.

Zuerst trank man auf dem kleinen Germeringer Waldfriedhof, doch bald begann jene Modewelle jugendlicher Satanisten mit ihren albernen schwarzen Messen, ihrem Lustgewinn aus schwarzen Schauern und einem unübersichtlichen Ritenpotpourri. Auf dem Friedhof war viel los. Zuviel.

Gerade rechtzeitig entdeckte der Junge im Kreuzlinger Forst jenen wundersamen Platz, der jeden, dem er ihn zeigte, mit einem verwirrten Staunen erfüllte.

Die militärische Sicherheitszone war durch rostige Blechschilder, nicht aber durch einen Zaun begrenzt. Die Schilder besagten, der Wanderer möge hier nicht weitergehn und sich von etwaig gefundener Munition fernhalten.

Ließ man sich davon nicht abschrecken und marschierte fort, so änderte der Wald langsam sein Aussehn. Die Pfade wurden seltener, das Gestrüpp dichter und die Pilze häufiger. Ging man so ungefähr einen Kilometer weit, gelangte man zu einer von hohem Steppengras bewachsenen Fläche, die im Süden von einer staubigen Straße durchzogen wurde. Morgens fuhren darauf Lastwagen, manchmal auch Panzer, und oft robbten Soldaten durch das Gras und schossen mit Platzpatronen auf andere Soldaten, die den Feind darstellten.

Vom frühen Nachmittag an war die Fläche leer, und man konnte sicher sein, nicht behelligt zu werden.

Es gab darauf, in einem Radius von etwa zweihundert Metern, einige Dinge, die bemerkenswert waren, und deren Bedeutung niemals recht erraten wurde.

Da waren vier Betonträger eines Gebäudes. Eckig, hellgrau, fünf Meter hoch, oben durch Querstreben verbunden. Aus den Scharnieren an den Spitzen hingen morsche Holzbalken. Es ähnelte einem funktionalistischen Hünengrab.

Kein Dach, keine Wände, kein Fundament. Vier Pfeiler im Gras. Egal, was das einst gewesen sein mochte, nun wurden es die Reste eines im Sonnenuntergang archaisch leuchtenden Tempels.

Dort machte man gern ein Feuer, der Wein bekam einen besonderen Geschmack, und Hyperion las sich sehr zeitgenössisch.

Dreißig Meter vom Tempel entfernt stand ein Altar.

So nannte man dieses Ding. Es wäre wirklich sehr schwer, dafür einen anderen Namen zu finden.

Es handelte sich um eine Mauer, zwei Meter breit, eineinhalb Meter hoch, von der Dicke einer Handfläche.

Oben lief sie von beiden Seiten treppenförmig zu. Sie war sauber gemörtelt und keineswegs Ruinenteil, aber auch kein Gerät für Leibesübungen der Soldateska, wie man im ersten Moment vermutete.

Nein, das Ding hatte absolut keinen Sinn, außer dem eines Altars. Das genügte.

Ging man vom Altar aus ein Stück nach Osten, so tauchten im dürren, käferreichen Gras plötzlich Schienen auf. Sie begannen in der Erde und endeten in der Erde, nahe beim Waldrand, und sie besaßen eine Länge von nur drei Metern. Wenn sie je von irgendeinem bautechnischen Nutzen gewesen wären, hätte man in der nächsten Umgebung Relikte von Gebäuden finden müssen. Keine Spur.

Jemand hatte mitten im Wald Gleise gelegt, von einer Stelle zu einer anderen, drei Meter entfernten Stelle. Das konnte sich keiner erklären. Die Gegend glühte von Geheimnissen. Südlich vom Altar, auf der anderen Seite der Staubstraße, lag eine große Grube von zwanzig Metern Durchmesser und zehn Metern Tiefe.

In diese Grube hatte jemand eine steile Holztreppe gebaut, obwohl sie zur anderen Seite hin einen breiten Ausgang mit geringer Steigung besaß, in dem Panzer ihre Kettenspuren hinterlassen hatten.

Im Zentrum der Grube war eine Feuerstelle, durch Steinblöcke begrenzt. Von dort aus gab es keinen Horizont zu sehn. Es schien, als läge der Himmel gleich einem Dosendeckel über diesem Amphitheater. So wurde es genannt.

In der Nacht sahen die Sterne von dort ungeheuer nah aus, und die Akustik war beeindruckend.

Hinter dem Amphitheater lagen weniger romantische Dinge. Abortbaracken und ein gepflegter Fußballplatz, in ordentlichen Maßen, mit zwei Siebeneinhalbmetertoren und immer frischen weißen Linien. Mitten im Wald für die Soldaten erbaut. Die eigentliche Kaserne begann einen Kilometer weiter und war selbstverständlich umzäunt, bewacht und angsterregend.

Der Junge führte nur wenige Personen zu diesem Platz und versuchte ihn so gut wie möglich geheimzuhalten. Das wäre gar nicht nötig gewesen. Außer ihm und seinen poetischen Freunden und Freundinnen sahen die Menschen darin nichts umwerfend Bewegendes.

Sooft es sich einrichten ließ, verbrachte er hier Nachmittage und Nächte, briet Fleisch, lernte Retsina lieben und summte und sang, wenn er besoffen war, laut und falsch, und es gefiel ihm sehr, seine Stiefel zu betrachten wie ein müder gequälter Emigrant. Er schrieb dort altmodische Gedichte in kompliziertester Metrik und schlug sich auch gern quer durchs Dickicht, denn er glaubte, daß der Wald gut zu ihm war und keine Fallen stellte.

Tatsächlich stolperte er niemals über eine Wurzel, zerkratzte sich nie an Dornen, langte nie in fauliges Reisig, und es peitschte ihm nie Strauchwerk ins Gesicht.

Der Junge deklarierte diesen Teil des Waldes zu seinem Reich, lehnte geradezu zärtlich an den Bäumen und spann allerhand Gedanken. Nichts verehrte er mehr als die Stille.
Die Stille erscheint erst wirklich still, wenn von Zeit zu Zeit ein Vogel krächzt oder Wind im Laub wühlt.
Der Junge fühlte sich sehr gut dort, vor allem, wenn er ganz allein war. Dann wurde er zum Priester eines höchst geheimen Ordens, geizig mit der Gnade der Einweihung in seine Regeln.
Er sog die Magie des Ortes ein, um gegen den Rest der Welt unempfindlich zu werden. Die Stille und der Wein wurden ihm Kraftnahrung. Und wenn man sagt, daß das Pathos hohl sei, dann vielleicht deshalb, weil der Junge es in diesen Jahren gierig leerfraß.

Eines Nachts, wenige Wochen vor seinem achtzehnten Geburtstag, ging er wieder durch den Wald. Es war eine mondlose Nacht, deshalb setzte er seine Schritte vorsichtiger als sonst, obwohl er im Dickicht den sicheren Radar einer Fledermaus zu haben schien.
Langsam und leise, um die Stille nicht zu stören, durchwanderte er unvertrautes Terrain westlich des Amphitheaters. Seine Augen stöberten im Dunkel, ohne etwas zu suchen. Der Wein neigte sich dem Ende zu. Die Jägerstände waren allesamt stabil und bequem gebaut, und einer von ihnen war so hoch, daß man von dort aus den Lichterfluß der Autobahn erkennen konnte.
An einem Bach träufelte er sich Wasser auf die Stirn. Voll Selbstvertrauen, in Erwartung eines neuen Zeitalters, stapfte er durch die Schwärze des Waldes und horchte auf die Stille.
Dann kamen Gedanken, daß er den achtzehnten Geburtstag

vielleicht nicht erleben würde. Es mutete unglaublich an, daß eine Zeit so einfach vorbei sein könnte, von einem Datum abgelöst. Vielleicht würden ihn die Eltern vorher noch umbringen, so mehr zufällig, im Affekt, versehentlich möglicherweise. Vielleicht sollte er seine Abreise vorverschieben und den Triumph des Geburtstages anderswo feiern.

Dann dachte er an die gängigen Klischees vom Lauf des Schicksals und beschloß, es darauf ankommen zu lassen.

Bei dieser Gelegenheit beschloß er auch, keinen Abschiedsbrief zu hinterlegen. Es gab nichts zu sagen. Es sollte vorbei sein. Demütigungen. Blamagen. Observationen. Diebstähle. Prügel. Auch der Haß, der alle diese Dinge in Spiritus legt. In ein paar Wochen würde er geboren werden, und an das Davor keine Erinnerung behalten und keine Prägung. So dachte er. Er gab sich viel Mühe damit.

Lässig eine offene Hand wie einen Blindenstock vorausgestreckt, ging er durch die Dunkelheit, und die Fichtennadeln waren weich zu ihm. Er legte eine Rast ein, stemmte den Rücken gegen einen der Bäume und überlegte, daß es wirklich an ein Wunder grenzte, daß ihn noch nie ein Zeck erwischt hatte. Wo es hier doch Myriaden davon gab.

Dann hörte er das Knacken im Holz.

Kein Vogel, kein sonstiges Tier, das sortierte er sofort aus. Diese spezielle Regelmäßigkeit des Knackens – die Schritte bedeutet. Stockende Schritte.

Als hätte ihn etwas gerochen und verharrte nun, um Gefahr oder Erleichterung zu erschnüffeln.

Das Gehen auf Sohlen ist unverkennbar. Absatz zuerst, dann die Zehen ... wie das abrollt und die trockenen Blätter zerspringen läßt ...

Da war ein Mensch. Irgendwo, in einer ungefähren Richtung.

Der Junge erhob sich aus der Hocke und ging verärgert weiter.

Er wollte allein sein in dieser Nacht und forcierte das Tempo. Damit verursachte er Geräusche, Lärm, für den er sich schämte, weil die große, gütige Stille zerstört wurde. Hin und wieder blieb er stehn und horchte.

Dann war da ein Schritt. Ein Echo. Dann nichts.

Etwas folgte ihm, und es blieb stehen, wenn auch er stehenblieb.

Es hielt Abstand.

Der Junge ging noch schneller. Es blieb ihm auf den Fersen. Zwischendurch versuchte er sich zu orientieren und überlegte, wo er sich gerade befand, und suchte nach einem Trampelpfad. Aber seine Augen durchstießen die Schwärze nicht. Da war jemand, der ihn verfolgte und der nicht wollte, daß der Junge es bemerkte.

Stirnrunzelnd überlegte sich der Junge, laut «Wer da?» zu rufen, aber seine Kehle blockierte. Vielleicht war es nur eine Täuschung. Er wollte die Existenz dieses Verfolgers nicht herausfordern. Auch haßte er es, im Wald laut zu rufen. Schließlich beschloß er, so zu tun, als hätte er keine Ahnung von dem Verfolger, und lief weiter, verursachte aber noch mehr Krach als vorher, walzte über den trockenen Boden, setzte die Schritte schneller und kleiner.

Dann fing er sich mit einem weiten Sprung ab.

Ein Haken der Stille.

Tatsächlich.

Nun war kein Glaube an Einbildung mehr möglich.

Zwei Schritte knirschten. Dann Verharren.

Eindeutig.

Schweiß sammelte sich auf seiner Stirn.

Und er begann zu rennen, beide Hände ausgestreckt zu seinem Schutz. Und die Äste klatschten ihm auf die Haut, Spinnweben klebten sich in sein Haar, den rechten Knöchel schlug er sich an einer Wurzel wund.

Und etwas rannte mit ihm, synchron, in seinem Geräusch-schatten.

Als der Junge endlich einen Pfad erreichte, schnaufte er aus, versuchte Haltung zu bewahren und gab seinem Schritt einen mutigeren Anstrich.

Eigentlich war dies ja SEIN Wald.

Wozu lief er fort?

Dreh dich doch um! sagte er sich, schrei dem Etwas ins Gesicht, woher es die Frechheit nehme ...

Doch glaubte er auch, daß in diesem Fall bestimmt etwas PAS-SIEREN würde. Und das mochte nicht unbedingt angenehm sein.

Falls er einfach weiterging, schien eine Konfrontation vermeid-barer. Warum, weiß nur die irrationale Psyche des Flüchten-den.

Er lief den Pfad entlang. Im Kies waren die bumpernden Schritte des Verfolgers genauer zu hören, der versuchte, in den Takt des Jungen zu verfallen.

Also tänzelte der Junge alle paar Meter und brachte den Verfol-ger damit aus der Deckung der Duplizität. Sich umzuschauen wagte er aber nicht.

Da war bestimmt kein schönes Mädchen und kein gebratenes Lamm. Er dachte eher an ein Beil, von nervigen Händen getra-gen. So etwas.

Dann spurtete er.

Der Verfolger spurtete mit.

Bald waren nicht nur Schritte, sondern auch Atem zu hören. Atem, der näher kam.

Die Verfolgung besaß keinerlei Eleganz mehr. So ging es einen ganzen Kilometer lang.

Dann war der Junge am Rande des Waldes angelangt, sah vor sich die Betonstraße, sah die erste, insektenumschwärmte Laterne, hielt sich an ihr fest, neben dem leeren Parkplatz des Freibads, keuchte, wischte den Schweiß ab und hatte das unlogische Gefühl, gerettet zu sein.

Warum, weiß wie gesagt nur die Psyche des Flüchtenden.

Aber das Echo verstummte tatsächlich.

Was da auch war, es blieb in der Verborgenheit des Waldes und folgte ihm nicht in die Beleuchtung der Zivilisation.

Der Junge zitterte. In ihm stritten die Scham, geflohen zu sein, mit der Überzeugung, vernünftig gehandelt zu haben.

Da war auch noch Neugier. Riesige Neugier, dem Etwas auf den Grund zu gehen.

Er klappte sein Taschenmesser auf und starrte in das Waldschwarz. Vielleicht, so überlegte er, bräuchte er den Spieß nur umzudrehen, aus dem Gejagten einen Jäger zu machen?

Doch er blieb stehn und zitterte fort und wagte sich nicht über die Demarkationslinie des Lichts, und sein Herz war so angeschwollen, daß es den Lungen wenig Platz ließ.

Geh hin! befahl er sich, geh doch hin und sieh!

Doch er blieb regungslos stehen, bis das Zittern in ihm abebbte, und er wußte, daß der Wald ihn verstoßen hatte.

VIERTES BUCH

Eine Einzelheit vergaß ich zu erzählen, die mir auf meiner Reise mit Richard und Lidia zu Augen kam.

Beim Besuch des Pantheons in Rom betrachtete ich die gewaltigen korinthischen Pforten-säulen dieses allen Göttern geweihten Gebäudes.

In einer davon, in fünfzehn Metern Höhe, klemmte, zwischen Voluten und Akanthus, ein Fußball des Typs «Tango».

Niemand weiß, was der Fußball in jener Höhe suchte.

KAPITEL 19 *in dem Hagen in Berlin*
ankommt und sich eifrig
bemüht, Judith zu finden.

Jede Tonne eine Wonne

Es ist August geworden. Munter weiter durchs Purgatorio ge-
hoppelt. Ich bin in der Hölle. Nein, das wäre untertrieben. Die
Berliner Ätherwellen klotzen mit Eigenlobgesängen. Schreibt
sonst eine Stadt soviel Songs über sich selbst? Fronttheater.
Truppenaufheiterung in der Insel des Westens. Na, wie lange
noch? Die Stagnation des feindschaftlichen Friedens endet. Am
Ausverkauf des Ostens kann in diesem Sommer niemand mehr
zweifeln. Man möchte denken, das birgt Möglichkeiten!
Wenn sich mal wieder ein Eingeweidetrakt der Welt bewegt, sind
Optimisten gleich willig zu glauben, es täte sich eine Chance
auf, der Periodik des Grauens zu entgehn. Aber der Darm ist
innen immer braun, was rauskommt, mehr Gestank als Wind
und keinesfalls frisch...
Beim Anblick der Millionen violetten Fresser lasciate ogni spe-
ranza voi ch'entrate!
Berlin.
Hier hab ich längere Zeit gelebt, mit der Freiheitsepilepsie im
Nacken. Hab Steine geschleudert wie zwölf junge Davids, hinauf
zum Balkon des Café Kranzler, der Spießbürgertreff vom Ku'-
damm. Zwischen Neon und Nepp wurden Barrikaden errichtet,
und Autos brannten. Richtig nostalgisch.
Später landeten die Steine treffsicher in den Auslagen der Ge-
tränkehandlungen. Sport macht durstig.

Heute wäre es eher angebracht, ins Kranzler zu gehn, einen Marmortisch zu zerdeppern und mit den Brocken auf Passanten zu schmeißen...

Kreuzberg sieht inzwischen recht sauber aus, das Ghetto ist Touristenattraktion, und die Klügsten unter den Autonomen schieben ab aufs Land. Die Stadt ist voll degenerierter Extremer, und die Ideen, denen noch nachgelaufen wird, sind Kinderfassungen antiquierter Utopien. Lauter Irre laufen rum, bösartig, ohne Charme, ohne Raffinesse, plump. Die denken nur aus Zorn, Verzweiflung und Zerstörungslust heraus – was soviel heißt wie gar nicht. Die Stadt unterscheidet sich nicht arg vom Rest fettdeutscher Realität. Sie ist nur nackt und häßlich.

Viel hängt in der miesen Luft. Ich lecke die Zeichen von den Wänden. Im Labyrinth.

Ich muß ja Judith suchen. Schwierig genug.

Berlin ist solch eine Idylle des Drecks und der Übertölpelung, daß Poeten hier außer Judith nichts zu suchen haben.

Mit ein paar Fotos ist alles gezeigt. Den Rest erfährt man aus der Reklame. Und der Klatsch interessiert mich nicht.

Ich kack drauf. Die Kunst muß am Tatort sein, bevor Bullen und Reporter drüber herfallen.

Von den zweitausend Mark Beute ist grad die Hälfte übrig. Trotzdem leb ich in überheblicher Armut.

Das Obdachlosenheim ist hier auch im Sommer manchmal voll – mit Polen, Pakistanis, Irakern etcetera, Delegationen von jedem Teil des Globus.

Ich hab mir eine billige Pension gesucht, weil ich meine Kröten nicht dauernd in der Unterhose tragen will. Das stört bei erotischen Träumen. Würde ich nachts auf der Straße bleiben, hätten die Kröten wenig Chancen, lang meine Gesellschaft zu genießen. So ist das mit dem Reichtum.

Berlin ist nie sehr nett zu mir gewesen.

Hier bin ich mit der Drückergang in der Scheiße gesessen. Hier hab ich Unsummen beim Zocken verloren. Hier bin ich fast lungenkrank vom Tränengas geworden. Die Stadt hat mir immer gezeigt, wer Chef ist.

Was Judith betrifft, sind die Anhaltspunkte spärlich. Sie geht aufs Gymnasium. Es nützt nichts, diese in den Schulferien abzuklappern.

Planlos lauf ich durch die Stadtteile.

Auf einem Lastwagen der Müllabfuhr steht:

JEDE TONNE EINE WONNE.

Na bravo! Da kann man nur applaudieren!

Judith erwähnte, Viola zu spielen. Also ruf ich Musikschulen an und geb eine Beschreibung durch. Das kostet nur Zeit. Viele lassen sich überhaupt nicht zu einer Auskunft herab. Außerdem gibt's tausend Privatlehrer.

Es wäre infam, auf ein weiteres Wunder zu hoffen, aber man läuft eben – weil man sich ja Mühe geben will, weil das zum Suchen gehört.

Sie hat gesagt, sie ginge gern ins Kino. Deshalb treib ich mich abends da und dort rum, wo Filme laufen, die ihr gefallen könnten.

Es sind makabre Momente, wenn man überlegt, daß sie vielleicht gar nicht in Berlin ist, daß sie mich beispielsweise grade in München sucht.

Das wäre zuviel Tragik. Das würde nicht mal Berlin einfallen.

Zur Vorsicht ruf ich einen der Streetworker an und frage nach Neuem.

Nein, von einer Judith hat er keine Ahnung. Aber er erzählt im Nebensatz, daß man Tom eingekastelt hat.

In jedem italienischen Restaurant laß ich einen Blick liegen. Meine Blindheit tötet mich ab.

Dreimal Lahmacun pro Tag, Stück für zwei fünfzig. Das ist eine türkische Pizza mit Salat. Schmeckt gut, macht nicht satt. Ich bin mager geworden.

Wie ich Berlin hasse! Das muß leise gedacht werden, denn die Stadt hört zu und lächelt grimmig. Hort der Verfluchten. Smogwarnstufe 2. Döner eis requiem.

Nur wenig Geld geb ich für Alkohol aus und dann nur für den billigsten. Hagen, ein mustergültiger Prüfling. Der wird noch wegen guter Führung vorzeitig entlassen.

Die Berber hier sind deutlich brutaler als in der Isarstadt. Wurschtigkeitsgefühl ist unbekannt, man fügt sich nicht leicht, um jedes Bier wird gekämpft. Die Sitten sind verroht, Fäuste schnell zur Hand und Hemmschwellen auf Bodennähe geschrumpft.

In München ist unsereins Fremdkörper vor zierlichen Fassaden.

In Berlin ist das Drunten mancherorts Lebensart geworden, schlechter Abklatsch eines Jim-Jarmusch-Films.

Zum Ablenken gibt es Quantität.

Viele Rockkonzerte sind so gut wie umsonst, und es laufen jede Menge Typen rum, die aus mitgebrachten Kartons Bierdosen verkaufen, nicht weit überm Ladenpreis.

So was wäre in München undenkbar, dazu gäbe sich keiner her, das wäre unter Stil, Würde und Profitspanne.

Manchmal geh ich in die Zockerkneipen und spiele Blitzschach, um mein Geld leicht zu vermehren, um länger durchzuhalten.

Als ich neunzehn war, habe ich fast jeden Abend in solchen Kneipen verbracht. Das Schachlokal lag zehn Gehminuten von der Kurfürstenstraße entfernt, und ich mußte ungefähr drei Stunden spielen, bevor ich mir wieder einen blasen lassen konnte. So ging das hin und her.

Die Nutten machten es einem gleich auf einer Bank des Kinderspielplatzes. Es war eine geregelte Zeit.

Heute hab ich soviel verlernt, daß für vierzig Mark lang gearbeitet werden muß. Und die erscheinen wenig, weil sie in besseren Zockerzeiten als Trinkgeld gegeben wurden.

Das mit der Lungenentzündung ist ja ganz gut ausgegangen. Zwei Tage und Nächte hab ich geschlafen und geschwitzt, und als dann Leute kamen, schrien sie mich wach, und es war wieder genug Kraft da, davonzurennen. Das Geld lag auch noch unter der Buche, und selbst beim Trampen nahm mich gleich einer mit. Übrigens ist Herodes verhaftet worden. Es war ein arbeitsloser Türke, bei dem man ein Rasiermesser und einen Hammer gefunden hat. Zwar liegt noch kein Geständnis vor, aber der Fall soll klar sein, die Indizien erdrückend. Seltsam. Einen türkischen Akzent hab ich an Herodes nie bemerkt.

Wenn ich bloß ein Bild Judiths besäße. Das man jemandem zeigen könnte...

Mir kam die Idee, zu einem der vielen Porträtmaler vor der Kaiser-Wilhelm-Gedächtniskirche zu gehn, um mir von ihm ein Fahndungsbild fabrizieren zu lassen. Leider waren fast alle Maler auf Karikatur spezialisiert.

Trotz vielfacher Beschreibung glichen die Kreaturen, die auf den Zeichenblöcken entstanden, Judith in keinster Weise. Je mehr ich sie beschrieb, desto verschwommener wurden ihre Züge in meiner Erinnerung. Ohne zu bezahlen, haute ich ab, und bereute bitterlichst, selbst völlig unfähig im Zeichnen zu sein. Danach schaltete ich Anzeigen in Tageszeitungen und Stadtmagazinen. Erfolglos.

Mein Mut ist keineswegs entschwunden.

Die Wahrscheinlichkeit, Judith einmal zufällig auf der Straße zu begegnen, ist – grob hochgerechnet – 1 : 1 in einem Zeitraum von sieben Jahren.

An der Straße des 17. Juni stehn hübsche Polinnen rum, die es illegal und billig treiben.

Ich halte mich zurück wie ein junger Mann, der beim Anblick

seiner ersten Liebe emphatisch beschließt, das Onanieren aufzugeben. Die Sucht nach Körperwärme, der Hormondruck – sie machen mir schwer zu schaffen. Ich werde wankelmütig.

Die Spermaschlacht geht verloren. Hinterher bin ich zum ersten Mal wirklich traurig. Sie hat's für dreißig Mark gemacht, französisch, echt erstklassig, hat sich Mühe gegeben und hat auch noch was von hungernden Verwandten hinter dem rostigen Vorhang erzählt, denen sie Geld schickt. Ich gab ihr einen Zwanziger extra. Mehr war da nicht zu tun.

Die Wolken bilden eine Teufelsfratze am Himmel, die mich frech angrinst. Ich ruf hinauf: DAS HÄLTST DU NICHT LANG DURCH! Und starre in die Fratze, bis der Wind sie zerbläst, und nicke zufrieden.

Wer gegen den Teufel kämpfen will, muß schon Gott werden, sonst lacht sich der Teufel 'nen Ast. Man neigt deshalb leicht dazu, nichts den Teufel zu nennen und Mensch sein zu wollen. Das wird einem gründlich verleidet mit der Zeit.

Im Kleingedruckten steht, daß der Gesellschaftsvertrag nicht einseitig gekündigt werden kann. Ich bin mir ziemlich sicher, nie etwas unterschrieben zu haben bei meiner Geburt.

Wäre ich nicht so rührselig veranlagt, wär ich Philosoph geworden, würde alle anfallenden Leichen sorglos auf mein Konto transferieren und die schwachen Gefüge dieser Welt mühelos zerstören. So aber begnüge ich mich mit meinem Asyl zwischen den Lügen.

Berlin im August, das ist ein müder Friedhof. Interessanter Leute vielleicht. Gewesen. Sie werden alle sterben. Alle, die ich sehe. Und die wissen das. Selbst die Pünktlichsten der Uhrmenschen. Eine billige Erklärung.

Ein junger Poet geht durch die Wüste, bewaffnet mit einem Stift und einem Blatt Papier. Groß schreibt er den ersten Satz auf. Den zweiten. Den dritten schreibt er auf die Rückseite des Blattes. Weitere Sätze fallen. Sie werden immer kleiner gekritzelt, an den Rand des Blattes, um die Ecke, zwischen schon entstandene Zeilen. Bald ist das Blatt unlesbarer, schwarzer Brei; dichtgedrängt, durcheinander stehn die Buchstaben. Dieser Poet hat es falsch gemacht. Arschficker.

Ich frage die Menschen nach Judith aus. So wie es Edgar getan hat.
Insekten landen auf meinen Schweißporen. Aufregend wie die erste Mondlandung. Kunstvolle Gebäude aus Flügeln und Fleisch. Ihr Leben ist keinen Stich wert. Meine Hand klatscht sie platt. Ihr Pech, daß sie nicht schreien können.

Und die Gefragten schweigen ihre Kinne hart.
Judith ist höchstens ein paar Kilometer entfernt.
Das reißt mir das Maul auf und lacht hinein.

Am Charlottenburger Schloß, am Wasserturm, in der Koblenzer Straße, am Kurt-Schuhmacher-Platz, in Zehlendorf, in Steglitz, am Adenauerplatz, am Plötzensee. Da bin ich heut gewesen. Kreuz und quer. Beim Roulette soll man hüpfen, sagt eine Spielerregel.

Ein älterer Poet schreibt mit dem Finger einen Satz in den Wüstensand, baut anschließend andere Sätze darum. Es ist soviel Sand zu beschreiben. Er schreibt und schreibt und merkt nicht, daß der Wind das Geschriebene glatt weht. Das ist schon besser. Mösensucher.

Spät in den lauen Nächten find ich mit dem Instinkt eines Kamels die verkommensten der Absturzlager.

In der «Torfbaude» kostet die Dritteliterflasche Schultheiß nur eins achtzig. Schwaches Licht aus rustikalen Lampen, dunkles Holz, eine schlechtsortierte Bar und eine Jukebox mit vielen deutschen Schlagern drin. Die kommen alle an die Reihe. Neben mir am Tresen sitzt eine Frau, fix und fertig. An einem Ecktisch singen zwei Althippies «If You're Going to San Francisco» und «Yellow Submarine». Gleichzeitig. Ein alter Mann ist über seinem Schnaps eingeschlafen, und das Glas rutscht vom Tisch. Ein Kerl mit schwarzer Lederhose und brauner Fransenjacke fickt den Flipper. Zwei Spielautomaten blinken. Die Bedienung ist eine junge Polin, sehr nett und zuvorkommend. Die ist bestimmt ganz neu hier. Unter der Bar hängen Listen mit Schulden der Stammgäste.

Die Frau neben mir hebt jetzt den Kopf, wirkt wild entschlossen, heute noch nicht aufzugeben. Ihr Haar ist strohblond und ihre Nase ein Netz aus feinen Kapillaren. Sie hat sich die Lippen aufgebissen. Plötzlich spricht sie mich an.

«Du bist fremd hier, nich?»

«Ja. Bin ich.»

«Was kiekste mich denn so an?»

«Ich schau dich gar nicht an.»

«Weißt, wo du hier biss?»

«Wo?»

«Inner Torfbaude!»

«Das wußt ich schon.»

Sie kichert laut und bestellt sich noch eine Flasche Bier. «Jaja... das weiß du... Das ist die Mörderkneipe...»

«Ja?»

«Ja. Letztes Jahr, um die Uhrzeit, da ist einer hier reingekommen und wollte am Zigarettenautomaten 'ne Packung ziehen.»

«Und?»

«Und da war ein anderer Kerl, der saß hier am Tresen, wie du jetzt. Der hat seine Pistole rausgeholt und den Ärmsten abgeknallt. Einfach so. Verstehste? Die haben sich überhaupt nich gekannt.»

«Willst mir angst machen?»

Sie lacht. «Glaubst, ich erzähl dir Schmonzes? Das kann hier jeder bestätigen, was?»

Alle im Lokal nicken langsam, in einer Art, daß man die Geschichte unbedingt glauben muß.

Die Frau, um die fünfunddreißig Jahre alt, bekommt ihr Bier. Und fängt erst richtig zu erzählen an. «Bis achtzehn bin ich im Kloster gewesen, ne? Dann war ich noch mal im Kloster, bis einundzwanzig...»

Sie läßt ihren Kopf auf den Unterarm sinken und reibt ihre Stirn dran. Ihre kleinen Augen sind rote Fische in einer trüben Soße.

«Und dann, dann kam der erste und letzte Mann. Dem hab ich eine geknallt. Aber DIE REINHEIT IST HIN!»

Ich hör ihr gern zu. Sie schielt stark. Das linke Auge zielt nach oben, das rechte nach schräg unten. In der gleichen Weise zeichnen sich ihre Brüste unter der fleckigen Bluse ab. Ich mag die Verformten. Die sind wenigstens nicht so gewöhnlich.

«...dreizehn Jahre war ich verheiratet, ne? Dann hat er sich verguckt in so 'ne Seekuh! Bloß weil se jünger is... Mensch, die Nachbarn haben mich am WEIHNACHTSABEND angerufen, um mir zu sagen, daß er's mit 'ner andern treibt! Ich laß mich doch nicht betrügen, ne? In der heutigen Zeit! DA WIRSTE JA KRANK!»

Ach je. Wie traurig. Das nächste Bier geht auf meine Rechnung, ganz klar.

Sie gibt mir vor Freude einen stinkenden Kuß. Um gleich anzufügen: «Wennde glaubst, du kannst mich bumsen, biste falsch gewickelt!»

Ein Glück.

Von links kommt einer der Althippies und stößt mit mir an.

«He – du bist in Ordnung! Soll ich dir was zeigen?»

«Gern.»

«Das ist ein großes Geheimnis. Erfahren nur wenige. Aber dir zeig ich's!»

«Was denn?»

«Kennst den Kamikaze? Den Drink hab ich erfunden. Da macht uns die Agnes jetzt zwei!»

Agnes, so heißt die polnische Bardame. Sie zuckt mit den Achseln. Sie weiß nicht, wie ein Kamikaze zu mixen ist. Und der Hippie, dem drei Schneidezähne fehlen, schwingt seine schmale, lange Gestalt über den Tresen und stellt zwei Schnapsgläser vor mich hin. Eine schwierige Prozedur beginnt. Denn von jeder Flasche, die im Regal steht, dürfen jeweils nur ein paar Tropfen verwendet werden. Wen es interessiert, ich hab mir das Rezept gut gemerkt. Ein Kamikaze ist ein volles Schnapsglas aus gleichen Teilen Rum, Wodka, Weinbrand, Kognak, Korn, Gin und schottischem Whisky.

Feierlich überreicht er mir die Kreation.

«Hopp und ex! Banzaaaaaiiii!»

Uuuuah...

Er erzählt, daß er mit seinen neununddreißig Jahren bereits Frührentner ist. «Ich bin Bahnbeamter gewesen, und eines Tages sagt der Doc zu mir: Entweder machen Sie 'ne Entziehungskur, oder es gibt ein Verfahren! Sag ich: Alles, Doc, bloß keine Entziehungskur! Sagt der Doc: Na schön, aber ich prophezei Ihnen, Sie werden alle Bezüge verlieren! Sag ich: Also gut, Doc, hab's mir überlegt, ich mach die Entziehungskur! Sagt der Doc: Nee, jetzt will ich nicht mehr! Und was ist passiert? Ich hab das Verfahren gewonnen! Ich bekomm volle Beamtenrente!»

Das ist eine schöne Geschichte. Endlich mal. Und der Hippie

wankt davon, um sich mit dem anderen Hippie zum x-ten Mal zu verbrüdern. Zusammen singen sie «Smoke on the Water».

Und der alte Mann, der darüber aufwacht, schreit in militärischem Tonfall: «UNKRAUT GUT VERDIRBT NICHT!»

Die Klosterschabracke zieht Fratzen. Sie ist jetzt wirklich fertig, rutscht vom Hocker und schleppt sich zum Ausgang. «Man riecht sich!» ruft sie uns zu. Alle winken.

Und der alte Mann schreit: «Viele Hasen sind der Häsin Tod!» Er grinst in die Schnapslache auf dem blanken Tisch. Ich fühl mich gut. Hab keine Angst, schanghait zu werden. Bis dieser schlaksige, picklige Junge hereinkommt.

Er ist höchstens zwanzig, hat ganz kurze Haare und gehört zu denjenigen, die ihren Blick erst fünfmal über alle Einzelheiten der Kneipe kreisen lassen, bevor sie sich für einen Platz entscheiden.

Die beiden Hippies singen inzwischen «This Land is my Land...»

Der Junge hört sich das eine Weile an. Dann steht er auf und pflanzt sich zwischen die beiden. «Wenn ihr noch einen Ton singt, mach ich euch kalt!»

Der Frührentner schaut ihn ungläubig an. «He, Mann, sei lokker! Be cool!»

«NOCH EIN WORT, UND DU BIST TOT!»

Keiner der beiden sagt noch etwas. Sie wiegen seufzend die Köpfe und versuchen einen Rest Würde zu behalten.

Unglaublich. Entweder hat dieser Junge eine Waffe, oder er ist hochgradig wahnsinnig. Er sieht aus, als könnte man ihn mit zwei Fingern über den Tisch ziehn. Aber die Sache geht mich ja nichts an.

«UND DU HÄLTST AUCH DEIN MAUL!»

Ich hab zwar nichts gesagt, aber er redet eindeutig mit mir. Jetzt geht mich die Sache was an.

Er steht vor mir, die Fäuste geballt, den Mund häßlich verrenkt, blaß und aufgedreht, und sein Atem geht stoßweise. Ich sage nichts. Soviel geht mich die Sache auch wieder nicht an.

Und der alte Mann schreit: «Jetzt hamse Tempo 30 eingeführt! Wo bleibt die natürliche Auslese?»

Und der Junge rennt hin zu ihm und knallt seinen Kopf ins Tischholz. Berlin... Ich sag's ja...

Der alte Mann begreift nichts. «Seid furchtbar und wehret euch», schreit er.

Aus seinen Nasenlöchern stürzt das Blut. Ich nehme eine Flasche weißen Rum und knall sie dem Jungen von hinten auf den Schädel. Soviel geht's mich dann doch an. Er sackt zusammen. Jetzt bekommt die Polin einen Nervenzusammenbruch. Sie heult und ruft laut nach dem Besitzer. Der kommt auch. Ein bauchiger Kerl mit vielen Ringen und Hängebacken. «Was ist denn hier los?»

Keiner sagt was. Der alte Mann fällt vom Stuhl, auf den ohnmächtigen Jungen drauf, und flüstert: «Siehste mal, was ich für starke Freunde hab?»

Ich verlasse das Lokal. Der Besitzer hängt am Telefon. Allzuviel geht's mich wirklich nicht an.

«Wo die Liebe hinfällt, wächst kein Gras mehr!» hör ich den Alten noch rufen. Der war lustig.

Drei Häuser weiter ist ein Puff. Dort frag ich, ob man sauer wäre, wenn ich nur mal ein Bier trinke. Die Puffmama lächelt.

«Mach ma' Soundcheck!»

Münzenklimper, Scheineknister.

«Alles klar, natürlich darfste hier 'n Bier trinken!»

Und nicht mal teuer. Fünf Mark das Pilsglas. Na ja.

Wedding. Altes Arbeiterviertel.

Es sind vier Nutten da, eine mollige Blonde, eine hübsche Brünette und zwei Asiatinnen, die beide gleich herkommen und mich von links und rechts aufreizen wollen.

Ich winke dankend ab. Nur Bier, wirklich nicht mehr.

Die Puffmama hinter dem winzigen Tresen fragt, wo ich her-
komme. Ich sage, ich wohn seit kurzem hier. Da stöhnt sie
auf.

«Du bist 'n Glücklicher! Ich such schon seit 'nem halben Jahr 'ne
Wohnung! Weil ich aus der alten raus muß...»

«Du Ärmste...»

«Du wüßtest nicht zufällig was für mich?»

Ich zwinkere in meinen Eulenspiegel, zähle die Türen, die ich
sehe, und sage, na.... Ich hätt jetzt 'ne Fünfzimmerwohnung
und wüßte gar nicht, was ich mit soviel Platz anfangen soll...
Justitia sei eben blind und taub...

Sie faßt sich ungläubig ans Ohr. «Im Ernst?»

«Nun, ist Altbau, klar, aber mein Gott...»

Wo ich wohne, will sie wissen, die Adresse, meinen Namen...
Tja. «Nichts im Puff ist umsonst...»

Sie sieht sehr mißtrauisch drein. Aber die Hoffnung auf eine
Wohnung flackert hinter ihren verschlagenen Augen so hell,
daß sie mich ernst nimmt. Und das trotz der Kleidung, die ich
trage! Sie ist geschlagen genug. Es geht mir ja mehr um den Gag,
außerdem bin ich viel zu blau, um den Spaß weit zu treiben. Ich
sag ihr, daß ich nur mit Frauen zusammenlebe, die ich liebe.
Leider, leider... Sie nimmt's gelassen.

«Mit fünf Zimmern hast du da echt die große Auswahl!»

«Das ist schlimm.»

«Hast du nicht Lust» – sie deutet auf eine der Asiatinnen –, «Sa
Ying zu heiraten? Die gibt dir glatt 'nen Braunen dafür! Die muß
am Ersten wieder nach Thailand...»

Sa Ying lächelt mir zu.

Es ist eine fette, fette Welt.

KAPITEL 20 *in dem der Junge zum Mann
wird, die Bullen kommen
und später ein Märchen.*

Aufbruch. Dahinter
die Endlichkeit.

*Um Mitternacht, beim zwölften Schlag, ging der Junge hinaus.
Sein abgeholzter Stammbaum besaß keine Macht mehr.
Er begab sich zum kreisrunden Baggersee, machte ein Feuer,
warf alle Kleider fort, schwamm, tauchte, wärmte sich an den
Flammen. Er war Mann geworden vor dem Gesetz.*

*Um vier Uhr morgens kam der erste Streifenwagen. Zwei Poli-
zisten stiegen aus und verlangten seine Personalien. Er kramte
in den Kleidern, gab ihnen seinen Paß. Sie gratulierten ihm zum
Geburtstag und fuhren weiter. Der Mann war verblüfft.
Von nun an würde alles großartig werden.
Gegen sechs erlosch das Feuer, und er fuhr zum Hauptbahnhof,
traf seinen besten Freund, trank Bier mit ihm zum Abschied.
Dann stieg er in den Zug.
Viele Geschichten und Städte und Träume folgten. Und die Ver-
lorenheit glitzerte bunt. Nichts tat weh. Einige Monate vergin-
gen.
Dann – nach vielen Geschichten, Städten und Träumen – rollte
der Mann eines Nachts den Gehsteig entlang und hörte japani-
sche Huren lachen, ein Straßenufer weit entfernt.
Grinsend kam er gekrochen und berührte ihre Schuhe, hob die
Finger gen Strumpfband, Netzwerk und Haut.*

So begann ein kleines Märchen.

Denn sie traten ihn ja nicht.

Es war spät in der Nacht, Freier unwahrscheinlich, er formte wirre Worte und machte einen Witz. Leider weiß er nicht mehr, welchen. Kurze Zuflucht hat's ihm gebracht.

Nie wird er dieses Zimmerchen vergessen, die rote und hellblaue Reklame, die auf die alte Matratze flatterte, und den Moment, als jemand hereinsah, und die Dankbarkeit, als das Licht wieder erlosch.

Er stand noch einmal auf, um eine Zigarette zu rauchen, und sein Schatten fiel naß vom Fenster herab, und zwischen drei Schornsteinen einer Fabrik wuchs erste Dämmerung.

Aus seiner Faust stieg der Rauch als graue Sage. Vergangenheit brannte.

Danach folgten andere Zigaretten.

Gegen Mittag sagte eine Hure, er müsse wieder gehn. Das war in Ordnung.

Alles klang fair, die Welt klang fair, die Menschen, die Zeit, der Urwald.

Er war bereit zur großen Liebe.

KAPITEL 21 *in dem Hagen der Kapitulation gefährlich nahe kommt
und sich sagt, was Sache ist.*

Herzinfarkt
und Massengräber

Heute ist der erste September, mein Paß noch sieben Tage gültig. Die Schule hat begonnen.

Im ersten Gymnasium seh ich mir die Mädels beim Kommen an.
Im zweiten lauf ich durch den Pausenhof. Vorm dritten seh ich
sie nach Hause gehn. Judith nicht dabei.

Viel hab ich probiert.

Selbst wenn ihr recht behaltet, liebe Feinde – immerhin hab ich's
probiert und probier es noch. Und – ganz ehrlich – ihr seid doch
höchstens an meiner Niederlage interessiert. Oder? Hat irgendwo noch ein Sarg offen?

Meinem Körper gönn ich pro Tag nur drei Stunden Schlaf. Fast
überall bin ich gewesen.

Am Görlitzer Bahnhof lungerte ich rum, und einige vermummte
Frauen kamen, mit Frisuren wie Liedermacherinnen, und sie
hatten Knüppel und Zwillen und Gaspistolen in der Hand.

Was ich hier mache, fragten sie.

Ich such eine Frau, antwortete ich. Das hätt ich besser bleiben
lassen. Die wollten mir plötzlich den Schwanz abschneiden. Da
bin ich aber geflitzt. Die spinnen ja alle.

«VERGEWALTIGER, WIR KRIEGEN EUCH!» schrien sie mir im
Chor hinterher. Tja. Berlin...

Hier gibt es Cafés für Frauen, Kneipen für Frauen, Buchhandlungen, Fitneßstudios etcetera. Paranoiaamok. Die gedrittelte Stadt. Osten, Westen und Emanzen.

Ich schätze, vor der Einführung des Matriarchats werden die nicht Ruhe geben. Bitte sehr, jeder braucht einen Lebensinhalt. Auch die Mösokratinnen. Die immer die Falschen erwischen werden. Die wollten mich glatt umbringen. So was. Wollten sich mit mir ein lustiges Bacchantinnenfest machen! Orpheus erging es genauso. Das kommt davon, wenn man sich in der Unterwelt nach Menschen umdreht.

Die Fußgänger in Berlin blicken alle auf den Boden, wegen der Hundescheiße.

«Revolution ist die einziege Lösung», steht auf einer Telefonzelle. Nein. Wenn die Revolution schon in der Orthographie ihrer Parolen Fehler macht, vergeßt sie. Das sei am Rand bemerkt. Glauben will ich eh nur noch den kraß Größenwahnsinnigen. Die sind wenigstens ehrlich.

Man kann die Wahrscheinlichkeit, Judith zu begegnen, etwas vergrößern, indem man sich die meiste Zeit an Verkehrsknotenpunkten aufhält.

Judith hat keinen Führerschein, also ist sie auf S- und U-Bahnen angewiesen. Die Station mit der potentiellsten Umsteige ist der Bahnhof Zoo. Dort verbring ich Nachmittag und frühen Abend, steige Treppen auf und ab, behalte alle Gleise im Sichtfeld.

Einige der schwulen Freier blinzeln mir zu, als wär ich der Keuler vom Dienst. Ich wimmle sie ab.

Das Geld neigt sich dem Ende zu. Die Zeitungen vermelden, man hätte den türkischen Herodes doch wieder freigelassen, weil der Kerl so hartnäckig geleugnet habe und die Indizien ein Löchlein enthielten. So wurde die Untersuchungs- in Schutzhaft umgetauscht, denn das Volk läßt so einen natürlich nicht fadenscheinig davonkommen. Wo doch fast jeder was Kleines zu Hause hat!

Auffallend ist, daß Herodes seit sechs Wochen Ruhe gibt. Wenn der Kerl Charakter hätte, würde er nicht zulassen, daß jemand für ihn Gitterstäbe vor- und rückwärts zählt. Er bräuchte ja bloß was von sich hören lassen! Hat wohl Muffensausen gekriegt, dieser Taschenbibelirre! Wahrscheinlich hat er sich aufs Altenteil verzogen und verkauft Wachtürme! Nicht mal die Mörder besitzen noch Stil.

Das Zimmer in der Pension brauch ich nicht länger, denn bei mir gibt's kaum mehr was zu stehlen.
Ich schlafe da und dort, zugedeckt mit ganzseitigen Werbeanzeigen. Eine Überlegung wert wäre es, sich in ein Fernsehstudio zu mogeln und vors Gesicht des Nachrichtensprechers ein Schild zu halten, auf dem steht: JUDITH. Wo?
Die Stunden der Aufgabe drohen. Zweifel schleichen sich in die Wangen, Kartenhäuser stürzen, ein Dominostein wackelt. Man kann sich ja immer noch freitöten. Freitod. Frei von Judith. Wenn ich mich nicht irre, hat Nietzsche diesen Euphemismus erfunden und in den Sprachumlauf gebracht. Wer Wörter nachmacht oder verfälscht oder nachgemachte oder verfälschte Wörter in Umlauf bringt, wird mit Judithsuche nicht unter zwei Monaten bestraft. Argggh...

Jetzt erinnere ich mich an damals nicht ernstgenommene Zeilen vom alten Henry im Steinbock. Die lauteten ungefähr: *Ich weiß, daß irgendwo in diesem Augenblick eine Frau* (Judith!) *auf mich wartet, und wenn ich sehr ruhig, sehr sacht, sehr langsam weitergehe, werde ich zu ihr gelangen... Das glaube ich, so wahr mir Gott helfe. Ich glaube an die Gerechtigkeit und Bestimmung aller Dinge...*
Das halbe Dutzend schwitzender Winkeladvokaten in meiner linken Hirnhälfte sucht Tag und Nacht nach exemplarischen Stellen solcher Art, um das Gericht milde zu stimmen, um bei

dösigen Geschworenen Verständnis zu erwecken. Es wär mir lieber, Freunde im Hintergrund, von deren Existenz ich keine Ahnung habe, hetzten dem Staatsanwalt ein Killerkommando auf den Hals.

Boulevards mit Goldkettchen und abblätternde Gassen. Fastfood-Ketten und Kneipen mit zwei Tischen. Der Himmel ist ständig bewölkt, und die Plakatwände sind voll Werbung der Bundesregierung fürs Kinderkriegen. Das bringt Freude, behaupten sie.

Morgens biegt sich die Helle dunkelgrün hinab. Flügel eines Engels, der zu lang im Wasser lag, in der schwarzen Spree oder im braunen Landwehrkanal. Das Tagblau scheint stählern. Fiberglas und Silikon und naturidentische Aromastoffe. In einer Großstadt, die keine passable Fußballmannschaft aufweisen kann, lebt man an Spieltagen gefährlich. Die Uniformen der Hoteldiener mit ihren protzigen Tressen, die sollte man ausstopfen und nächtens durch rosa Neon illuminieren, in imposanter Haltung, mit einem Lautsprecher dahinter, der eine schwarze Messe liest und den Eintretenden glaubhafte Versprechungen macht. Das würde mir gefallen, es würde mir schmeicheln, und ich wär gern hypnotisiert und nähme alle Probepackungen aus dem Bastkorb und drückte sie an mein Herz...

Das Schauspiel, wenn am Bahnhof Züge aus Warschau eintreffen... Leute, beladen mit Plastiktüten voller Waren... Waren für den Westen... Würste, Wodka, Ikonen, nein Marienstatuen... und geschmuggelte Antiquitäten... Bügeleisen, Schnitzfiguren, Pferdehalfter.

Hölderlin hat ein glückliches Leben geführt, glaube ich. Da war eine Liebe, eine Ekstase, verzehrend, gewaltig, wortreich... und erlösender Wahnsinn, Sanftmut, Jahrzehnte im Turm über dem Neckar und Gedichte über hübsche Landschaften, und als er einmal wandern wollte, hat man ihm die Schuhe versteckt. Da konnte er nicht fort, neinnein… Die Suche nach Schuhen war bestimmt eine angenehme Abwechslung.

Sehen Sie, es ist zum Beispiel so: Als ich meinem Freund Wolfgang einmal Albinonis Adagio vorgespielt habe, sagte er, das klänge wie Filmmusik. Hehe.

Man müßte vielleicht anfangen, unlogisch zu denken. Ich spaziere durch Moabit und suche Reihenhäuser. Falsch. Wenn man auf den Zufall hofft, darf man das nicht tun. Man darf auch keine Schulhäuser abklappern und keine Kinos. Man darf auch keine Zettel an Laternen anbringen. Man darf nicht auf Bahnhöfen rumlungern. Man soll sich kein Bild machen. Man soll den Stadtplan nicht in Quadrate unterteilen. Man soll auch nicht laut schreien. Das alles führt zu nichts.

Besser man macht die Augen zu und hinkt blind durch die Sardinenherde, beide Arme zombieesk von sich gestreckt. Wenn man wo gegenknallt, wird sie es sein. Wumm!

Ich pralle auf einen misanthropischen Fan des Hertha BSC, mit Schal, Mütze, Fahne und Bart. Nein, der ist nicht Judith. Der ist das genaue Gegenteil. Immerhin.

Pommes mit Ketchup und eine zerstückelte Thüringer Bratwurst, morgens um halb sechs. Montag. Mein Blut ist farbloses Geschirrspülmittel.

Die Zeitungsstände und ihre Schlagzeilen. HERODES IN BERLIN? Es ist wieder ein Säugling erschlagen worden. Als ob das nicht häufig vorkäme… Alles versucht man jetzt Herodes in die Schuhe zu schieben. Dabei fallen ein Achtel aller unerwünschten Babys nicht ganz absichtslos die Treppe runter. Man gebraucht Herodes zur Ablenkung! Widerlich.

Meine Augen sind überreife Äpfel und wollen plumpsen, voller Würmer.

Gegen Mittag ruf ich Schandorf an.

«Bitte lieber Kommissar, geben Sie mir Judiths Adresse! Ich weiß nichts, ich hab nichts zu verkaufen. Ich bitte Sie im Namen der...»

Klick. Aufgelegt.

Meine Todesliste wächst um einen Namen. Nein, um zwei. Um den Schandorfs und um den der... Klick.

Schlangenlinien der Skateboardfahrer... es gibt also doch ein Durchkommen. Ich leiste mir den Luxus, beim Wühlworth einen Dreierpack Unterhosen zu kaufen.

Und steige in ein Taxi.

«Fahren Sie mich zu Judiths Straße!»

«Kenn ich nicht. Wo ist das?»

«Welche Straße kennen Sie denn so? Auf Anhieb?»

«Ja, ich weiß nicht...»

Keiner weiß was. Eine Schande. Von den billigen Rängen dröhnen Sprechchöre: «AUFHÖREN! AUFHÖREN!»

Mit der Kapitulation trage ich erste Flirts aus. Das Aufgeben selbst ist ein Fallen in ein weiches Meer billiger Erlösung, Entspannung, Entkrampfung. Ruhe zwischen Gefängnismauern. Aber die Momente vorher, wenn man das Handtuch noch in der Faust hält und auf Wunderwaffen hofft und das Dunkel absucht, die Muskeln ein letztes Mal anspannt und nach unmobilisierten Kräften auslotet... Die schrecken mich.

Maulmaschinen, deren Kleider geräumige Taschen sind, immer ein mitleidiges Lächeln zur Hand. Die halten mich aufrecht. Sollen sie doch surfen gehn! Sie bilden sich was ein darauf! Bitte! Ich gönn es ihnen, es ist das, was sie verdienen. Sicherheit, Gesundheit, Wohlstand und pausbäckigen Nachwuchs. Wäre ihre Lächerlichkeit nur nicht so aufdringlich... ihre Plattheit nicht so zermatschend! Würden sie ihre Blödheit nicht überallhin exportieren! Ihre Gemeinheit, ihre plumpe Beschaffungsschläue. Sie sind überall. Hungrige Untote, taumeln durch die Einkaufszentren, wanken durch die Supermärkte, gieren nach den Boutiquen; rollende Mägen, Monster aus Därmen und Konfetti. Alles, was sie sagen, ist ein Furz.

Gegen die muß ich mich behaupten und siegen und darf nicht zu laut sein dabei, sonst erschlagen sie mich. Langsam hege ich Respekt für die gewaltige Aufgabe, die sich Herodes gestellt hat. Er ist geendet, wo alle Aufklärer enden. Das muß so kommen. Die Pflugscharen des Hasses wühlen meine Erde auf. Wann wird sich diese Welt überfressen und ihre Eingeweide ans Licht kotzen? Und dann? Was folgt dann? Der europäisch-amerikanische Krieg? Islamische Eroberer? Völkerwanderung? Mondbesiedlung? Pfaffenherrschaft? Verwüstung wahrscheinlich. Ein Krämerladen. Furchtsamkeit und Betrug. Die Societas selbst hat versagt. Nicht mehr zu rechtfertigen. Schluß damit. Schlußschlußschluß.

Fenster machen Haus. Das hab ich gesagt und war stolz, kein Haus zu haben. Und jetzt seh ich mich so um, und überall sind Fenster. Links und rechts. Schaufenster. Scheiße. Die haben ein Haus um mich gebaut! Nur am Dach haben sie gespart! Schlußschlußschluß.

Berlin-Tegel. Berlin Bethlehem. Fünfzig Meter über mir röhren die Flugzeuge runter. Ich hätte große Lust, einen Kinderwagen auf die Straße zu treten, nur so, aus Solidarität... Aber nein, was red ich? Dann werd ich ja eingesperrt. Noch mehr Haus. Und wofür?

Das geht mich ja alles gar nichts an. Es bleibt schon ein Winkel, der mein ist, und der genügt mir. Judith. Boy meets girl. Etcetera. Die urälteste Erlösungsstory. Da grinst die zivilisierte Welt? Soll sie. Sie lügt bloß. Sie will einen in sich verwickeln, in ihren Nabelschnüren erwürgen, die massige Mama, die Megäre, die eisbringende Schlampe, diese Antarktis der Macht. Ich bin die jauchzende Fehlgeburt, der kosmische Kotzbrocken, der vier-äugige Zahnstein, die Goldkrone im fauligen Gebiß. Ich hab auch satt die Ironie und Untertreibung und Vorsicht, den Ge-schmack und den Takt und die Rücksicht, den Kleinmut und die Relativierung und das Verständnis. Schlußschlußschluß.

Katako! Das Recht ist bei mir. Meine Welt ist schöner als eure, ich darf mir alles erlauben, und der Masse von euch wünsch ich nichts als den Herzinfarkt und Massengräber und...

«Hagen?»

Da tippt mir jemand auf die Schulter.

«Judith?»

«Mensch, Hagen, was machst DU denn hier?»

«Ich such dich die ganze Zeit. Wo warst du denn?»

«Im Ernst? Du siehst ja schrecklich aus...»

KAPITEL 22 *Hagen im Café. Im Reihen-*
haus. In Judiths Zimmer.
Im Glück.

Spiegelkabinette

«Du hast wirklich MICH gesucht? Die ganze Zeit?»

«Hmmhm.»

«Du flunkerst! Du mit deinen Geschichten...»

Wir sitzen uns gegenüber, in einem schmucken kleinen Café mit
dem nostalgischen Charme der zwanziger Jahre. Weiße, runde
Tischdecken, geschwungene Sessellehnen, gedrehte Kleider-
ständer, und das Licht ist gedämpft von einem Hauch Orange,
was mit dem adligen Grün der Polster eine Stimmung entrückter
Bürgerlichkeit bildet.

Judith trägt eine Jutetasche voll Schulsachen bei sich. Sie sieht
verändert aus. Ihre Haare hat sie wachsen lassen, die haben jetzt
einen seidigen Schein, nah an der Gloriole. Ich bitte sie darum,
die Schildpattspange herauszunehmen und die Frisur schwingen
zu lassen wie eine blond lackierte Schiffsschaukel. Sie ist das
schönste junge Mädchen aller möglichen Welten, und ihre Finger spielen Melodien con delicatezza neben der Tasse.

«Und warum hast du mich gesucht?»

«Das fragst du?»

«Sag's mir!»

«Weil du meine Prinzessin bist, und die Liebe lange Wege geht.
Was sonst?»

«Dafür hast du dir all diese Dinge aufgehalst?»

«Ja.»

«Ach je...»

Sie wirkt unangenehm berührt. Das verwirrt mich.

Sie ist mir nicht grade in die Arme gestürzt. Das kann man nicht behaupten.

Der Löffel klimpert im Cappuccino, leise, wie ferne, helle Glokken.

«Was willst du nun?»

«Daß du mit mir kommst. Was sonst?»

«Wohin?»

«Egal. Bloß fort. Du willst doch auch hier weg, oder nicht?»

Zweiflerisch klappen ihre Lider hoch.

«Ich bin einmal abgehauen. Das reicht.»

«Manchmal reicht das. Wenn man nicht zurückkehrt.»

Sie steckt sich die Spange wieder ins Haar und stützt ihre Ellbogen auf den Tisch.

«Es hat sich einiges verändert, Hagen.»

«Erzähl!»

«Es geht mir ganz gut soweit. Meine Eltern lassen mich in Ruhe, niemand stört mich. Im Grunde kann ich tun, was ich will. Außerdem glaub ich, daß es überall gleich ist...»

«So?»

«Ja. Ich bin erwachsen geworden. Versteh mich, ich war ein kleines blasses Mädchen und hab geglaubt, es wär mordswas los und ich nicht dabei. Inzwischen hab ich kapiert, daß es mir eigentlich gutgeht, daß ich mich wirklich kaum beschweren kann.»

«Verstehe.»

Die Bedienung behauptet, es sei jetzt ein Schichtwechsel fällig, und sie müsse abkassieren. Wir zahlen getrennt.

«Weißt du, Hagen, als dieser Bahnbulle mich weggeschleift hat, hab ich geschrien und geweint, den ganzen Flug lang. Und dann – zu Hause – hab ich die Badewanne vollaufen lassen und blieb zwei Stunden drin, bis meine Haut aufgequollen war. Es war SCHÖN! Der Geruch des Badeschaums. Das weiche Handtuch...»

Böses Schicksal, hab ich nichts Besseres verdient als diese Lenor-
geschichten? Trotzig ergreif ich ihre Hand.

«Sag, Judith, wie ist das so, das Erwachsensein?»

Sie zieht ihre Hand weg und gibt keine Antwort.

«Warum bist du so kühl?» frage ich, die Stille zerredend.

«Tut mir leid. Aber du hast mich erschreckt.»

«Ich? Dich?»

«Ja. Weil du offenbar was in mir siehst, das ich gar nicht bin...
weil du so viele Dinge gemacht... durchgemacht hast... Das
beengt mich, das lädt mir soviel auf, und...»

Sie schluckt und reibt ihre Stupsnase.

«Ich möchte gar nicht auf der Straße leben, nicht auf Dauer.
Wahrscheinlich passen wir nicht zusammen. Du sagst, du hast
die ganze Zeit an mich gedacht, aber wenn ich ehrlich sein soll,
hatte ich fast schon dein Gesicht vergessen.»

Das ist hart. Das lähmt mir die Zunge, und ich kippe schnell den
Rest vom roten Wein, in dem gar kein Leuchten mehr liegt, kein
friedvolles Glühen, kein anakreontisches Licht. Blut, halb ge-
ronnen, Grauen. Alles umsonst? Nein, es war teuer.

«Tut mir leid, ich komm mir furchtbar vor...»

«Vergiß es, Burgherrin. Gehn wir spazieren?»

«Bist du mir bös?»

«Klar bin ich dir bös. Wir werden sehen.»

An der Straßenecke wird vor einem Automatencasino das Hüt-
chenspiel gespielt. Wir schauen kurz zu.

Man setzt Hundertmarkscheine auf die halbe Streichholzschach-
tel, unter der das Filzbällchen vermutet wird. Der Zocker ist
nicht besonders gut. Seine Handbewegungen wirken fahrig, un-
koordiniert, ein bißchen altersschwach.

«Judith, hast du einen Hunnen bei dir?»

«Ja, schon.»

«Gib ihn mir!»

«Aber du wirst doch nichts verspielen wollen? Im Fernsehn warnt man dauernd vor diesen Betrügern...»

«Gibst du's mir trotzdem?»

Sie streckt widerwillig zwei Fünfziger hin.

«Pronto, Pronto! Setzen Hundert! Wo ist Kugel?» animiert der Zocker die Zuschauer und wirbelt die Schachteln durcheinander.

Ich schließe im Innern eine private Zusatzwette mit fatalen Mächten. Seele gegen Judith. Ich plaziere die Scheine und halte sofort meine Hand drauf. Gewonnen. Zweihundert zurück.

«Jetzt müssen Mineralwasser trinken!» ruft der Zocker aus seinem grauen Fünftagebart, und wir machen einen Abflug. Judith lacht amüsiert.

«Da. Halbe-halbe.»

«Und wenn du nun verloren hättest?»

«Würd ich in deiner Schuld stehn. Aber lieber steh ich in deiner Unschuld.»

Sie kneift mich in die Seite. Es ist die erste Berührung seit dem flauen Wiedersehenskuß.

«Du könntest ein Bad gebrauchen, so verwahrlost, wie du aussiehst!»

«Bietest du mir eins an?»

«Ja. Klar!» Sie blickt zu Boden. «Tut mir leid, daß ich vorher so übel drauf war... ich hab heut keinen guten Tag... Vielleicht bin ich nur unsicher, weil ich nicht weiß, was ich eigentlich will. Ich mag dich sehr gern. Ehrlich!»

«Prima, Prinzessin.»

«Es ist auch nicht wahr, daß ich dein Gesicht vergessen hab. Aber ich hatte plötzlich Angst vor dir.»

«Angst? Vor mir? Wie geht das?»

«Du hast wirklich im Supermarkt gearbeitet?»

«Hmmhm.»

«Und hast ein Bestattungsinstitut überfallen?»

«Auch.»

Ich hab ihr die Story andersrum erzählt, damit es nicht unästhetisch und überdramatisch klingt. Judith wird sehr traurig, als sie hört, daß Tom im Knast sitzt.

Bald scheint sie sich an unsre gemeinsam verbrachten zwei Tage deutlicher und deutlicher zu erinnern.

Ich lege einen Arm um sie und bin von der Kapitulation weit entfernt. Schlimmstenfalls würd ich uns beide freitöten. Irgendwas. Diese Sache wird zum Abschluß gebracht.

Das so lang gesuchte Reihenhaus liegt am westlichen Rand Schönebergs. Der Garten ist von einer hüfthohen Hecke umgeben und voller Geschmacklosigkeiten. Zierteich mit Gipsaphrodite. Hollywoodschaukel, gelb-braun gestreift. Neben der Haustür hängt ein hölzerner Anker mit eingebautem Barometer.

Wir zehenspitzeln durch den Flur aus hellblauen Kacheln. Zur Rechten liegt die Küche. Judith zieht mich hinein und schließt die Tür. Die Wanduhr sagt: kurz vor elf.

«Sei bitte leise. Meine Eltern liegen schon im Bett. Die gehn immer früh schlafen. Willst du ein Bier?»

«Klar.»

Die Einbauküche ist mit allen Raffinessen ausgestattet. Das Licht aus dem Kühlschrank wirkt sehr verschwörerisch. Eine Holzschale mit Obst dekoriert den Tisch und sein kariertes Wachstuch. Wir sitzen uns gegenüber, ich mit dem Bier, sie mit einem roten Glosterapfel. Die grauen Rolläden sind heruntergelassen, und die Neonröhre über der Dampfabzugshaube zwinkert dann und wann. Beeindruckt bin ich vom Gewürzboard, das hundert kleine Dosen enthält.

«Heut nacht kannst du hierbleiben. Das Bad verschieben wir. Wenn ich jetzt Wasser in die Wanne laufen laß, werden meine Eltern wach. Morgen früh um acht sind beide aus dem Haus, sind beide berufstätig.»

«Wenn du irgendwelche Probleme kriegst – ich übernachte gern draußen. Im August ist das egal.»

«Stell dich nicht so an! Ist nichts dabei. Bloß leise sein, okay?»

«Gibst du mir einen Kuß?»

«Na gut.»

Sie beugt sich über den Tisch. Wir treffen uns über der Obstschale. Nur ein Schmatz, keine Zunge dabei. Sie pflückt sich eine der großen blauen Trauben. Das sieht sehr erotisch aus.

Ich möchte, daß sie mir auf der Viola etwas vorspielt, Black Angel's Death Song beispielsweise, dadidadadidadadi, bis zum Katako. Morgen vielleicht, antwortet sie, es sei zu spät heut nacht.

«Mein Zimmer ist im ersten Stock. Ich hab eine Hängematte auf dem Balkon, und du kannst meinen Schlafsack haben.»

«Den mit der Hundekacke?»

«Nein. Meine Eltern haben selbstverständlich einen neuen gekauft.»

«Prima.»

«Hoffentlich ist es warm genug.»

«Bestimmt.»

«Weißt du was? Morgen mach ich blau. Dann haben wir noch den ganzen Tag zusammen. Wie findest du das?»

«Sehr großzügig.»

«Werd nicht schnippisch!»

«Ich bin nicht schnippisch.»

«Doch. Du bist enttäuscht.»

«Das ist was anderes. Das wird schon wieder.»

Sie sieht mich prüfend an und balanciert einen Traubenkern zwischen den Zähnen, nimmt ihn mit zwei Fingern heraus und knipst ihn in die Spüle.

«Ich weiß es nicht. Ich weiß es wirklich nicht.»

Wir stehen vom Tisch auf. Ich greife noch mal nach ihrer Hand. Sie spreizt ihre Finger in meine, aber müde und lasch. Ich presse

sie an mich, pack ihre Hüften, küsse ihren Hals. Dann hören wir
Schritte auf der Treppe. Judith macht sich los.

Eine Frau in klappernden Gesundheitsschuhen und hellblauem
Morgenmantel tritt ein. Sie paßt zu den Kacheln.

Ihr Gesicht glänzt cremeverschmiert und ihre Dauerwelle ist
heufarben. In den Ohrläppchen hängen zwei kleine Papageien
aus Gold. Ich glaubte immer, so was legt man zum Schlafen
ab.

«Hallo, Mam!»

«Judith... Was ist denn los?»

Befremdet nimmt sie mich wahr, und ihre Augenbrauen hüpfen
bis zur Haargrenze hoch. Ich nicke grüßend mit dem Kopf.

Vor Müttern hab ich eine Heidenangst.

«Das ist Hagen, Mam, ein Freund von mir, der grad in Schwierigkeiten ist. Ich hab ihm gesagt, er kann heut nacht in der Hängematte pennen.»

Die Mama weiß nicht, was sie antworten soll, und mustert mich,
als wär ich was grünlich Außerirdisches. Sie setzt an, atmet wieder aus und stottert luftlos: «Ja – aber Judith – das kannst du dem
Herrn doch nicht anbieten! Wir haben schließlich ein Gästezimmer!»

«Hagen schläft gern in der Hängematte...»

«Ach was, das macht doch keine Umstände! Das Bett ist schnell
bezogen! Hast du deinem Gast etwas zu essen angeboten?»

«Mam, bitte...»

«Haben Sie Hunger?» wendet sie sich nun direkt an mich.

«Ja. Ziemlich.»

Judith reißt den Kopf herum.

«Warum hast du denn nichts gesagt?»

«Ist mir grad erst eingefallen.»

«Und ich hab fast gar nichts im Haus!» jammert die Mutter und
schaut im Kühlschrank nach.

«Ein paar belegte Brote vielleicht?»

«Prima.»

«Aber sicher... Das macht doch keine Umstände...»

Sie wetzt zum Schrank, holt Besteck und Teller. Judith zieht einen Schmollmund und hat die Hände in die Hüften gestützt.

«Mam, du kannst dich schlafenlegen! Wir kommen schon zurecht!»

«Tochter, das sagst du so und läßt deine Gäste verhungern. Das macht man nicht, das ist keine Art.»

«Wir brauchen dich wirklich nicht! Ich mach das schon!»

Judith wird lauter. Beleidigt läßt die Mutter die Mundwinkel fallen.

«Also gut. Dann mach du das, dann geh ich das Bett beziehen. Und denk dran, daß du morgen in die Schule mußt!»

«Ja, Mam.»

«Gute Nacht, ihr beiden!»

Sie klappert fort. Judith bringt Brot, Butter, Wurst und Käse.

«Mann, die geht mir auf die Nerven!»

«Sie ist wie tausend Mütter. Es gibt Schlimmeres.»

«Möglich. Seit ich wieder hier bin, tut sie mordsweißwie liberal, und in Wirklichkeit ist sie von dir angewidert.»

«Das hat man ihr angesehn.»

«So was Verlogenes!» Judith haut auf den Tisch.

«Es ist doch ganz angenehm», sage ich, das Brot streichend.

«Denkst du! Ich wette, sobald du weg bist, wird sie in jedem zweiten Satz sticheln, was für verkorkste Typen ich hier anbringe...»

«Sag ihr, ich hätte einen Bungalow in der Schweiz.»

«Und danach wird sie fragen, woher ich dich kenne und was du treibst und ob ich dich häufiger treffe und ob du Drogen nimmst und kleine Kinder umbringst und was weiß ich noch was alles...»

«Ooooch... Du arme, gequälte Kreatur...»

«Mach dich nicht lustig! Friß!»

«Ist Senf im Haus?»

«Herrje.»

Judith knallt mir das Senfglas vor die Nase und setzt sich. Sie ist reizend, wenn sie zornig wird. Sie macht süße kleine Fäustchen. Mir schmeckt's. Ich komme voran.

Die Mutter kehrt zurück. Sie hat sich die Cremereste in ihre gelblichen Hautschichten eingerieben und den Morgenmantel gegen ein weißes Hauskleid mit moosgrünen Tupfen gewechselt.

«Also – das Bett ist bezogen. Wann müssen Sie denn morgen aufstehn? Ich stell Ihnen den Wecker.»

«Hmm, da muß ich erst in meinem Terminkalender blättern. Aber ich glaub, am Vormittag ist nicht viel los...»

Sie bleibt gegen die Tür gelehnt stehn und sieht mir beim Essen zu, die Arme verschränkt.

«Schmeckt's?»

«Prima.»

«Sie müssen wirklich sehr hungrig sein.»

«O ja.»

«Sie haben Schwierigkeiten, hat meine Tochter gesagt?»

«Nicht der Rede wert. Sie übertreibt.»

«Aha.»

Eine gespannte Stille macht sich breit. Ich bin fast froh, als sie die nächste Frage stellt.

«Woher kennt ihr beide euch denn – wenn man fragen darf?»

«Wir sind zusammen verhaftet worden», sag ich kauend.

Judith beißt sich erst auf die Lippen, dann muß sie grinsen.

«Ach? Sie kommen aus München?»

«Genau.»

«Das soll ja sooo eine schöne Stadt sein. Mein Mann und ich, wir haben uns auch mal überlegt, hinunter zu ziehen. Vor fünfzehn Jahren, bevor wir dieses Haus gekauft haben.»

«Ooch – das ist vorbei. Es war mal eine schöne Stadt, irgendwann. Dann sind zu viele Leute hingezogen.»

Judith lacht gehässig. Die Mutter blickt sie strafend an. Judith
besitzt ein angenehm weiches, gutturales Lachen. Die Zeitlu-
penflugbahn eines Delphins, in Töne übersetzt.

Die Mutter will ablenken. «Möchten Sie noch etwas zu trinken?»

«Gern.»

«Ja, sagen Sie doch was! Sie müssen ja bloß was sagen! Eine
Faßbrause?»

«Hmm... nein, da würde mir, glaub ich, schlecht.»

«Ein Bier?»

«Prima.»

Sie watschelt zum Kühlschrank und sucht, sie kriecht fast in ihn
hinein.

«Komisch. Es war doch noch ein Bier da? Das hat wohl mein
Mann ausgetrunken. Oje, das ist mir peinlich. Jetzt kann ich
Ihnen gar nichts anbieten...»

«Wenn Sie vielleicht eine Flasche Wein hätten? Italienischen,
wenn's geht?»

«Oh, o ja, selbstverständlich... Daran hab ich nicht gedacht.
Warten Sie...»

Gleich darauf hört man ihre Gesundheitsschlappen die Keller-
treppe hinabklappern und quietschen. Judith stößt ihren Hintern von der Kante des Spülbeckens ab, geht durch den Raum,
stellt sich hinter mich und legt mir die Arme um den Hals.

«Du bist ein echtes Arschloch...», flüstert sie mir neckisch ins
Ohr.

«Nichts mehr auf der Welt ist echt.»

Die Mutter schnauft herein und holt einen Korkenzieher aus der
Schublade.

«Geben Sie nur her!» fordere ich sie auf. «Ich mach das schon.
Da hab ich einige Erfahrung drin.»

Die Mutter schenkt mir das falscheste Lächeln seit Joseph Goebbels und wünscht meinen sofortigen Herzstillstand herbei. Dann sucht sie, mit sichtbarem Grimm, Blickkontakt zu ihrer Tochter. Die aber sieht schnurgerad zur Decke. Der Wein riecht leicht korkig. Mißbilligend schnüffle ich daran, halt mich ansonsten zurück. Man darf nichts übertreiben.

«Du kannst uns ruhig allein lassen, Mam!»

«Judith, du darfst dir auch ein Glas nehmen, ja? Und dann gehst du bitte ins Bett. Morgen ist Schuuule.»

«Mam, wir haben das in den letzten Wochen so oft besprochen...»

«Schon gut. Ich sehe das heute als eine AUSNAHME, ja? Aber das reißt nicht ein, gell?»

«Mam, hau endlich ab!»

«Sag mal, wie redest du denn mit mir? Vor fremden Leuten?» Sie wankt, tritt ein paar Schritte zurück, in den Flur, hält sich an einem schmiedeeisernen Gitter fest, durch das sich Topfefeu rankt. Mit feuchten Augen kehrt sie wieder.

«Also wenn die neuen Sitten sich so äußern, bin ich nicht damit einverstanden!»

«Ich hab's dir nett gesagt, dezent gesagt, und du hast dich taub gestellt! Jetzt beschwer dich nicht!»

«Tochter, gewöhn dir einen anderen Ton an!»

«Dich könnte man echt mit Zaunpfählen ERSCHLAGEN!»

Ich schlürf derweil den Wein. Billiger Chianti. Tengelmann, drei neunundneunzig. Erinnert mich an meine Jugend. Mit einem zufriedenen Aufstoßen meld ich mich zu Wort.

«Liebe Frau – Sie sollten das nicht so ernst nehmen. Erst heute hat Judith gesagt, daß es ihr hier verdammt gutgeht. Sie hat sich sehr lobend geäußert, und ehrlich dankbar. Sie können ganz beruhigt sein. Sie versteht es bloß nicht, das richtig auszudrücken.»

«Du RIESENARSCHLOCH!»

«Judith! Was hast du denn für eine Sprache?»

«Lass mich in Ruh, Mam!»

«Was ist denn hier für ein Geschrei?»

Der Vater betritt den Raum. Sein Bademantel ist aus blauem Frottee, und er geht barfuß, trägt eine Lesebrille und Segelohren und eine lange, schmale Nase, deren Spitze fast den oberen Rand der Lippen verdeckt. Eine dürre, energische Gestalt, mit angegrauten Schläfen. Er sieht sich um.

«Judith hat einen Freund mitgebracht. Und jetzt ist sie ungezogen!» preßt seine Frau hervor.

«Habt ihr mal auf die Uhr gesehn? Kann man hier irgendwann seine Ruhe haben?» Er reicht mir eine schlaffe Hand. «Guten Abend, Herr...»

«Hagen.»

«Du sollst doch Hausschuhe tragen! Du erkältest dich auf dem kalten Boden!»

«Das ist doch wohl meine Sache, nicht?»

Er wirft seiner Frau einen vernichtenden Blick zu, dem sie mühelos standhält. Ich schenk mir noch ein Glas ein.

«Komm», sagt Papa zu Mama, «lassen wir die Kinder allein!»

Er geht ab. Auf den Kacheln bleiben schweißige Fußumrisse, die schnell verdampfen. Judith nimmt sich einen grünstieligen Römer, schenkt Wein ein und stürzt ihn in einem Ruck runter.

«Judith!»

«Halt's Maul, Mam!»

«Du wirst ja noch zur Säuferin!»

«Wenn du länger hierbleibst, bestimmt.»

«So redet man nicht mit seiner Mutter!»

«Geh weg!»

Wieder mische ich mich ein. Man muß ja vorankommen.

«Liebe Frau, von mir aus können Sie ruhig bleiben. Immerhin ist es Ihre Küche. Da haben Sie die volle Aufsicht drüber...»

Indigniert fixiert sie mich und antwortet nichts. Hinter ihrer breiten Stirn scheint etwas einem Denkvorgang Ähnliches stattzufinden.

«Also gut. Das Gästezimmer ist hergerichtet. In zwanzig Minuten bist du im Bett, Tochter, ja?»

«Jaja.»

«Dann gute Nacht allseits. Und macht bitte keinen Krach, sonst weckt ihr meinen Mann auf.»

«Kein Problem», sag ich.

Sie zieht sich im Krebsgang zurück. Die Tür läßt sie offen. Judith schließt sie vehement und atmet tief durch. Ich nehme mein Glas, gehe zu ihr, führe den Rand an ihre Lippen und flöße ihr einen Schluck ein. Sie bebt nach.

«Du hast einen seltsamen Humor...»

«Besser den als gar keinen.»

«Jetzt besaufen wir uns!» ruft sie und schnappt sich die Flasche.

Vorher preß ich ihren leichten Körper an mich, und es kommt zu einem phantastischen Kuß mit viel Schleimtausch, Gefühl und Nähe. Dann trinken wir den Wein aus, langsam und ohne zu reden. Eine heilige Handlung, voller Weihe und Demut.

Wenn man Trinkern etwas vorwerfen darf, dann, daß sie das Heilige zur Routine verkommen lassen.

Auf eines bin ich stolz: Mir ist ein Schluck Wein, vor allem wenn es Roter ist, immer noch ein Kuß, ein nasser, betäubender, wilder und zärtlicher. Und wie wir so in dieser Küche sitzen, erwacht in mir der Wunsch, einen Baum zu bewundern und mich an seine Rinde zu schmiegen. Oder ein Loch in die Erde zu graben und zuzusehn, wie der Saft kommt. Vergessene Amüsements suchen. Judith ist lang nicht so zärtlich und wild wie der Wein. Sie muß sich erst beruhigen.

«Du hast mich ganz lächerlich gemacht!»

«Und?»

«Komm!»

Wir hangeln uns die Treppe hoch. Sie zeigt mir das Gästezimmer. Ein quadratischer Raum mit einem sterilen Bett, zwei Kisten voll Modellbauteilen und einem Regal Merian-Reiseführer. Ockerfarbene Rauhfasertapete und sechsarmiger Leuchter.

«Nein. Bitte nicht.»

«Das hab ich mir gedacht. Komm!»

Wir gehn ein Zimmer weiter.

Das ist gleich viel sympathischer. Plattenhüllen bedecken den Boden. Zerzauste Stofftiere hocken in den Ecken und erinnern mich daran, wie jung Judith ist. Den Kleiderschrank hat sie mit Ölfarben bemalt – in einer Mischung aus naiv und psychedelisch. Könnte vom zehnjährigen Munch stammen. Sachte bewegt sich ein Ventilator. Die drei Birnen der Stehlampe sind blau, rot und gelb. Das richtige Licht quillt aus einer Hundertwattleuchte, auf den Schreibtisch geschraubt und an den Schalter neben der Tür gekabelt. Auf dem Balkon schwankt die Hängematte. In einer Kiste auf dem Boden liegt Streu, Löwenzahn und Gras. Aus dem Sperrholzverschlag lugt ein überfüttertes Meerschwein. Die Wände sind mit Filmplakaten geschmückt. Uhrwerk Orange, Taxi Driver, Amarcord, Es war einmal in Amerika, Rumble Fish, Brazil, Vom Winde verweht, Barfly...

«Ich hab dieses Zimmer so satt», sagt Judith. «Das war der eigentliche Grund, warum ich weggelaufen bin. Inzwischen geht es wieder. Du weißt ja, wie das ist. Man stellt die Möbel um und tauscht die Plakate aus. Nein, das weißt du wahrscheinlich nicht.»

«Doch.»

«Darf ich dir meine Meersau vorstellen?»

«Klar.»

«Sie heißt Sau. Einfach Sau. Jeder nennt sie so. Bloß meine Mutter nennt sie Schwein.»

«Deine Mutter ist sehr distinguiert.»

«Ich kann ja nichts dafür!»

Sie scheint durch den Alkohol etwas aufgedreht.

«Wenn ich mir ihr Leben ansah, weiß ich genau, was ich NICHT
will.»

«Das Angebot ist arm.»

«Das glaub ich auch.»

«Du hast noch mindestens ein Jahr Zeit, dich zu determinieren.
Mach dir keine Sorgen.»

«Na danke! Famose Aussichten!»

Sie verplappert sich beim nächsten Wort, sagt Teufelsgleis statt
Teufelskreis. Ich kraule ihren Nacken.

«Du nimmst mich nicht ganz ernst, was?»

«Judith, wenn du wüßtest, wie ernst ich dich nehme, würdest du
vor lauter Bedeutungsschwere glatt durch den Boden krachen.»

«Das nützt mir nichts! Ich bin so unsicher...»

Wir halten uns eng umschlungen, ich spür ihren Atem auf der
Schulter.

«Als ich weggelaufen bin, hab ich meine Eltern gehaßt. Obwohl
sie mir nichts Böses getan haben. Vorhin – in der Küche – hab ich
meiner Mutter einen Schlaganfall gewünscht...»

«Das ist doch in Ordnung.»

«Nein, ist es nicht!»

Es klopft an die Tür.

«Bist du im Bett, Tochter?»

«Gleich, Mam.»

«Bist du allein?»

«Ja, Mam.»

«Schlaf gut!»

Dann ist nichts mehr zu hören.

«Ich muß jetzt ins Bett, Hagen.»

«Ist gut.»

«Und du kommst mit!»

300

«Aber...»

«Zieh dich aus!»

Ich komm mir so schmutzig vor. Ich bin es auch.

«Egal!» behauptet Judith und schlüpft aus Jeans und T-Shirt und steht im Slip vor mir.

Ich bin ein großer Gott, weiß Gott, und diese Rolle nicht gewöhnt. Zögernd entkleide ich mich. Sie verlöscht das Licht. Wir tasten uns zur Bettkante vor. Ich bin nicht hochgradig erregt. Das wär irgendwie zu einfach. Es könnte alles zerstören.

Vor ein paar Stunden noch war ich knapp davor, einen Kinderwagen auf die Straße zu treten und meinen Kanaldeckel mit dem blanken Messer zu verteidigen. Nun birgt die Welt neuen Zusammenhang. Ihre Eigenartigkeiten und Auswüchse und das Totgeglaubte – es trägt Knospen, das Wurzelwerk spricht brüderlich.

So ist das nach einer erfolgreichen Schlacht. Der Feind wird ein liebenswerter alter Narr, an dessen Geschwätz man sich milde amüsiert. Die Musik ist mit mir und unterstützt mein Schreiten. Dem Gegner bleiben nur Saiteninstrumente. Der Sieger hat immer recht.

Wir schlecken uns ab. Welch eine Reinigung. Judith sieht das Ganze weniger erhaben.

«Hoffentlich blutet es nicht stark.»

«Ooch – ich hab in letzter Zeit soviel Blut gesehn...»

«Und die Flecken? Meine Mam wird wahnsinnig. Wir müssen ein Handtuch unterlegen!»

Sie flitzt ins Bad, um eins zu holen. Ihre Silhouette ist ein Fleischesblitz in der Tür. Dann wird es wieder dunkel, und ihre Hände exorzieren mich, aus meinem Körper purzeln verkommene Geister, ziehen boshaft letzte Kreise und zischen haßstammelnd davon. Sekunden voll Reinheit und Ursprung. Der Ursprung war ein Freudensprung in den Abgrund der Gewöhnung. Sei's drum. Man kommt voran.

Dann klopft es an die Tür.

«Judith? Bist du wirklich allein?»

«Laß mich in Ruhe!»

«Belüg mich bitte nicht! Das Gästezimmer ist leer!»

«Geh schlafen, Mam! Du mußt morgen arbeiten!»

Nun wird die Tür aufgemacht. Licht knallt gegen die Wände.

«Judith! Bitte nicht!»

«Mam! Wir wollen ficken!»

«Mein Gott, Judith! Bitte nicht!» Zitternd lehnt die Mutter in der Tür und winselt.

«Verschwinde!»

Mam beginnt zu heulen. Ich fühl mich nicht mehr ganz wohl. Wo soll das enden?

«Entschuldige, aber ich kann das einfach nicht ertragen! Hört auf! Bitte! Bitte! Du bist so jung! Bitte macht es nicht! Nicht heut!»

«Hau ab!»

«Bitte, ich kann nicht, ich muß soviel weinen!»

«Verreck doch!»

«Was ist denn hier für ein Geschrei?»

Der Vater versucht an der Mutter vorbeizusehn, die sich in den Türrahmen spannt.

«Ich will meine Ruh haben, verflucht! Bin ich hier im Affenhaus?»

«Deine Tochter hat diesen schrecklichen Menschen bei sich...», schluchzt Mama tränenreich. Man kann Mitleid mit ihr bekommen.

«Dann schmeiss ihn halt raus!» brüllt der Vater und zerrt an den Armen seiner Frau, um ins Zimmer einzudringen.

Judith rennt zur Tür, wirft sich gegen ihre Erzeuger, haut die Tür zu und dreht den Schlüssel rum. Vier Fäuste trommeln auf das Holz, und Füße treten dagegen.

Das ist nicht erotisch. Neinnein.

Judith springt ins Bett zurück. Ihre Augen sind naß vor Zorn, und ihre Stimme tönt hysterisch.

«Kümmer dich nicht um ihr Geschrei!»

«Hmm...»

«Na los! Machen wir weiter!»

«Hmm... Hmm...»

JUDITH, MACH'S NICHT! BIIIITTEEE! NICHT MIT DEM! NICHT HEUT!»

«MACH SOFORT DIE TÜR AUF! ODER ICH SCHLAG SIE EIN!»

Da draußen ist immer mehr los.

«Sorry.» Ich deute auf meinen erschlafften Penis und füge hinzu, daß ich ziemlich sensibel bin.

Jetzt knallt die Schulter des Vaters gegen die Tür. Rumms! Und noch mal. Rumms! Wirklich, das reinste Affenhaus.

«Schnell, zieh dich an! Wir gehn woandershin.»

Sie nickt und reibt sich das Wasser aus den Augen. Rumms! Da kann einem richtig mulmig werden. Rumms! Die Mutter schlägt mit ihren Gesundheitsschuhen gegen das Holz, aber nur schwach, und sie wimmert immer wieder BITTE und NICHT. Rumms!

Ich bin ja einiges gewöhnt... Rumms! Es gibt Leute, die erleben nie etwas. Rumms! Die Ärmsten.

Vom Balkon aus kann man aufs Garagendach springen und von dort ins gepflegte Gartengras. Kein Problem.

Hand in Hand rennen wir durch die Schöneberger Nacht, Judith heult sich leer, und ihr Brustkasten sticht nach fünfzig Metern, sie muß Pause machen, dann rennen wir weiter und ich weiß, das ist der beste Lauf, den ich je lief, und millionenmal besser, als diese Defloration geworden wäre, es ist das Glück selbst, das Laufen, die Flucht, wenn die Hände nicht leer sind, wenn sie Beute halten, es ist das Jauchzen und der Witz und die Schönheit.

Laufen, laufen.

Zu jedem unsrer Gefühle sind tausend Kommentare gespeichert. Eines Tages fühlt man und hört gleichzeitig den Kommentar. Das Gehirn wählt den günstigsten aus – unter Fallbeispielen aus Filmen und Büchern und Slogans. Wir sind Spiegelkabinette vorm Projektor.

Jetzt aber dringt kein Kommentar zu mir durch. Kein Laut. Nichts fällt mir ein, nichts legt sich quer. Das wahrhaftige Glück. So ein Glück. Daß ich das noch erleben darf...

«Wo können wir denn hin?» fragt Judith.

«Wir haben zweihundert Mark. Hier gibt's jede Menge Pensionen.»

«Ich kann nie wieder nach Haus zurück! Nie mehr!»

«Prima!»

«Was soll ich denn tun?»

«Hmm. Ich will dir ja nichts aufschwätzen, aber wenn du mich lieben würdest, ginge alles viel leichter...»

«Na gut! Dann lieb ich dich eben...»

Sieg!

Sieg. Hmmhm.

KAPITEL 23   *in dem eine letzte Unter-*
redung stattfindet und sich
der Kreis schließt.

Zivilisation

Ich öffne die Tür und trete auf den Balkon, gebe mich dem Wind
hin und summe.

Meine Nacktheit ist nur dürftig vor Blicken geschützt. Wem soll
das was ausmachen? Mir nicht. Ich bin nackt und neu und habe
alle Chancen. Der Stein kühlt angenehm die Sohlen, es ist tiefe
Nacht, meine Hände stützen sich auf die Brüstung, zerreiben
Blumentopferde, und ich seh hinunter auf die roten Rücklichter,
die sich verdoppeln, wenn die Stahlschlange bremst.

So nackt bin ich nicht gewesen, seit ich am Baggersee saß und ins
Feuer starrte, damals, als die Welt eroberenswert schien wie eine
Frau.

Judith schläft, die Nacht ist vollgestellt mit dummen Fragen, die
niemandem nützen.

Auf dem Boulevard machen die Huren Feierabend, aber immer
noch gehn viele Menschen spazieren und suchen etwas, suchen
irgend etwas, das sie hier zu finden hoffen.

Ich mag sie alle. Selbst die widerlichen. Das ist die Wahrheit. Ich
mag sie. Wenn etwas mein Verhängnis war, dann das.

Wie oft hab ich ihnen den Krieg erklärt und Haß entgegenge-
schrien? Es war alles nicht so gemeint.

Es ist ja auch vernünftig, sie zu mögen. Man kann nicht alle
killen. Das wär zuviel verlangt. Ein paar haben's probiert und
sind nicht weit gekommen damit.

Nackt und neu in letzter Sommermilde scheint alles eines Hän-

305

deschüttelns wert, und der Kampf schmilzt in der Erinnerung zu einem Spiel... wie junge Löwen, die sich in der Steppe wälzen. Generalamnestie. Jedem sei vergeben. Ich hab euch geschlagen, und damit gut. Es war ein guter Kampf. Nachträglich kann man Respekt zollen.

Und während ich so segnend meine Finger über der Wüste kreisen lasse und die Hyänen das Aas einsammeln, bemerke ich, daß ich nicht allein bin auf diesem Balkon.
Links neben mir hockt eine Gestalt, zusammengekauert, die Knie an die Stirn gezogen.
Ein Einbrecher! Ein Spanner! Ein Lauscher! Oder was?
«Tag, Hagen!» sagt er, mit tiefer Stimme, ohne den Kopf zu heben.
«Es ist Nacht, verflucht!» keif ich ihn an.
«Und die Sonne scheint für die anderen. Wir wissen das.»

O nein. Er ist es. Er hat mich gefunden. Ich muß mich hinsetzen. Mir ist ganz übel. Ich suche den Balkon nach einer Waffe ab. Jetzt hebt er die Stirn. Die Dunkelheit schützt seine Züge. Aber ich glaube, er grinst.
«Herodes?»
Er nickt. Dann knipst er eine Taschenlampe an und leuchtet mir in die Augen, daß ich rein gar nichts mehr erkennen kann.
«Die Polizei ist sehr beschäftigt», sagt er. «Über zweihundert Selbstanzeigen sind bei ihr eingegangen. Jeder von denen behauptet, ich zu sein. Meine Forschungen sind wertlos geworden. Mein Lebenswerk zunichte gemacht von ein paar Angebern...»
Was will er mir damit sagen?
«Willst du mich jetzt umbringen?» frage ich ängstlich. Kommt nach dem Sieg so schnell der Tod?
«Umbringen? Ich? Dich? Wie kommst du denn DARAUF?»

Ich stammle etwas von der Nacht und wie sie mit Fragen vollgestellt ist. Er unterbricht mich barsch.

«Laß doch den Quatsch! Wir sind doch nicht beim Quiz.»

«Was willst du denn?»

«Ich will das Ende der Geschichte hören. Erzähl es mir!»

«Welche Geschichte?»

Er seufzt verärgert auf. Wenn ich nicht nackt wär, würd ich mir in die Hosen machen vor Angst.

«Was ist mit dem Jungen passiert, nachdem er die japanischen Huren verließ? Was?»

«Ach das? Nun, wie gesagt, dann kamen andere Zigaretten und andere Straßen, und...»

«Was und?»

«Na ja, dann ging der Junge, also vielmehr ich ging dann... äh...»

«Wohin?»

Er richtet sich drohend auf und stößt mir die Lampe ins Gesicht.

«Ja, also, ich ging dann und suchte einen Unterschlupf und... und...»

«Genau das interessiert mich. An diesem Punkt kannst du exakt werden.»

Schwitz.

«Nun, der Junge, also vielmehr ich... nahm mir ein Zimmer...»

«Warum?»

«Ich... ich...» Mein Kopf wendet sich klebrig ab und preßt sich in die Balkonecke.

Herodes nimmt die Taschenlampe ein Stück zurück, und seine Stimme wird sanfter. «Halten wir fest: Da warst du, und da war ein Zimmer. Wie groß war das Zimmer?»

«So acht Quadratmeter... vielleicht neun.»

«War es groß oder klein?»

«Mir schien es groß, ja.»

«War es leer?»

«Fast. Bis auf einen Schrank und ein Bett.»

«Und die Wände waren weiß?»

«Irgendwann einmal bestimmt.»

«Hast du das Zimmer betreten und die Tür zugemacht?»

«Ja.»

«Was hast du dann getan?»

«Also, wenn das kein Quiz ist...»

«Das ist es nicht!» schnauzt er mich an und schwenkt den Licht-
kegel über mir.

«Schon gut, schon gut, ich hab dann das Fenster aufgemacht,
weil die Luft so alt war.»

«Und dann? Und dann? Junge, muß ich dir alles aus der Nase
ziehen?»

«Dann... dann... was war? Ach ja, ich hab das Bett bezogen.
Dann kam jemand vorbei, ein Freund, der zufällig in der Nähe
wohnte. Er brachte mir Geschenke, eine Flasche Paulanerbier
und ein Pilsglas, beides in Alufolie verpackt. Das wurden meine
ersten eigenen Möbel. Dann hat er mir geholfen, vom Sperrmüll
einen Tisch zu holen, einen runden. Es gab auf dem Sperrmüll
auch einen Stuhl, aber den brachten wir wieder zurück, weil das
Zimmer schon fast voll war und man ja auch auf dem Bett sitzen
konnte. Danach packte ich meine Plastiktüte aus. Darin waren
ein Taschenschachspiel, das legte ich in die Mitte des Tischs. Da
waren fünf Paar billige Socken, die legte ich in das oberste Fach
des Schrankes. Meinen Paß und meinen Geburtsschein, die
reichlich zerfleddert aussahn, legte ich in ein anderes Fach. Danach drehte ich den Schlüssel im Schrankschloß. Ich öffnete das
Paulanerbier und schenkte es in das kleine Pilsglas, wobei ein
wenig überlief. Das putzte ich mit den alten Socken auf, die ich
an den Füßen trug.

Daraufhin drehte ich mich und war beschwingt und stolz, ein eigenes Zimmer zu besitzen. Ich legte mich auf das Bett und rollte von Kante zu Kante.

Meine Vermieterin, eine alte Frau mit porösem Gesicht, tat sehr freundlich und überließ mir Teile ihres Geschirrs. Das waren: ein Teller, eine Gabel, ein Messer und zwei Löffel, groß und klein.

Danach las ich die Zeitung und schnitt das Bild einer schönen Frau heraus. Das pappte ich mit Spucke an die Wand, das hielt aber nicht, und ich fragte die Vermieterin, ob sie Reißzwecken hätte.

Danach verließ ich das Zimmer für eine halbe Stunde und ging im nahegelegenen Geschäftsviertel folgende Dinge kaufen: einen Dosenöffner, eine Dose Ravioli, einen kleinen Kassettenrecorder mit Radioteil, ein Buch, das hieß «Tod auf Kredit» von Céline, einen Laib Brot, zwei Flaschen Wein, eine davon teuer, ein Pfund Kaffee, ein Badehandtuch, einen elektronischen Wecker, ein wundervoll geformtes Weinglas, drei Kugelschreiber, zwei schwarz, einer rot, einen Block liniertes Papier, einen Handspiegel, zwei Einwegfeuerzeuge, eine rote Kerze, ein graues T-Shirt, unbedruckt, drei Unterhosen und einen Korkenzieher.

Wieder zu Hause, zog ich meine Lederjacke aus, hängte sie auf einen Bügel in den Schrank und lächelte darüber. Darauf öffnete ich die Raviolidose und aß sie kalt. Anschließend kamen andere Freunde, mich zu begrüßen. Für alle war kein Platz, ich bat einige, später wiederzukommen. Sie brachten mir Dinge mit: drei Flaschen Wein, zwei rot, eine weiß, dazu eine Tüte Orangen, eine ausgeleierte mechanische Schreibmaschine, bei der das Q nicht mehr funktionierte und deren Farbband zu schwach war. Des weiteren einen Pack von fünf Leerkassetten, einen Pack von viertausend Gedichten, die ich bei einem von ihnen zurückgelassen hatte, sowie ein rosa Glücksschwein mit weißer Schnauze und Ohren.

So füllte sich das Zimmer nach und nach, und es war nicht mehr groß, aber doch gemütlich, und ich schlief gut und fest, und am nächsten Morgen meldete ich mich bei der Behörde an. Bald gelang es mir, billig einen Fernseher zu erstehen und einen Plattenspieler, und ich kaufte einen Mantel für den Winter und neue Stiefel und eine elektrische Kochplatte, die ich auf dem Fensterbrett plazierte, so daß man das Fenster nur mehr kippen konnte. Bald bekam ich auch Haustiere. Mauerschwamm und niedliche Silberfischchen...»

Hier unterbricht mich Herodes mit einem: «Brav, brav! Ein süßes Heimchen! Und dann?»

«Was dann?»

«Kam dann nicht eine Frau?»

«Ja, im Frühling. Sie hieß Ariane und war sehr schüchtern, und das Bett besaß harte, herausstehende Kanten, die uns manchen blauen Fleck einbrachten, aber...»

«Die Leidenschaft?»

«Ja, genau, die Leidenschaft fährt immer, immer schwarz, nicht wahr? Es war ganz wunderbar, ich lebte mit ihr drei Jahre, und dann passierte diese Geschichte mit der reichen Frau in Wien, das ist eine andere Geschichte, und Ari verließ mich.»

«Und dann?»

«Dann war ich sehr traurig und mußte viel weinen und begann zu zweifeln.»

«Genau.»

Wohlwollend streicht mir Herodes mit der Taschenlampe übers Haar.

«Ja und? Was sollte das Ganze?» frage ich, neugierig geworden.

«Tja, nichts weiter», spricht Herodes und spuckt über die Brüstung. «Ich muß jetzt gehn», sagt er. «Du mußt dich ausruhen. Wir sind die Jäger und fällen das Leben, aber wir wärmen auch die Höhle und gehn uns sammeln hin und wieder. Ich wünsch dir viel Glück, mein Freund!»

Und so verschwindet er. Vor meinen Augen. Löst sich in Luft auf. Mir rollen noch Schlieren der Lampe auf dem Bildschirm. Aus dem Kerl werd ich nie schlau werden.

Meine Glieder entspannen sich. Die Gefahr scheint vorbei. Ich gehe ins Pensionszimmer zurück und lege mich neben Judith, züngle ihren rechten Arm von oben bis unten, auf daß er mich tätschle.

Sie stützt sich auf die Ellbogen. «Mit wem hast du geredet?»

«Was?»

«Ich hab's im Halbschlaf gehört.»

«Nur mit mir selbst», sage ich, um sie nicht zu beunruhigen.

Sie läßt sich wieder aufs Kissen zurück und schlingt ihre Arme um mich.

«Machen wir's noch mal. Jetzt tut's bestimmt nicht mehr weh.»

«Gut.»

KAPITEL 24   *Bahnhof. Abfahrt.*
Apoelephantosis.

Sommerschluß

Über der Konstruktion aus Glas, Eisen und Tauben droht
Herbst. Die warmen Tage werden Urlaub nehmen. Wir stehen
an den Schienen. Der Zug, den wir erwarten, wird uns an keinen
Ort bringen. Er wird der Zug sein, der fährt, nur fährt, heraus
aus dem Reich des Blöden, wo die Welt ein Freizeitvergnügen
ist.
Morgen läuft der Paß ab...
Im Osten tönt's greulich von Kirchengesängen, von Neid und
Gier und Großvaterländern. Dort ist kein Platz für Heiden-
spaß.
Am Bahnsteig.
Nun bin ich zu zweit.
Schon skelettiert, hab ich mit Klebstoff Fleisch zwischen das Ge-
bein gesetzt.
Der Zug rollt ein.
Im Wald, beim Tempel, da liegen drei Meter Schienen. Sie sind
für uns gebaut. Wir werden dort anhalten. Darauf wär ich nie
gekommen.

Lasset die Kindlein von mir gehn.

Reisende stoßen die Türen auf.
An den Zugfenstern sitzen alle meine Freunde, die Lebenden
und die Toten. Sie lehnen sich hinaus und lachen und winken. Es
ist ein Geisterzug. Der Karneval der Sehnsucht.

Wir nehmen unsre Plätze ein. Der fröhliche Teil des Krieges beginnt. Man kann erlöst aufspielen. Die Liebenden sehn entzückkend aus im Sommerschlußgeschmuse. Apotheotisches Glück.

Ich war das Schwarze unter den Fingernägeln.
Nun will ich mich zur Piratenflagge sammeln.
Ein Haus beziehen unter Häusern, ein Schiff befahren unter Schiffen.
Jetzt ist es gut. Nicht einmal Musik ist nötig.
Judith lächelt.
Wir werden uns in die Polster strecken, und ich werde ihr alles erzählen. Von Anfang an. Wie es gewesen ist. Und da sie mich hört, da sie mich aufnimmt und wartet, zerbröckelt, was Lüge war, im Mund.
Ein Pfeifen. Ein Bahnhofnarr mit roter Ratsche.
Alles erzählen.
Die Freunde stürmen das Abteil, beglückwünschen und johlen.
Die Arche der Momente. Sie schlingert.

«Judith», murmle ich, «sei ganz vorsichtig neben mir... Ich bin jetzt ein Elefant.»

INHALT

ERSTES BUCH
1 Die Kampfmöse 9
2 Lilly. Putana. 27
3 Die Plünderung 56
4 Nacktkehlglockenvögel 69
5 Forellenduett 95
6 Die Hagenerodes 100

ZWEITES BUCH
7 Auch die Ratten
werden älter 113
8 Litfaßwunder 132
9 Schleimtausch 141
10 Schweinebacke 155
11 Mombasa, Kenia 175
12 Hybrider Gigant 182

DRITTES BUCH
13 Die ganz, ganz große
Geilheit 193
14 Eisgekühlte Bauten 201
15 Hirnstromturbulenzen 218
16 Im Keller 236
17 Katako 240
18 Wald 252

VIERTES BUCH
19 Jede Tonne eine Wonne 263
20 Aufbruch. Dahinter die
Endlichkeit. 276

21 Herzinfarkt
und Massengräber 278
22 Spiegelkabinette 286
23 Zivilisation 305
24 Sommerschluß 312

HELMUT KRAUSSER

Melodien
Roman
864 Seiten, gebunden mit Schutzumschlag

Aufregend, voll faszinierender und erschreckender Geschichten – der große Roman eines jungen deutschen Autors!

„Wer beim Lesen von Helmut Kraussers musikalischem Opus nicht in die Trance verfällt, in der Palestrinas *Missa Papae Marcelli* den Ton angibt, ist gegen jede Form der Verführung immun… ‚Qualche trillo!' soll Monteverdi über Pasqualinis Stimme gesagt haben, welch' Künstler der Verführung sagen wir über Helmut Krausser und seine *Melodien*."
Verena Auffermann, Süddeutsche Zeitung

„Ein einziger Hexentrank… Ein faszinierend vielstimmiges Poem ist dieser Roman…"
Dieter Borchmeyer, Frankfurter Allgemeine Zeitung

„… ein höchst anregender, phantasievoller Versuch über die Musik, über die Nachtseiten menschlicher Begabung, über die zum Wahnsinn gesteigerte Leidenschaft, ein brillantes Werk, das in der allerjüngsten Schriftstellergeneration seinesgleichen sucht."
Lutz Hagestedt, Badische Zeitung

LIST

Rolf Dieter Brinkmann

Am 23. April 1975 wurde **Rolf Dieter Brinkmann** in London im Alter von 35 Jahren von einem Taxi überfahren. Mit dem Tod hatte er gelebt. Er war dem Zerfall, der kaputten Wirklichkeit nie ausgewichen und hatte sich doch gegen sie aufgelehnt – emotional, impulsiv, verletzlich und voll poetischer Schärfe.
1940 wurde er in Vechta in Oldenburg geboren, in Essen und Köln lernte er Buchhändler. 1968 erschien sein erstes Buch «Keiner weiß mehr», das die Wut und die Empörung seiner Generation ausdrückte. Brinkmann besaß wenig Geld, lebte 1971-73 als Stipendiat der Villa Massimo in Rom, wo «Rom. Blicke» entstand. Er gab Anthologien heraus, experimentierte mit Collagen, schrieb Hörspiele, Erzählungen, Essays, Gedichte – ein Film in Worten.
Postum wurde Rolf Dieter Brinkmann der Petrarca-Preis verliehen.

Keiner weiß mehr *Roman*
(rororo 1254)

Erkundungen für die Präzisierung des Gefühls für einen Aufstand: Träume. Aufstände. Gewalt. Morde *Reise-Zeit-Magazin Die Story ist schnell erzählt (Tagebuch)*
(dnb 169 Großformat)

Rom. Blicke
(dnb 94 Großformat)

R.D.Brinkmann / R.R.Rygulla (Hg.)
ACID Neue amerikanische Szene
(rororo 5260 Großformat)

Im Rowohlt Verlag sind lieferbar:

Erzählungen *In der Grube. Die Bootsfahrt. Die Umarmung. Raupenbahn. Was unter die Dornen fiel*
416 Seiten. Gebunden.

Der Film in Worten *Prosa, Erzählungen, Essays, Hörspiele, Fotos, Collagen, 1965-1974*
320 Seiten. Broschiert.

Schnitte
160 Seiten. Zahlreiche Fotos. Kartoniert.

Standphotos *Gedichte 1962-1970*
376 Seiten. Zahlreiche Fotos. Kartoniert.

**«Wörtern sind wir aufgesessen statt Leben, Begriffen statt Lebendigkeit, sollte es verwundern, wenn wir erstickt werden von Wörtern und Begriffen.»
Rolf Dieter Brinkmann**

rororo Literatur

Vladimir Nabokov

«Lolita ist berühmt, nicht ich», sagte **Vladimir Nabokov** in einem Interview. Geboren wurde er als Sohn begüterter Eltern 1899 in St. Petersburg. Vor der Revolution flüchtete die Familie nach England, Vladimir folgte seinem Vater nach Berlin, wo er vierzehn Jahre lang, von 1923 bis 1937, lebte, ohne sich je mit Deutschland anfreunden zu können. Er verdiente Geld als Englisch- und Tennislehrer oder mit Übersetzungen – und schrieb, auf russisch, Erzählungen, Romane, Gedichte. Vor dem Nationalsozialismus floh Nabokov mit seiner jüdischen Frau 1937 erst nach Frankreich, dann in die USA. Von nun an schrieb er in Englisch. Sein Roman *Lolita* löste 1958 bei Erscheinen in den USA einen Skandal aus und machte Nabokov weltberühmt. Er starb 1977 in Montreux.

Eine Auswahl der lieferbaren Titel im Rowohlt Taschenbuch Verlag:

Ada oder Das Verlangen *Aus den Annalen einer Familie*
(rororo 4032)

Durchsichtige Dinge *Roman*
(rororo 5756)

Maschenka *Roman*
(rororo 13309 / und als Großdruck 33130)

Lolita *Roman*
(rororo 635)

König Dame Bube *Roman*
(rororo 13409)

Der Zauberer *Erzählung*
(rororo 12696)

Die Gabe *Roman*
(rororo 13902)

Erinnerung, sprich *Wiedersehen mit einer Autobiographie*
(rororo 13639)

rororo Literatur

Seit 1989 hat der Rowohlt Verlag mit einer umfassenden **Neu-Edition der «Gesammelten Werke»** Vladimir Nabokovs begonnen, herausgegeben von Dieter E. Zimmer. Alle bisherigen Übersetzungen sind überarbeitet, die Werke mit einem ausführlichen Anmerkungsteil kommentiert. Sämtliche Bände erscheinen in einer neuen, schönen Ausstattung: in Leinen gebunden, Fadenheftung, Büttenumschlag mit Silberprägung, Büttenvorsatz und Lesebändchen.
Alle bisher erschienenen Bände finden Sie in der *Rowohlt Revue*. Vierteljährlich neu. Kostenlos in Ihrer Buchhandlung.

Langweilige Fernsehabende können Sie sich sparen. Welcher Film sich lohnt steht in TV Spielfilm.

TV SPIELFILM Online: www.tvspielfilm.de

 Wir wünschen spannende Unterhaltung.